Jeffery Deaver
Hard News

Jeffery Deaver

Hard News

Roman

Aus dem Amerikanischen
von Gerold Hens

Rotbuch Verlag

Für Irene Miranker

Bibliografische Information Der Deutschen Bibliothek

Die Deutsche Bibliothek verzeichnet diese Publikation in der Deutschen Nationalbibliografie; detaillierte bibliografische Daten sind im Internet über http://dnb.ddb.de abrufbar

Originaltitel: »Hard News«
Erschienen 2002 bei Doubleday, New York
Umschlagkonzept: Meta Design, Berlin
Umschlaggestaltung: projekt ® | Cathrin Günther
unter Verwendung einer Fotografie von Andrea Nikol
Herstellung: Das Herstellungsbüro, Hamburg
Gesetzt aus der Sabon
Satz: Greiner & Reichel, Köln
Druck: Clausen & Bosse, Leck
Printed in Germany

ISBN 3-434-53122-X

Informationen zu unserem Verlagsprogramm finden Sie im Internet unter www.rotbuch.de

Journalismus ohne moralische Haltung ist unmöglich.
Jeder Journalist ist Moralist …
Er kann seine Arbeit nicht tun,
ohne zu beurteilen, was er sieht.

Marguerite Duras

1

Sie gingen gleich nach dem Abendessen auf ihn los.

Er wusste nicht genau, wie viele es waren. Aber das spielte auch keine Rolle; er dachte nur eines: Bitte, lass sie kein Messer haben. Er wollte nicht aufgeschlitzt werden. Sollten sie mit dem Baseballschläger schlagen, mit dem Bleirohr, ihm mit dem Hohlblockstein die Hände zerschmettern … aber kein Messer, bitte.

Er war auf dem Weg durch den Flur vom Gefängnisspeisesaal zur Bibliothek, den Flur mit einem Geruch, den er nie hatte unterbringen können. Sauer, faulig … Und hinter ihm: die Schritte, die immer näher kamen.

Der dürre Mann, der von dem Braten und dem Brot und den grünen Bohnen, die sich auf seinem Tablett türmten, kaum etwas gegessen hatte, lief schneller.

Er war noch zwanzig Meter von der Wachstation entfernt, und keiner der Gefängniswärter am Ende des Flurs blickte in seine Richtung.

Schritte. Flüstern.

O Herr, dachte der Mann. Mit einem werd ich vielleicht fertig. Ich bin stark und schnell. Aber wenn sie ein Messer haben, gibt's kein …

Randy Boggs schaute sich um.

Drei Männer waren ihm dicht auf den Fersen.

Kein Messer. Bitte …

Er fing an zu rennen.

»Wo willst ’n hin, Kleiner?«, rief die Latinostimme, während sie hinter ihm in Laufschritt verfielen.

Ascipio. Es war Ascipio. Und das hieß, dass Boggs sterben würde.

»He, Boggs, hat kein’ Zweck. Hat gar kein’ Zweck, dass du rennst.«

Aber er rannte weiter. Schritt um Schritt, mit gesenktem Kopf. Nur noch fünfzehn Meter bis zur Wachstation.

Ich kann’s schaffen. Ich bin da, ehe sie mich kriegen.

Bitte, mach, dass sie eine Keule oder ihre Fäuste nehmen.

Aber kein Messer.

Kein aufgeschlitztes Fleisch.

Natürlich würde es sofort allgemein die Runde machen, dass Boggs zu den Wärtern gerannt war. Und dann würden alle, sogar die Wärter selbst, ihn bei jeder Gelegenheit fertig machen. Denn wenn du die Nerven verlierst, dann hast du keine Chance mehr da drin. Es bedeutet, dass du sterben wirst, und es geht nur noch darum, wie lange es dauert, bis man deinem Körper deine hasenfüßige Seele entrissen hat.

»Scheiße, Mann«, rief eine andere, vor Anstrengung schwer keuchende Stimme. »Schnappt ihn euch.«

»Hast du das Glas?«, fragte einer.

Es war nur geflüstert, aber Boggs hörte es. Glas. Ascipios Freund meinte damit ein Messer aus Glas, die beliebteste Waffe im Gefängnis, da man sie mit Klebeband umwickeln, sie im Körper verstecken, durch den Metalldetektor gehen und sie sich in die Hand scheißen konnte, ohne dass ein Wärter je etwas davon mitkriegte.

»Gib auf, Mann. Wir schlitzen dich so oder so auf. Her mit deinem Blut …«

Boggs, dürr, aber nicht gut in Form, rannte wie ein Weltrekordler, aber er merkte, dass er es nicht schaffen würde. Die Wärter waren auf Station sieben – ein Raum, der die Gemeinschaftsräume von den Zellen trennte. Die Fenster waren vier Zentimeter dick, und man konnte direkt vor der Scheibe stehen und mit blutigen Händen gegen das Glas trommeln, und wenn der Wärter dahinter nicht zufällig aufblickte und den aufgeschlitzten Häftling sah, würde er nichts davon mitkriegen und sich weiter an seiner *New York Post* und seiner Pizza erfreuen. Er würde nie mitkriegen, dass einen halben Meter hinter ihm ein Mensch verblutete.

Boggs sah die Wärter hinter dem Panzerglas. Sie konzentrierten sich ganz auf eine wichtige Folge von *St. Elsewhere*, die auf einem kleinen Fernseher lief.

Boggs rannte, so schnell er konnte. »Hilfe, Hilfe«, schrie er.

Weiter, weiter, weiter!

Okay, er würde sich umdrehen, sich Ascipio und seinen Kumpanen stellen. Mit seinem langen Kopf auf den nächsten losgehen. Ihm die Nase brechen, versuchen, sich das Messer zu schnappen. Vielleicht würden die Wärter dann etwas merken.

Eine Werbeeinblendung. Die Wärter zeigten mit dem Finger hin und lachten. Ein bulliger Basketballspieler sagte etwas. Boggs raste direkt auf ihn zu.

Wieso machten Ascipio und seine Kumpane das, fragte er sich. Wieso? Nur weil er weiß war? Weil er nicht beim Bodybuilding mitmachte? Weil er nicht wie die zehn anderen Häftlinge einen angespitzten Besenstiel genommen und mitgeholfen hatte, Langfinger-Rano abzumurksen?

Dreieinhalb Meter bis zur Wachstation …

Eine Hand packte ihn von hinten am Kragen.

»Nein!«, schrie Randy Boggs.

Und er spürte, wie er unter der Attacke zu Boden ging.

Er sah: die Figuren aus der Krankenhausserie, die im Fernseher ernst um eine Leiche auf dem Operationstisch herumstanden.

Er sah: den grauen Beton auf sich zukommen, der ihm den Kopf zerschmettern würde.

Er sah: das Blitzen des Glasmessers in der Hand eines jungen Latinos. »Tu's«, flüsterte Ascipio.

Der junge Mann mit dem Glasmesser trat vor.

Aber dann sah Boggs noch etwas anderes. Ein Schatten, der sich aus einem noch tieferen Schatten löste. Ein mächtiger Schatten.

Eine nach unten ausgestreckte Hand packte das Handgelenk des Mannes mit dem Messer.

Knacks.

Der Angreifer schrie auf, als sich sein Handgelenk in der riesigen Hand des Schattens zur Seite bog. Das Glas fiel auf den Betonboden und zerbrach.

»Gott erbarme sich eurer«, sagte der Schatten mit getragener, ehrfürchtiger Stimme. »Denn ihr wisset nicht, was ihr tut.« Dann wechselte der Tonfall. »Und jetzt macht, dass ihr wegkommt, verflucht. Wenn ihr das noch mal versucht, seid ihr tot.«

Ascipio und das dritte Mitglied des Trios halfen dem Angreifer auf die Beine. Sie liefen den Flur runter.

Der mächtige Schatten, dessen Name Severn Washington lautete, verurteilt zu fünfzehn bis fünfundzwanzig Jahren für einen Mord, begangen, bevor er sich zu Allah bekannt hatte, half Boggs auf die Beine. Der dürre Mann schloss die Augen und holte tief Atem. Dann machten sie sich gemeinsam schweigend zur Bibliothek auf. Boggs, dem schrecklich die Hände zitterten, warf einen Blick nach der Wachstation, wo die Wärter lächelnd nickten, als in dem Fernseher die Leiche auf dem OP-Tisch wie durch ein Wunder wiederbelebt wurde und die Vorschau auf die Folge in der nächsten Woche einsetzte.

Vier Stunden später saß Randy Boggs auf seiner Pritsche und hörte seinem Zellengenossen zu; Wilker, James, acht Jahre wegen Hehlerei im Wiederholungsfall.

»Hab gehört, die sind auf dich losgegangen, Mann, dieser

Ascipio, Mann, is ’n echt übler Dreckskerl. Wieso macht der das? Kann’s mir nicht vorstellen, du hast doch gar nichts mit dem, Mann.«

Wilker, James, redete weiter wie immer, immer weiter und weiter und verflucht noch mal weiter, aber Randy Boggs hörte nicht hin. Er saß auf seiner Pritsche, gebeugt über eine Ausgabe von *People*. Er las jedoch nicht in der Zeitschrift. Er benutzte sie als Tisch, auf dem ein Blatt billiges, liniertes Schreibpapier ohne Rand lag.

»Versteh mich nich falsch, Mann« sagte Wilker, James. »Ich sag nix gegen die Puertoricaner. Ich mein, weißte, das Problem ist, die sehen die Sachen nicht so wie normale Menschen. Ich mein, das Leben, das Leben is nich …«

Boggs ignorierte das sinnlose Gelalle des Mannes und setzte schließlich den Stift auf das Papier. In die linke obere Ecke schrieb er ›Männerstrafanstalt Harrison‹. Schrieb das Datum. Dann schrieb er:

An den, der sich angesprochen fühlt:
Sie müssen mir helfen. Bitte.

Nach diesem wohl überlegten Anfang hielt Randy Boggs inne, dachte lange nach und setzte erneut zu schreiben an.

2

Rune schaute sich das Band an und dann noch einmal. Und dann noch einmal.

Sie saß in einer einsamen Ecke im Nachrichtenstudio des Senders, einer riesigen, offenen Fläche, die durch mannshohe, mit grauem Stoff bezogene Trennwände abgeteilt war. Die

Kulissen im Blickfeld der Kameras erstrahlten in makelloser Sauberkeit; die übrigen Wände und Fußböden waren abgewetzt und angestoßen und verschmutzt. Um von einer Seite des Studios zur anderen zu kommen, musste man über eine Million Kabel und um Monitore und Kameras und Computer und Schreibtische tanzen. Der Raum wurde von einer riesigen Kontrollkabine beherrscht, die wie die Brücke des Raumschiffs Enterprise wirkte. Ein Dutzend Menschen stand in Gruppen um Schreibtische und Monitore. Andere waren mit Papieren und blauen Pappbechern voll Kaffee und Videokassetten unterwegs. Wieder andere saßen an Computern und tippten oder redigierten Nachrichten.

Alle waren locker gekleidet, aber niemand benahm sich locker.

Rune kauerte über dem 3/4-Zoll-Bandgerät von Sony und einem kleinen Farbfernseher, der als Monitor diente.

Aus dem kleinen Lautsprecher drang eine blecherne Stimme. »*Ich hab denen damals schon gesagt, was ich Ihnen jetzt sage: Ich war's nicht.*«

Der Mann auf dem Bildschirm war ein hagerer Mittdreißiger mit hohen Wangenknochen und Koteletten. Sein Haar war zurückgekämmt und wurde über der Stirn von einer Schmalzlocke gekrönt. Sein Gesicht war sehr blass. Als Rune das Band vor zehn Minuten eingelegt und gestartet hatte, hatte sie gedacht: Der Kerl ist ein totaler Spinner.

Er trug einen engen grauen Overall, der unter anderen Umständen – sagen wir in SoHo – vielleicht schick gewirkt hätte. Nur dass der Name des Designers auf dem Label nicht Giorgio Armani oder Calvin Klein lautete, sondern Gefängnisverwaltung New York.

Rune hielt das Band an und warf erneut einen Blick auf den Brief, um das Gekritzel des Mannes zu lesen. Dann wandte sie sich wieder dem Bildschirm zu und hörte die Frage des Reporters: »*Und wann haben sie Anrecht auf Hafturlaub?*«

»Hafturlaub? In ein paar Jahren vielleicht. Aber, verflucht …« Der dünne Mann warf einen kurzen Blick in die Kamera und wandte ihn wieder ab. *»Wenn ein Mann unschuldig ist, dann sollte er nicht auf Hafturlaub sein, er sollte einfach frei sein.«*

Rune schaute sich den Rest des Bandes an und hörte ihn erzählen, wie schlimm das Leben im Gefängnis sei, dass niemand im Büro des Direktors oder vor Gericht ihm zuhöre, wie unfähig sein Anwalt gewesen sei. Es wunderte sie allerdings, dass er überhaupt nicht verbittert klang. Er war eher verdutzt – wie jemand, der die Gerechtigkeit hinter einem Flugzeugabsturz oder einem Autounfall nicht begreift. Das gefiel ihr an ihm; wenn jemand das Recht hatte, gemein und sarkastisch zu sein, dann war es ein Mann, der unschuldig im Gefängnis saß. Aber er sprach ganz ruhig und schwermütig, wobei er gelegentlich einen Finger hob, mit dem er eine glänzende Kotelette berührte. Es wirkte, als habe er Angst vor der Kamera. Oder sei zu bescheiden oder schüchtern.

Sie hielt das Band an und wandte sich wieder dem Brief zu, der an diesem Morgen auf ihren Schreibtisch geflattert war. Sie konnte sich nicht erklären, wieso er ausgerechnet bei ihr landete – es sei denn, weil sie die typische niedere Angestellte ohne präzise Arbeitsbeschreibung bei einem großen Fernsehsender war. Was bedeutete, dass häufig abgefahrene Briefe auf ihrem Schreibtisch abgeladen wurden – alles von den Listen der Gewinner von Preisausschreiben bis zur Idiotenfanpost für Captain Kangaroo und Edward R. Murrow. Und dieser Brief hatte sie nun bewogen, ins Archiv zu gehen und die alten Interviewbänder auszugraben.

Sie las ihn erneut.

An den, der sich angesprochen fühlt:
Sie müssen mir helfen. Bitte.

Es klang so verzweifelt, so elend. Aber es war weniger der Tonfall, der sie so anrührte, als vielmehr der dritte Absatz des Briefes. Sie las ihn noch einmal.

Und es hat daran gelegen, dass die Polizei, gegen die ich normalerweise gar nichts habe, nicht mit allen Zeugen gesprochen hat oder denen, mit DENEN *sie geredet hat, nicht die Fragen gestellt hat, die sie hätte stellen sollen. Wenn sie das gemacht hätte, dann hab ich meiner Meinung nach das Gefühl, dass sie rausgefunden hätte, dass ich unschuldig bin, aber das haben sie nicht gemacht.*

Rune musterte das auf dem Bildschirm eingefrorene Gesicht. Eine Nahaufnahme von Randy Boggs unmittelbar nach dem Prozess vor ein paar Jahren.

Wo war er geboren?, fragte sie sich. Und wie hatte er gelebt? In der Highschool, war er da ein – wie nannte ihre Mutter sie – Rowdy gewesen? Ein Rocker? Hatte er Familie? Eine Frau irgendwo? Kinder vielleicht? Wie es wohl wäre, einmal im Monat seinen Mann zu besuchen? Ob sie ihm treu war? Ob sie ihm Plätzchen backte und ins Gefängnis schickte?

Rune ließ das Band weiterlaufen und betrachtete das blasse, grobkörnige Bild auf dem Monitor.

»*Sie wollen wissen, wie es hier drinnen ist?*« Jetzt zumindest schlich sich Verbitterung in die dünne Stimme des Mannes. »*Lassen Sie mich erzählen, wie mein Tag anfängt. Wollen Sie das hören?*«

»*Sie können mir erzählen, was Sie wollen*«, sagte der unsichtbare Interviewer.

»*Man wacht um sechs auf, und das Erste, was man denkt, ist: Verdammt, ich bin ja immer noch da …*«

Eine Stimme quer durch den Raum: »Rune, wo bleibst du denn? Komm, wir gehen. Auf dem Brooklyn-Queens Expressway ist was umgestürzt.«

Das Model stand von seinem Schreibtisch auf und zog einen London Fog Trenchcoat an, der ihn zehn Grad wärmer halten würde, als es an diesem Aprilnachmittag nötig war (aber das war okay, denn es handelte sich um einen *Reporter*-Trenchcoat). Er war so ein Senkrechtstarter – eines der Asse, die für die Hauptstadtnachrichten bei O&O zuständig waren, dem zum Sender gehörenden und von ihm betriebenen New Yorker Lokalsender, der zur Zeit auch Runes Arbeitgeber war. Siebenundzwanzig, rundes Gesicht, Schönling vom Typ Mittlerer Westen (irgendwie schien das Wort ›rötlich‹ auf ihn zuzutreffen). Er verbrachte eine Menge Zeit vor Spiegeln. Niemand rasierte sich so wie Das Model.

Rune arbeitete gelegentlich für ihn als Kamerafrau, und als sie ihm zum ersten Mal zugeteilt worden war, war er sich nicht ganz sicher gewesen, was er von der jungen Frau mit dem rotbraunen Pferdeschwanz halten sollte, die ein bisschen wie Audrey Hepburn aussah und nur knapp über einsfünfzig groß war und kaum mehr als fünfundvierzig Kilo wog. Dem Model wäre wahrscheinlich ein pickliger, kettenrauchender Techniker lieber gewesen, der schon bei Lokalnachrichten gearbeitet hatte, als es noch Sechzehn-Millimeter-Bolex-Kameras gab. Aber das Material, das sie lieferte, war sehr gut, und niemand war besser als Rune, wenn es darum ging, sich den Weg durch Polizeiabsperrungen und vorbei an der Backstage Security zu bahnen.

»Was hast du denn da?«, fragte er mit einem Nicken in Richtung Monitor.

»Ich hab den Brief hier auf meinem Schreibtisch gefunden. Von so ’nem Kerl im Knast.«

»Kennst du ihn?«, fragte Das Model geistesabwesend. Er prüfte gewissenhaft nach, dass sein Gürtel nicht verdreht war, und steckte ihn danach durch die Plastikschnalle.

»Nee. Er war an den Sender adressiert. Ist nur hier gelandet.«

»Vielleicht hat er ihn ja schon vor 'ner ganzen Weile geschrieben.« Er nickte in Richtung des Bildschirms, auf dem Randy Boggs eingefroren war. »Sieht aus, als würde ihn 'ne Radiokarbon-Analyse auf neunzehnhundertfünfundsechzig datieren.«

»Nee.« Sie tippte auf das Blatt. »Das Datum ist von vorgestern.«

Das Model überflog den Brief. »Hört sich an, als ging's dem Typ echt Scheiße. Der Knast in Harrison, hm? Besser als Attica, aber auch wieder kein Country Club. Also, mach dich fertig. Wir gehen.«

Das Erste, was man denkt, ist: Verdammt, ich bin ja immer noch da …

Das Model nahm einen Anruf entgegen. Er nickte. Schaute zu Rune. »Ist ja toll. Es handelt sich um einen umgestürzten Tanklastzug mit Ammoniak auf dem BQE. Junge, und das in der Rushhour. Ammoniak. Haben wir Glück, oder haben wir Glück?«

Rune schaltete den Monitor aus und folgte Dem Model zu seinem überladenen Schreibtisch. »Ich denke, ich möchte zu ihr gehen.«

»Zu ihr? Zu wem?«

»Du weißt genau, wen ich meine.«

Das Gesicht Des Models verzerrte sich zu einem faltenlosen Lächeln. »Doch nicht zu Ihr, mit dem großen I?«

»Klar.«

Das Model lachte. »Wozu?«

Eines hatte Rune über Fernsehnachrichten gelernt: Behalte den Rücken frei und deine Ideen für dich – es sei denn, der Sender bezahlt dich dafür, dass du Ideen entwickelst, was bei ihr nicht der Fall war. »Karriereförderung«, sagte sie deshalb nur.

Das Model war an der Tür. »Wenn du diesen Auftrag verpatzt, dann hast du keine Karriere mehr zum Fördern. Es geht um Ammoniak. Verstehst du?«

»Ammoniak«, wiederholte Rune. Sie schlang ein gemustertes Seidenband um ihren Pferdeschwanz und zog eine schwarze Lederjacke an. Ihr übriges Outfit bestand aus einem schwarzen T-Shirt, einer gelben Stretchhose und Cowboystiefeln. »Lass mir einfach nur zehn Minuten Zeit, um zu Ihr mit dem großen I zu gehen.«

Er nahm sie am Arm und führte sie zur Tür. »Bildest du dir ein, du kannst einfach so bei Piper Sutton ins Büro reinspazieren?«

»Ich würd vorher anklopfen.«

»Hm-mh. Gehen wir, Süße. Laufschritt. Die Höhle des Löwen kannst du aufsuchen, wenn wir zurück sind und den Schnitt fertig haben.«

Eine Gestalt trat aus dem Flur, ein junger Mann in Jeans und einem teuren schwarzen Hemd. Die Haare trug er lang und wallend. Bradford Simpson war Praktikant, ein Journalistikstudent von der Columbia University, der in seinem ersten Studienjahr im Postzimmer angefangen hatte und nun etwas anspruchsvollere Jobs im Sender erledigte – wie Kaffee holen, Bänder ausliefern und gelegentlich tatsächlich einem Kameramann oder beim Ton zur Hand gehen. Er gehörte zu der wahnsinnig ehrgeizigen Sorte – mit *diesem* Teil von ihm konnte Rune sich identifizieren –, aber sein Ehrgeiz war darauf gerichtet, seinen Abschluss zu machen, sich in einen Brooks-Brother-Anzug zu schmeißen und in die Ränge des Edeljournalismus aufzusteigen. Bradford (»›Brad‹ höre ich eigentlich nicht so gern.«) war mit Ernst bei der Sache und beliebt bei O&O und dem Sender und wahnsinnig hübsch – auf eine spießige, provinzielle Art. Rune war schockiert gewesen, als er sie vor ein paar Tagen tatsächlich gebeten hatte, mit ihm auszugehen.

Aber obwohl Rune die Einladung zu schätzen wusste, fand sie, dass es nicht so recht zu ihr passte, mit Leuten wie Mr. Dockers Segelschuh hier auszugehen, und hatte es vorgezogen, für die Spätnachrichten ein Feuer in Lower Manhattan zu filmen. Trotzdem fragte sie sich, ob er sie wohl noch einmal auffordern würde. Im Augenblick jedoch ergingen keine Einladungen, und jetzt schaute er einfach nur auf den Bildschirm und sah Randy Boggs' hageres Gesicht. »Wer ist das?«, fragte er.

»Er sitzt im Knast«, erklärte Rune. »Aber ich glaube, er ist unschuldig.«

»Wie das?«, fragte Bradford.

»Nur so 'n Gefühl.«

»Rune«, sagte Das Model. »Wir haben's eilig. Gehen wir.«

»Das wäre 'ne echt gute Story«, sagte sie zu den beiden, »einen Unschuldigen aus dem Gefängnis zu befreien.«

Der junge Mann nickte. »Journalisten, die gute Taten tun«, sagte er. »Um nichts anderes geht es.«

Das Model indessen war weniger an guten Taten interessiert als an Ammoniak. »Brooklyn-Queens Expressway, Rune«, sagte er wie ein ungeduldiger Professor. »Sofort.«

»Ach, der Tanklastzug«, sagte Bradford.

»Siehst du?«, sagte das Model zu Rune. »*Alle* wissen Bescheid. *Bewegung*.«

»Das ist ein gottverdammter Verkehrsunfall«, erhob Rune Einspruch. »Ich rede von einem Unschuldigen, der wegen Mordes im Gefängnis sitzt.«

»Irgendwas ist tatsächlich an ihm dran ...«, sagte Bradford mit einem Nicken in Richtung Bildschirm. »Der sieht mehr aus wie ein Opfer als wie ein Mörder, wenn ihr mich fragt.«

Bevor sie ihm jedoch zustimmen konnte, zerrte Das Model sie entschlossen zum Aufzug. Sie fuhren ins Erdgeschoss des dreistöckigen Gebäudes, das einen ganzen Block auf der Upper West Side einnahm. Das Gebäude war früher eine Munitionsfabrik gewesen und vom Sender gekauft, abgerissen und wieder hochgezogen worden. Von außen wirkte es schäbig und düster und sah aus, als hausten tausend Obdachlose darin; im Innern beherbergte es eine elektronische Anlage im

Wert von einer halben Milliarde und Fernsehlegenden. Ein großer Teil der Fläche war an den Lokalsender O&O vermietet, das meiste jedoch blieb dem Muttersender vorbehalten, der hier zwei Seifenopern, einige Talkshows, mehrere Sitcoms und natürlich die Network News produzierte.

Aus dem Gerätelager neben der Parkgarage holte Rune eine Kamera. Rune und Das Model bestiegen einen Econoline-Kombi. Sie nahm den Türgriff und schwang sich hinein, wie sie es gerne machte, weil sie sich dann fühlte wie ein Pilot, der zu einem Einsatz startet. Der Fahrer, ein dürrer junger Mann mit einem langen blonden Zopf, streckte Rune den Daumen entgegen und ließ den Kombi an. Explosionsartige Klänge von Black Sabbath erfüllten den Wagen.

»Stell die Scheiße ab!«, brüllte Das Model. »Und dann Abfahrt – wir haben Ammoniak auf dem BQE! Los, los, los!«

Der Junge gehorchte, schaltete den Kassettenspieler aus und bog mit gefährlich quietschenden Reifen auf die Straße, als ginge es in die Schlacht für die gute alte Rockmusik.

Auf der Fahrt durch Manhattan blickte Rune gedankenverloren aus dem Fenster auf die Leute auf der Straße, die ihrerseits dem Kombi mit seiner science-fiction-mäßigen Sendeschüssel auf dem Dach und den knalligen, schräg gestellten Buchstaben des Fernsehsenders an der Seite nachsahen. Die Leute blieben immer stehen und schauten, wenn so ein Auto vorbeifuhr, und fragten sich wahrscheinlich, ob es in der Nähe anhalten würde, ob etwas Aufsehen Erregendes passierte, ob sie vielleicht sogar selbst im Hintergrund einer Nachrichtensendung auftauchen würden. Manchmal winkte Rune ihnen zu. Aber heute war sie abgelenkt. Ihr tönte immer noch Randy Boggs' Stimme in den Ohren.

Das erste, was man denkt, ist: Verdammt, ich bin ja immer noch da …

Ich bin immer noch da …

Ich bin immer noch da.

»Na, und wieso kann ich nicht einfach in ihr Büro gehen und mit ihr sprechen?«

»Weil sie die Chefmoderatorin ist«, blaffte Das Model.

Als sei damit alles gesagt.

Rune trottete neben ihm durch den ausgetretenen Flur, der vom Aufzug zurück zum Nachrichtenraum führte. Der abgewetzte Teppich war meeresblau, die Firmenfarbe der Muttergesellschaft. »Und wenn schon. Sie wird mich ja nicht gleich feuern, nur weil ich mit ihr reden will.«

»Na, wieso hörst du dann nicht auf, darüber zu reden, und lässt dir einen Termin geben?« Das Model war schlechter Laune, denn, ja, es war ein Ammoniak-Truck gewesen, und, ja, er war umgestürzt, aber niemand hatte dem Sender verraten, dass der Tank leer gewesen war. Also, nichts verschüttet. Und er hatte sogar die Rücksicht besessen, auf den Straßenrand zu kippen, so dass nicht einmal der Stoßverkehr ernsthaft behindert wurde.

Sie kamen ins Studio, und Rune spielte das Band ab, das sie von dem Laster aufgenommen hatte. Das Model betrachtete die Aufnahmen und schien sich etwas Unfreundliches über ihre Arbeit ausdenken zu wollen.

»Schau«, sagte sie begeistert. »Ich hab den Sonnenuntergang draufgekriegt. Da, seitlich vom Laster. Der rote Streifen, schau ...«

»Ich sehe es.«

»Gefällt's dir?«

»Es gefällt mir.«

»Wirklich ehrlich?«

»Rune.«

»Aber letztlich ist Piper doch meine Chefin, oder?«, sagte Rune, während das Band zurückspulte.

»Na ja, gewissermaßen. Sie arbeitet für den Sender; du arbeitest für den lokalen Tochtersender. Das ist ein komisches Verhältnis.«

»Ich lebe als allein stehende Frau in Manhattan. An komische Verhältnisse bin ich gewöhnt.«

»Hör zu«, sagte er geduldig. »Der Präsident der Vereinigten Staaten ist Befehlshaber der Armee und der Marine, klar? Aber hast du schon mal gesehen, dass er mit jedem Schützen redet, der ein Problem hat?«

»Hier geht's nicht um Probleme. Hier geht's um eine Chance.«

»Hm-mh. Piper Sutton hat keine Lust, über deine Chancen zu quatschen, Süße. Wenn du eine Idee hast, dann solltest du dich an Stan wenden.«

»Der ist Chef der Lokalnachrichten. Das hier ist überregional.«

»Nichts gegen dich, aber du bist nur ein Kameragirl.«

»Girl?«

»Kamerapersonal. Du bist *Technikerin.*«

»Was weißt du von ihr?«, fuhr Rune unverdrossen fort.

»Von Ihr, mit großem I, wieder?« Das Model musterte Rune einen Augenblick lang schweigend.

Rune lächelte ihn schüchtern an. »Bitte.«

»Piper Sutton«, sagte er, »hat da angefangen, wo ich jetzt bin, genau hier – als Reporterin für den Lokalsender O&O in New York. Sie hat am Journalistischen Seminar der Universität von Missouri studiert. Egal, sie war Polizeireporterin, ist dann aufgestiegen und wurde Leiterin der Radionachrichten, dann Chefproduzentin beim Radio. Dann wurde sie als Reporterin zum Hauptsender versetzt.

Sie war viel im Ausland, das weiß ich. Sie war im Mittleren Osten, und sie hat einen Preis für die Berichterstattung über die Ermordung von Sadat bekommen. Danach kam sie wieder hierher zurück und hat das Wochenendprogramm moderiert und ist dann zu den Frühnachrichten gewechselt. Schließlich haben sie versucht, sie in die Muttergesellschaft zu versetzen. Sie haben ihr irgendeinen hohen Posten angeboten, so was wie die Vizepräsidentschaft mit Zuständigkeit für die O&O-Sender. Aber sie wollte keinen Schreibtischjob. Sie wollte vor der Kamera stehen. Irgendwie hat sie sich in *Current Events* reinlaviert, und da ist sie jetzt. Sie verdient eine Million Dollar im Jahr. Wohnt in der Park Avenue. Die Lady ist alleroberste Etage im Fernsehjournalismus und wird wohl kaum Lust auf ein Plauderstündchen mit jemandem wie dir haben.«

»Sie kennt mich ja gar nicht«, sagte Rune.

»Und sie wünscht sich inständig, dass das auch so bleibt. Glaub mir.«

»Wie kommt es, dass alle über sie reden, als sei sie so 'ne Art Drachenlady?«

Das Model stieß ein scharfes Schnauben durch die Nase aus. »Ich mag dich, Rune, und deshalb will ich dir den Abend nicht dadurch verderben, indem ich dir noch mehr über Piper Sutton erzähle.«

3

»Was wollen Sie?«, blaffte die raue Altstimme der Frau. »Wer sind Sie überhaupt?«

Sie war Anfang vierzig und hatte ein hübsches, flächiges, ernstes Gesicht. Ihre Haut war trocken, und sie hatte ein unauffälliges Puder-Make-up aufgelegt. Augen: dunkles Graublau. Ihre Haare waren überwiegend blond, wurden jedoch von meisterhaft gefärbten silbernen Strähnen durchzogen. Die Strähnen waren mit Spray festgekleistert.

Rune trat vor den Schreibtisch und schlug die Arme übereinander. »Ich …«

Das Telefon klingelte. Piper Sutton wandte sich ab und griff zum Hörer. Sie lauschte mit gerunzelter Stirn.

»Nein«, sagte sie nachdrücklich. Lauschte wieder einen Moment. Stieß ein noch bedrohlicheres ›Nein‹ hervor.

Rune musterte ihr cremefarbenes Kostüm und ihre burgunderrote Seidenbluse. Ihre Schuhe waren schwarz und blitzten geradezu. Rune fielen Namen wie Bergdorf, Bendel und Ferragamo ein, sie hatte jedoch keine Ahnung, welcher Name zu welchem Kleidungsstück gehörte. Sutton saß hinter einem großen antiken Schreibtisch unter einer Wand, die mit verschnörkelten modernen Gemälden bedeckt war und mit gerahmten Fotos, auf denen sie zwei Präsidenten und noch ein paar würdevollen, grauköpfigen Herren die Hände schüttelte oder sie umarmte.

Das Telefongespräch dauerte, und Rune wurde völlig ignoriert. Sie schaute sich um.

Zwei Wände des Büros bestanden aus deckenhohen Glasscheiben nach Westen und Süden hinaus. Es befand sich in der 44. Etage des Firmengebäudes des Muttersenders, einen Block vom Studio entfernt. Rune starrte auf einen Horizont, der Pennsylvania hätte sein können. Dem Schreibtisch gegenüber stand ein Regal mit fünf 27-Zoll-Monitoren, Marke NEC, die alle auf verschiedene Sender eingestellt waren. Der Ton war zwar heruntergedreht, aber die Bildschirme feuerten ein elektronisches Knistern in die Luft.

»Dann tun Sie das«, blaffte die Frau und knallte den Hörer auf die Gabel.

Mit hochgezogener Braue blickte sie wieder zu Rune.

»Okay. Die Sache ist die: Ich bin Kameramann beim Lokalsender, und ich …«

Deutlich gereizt erhob Sutton die Stimme. »Was wollen Sie hier? Wie sind Sie hier reingekommen?« Fragen, die so schnell aufeinander folgten, dass klar war, dass es dort, wo sie herkamen, noch eine Menge weitere gab.

Rune hätte ihr verraten können, dass sie sich hereingeschlichen hatte, als Suttons Sekretärin in den Flur gegangen war, um sich an dem Kaffeewagen, der jeden Morgen um zehn Uhr kam, einen Tee zu holen. Sie sagte jedoch nur: »Draußen war niemand, und da bin ich …«

Sutton brachte sie mit einem Wedeln zum Schweigen. Sie griff nach dem Telefonhörer und drückte auf den Knopf der Sprechanlage. Im Außenbüro war ein schwaches Summen zu hören. Niemand antwortete. Sie legte auf.

»Egal«, sagte Rune, »ich …«

»Nichts egal«, sagte Sutton. »Gehen Sie.« Sie senkte den Blick auf das Blatt Papier, das sie gelesen hatte, dabei zogen sich ihre Augenbrauen konzentriert zusammen. Kurze Zeit später schaute sie wieder hoch, aufrichtig erstaunt, dass Rune immer noch vor ihr stand.

»Miss Sutton … *Miss* Sutton«, setzte Rune an. »Ich habe so eine, also, Idee …«

»Eine *also* Idee? Was ist eine *also* Idee?«

Rune spürte, wie ihr Gesicht langsam rot anlief.

»Ich habe eine Idee für eine Story, die ich gerne machen möchte. Für Ihre Sendung. Ich …«

»Moment mal.« Sutton knallte ihren Mont-Blanc-Füller auf den Tisch. »Ich verstehe nicht, was Sie hier wollen. Ich kenne Sie nicht.«

»Geben Sie mir einfach eine Minute, bitte«, sagte Rune.

»Dazu fehlt mir die Zeit. Es ist mir egal, ob Sie hier arbeiten oder nicht. Wollen Sie, dass ich den Sicherheitsdienst rufe?« Das Telefon klingelte erneut.

Rune hielt einen Moment inne. Schöpfte sozusagen Atem. Okay, befahl sie sich, tu's. »*Current Events*«, sagte sie rasch, »kam laut Erhebung der CBS / TIME in der letzten Woche bei den Zuschauerzahlen landesweit auf neun Punkte.« Sie musste kämpfen, damit ihre Stimme nicht umkippte. »Vor drei Monaten wurde die Sendung in der gleichen Erhebung mit fünfzehn bewertet. Das ist ein ganz schöner Sturz.«

Suttons unergründliche Augen bohrten sich in die von

Rune. Oh, Mann, sag ich das wirklich? Aber ihr blieb nichts übrig, als weiterzumachen. »Ich kann diese Ergebnisse in die andere Richtung drehen.«

Sutton musterte Runes Erkennungsmarke am Halsband. Oh, Junge. Gleich werd ich gefeuert. (Rune wurde mit großer Regelmäßigkeit gefeuert. Normalerweise reagierte sie darauf, dass sie sagte: ›Die sind selber schuld‹, und sich zum Arbeitsamt aufmachte. Heute betete sie, dass es nicht passieren würde.)

Der Hörer wanderte zurück auf die Gabel. »Sie haben drei Minuten«, sagte Sutton.

Danke, danke, danke …

»Okay, die Sache ist die, dass ich eine Story machen möchte über …«

»Was meinen Sie mit *Sie* wollen eine Story machen? Sie sagten, Sie seien Kameramann. Geben Sie die Idee einem Produzenten.«

»Ich möchte die Story selber produzieren.«

Sutton ließ ihren Blick erneut über sie schweifen, wobei sie sich diesmal nicht ihren Namen einprägte, um ihn dem Ressort Entlassungen der Personalabteilung zu melden, sondern sie musterte sie eingehend, studierte das junge, ungeschminkte Gesicht, das schwarze T-Shirt, den schwarzen Stretch-Minirock, die blauen Strumpfhosen und die ausgeflippten roten Cowboystiefel. An Runes Ohren baumelten Ohrringe in Form von Sushi. Am linken Handgelenk trug sie drei Armbanduhren mit abgewetzten, golden und silber gefärbten Lederbändern. An der rechten Hand zwei Armbänder – eines davon silbern in Form zweier verschlungener Hände, das andere ein geflochtenes Freundschaftsband. An der einen Schulter baumelte eine Leopardenfelltasche; aus einer aufgeplatzen Ecke schaute ein tintenfleckiges Kleenex.

»Wie eine Produzentin sehen Sie nicht gerade aus.«

»Ich hab schon mal einen Film produziert. Eine Dokumentation. Sie lief letztes Jahr auf PBS.«

»Das machen viele Filmstudenten. Diejenigen, die Glück haben. Vielleicht hatten Sie ja Glück.«

»Wieso können Sie mich nicht leiden?«

»Das deuten Sie nur so.«

»Und, stimmt's?«

Sutton dachte darüber nach. Zu welchem Schluss sie auch gekommen sein mochte, sie behielt ihn für sich. »Sie müssen das verstehen. Das ...« Sie wedelte unbestimmt mit der Hand in Runes Richtung. »... ist Déjà-vu. Das passiert hier ständig. Irgendjemand platzt hier herein – gewöhnlich nachdem er sich hinter dem Aktenschrank versteckt und gewartet hat, bis Sandy Kaffee holen geht.« Sutton zog eine Augenbraue hoch. »Und sagt: ›Ach, ich hab da so eine, *also*, Idee für eine tolle Nachrichtensendung oder eine Gameshow oder ein Special oder Gott weiß was.‹ Und natürlich ist die Idee total, total langweilig. Denn von Begeisterung erfüllte junge Leute sind total, total langweilig. Und in neun von zehn Fällen – nein, in neunundneunzig von hundert Fällen wurde diese tolle Idee bereits von Leuten erwogen und verworfen, die schon eine ganze Weile in der Branche arbeiten. Sie sehen also, hier sind schon Hunderte von Leuten genau wie Sie hereingeschneit und haben mir genau das Gleiche erzählt. Ach, und beachten Sie die korrekte Verwendung des Wortes ›also‹. Als Konjunktion. Nicht als Adjektiv.«

Beide Telefone klingelten gleichzeitig, und Sutton fuhr herum, um die Anrufe entgegenzunehmen. Sie jonglierte eine Weile zwischen beiden hin und her, indem sie einen Finger mit kurz geschnittenem Fingernagel auf den Halteknopf rammte, wenn sie von einem zum anderen wechselte. Als sie auflegte, sah sie Rune vor sich in einem Sessel sitzen und mit den Beinen schlenkern.

Sutton stieß einen scharfen Seufzer aus. »Habe ich mich etwa nicht klar ausgedrückt?«

»Ich möchte eine Story über einen Mörder machen, der verurteilt wurde, nur dass er es nicht getan hat«, sagte Rune. »Ich möchte ihn mit meiner Story freibekommen.«

Suttons Hand schwebte über dem Telefon. »Hier in New York?«

»Jawoll.«

»Das ist eine regionale Angelegenheit, keine nationale. Wenden Sie sich an den Direktor der Lokalnachrichten. Das hätte Ihnen gleich klar sein dürfen.«

»Ich will, dass es in *Current Events* kommt.«

Sutton blinzelte. Dann lachte sie. »Süße, das ist das Nachrichtenflaggschiff des Senders. Ich habe altbewährte Produzenten, die seit zwei Jahren mit Sendungen Schlange stehen und einen Mord dafür begehen würden, sie auf *C. E.* bringen zu dürfen. Ihre *also* Story wird im Leben nicht in meiner Sendung laufen.«

Rune beugte sich vor. »Aber der Typ hat schon drei Jahre im Staatsgefängnis von Harrison abgesessen – drei Jahre für ein Verbrechen, das er nicht begangen hat.«

Sutton schaute sie einen Moment lang an. »Woher haben Sie den Hinweis?«

»Er hat einen Brief an den Sender geschrieben. Es ist echt traurig. Er sagt, er würde sterben, wenn er nicht rauskommt. Andere Gefangene wollen ihn umbringen. Ich bin jedenfalls ins Archiv gegangen und habe mir die alten Bänder über den Prozess angeschaut und ...«

»Wer hat das angeordnet?«

»Niemand. Ich hab's von selbst gemacht.«

»In Ihrer Zeit oder unserer?«

»Hä?«

»›Hä?‹«, wiederholte Sutton spöttisch. Und fuhr fort, als müsste sie einem Kind etwas erklären: »War es während *Ihrer* Zeit oder während *unserer* Zeit, als Sie diese Hausaufgaben gemacht haben?«

»Irgendwie in meiner Mittagspause.«

»*Irgendwie*«, meinte Sutton. »Hm-mh. Nun, dieser Mann ist also unschuldig. Es werden eine Menge unschuldiger Menschen verurteilt. Das ergibt noch keine Nachricht. Es sei denn, er ist berühmt. Ist er berühmt? Ein Politiker, ein Schauspieler?«

Rune blinzelte. Unter dem bohrenden Blick der Frau kam sie sich sehr jung vor. Brachte keinen Ton heraus. »Es ist irgendwie, es geht nicht so sehr darum, *wer* er ist, als um die Tatsache, dass er wegen eines Verbrechens verurteilt worden ist, das er nicht begangen hat, und dass er im Gefängnis einfach irgendwie verfault. Oder umgebracht wird oder so was.«

»Sie glauben, er sei unschuldig? Dann gehen Sie zur juristischen Fakultät oder machen Sie eine Kollekte zu seiner Verteidigung und holen ihn raus. Wir sind hier eine Nachrichtenabteilung. Sozialfälle gehen uns nichts an.«

»Nein, das wäre eine echt gute Story. Und es wäre irgendwie, also ...« Rune hörte ihre schwerfälligen Worte und verstummte. Die muss mich für 'ne Vollidiotin halten. Sutton zog die Augenbrauen hoch, und Rune fuhr vorsichtig fort. »Wenn wir ihn freibekommen, werden alle anderen Sender und Zeitungen *unsere* Meldung übernehmen.«

»Unsere?«

»Na ja, die von Ihnen und *Current Events*. Weil der Typ aus dem Gefängnis gekommen ist.«

Sutton winkte ab. »Das ist eine kleine Story. Eine Lokalangelegenheit.« Sutton fing an, etwas auf das Blatt zu schreiben, das vor ihr lag. Ihre Handschrift war elegant. »Das ist alles.«

»Na ja, wenn Sie vielleicht nur das an sich nehmen könnten.« Rune öffnete ihre Tasche und überreichte Sutton eine Mappe mit einer Zusammenfassung der Story. Die Moderatorin schob sie unter ihre Porzellankaffeetasse am anderen Ende des Schreibtisches und wandte sich wieder dem Dokument zu, das sie anfangs gelesen hatte.

Vor dem Büro der Frau blickte die Sekretärin entsetzt zu

Rune auf. »Wer sind Sie?« Ihre Stimme war schrill vor Schreck. »Wie sind Sie hier hereingekommen?«

»Sorry, hab mich verlaufen«, sagte Rune bedrückt und ging weiter in Richtung der mit dunklem Holz verkleideten Aufzüge.

Die Aufzugtüren hatten sich gerade geöffnet, als Rune eine Stimme wie Stahl auf Stein vernahm. »Sie«, rief Piper Sutton und zeigte auf Rune. »Hierher zurück. Sofort.«

Rune eilte in das Büro zurück. Sutton ragte mit fast einsachtzig über ihr auf. Ihr war nicht aufgefallen, dass die Moderatorin so groß war. Sie hasste große Frauen.

Sutton knallte die Tür hinter sich zu. »Setzen.«

Rune gehorchte.

Nachdem Sutton selbst Platz genommen hatte, sagte sie: »Sie haben mir nicht gesagt, dass es sich um Randy Boggs handelt.«

»Er ist nicht berühmt«, sagte Rune. »Sie haben gesagt, Sie seien nicht interessiert an Leuten, die nicht ...«

»Sie hätten mir alle Fakten mitteilen müssen.«

Rune schaute schuldbewusst. »Tut mir Leid. Das hab ich nicht bedacht.«

»Schon gut. Boggs könnte eine Nachricht wert sein. Erzählen Sie mir, was Sie herausgefunden haben.«

»Ich hab den Brief gelesen. Und mir die Bänder angeschaut – eines von dem Prozess und das von ihm im Gefängnis vor einem Jahr. Er sagt, er sei unschuldig.«

»Und?«, blaffte Sutton.

»Und das wär's.«

»Was meinen Sie mit ›das wär's‹? Halten Sie ihn deshalb für unschuldig? Weil er es gesagt hat?«

»Er hat gesagt, die Polizei hätte bei dem Verbrechen nicht richtig ermittelt. Sie hätten nicht versucht, noch mehr Zeugen zu finden und sie hätten sich keine Zeit genommen, um mit denen zu reden, die sie gefunden haben.«

»Hat er das seinem Anwalt gesagt?«

»Das weiß ich nicht.«

»Und das ist alles?«, fragte Sutton.

»Es ist einfach so, dass ich ... ich weiß nicht. Ich hab mir sein Gesicht auf dem Band angesehen, und ich glaube ihm.«

»Sie glauben ihm?« Sutton lachte. Sie öffnete eine Schublade in ihrem Schreibtisch und holte eine Packung Zigaretten heraus. Mit einem silbernen Feuerzeug zündete sie sich eine an und nahm einen langen Zug.

Rune schaute sich in dem Raum um und versuchte, sich eine Antwort einfallen zu lassen. Von Piper Sutton gemustert zu werden fegte fast sämtliche Gedanken aus ihrem Kopf. »Lesen Sie den Brief« war alles, was sie sagte. Rune nickte in Richtung des Ordners, den sie der Frau gegeben hatte. Sutton fand ihn und las. »Das ist eine Kopie. Haben Sie das Original?«, fragte sie.

»Ich dachte, die Polizei könnte ihn als Beweisstück brauchen, wenn er einen neuen Prozess bekommt. Das Original ist in meinem Schreibtisch eingeschlossen.«

Sutton schloss den Ordner. »Ich schätze, ich habe da eine beachtliche Menschenkennerin vor mir«, sagte sie. »Was sind Sie, irgend so ein Gerechtigkeitsmedium? Sie spüren Schwingungen, dass der Mann unschuldig sei, und damit hat sich's? Hören Sie, meine Liebe, auf die Gefahr hin, mich wie ein Journalistikprofessor anzuhören, lassen Sie mich Ihnen etwas sagen. Bei den Nachrichten gibt es nur eins, was zählt: die Wahrheit. Sonst nichts. Sie haben ein gottverdammtes Gefühl, dass der Mann unschuldig ist, gut, schön für Sie. Aber wenn Sie aufgrund von Gerüchten Fragen stellen, nur weil Sie irgendein geistiges Fax bekommen haben, Boggs sei unschuldig, nun, so ein Quatsch kann eine Nachrichtenabteilung ganz schnell ruinieren. Von Ihrer Karriere gar nicht zu reden. Unbelegte Behauptungen sind Gift in diesem Geschäft.«

»Ich hatte vor, die Story richtig anzugehen«, sagte Rune. »Ich weiß, wie man recherchiert. Ich weiß, wie man Interviews führt. Ich hatte nicht vor, mit irgendwas zu kommen, was nicht ...« Oh, verdammt: *fundiert* oder *fungiert*? Was denn nun? Rune war nicht gut mit ähnlich klingenden Wörtern. »... untermauert ist.«

Sutton beruhigte sich. »Na schön, Sie wollen also sagen, Sie haben eine Spur, und der möchten Sie nachgehen.«

»Ich glaube, das ist es.«

»Sie glauben, das ist es.« Sutton nickte und zielte dann mit der Zigarette auf Rune. »Lassen Sie mich Ihnen eine Frage stellen.«

»Klaro.«

»Ich lege Ihnen nicht nahe, die Story nicht zu verfolgen.«

Rune bemühte sich, die verschiedenen *nicht* zu sortieren.

Sutton fuhr fort. »Ich würde keinem Reporter je nahelegen, er solle nicht einer Story nachgehen, die er für vielversprechend hält.«

Rune nickte und kämpfte sich durch dieses weitere Knäuel von Neins und Nichts.

»Aber ich frage mich, ob Ihre Bemühungen nicht ein wenig fehlgeleitet sind. Boggs hatte seine Chance vor Gericht, und selbst wenn es bei dem Prozess zu gewissen kleineren Unregelmäßigkeiten kam, was soll's?«

»Aber ich habe einfach so ein Gefühl, dass er unschuldig ist. Was kann es schaden, wenn ich da nachhake?«

Suttons matt geschminkte Augen schweiften langsam durch den Raum, um sich dann wieder auf die junge Frau zu richten. »Sind Sie sicher, dass Sie in Wirklichkeit nicht eine Story über sich selbst machen wollen?«, fragte sie leise.

Rune blinzelte. »Über mich?«

»Machen Sie eine Story über Randy Boggs oder über eine junge, ehrgeizige Journalistin?« Wieder lächelte Sutton, ein vorgetäuscht harmloses Lächeln. »Woran ist Ihnen vor allem gelegen«, fragte sie, »die Wahrheit über Boggs zu sagen oder sich selbst einen Namen zu machen?«

Rune sagte eine Weile lang gar nichts. »Ich glaube, er ist unschuldig«, sagte sie dann leise.

»Ich werde den Fall nicht mit Ihnen diskutieren. Ich stelle lediglich die Frage. Nur Sie können sie beantworten. Und ich glaube, man muss das gut überlegen ... Was passiert, wenn – nicht, dass ich daran glauben würde, dass er unschuldig ist – aber wenn Sie neue Beweise finden, die einen Richter davon überzeugen, ihm einen neuen Prozess zu gewähren? Und Boggs bis zu diesem Prozess freigelassen wird? Und was, wenn er einen Supermarkt überfällt und dabei jemanden umbringt?«

Rune, die außerstande war, einen klaren Gedanken zu fassen, wandte den Blick ab. Zu viele knallharte Fragen. Das, was die Sutton da sagte, war durch und durch vernünftig. »Ich glaube, er ist unschuldig«, sagte sie. Aber ihre Stimme war unsicher. Sie hasste den Klang. »Es ist eine Story, die gemacht werden muss«, sagte sie entschlossen.

Sutton starrte sie lange an. »Haben Sie schon einmal ein Budget für einen Beitrag in einer Nachrichtensendung aufgestellt?«, fragte sie dann. »Haben Sie schon einmal Personal eingeteilt? Haben Sie schon einmal mit Gewerkschaften zu tun gehabt?«

»Ich bin in der Gewerkschaft. Ich bin Kamera ...«

Sutton hob die Stimme. »Reden Sie kein dummes Zeug. Ich weiß, dass Sie in der Gewerkschaft sind. Ich habe gefragt, ob Sie schon mal mit Gewerkschaften verhandelt haben, als Auftraggeber?«

»Nein.«

»Okay«, sagte Sutton abrupt. »Was Sie auch tun, Sie werden es nicht als alleinige Produzentin tun. Dazu haben Sie zu wenig Erfahrung.«

»Keine Angst, ich, also, echt ...«

Suttons Mundwinkel zuckten. »Sie sind begeisterungsfähig? Lernen schnell? Arbeiten hart? Wollten Sie das sagen?«

»Ich bin gut. Das wollte ich sagen.«

»Wunder gibt es immer wieder«, sagte Sutton und streckte einen langen, geröteten Finger nach Rune aus. »Sie können als Produktionsassistentin arbeiten. Sie können berichten, und Sie können ...« Sutton grinste, »*also* Kommentare schreiben. Vorausgesetzt, Sie schreiben stilsicherer, als Sie sprechen. Aber ich möchte, dass jemand eine Weile dabei ist, der die Verantwortung trägt. Sie sind viel zu ...«

Rune stand auf und stemmte die Hände auf die Schreibtischplatte. Sutton lehnte sich zurück und blinzelte. »Ich bin kein Kind mehr!«, sagte Rune. »Ich bin zu Ihnen gekommen, um Ihnen von einer Story zu erzählen, die gut für Sie und für den Sender wäre, und Sie beleidigen mich nur. Ich hätte nicht zu Ihnen kommen müssen. Ich hätte zur Konkurrenz gehen können. Ich hätte die Story einfach für mich behalten und selbst machen können. Aber ...«

Sutton lachte und hob die Hand. »Also bitte, Kleine, ersparen Sie mir das. Sie brauchen mir nicht zu zeigen, dass Sie Mumm haben. Den hat in dieser Branche jeder, sonst würde er binnen fünf Minuten auf dem Arsch landen. Sie können mir nicht imponieren.« Sie griff zu ihrem Füller und senkte den Blick auf das Dokument, das vor ihr lag. »Wenn Sie die Story machen wollen, wenden Sie sich an Lee Maisel. Sie werden dann für ihn arbeiten.«

Mit klopfendem Herzen verharrte Rune einen Augenblick wie erstarrt. Sie beobachtete Sutton, die einen Vertrag überflog wie die Anzeigenseiten in der *Sunday Times*.

»Sonst noch was?« Sutton hob den Kopf.

»Nein«, sagte Rune. »Ich wollte nur noch sagen, dass ich 'ne super Arbeit abliefern werde.«

»Wunderbar«, sagte Sutton wenig begeistert. »Wie war noch Ihr Name?«

»Rune.«

»Ist das ein Künstlername?«

»So irgendwie.«

»Okay, Rune, wenn Sie diese Story tatsächlich machen und nicht auf halber Strecke aufgeben, weil es zu viel Arbeit ist oder weil es zu schwierig ist oder weil Sie doch nicht genügend Mumm haben …«

»Ich werde nicht aufgeben. Ich werde ihn freibekommen.«

»Nein«, blaffte Sutton. »Sie werden die *Wahrheit* herausfinden. Wie immer sie auch aussieht, ob Sie ihn damit freibekommen oder ob sie beweist, dass er das Lindbergh-Baby gekidnappt hat.«

»Genau«, sagte Rune. »Die Wahrheit.«

»Wenn Sie das wirklich machen, sprechen Sie mit niemandem außer mit Lee Maisel und mir. Ich will regelmäßig Berichte über den Stand der Dinge. Mündliche. Nicht diesen Memo-Mist. Verstanden? Zu niemandem ein Wort. Das ist das Wichtigste, was Sie im Augenblick tun können.«

»Die Konkurrenz wird nichts erfahren.«

Sutton seufzte und schüttelte genauso den Kopf wie Runes Mathelehrer, als sie zum zweiten Mal durchgefallen war. »Ich mache mir keine Sorgen um die Konkurrenz. Ich mache mir Sorgen, dass Sie sich irren. Dass er tatsächlich schuldig ist. Wenn wir eine Story an einen anderen Sender verlieren, nun ja, das kommt vor; das gehört zum Spiel. Aber wenn ein Bericht, den wir drehen, ins Gerede kommt, und es stellt sich heraus, dass wir falsch liegen, dann geht es um meinen Arsch. *Comprende*, Süße?«

Rune nickte und wandte besiegt rasch den Blick ab.

Sutton löste die Spannung mit einer Frage. »Eines würde mich noch interessieren.« Sie hörte sich amüsiert an. »Wissen Sie, wen Boggs ermordet haben soll?«

»Ich habe den Namen gelesen, kann mich aber nicht genau dran erinnern. Aber ich werde …«

Sutton schnitt ihr das Wort ab. »Sein Name war Lance Hopper. Sagt Ihnen das irgendetwas?«

»Eigentlich nicht.«

»Das sollte es aber. Er war Leiter des Nachrichtensenders hier. Er war unser Boss. Ist Ihnen jetzt klar, wieso Sie mit dem Feuer spielen?«

4

Lee Maisel war ein massiger, kahl werdender, bärtiger Mann Mitte fünfzig. Er trug eine braune Hose und eine Tweedjacke über einem Button-Down-Hemd ohne Krawatte und einem abgetragenen burgunderrot-beigen Pullover. Er rauchte eine von Alter und Rauch vergilbte Meerschaumpfeife, eine von über einem Dutzend Pfeifen, die auf dem Tisch verstreut lagen. Er sah nicht aus wie ein Mann, der als Chefproduzent eines der beliebtesten Fernsehnachrichtenmagazine des Landes herstellte und mehr als eine Million Dollar im Jahr verdiente.

»Ich meine, woher sollte ich wissen, wer Lance Hopper war?«, fragte Rune.

»Ja, woher wohl?«

Maisel und Rune saßen in Maisels großem Büro in dem Teil der ehemaligen Munitionsfabrik, der dem Hauptsender gehörte. Anders als das Büro von Piper Sutton im Hochhaus der Muttergesellschaft lag das von Maisel in nur zehn Meter Höhe und bot Ausblick auf eine Bowlingbahn. Rune gefiel es, dass Maisel hier unten bei der Truppe war. Er sah sogar aus wie ein General. Sie konnte sich vorstellen, wie er in Nordafrika in Khakishorts und Tropenhelm im Panzer den Nazis nachjagte.

Rune saß neben einer großen Kaffeemaschine. Sie warf einen unsicheren Blick nach ihr – als enthielte die Kanne den nuklear verseuchten Schlamm, an den der Kaffee erinnerte. »Türkisch«, erklärte er. Er goss sich eine Tasse ein und zog fragend eine Augenbraue hoch. Sie schüttelte den Kopf.

»Piper steht ziemlich unter Strom, stimmt's?«, fragte Rune. Dann kam ihr der Gedanke, dass sie vielleicht nicht derart über Sutton sprechen sollte, wenigstens nicht ihm gegenüber.

Maisel antwortete nicht. »Ist Ihnen klar, was das bedeutet?«, fragte er. »Das mit Hopper?«

»Ich weiß nur, dass Piper sagte, er sei Chef des Senders gewesen. Unser Boss.«

Maisel drehte sich um und wühlte sich durch einen Stapel Hochglanzmagazine in seinem Regal. Er fand eines und gab es ihr. Es handelte sich allerdings um keine Zeitschrift, sondern um einen Jahresbericht der Muttergesellschaft des Senders. Maisel beugte sich vor, schlug ihn auf einer Seite nahe der Mitte auf und tippte mit einer dicken gelben Fingerspitze auf eine Abbildung. »Das ist Lance Hopper.«

Lawrence W. Hopper, leitender Vizepräsident, las Rune. Sie sah einen hoch gewachsenen Geschäftsmann mit Hängebacken in dunklem Anzug und weißem Hemd. Er trug eine rote Fliege. Er war Mitte fünfzig. Gut aussehend auf eine geschäftsmännische Art. Steinharte Augen.

»Begreifen Sie jetzt, was Sie gemacht haben?«, sagte Maisel.

»Nein, nicht so richtig.«

Maisel berührte mit der Zunge seinen Mundwinkel. Er spielte mit einer seiner Pfeifen und legte sie wieder zurück. »Boggs wurde verurteilt, weil er einen Mann umgebracht hat, den ich kannte und mit dem ich zusammengearbeitet habe. Einen Mann, den Piper kannte und mit dem sie zusammengearbeitet hat. Lance konnte ein echter Mistkerl sein, aber er war ein begnadeter Journalist, und er hat den Sender von unten nach oben gekehrt. Er gehörte zum Pantheon der Götter des Fernsehjournalismus wie Walter Cronkite, David Brinkley und Mike Wallace. So gut war er. Alle hatten Respekt vor Lance Hopper. Sie hätten den Beifall im Nachrichtenraum hören sollen, als Boggs wegen Mordes an ihm verurteilt wurde. Und jetzt kommen Sie und sagen, Boggs sei unschuldig. Das wird Probleme hier geben. Loyalitätsprobleme. Und es könnte Ihnen und jedem, der mit dem Projekt zu tun hat, eine Menge Scherereien einbringen.«

Maisel fuhr fort. »Schauen Sie, ich habe Boggs selbst interviewt. Er ist ein Penner. Er hatte nie im Leben einen anständigen Beruf. Alle waren sich mit den Geschworenen einig, dass er es getan hat. Wenn Sie Recht haben, und er ist unschuldig, dann machen Sie sich hier ziemlich unbeliebt. Und vom Richter und vom Staatsanwalt werden Sie auch keine Preise bekommen. Und wenn Sie sich irren, dann machen Sie sich auch ziemlich unbeliebt, allerdings nicht hier, weil Sie nämlich hier nicht mehr arbeiten. Ist Ihnen jetzt klar, was das alles bedeutet?«

»Aber es geht doch nicht um Beliebtheit. Wenn er unschuldig ist, ist er unschuldig.«

»Sind Sie so naiv, wie Sie scheinen?«

»*Peter Pan* ist mein Lieblingsstück.«

Maisel lächelte. »Vielleicht ist es ja besser, Mumm zu haben als Grips.« Rune roch süß-saueren Whisky in seinem Atem. Ja, Maisel entsprach eindeutig dem Bild eines Journalisten alten Schlages.

»Wieso suchen Sie sich nicht einen netten Verbrecher, der unschuldig im Gefängnis sitzt, und lassen ihn da raus? Wieso müssen Sie einen Kreuzzug für dieses Arschloch veranstalten?«

»Unschuldige Arschlöcher sollten genauso wenig im Gefängnis sitzen wie unschuldige Heilige.«

Was ihr ein offenes Lachen eintrug. Rune sah, dass er nicht lachen wollte, aber er tat es. Er musterte sie eine Weile. »Piper hat mich angerufen und gesagt, hier sei ein, nun ja, ein gieriges junges Ding vom Lokalsender, das …«

»Hat sie mich so beschrieben? Gierig?«

Maisel bohrte mit einem silbernen Instrument in seiner Pfeife, das aussah wie ein großer, platt geklopfter Nagel. »Nicht ganz. Aber lassen wir es dabei. Und als sie mir das sagte, dachte ich: ›Oh, Junge, noch eine.‹ Gierig, ekelhaft, ehrgeizig. Aber wieder ohne Grips.«

»Ich habe Grips.«

»Ich denke, das könnte stimmen«, sagte Maisel. »Und eins muss ich Ihnen sagen – obwohl ich denke, dass er schuldig ist, lief der Fall Boggs doch ein bisschen zu glatt. Zu schnell.«

»Haben die Medien ihn vorverurteilt?«, fragte Rune.

»Die Medien vorverurteilen jeden Beschuldigten. Das ist eine Konstante. Nein, ich rede von den Bullen und dem Rechtssystem ... Ich denke, das könnte – *könnte* – eine Story wert sein. Wenn Sie es richtig machen.«

»Das kann ich. Wirklich.«

»Piper sagte, Sie seien Kameramann. Verfügen Sie über weitere Erfahrungen?«

»Ich habe eine Dokumentation für PBS gemacht.«

»Nichtkommerzielles Fernsehen?«, fragte er verächtlich. »Nun ja, *Current Events* ist etwas völlig anderes als PBS. Die Produktion der Sendung kostet über eine halbe Million Dollar pro Woche. Wir bekommen keine Zuschüsse; wir überleben dank Werbeeinnahmen, die sich nach unseren Zuschauerquoten richten. Wir verdienen unser Geld. In der letzten Woche hatten wir ein Rating von zehn Komma sieben Punkten. Wissen Sie, was ein Punkt bedeutet?«

»Nicht genau.«

»Jeder Punkt bedeutet, dass wir in neunhundertzwanzigtausend Haushalten empfangen werden.«

»Wahnsinn«, sagte Rune, die mit der Rechnung nicht recht mitkam, aber sehr wohl verstand, dass eine Menge Leute ihren Beitrag sehen würden.

»Wir kämpfen gegen einige der publikumsträchtigsten Programme in der Geschichte des Fernsehens. In der jetzigen Staffel treten wir gegen *Next Door Neighbors* und gegen *Border Patrol* an.«

Rune nickte und versuchte, beeindruckt auszusehen, obwohl sie nur eine einzige Folge von *Neighbors* – der derzeitigen Top-Sitcom – gesehen und für das Dümmste gehalten hatte, was man im Fernsehen vorgesetzt bekam, voll mit Schlaubergersprüchen und Geblödel vor der Kamera und idiotischen Einzeilerdialogen. Bei *Border Patrol* gab es tolle Aufnahmen und einen super Soundtrack, obwohl nie etwas anderes passierte, als dass sich der hübsche junge Agent ständig mit dem klugen älteren Agenten über die Polizeimethoden fetzte und sie sich dann im wöchentlichen Wechsel gegenseitig retteten, während sie den Zuschauern politische Korrektheit in hohen Dosen verabreichten.

Current Events, andererseits, schaute sie sich sehr häufig an.

»Wir haben vier Zwölf-Minuten-Sendungen pro Woche, die von Millionen Dollar schweren Werbeclips eingerahmt werden. Da hat man keine Zeit zum Ausspannen. Da hat man keine Zeit, Themen zu entwickeln und die Zuschauer mit Stimmungsbildern zu verwöhnen. Man nimmt zehntausend Bandmeter auf und benutzt fünfhundert. Wir haben Klasse. Uns kommen die Computergrafiken zu den Ohren raus. Wir haben neunzigtausend Dollar für eine Erkennungsmelodie auf Synthesizer von so einem New-Age-Musiker-As bezahlt. Hier geht's um die Hauptsendezeit. Unsere Stories handeln nicht von Geschlechtsoperationen, Delphinen, die das Leben von Seeleuten retten, dreijährigen Crackdealern. Wir bringen *Nachrichten*. Wir bringen ein Magazin, eines, wie die alten *Life*-und *Look*-Magazine es waren. Vergessen Sie das nicht.«

Rune nickte.

»Ein Magazin«, fuhr Maisel fort, »in Bildern. Ich will jede Menge Bilder – Aufnahmen vom Originaltatort, alte Aufnahmen, neue Interviews.«

Rune rückte nach vorn. »Oh, klar, und wie wär's mit klaustrophobischen Gefängnisszenen? Sie wissen schon, winzige grüne Räume und Gitterstäbe? Vielleicht Räume, wo sie die Häftlinge abspritzen? Vorher- und Nachherbilder von Boggs – um zu zeigen, wie dünn und bleich er geworden ist.«

»Gut. Das gefällt mir.« Maisel schaute auf ein Blatt Papier. »Piper sagte, Sie seien beim Lokalsender. Ich habe Sie mir zuteilen lassen.«

»Sie meinen, ich komme zum Stab? Von *Current Events*?« Ihr Puls beschleunigte sich exponentiell.

»Vorübergehend.«

»Phantastisch.«

»Vielleicht. Vielleicht auch nicht«, sagte Maisel. »Warten wir ab, wie Sie es sehen, wenn Sie hundert Personen interviewt haben und die ganze Nacht unterwegs waren ...«

»Ich bleibe immer lange auf.«

»Zum Schneiden?«

»Tanzen normalerweise«, gab Rune zu.

»Tanzen«, sagte Maisel. Es schien ihn zu amüsieren. »Okay«, sagte er. »Das ist die Lage. Normalerweise setzen wir einen Produzenten aus der Abteilung ein, aber aus irgendeinem Grund will Piper direkt mit mir zusammenarbeiten. Niemand sonst. Ich kann niemanden für die Kameraarbeit erübrigen, die bleibt also an Ihnen hängen. Aber Sie wissen ja, wie die Geräte funktionieren ...«

»Ich spare auf eine eigene.«

»Wunderbar«, sagte er mit einem gelangweilten Seufzer, worauf er eine Pfeife auswählte und einen Lederbeutel mit Tabak vom Schreibtisch nahm. Der streng frisierte Kopf einer Sekretärin erschien in der Tür. Sie sagte, Maisels Elf-Uhr-Verabredung sei eingetroffen. Sein Telefon fing an zu klingeln. Seine Aufmerksamkeit war jetzt woanders. »Eins noch«, sagte er zu Rune.

»Was?«

»Sie haben meine hundertprozentige Unterstützung, solange Sie sich an die Regeln halten, wohin die Story Sie auch immer bringt. Aber wenn Sie Tatsachen verdrehen, falls Sie versuchen, eine Story zu *konstruieren*, wo keine ist, falls Sie spekulieren, mich, Piper oder das Publikum anlügen, dann lasse ich Sie in null Komma nichts fallen, und Sie arbeiten in dieser Stadt nie wieder im Journalismus. Ist das angekommen?«

»Jawoll, Sir.«

»Gut. An die Arbeit.«

Rune blinzelte. »Das war's? Ich dachte, Sie würden mir, na ja, sagen, was ich machen soll oder so was.«

Maisel wandte sich zum Telefon. »Okay«, sagte er abrupt, »ich sag Ihnen, was Sie tun sollen: Sie denken, da draußen wartet 'ne Story? Na los, holen Sie sie.«

»Das sin' nich Sie.«

»Klar bin ich's. Nur dass ich was mit meinen Haaren gemacht habe, nämlich Henna benutzt und so 'n Purpurzeug, und dann hab ich Schaum genommen, dass es stachelig wird ...«

Der Wächter vor dem Manhattaner Büro der Gefängnisverwaltung des Staates New York betrachtete sich Runes eingeschweißten Ausweis vom Sender, an dem eine Gliederkette baumelte. Er zeigte ein Bild von ihr mit einer spechtartigen, glänzenden Frisur und mit einer runden farbigen Brille à la John Lennon.

»Das sin' nich Sie.«

»Nein, echt.« Sie fischte die Brille aus der Tasche und setzte sie auf, um sich dann in die Haare zu greifen und sie gerade nach oben zu ziehen. »Sehen Sie?«

Der Wächter blickte einen Augenblick zwischen Ausweis und Person hin und her, dann nickte er und gab ihr den Ausweis zurück. »Wenn Se meine Meinung wissen wollen, lassen Se das Zeug aus 'n Haar'n raus. Das kann nich gesund sein.«

Rune zog sich die Kette über den Kopf. Sie ging ins Hauptbüro, schaute sich die Informationstafeln an, die Normschreibtische, die verbeulten Wasserspender. Es sah aus wie ein Ort, wo Leute, die für Gefängnisse zuständig waren, arbeiten sollten: klaustrophobisch, farblos, stumm.

Sie dachte über den armen Randy Boggs nach, der seit drei Jahren in seiner winzigen Zelle schmachtete.

Das Erste, was man denkt, ist: Verdammt, ich bin ja immer noch da …

Ein hochgewachsener Mann in zerknautschtem cremefarbenem Anzug kam an ihr vorbei und sah ihren Ausweis. Er blieb stehen. »Sind Sie von der Presse?«

Rune verstand ihn zuerst nicht. »Ach, Presse. Klar. Ich bin Reporterin. *Current Events*. Sie wissen schon, die Nachrichten …«

Er lachte. »Jeder kennt *Current Events*.« Er streckte die Hand aus. »Ich bin Bill Swenson, Leiter der Pressestelle hier.«

Sie schüttelte ihm die Hand und stellte sich vor. »Ich schätze, ich suche nach Ihnen«, sagte sie. »Ich muss mit jemandem wegen einem Interview mit einem Häftling sprechen.«

»Für eine Story?«

»Hm-mh«, sagte Rune.

»Kein Problem. Aber das läuft nicht über uns. Sie bitten direkt beim Büro des Direktors um eine Besuchserlaubnis, und dann wenden Sie sich an den Häftling selbst, um einen Termin zu vereinbaren, wenn der Direktor zustimmt.«

»Das ist alles?«

»Ja«, sagte Swenson. »Welche Anstalt?«

»Harrison.«

»Harte Sache, hm?«

»Ja, ich denke schon.«

»Um welchen Häftling handelt es sich?«

Sie zögerte. »Also …«

»Wir müssen das wissen«, sagte Swenson. »Keine Sorge – ich werd's nicht ausplaudern. Ich bin nicht dahin gekommen, wo ich bin, indem ich Journalisten verarscht habe.«

»Okay«, sagte sie. »Es geht um Randy Boggs. Er wurde wegen Mordes an Lance Hopper verurteilt.«

Swenson nickte. »Ah, klar, ich erinnere mich an den Fall. Vor drei Jahren. Hopper hat für Ihr Unternehmen gearbeitet, stimmt's? Moment, er war *Chef* des Senders.«

»Das stimmt. Die Sache ist nur die, dass ich glaube, dass Boggs unschuldig ist.«

»Unschuldig, ach wirklich?«

Rune nickte. »Und ich werde versuchen zu erreichen, dass der Fall wieder aufgenommen und er freigelassen wird. Oder einen neuen Prozess bekommt.«

»Das gibt eine Wahnsinnsstory.« Swenson blickte die Flure auf und ab. »Ganz im Vertrauen?«

»Klar.« Rune überlief ein erregender Schauer. Hier war ihre erste vertrauliche Quelle.

»Jedes Jahr werden in New York Dutzende von Menschen unschuldig verurteilt. Manchmal kommen sie frei, manchmal nicht. Ein schauerlicher Gedanke, dass so etwas passieren kann.«

»Ich glaube, es würde ein gute Story abgeben.«

Swenson machte sich durch den Flur zurück zum Ausgang auf. Rune folgte ihm. »Am Haupttresen bekommen Sie die Telefonnummer des Direktors von Harrison«, sagte er. Er geleitete sie durch die Sicherheitssperre zur Tür. »Ich bin froh, dass ich Sie getroffen habe«, sagte sie.

»Viel Glück«, sagte er. »Ich freu mich schon auf die Sendung.«

5

Als Rune die Gangway zu ihrem Hausboot hochstieg, das sanft auf dem Hudson River westlich von Greenwich Village dümpelte, hörte sie von drinnen das Weinen eines Kindes.

Ihre Hand zögerte auf dem Türknauf, dann schloss sie die Tür auf und trat ein.

»Claire«, sagte Rune unsicher. Dann, da ihr nichts anderes einfiel, fügte sie hinzu: »Du bist ja immer noch hier.«

Mitten im Wohnzimmer lag eine junge Frau auf den Knien und tröstete die drei Jahre alte Courtney. Claire nickte Rune zu und lächelte ein düsteres Lächeln, bevor sie sich wieder dem kleinen Mädchen zuwandte.

»Es ist alles gut, meine Süße.«

»Was ist passiert?«

»Sie ist nur gefallen. Es geht ihr gut.«

Claire war ein paar Jahre älter als Rune. Sie sahen sich sehr ähnlich, außer dass Claire gerade in einer Beatnikphase war, während Rune den alten Look zugunsten von New Wave abgelegt hatte. Claire färbte ihr Haar schwarz und kämmte es streng zu einem Pferdeschwanz zurück. Sie trug oft Caprihosen und schwarz-weiß gestreifte Pullover. Ihr Gesicht war weiß wie der Tod, und auf ihre Lippen hatte sie den rötesten Lippenstift aufgelegt, den Max Factor zu verkaufen wagte. Der einzige Vorteil, mit ihr zusammenzuwohnen – seit sie aufgehört hatte, Miete zu zahlen – war, dass ihr Modegeschmack zum 50er-Jahre-Spießerdekor des Hausbootes passte.

Nachdem Claire ihren Job bei Celestial Crystals auf dem Broadway verloren hatte und aus ihrer Wohnung im fünften Stock ohne Aufzug im East Village geflogen war, hatte sie Rune gebeten, sie und ihre Tochter bei sich aufzunehmen. »Komm schon«, hatte Claire gesagt. »Nur ein, zwei Tage. Das wird lustig. Wie eine Schlafanzugparty.«

Das war vor sechs Wochen gewesen – und das, was dann folgte, hatte Rune noch bei keiner Schlafanzugparty erlebt.

An diesem Morgen, bevor Rune zur Arbeit gegangen war, hatte Claire ihr gesagt, sie hätte einen neuen Job bekommen, und versprochen, sie und Courtney würden bis zum Abendessen verschwunden sein.

Jetzt stand Claire auf und schüttelte angeekelt den Kopf. »Der Fall ist der: Der Typ hat 'nen Rückzieher gemacht. Es gibt echt beschissene Leute!«

Rune erinnerte sich nicht genau, wer ›der Typ‹ war oder wovon er einen Rückzieher gemacht hatte. Aber jetzt war Rune wütender auf ihn als Claire. Sie musste gehen ... Sollten sie gleich reden oder später? Gleich, beschloss sie. Aber der Mut verließ sie. Scheiße. Sie ließ ihre Leopardentasche auf den dunkelroten, nierenförmigen Flokati fallen, den sie auf der Straße gefunden hatte, dann beugte sie sich hinunter und küsste die Dreijährige auf die Stirn.

Courtney hörte auf zu weinen. »Rune«, sagte sie. »Geschichte. Liest du mir eine Geschichte vor?« Sie trug Blue Jeans und einen schmutzigen gelben Pullover.

»Später, mein Schatz, es ist Zeit zum Essen«, sagte Rune und ging in die Hocke, um die dunklen Locken des Mädchens glatt zu streichen. »Deine Haare sind irgendwie total bockig.« Sie stand auf und ging in die Kombüse des Hausbootes. »Ihre Haare, hab ich grade gesagt«, rief sie Claire zu, während sie Cornflakes in eine große Schale goss und Schokochips und Cashewkerne hineintat. »Das liegt an dem ganzen Müll, den wir benutzen. Wir färben es, und wir schäumen's auf, und wir machen Dauerwellen rein. Ich wette, wenn man seine Haare nicht mehr anrührte, würden sie für immer genauso schön bleiben.«

»Schon, klar«, meinte Claire säuerlich, »aber das wär irgendwie stinklangweilig.«

Rune kam ins Wohnzimmer zurück, aß ihr Müsli und trank ein Molson-Golden-Bier. »Schon gegessen?«

»Wir haben chinesisch gegessen.«

»Courtney auch? Ist das gut für sie?«

»Machst du Witze?«, sagte Claire. »Es gibt eine Milliarde Menschen in China, und was meinst du, von was die groß werden?«

»Keine Ahnung …«

»Du isst den Müll?« Claire starrte auf das Müsli.

»Ich bin keine Dreijährige. Guckst du keine Werbung? Sie sollte das komische Zeug in Bechern essen. Du weißt schon, wie Karottenpüree und Spinat.«

»Rune«, sagte Claire, »sie ist kein Kleinkind mehr. Sie hat schon Zähne.«

»Ich ess gerne Spinat«, sagte Courtney.

»Wenn ich du wäre, würd ich mir das Buch da holen. Spock.«

»Der Typ aus dem alten *Raumschiff Enterprise*?«, fragte Claire.

»'n anderer Spock.«

»Der vulkanische Nerventrick«, sagte Claire. »Den würd ich gerne lernen. Sie im Nu schlafen legen.«

»Was ist vulkanisch?«, fragte Courtney. Dann verschwand sie im Schlafzimmer, ohne auf Antwort zu warten. Kurz darauf kam sie mit einem Stoffdrachen zurück, den sie am Schwanz hinter sich herzog.

Rune ließ den Drachen tanzen und umarmte danach Courtney. »Wie heißt sie?«, fragte sie das kleine Mädchen. »Weißt du's noch?«

»Persephie.«

»Sehr gut. Persephone. Und wer war Persephone?«

Courtney hielt den Drachen hoch.

»Nein, in Wirklichkeit, meine ich.«

»Wirklichkeit?«, sagte Claire.

»Sie war eine Göttin«, antwortete Courtney. »Sie war das kleine Mädchen von Zeus.«

»Ich halt's nicht für 'ne gute Idee, wenn du ihr so 'n Zeug beibringst, als sei es wahr.«

»Was soll denn daran nicht wahr sein?«

»Das von den Göttern und Göttinnen und Feen und dem ganzen Scheiß.«

»Scheiß«, sagte Courtney.

»Willst du damit sagen, das ist nicht wahr?«, sagte Rune zu Claire.

»Glaubst du etwa an römische Göttinnen?«

»Persephone war Griechin. Ich sag nicht, dass ich dran glaube, und ich sag nicht, dass ich nicht dran glaube.«

»Ich will, dass ein lebenstüchtiger Mensch aus ihr wird«, sagte Claire.

»Ach, mach halblang«, antwortete Rune. »Dein Lebensziel ist's doch, in jeden Club in Downtown Manhattan reinzukommen und nie einen Drink selbst bezahlen zu müssen. Ist das vielleicht realistisch?«

»Ich will, dass sie erwachsen wird.«

»Sie ist drei Jahre alt«, flüsterte Rune. »Sie wird noch schnell genug groß werden.«

Claire schaute Rune schief an. »Ich kenne Leute, die sich mit vollem Erfolg gegen das Erwachsenwerden gewehrt haben.« Sie lächelte zuckersüß. »Kannst du mir einen Gefallen tun, bitte?«

»Ich bin pleite.«

»Nee, es ist so, dass ich heut Abend ausgehen will. Kannst du babysitten?«

»Claire ...«

»Ich hab so 'nen Typ kennen gelernt, und der hat was von 'nem Job erzählt. Der engagiert mich vielleicht.«

»Und in welchem Club willst du ihn treffen?«, fragte Rune trocken.

»Im S. O. B.«, gab Claire zu. »Aber er meint, dass er mir wirklich 'ne Arbeit besorgen kann. Komm schon, bitte ...« Sie nickte in Richtung ihrer Tochter. »Ihr beide kommt doch so gut miteinander aus.«

Rune schaute zu Courtney. »Wir kommen tatsächlich gut miteinander aus, stimmt's, Kumpel? Hand drauf.« Sie hielt die Hand hoch, und Courtney krabbelte los. Sie klatschten die Handflächen gegeneinander.

»Kumpel«, sagte das kleine Mädchen und krabbelte wieder zurück zu Persephone. Rune musterte ihr Gesicht und konnte nicht viel von Claire darin erkennen. Sie fragte sich, wer wohl der Vater war. Wie sie wusste, stellte Claire sich gelegentlich die gleiche Frage.

»Weißt du«, sagte Rune nach einer Weile, »ich sag so was nicht gerne, also ...« In der Hoffnung, Claire würde auf den Wink eingehen, hielt Rune inne. Die jedoch konzentrierte sich darauf, einen falschen Diamantohrring in eines der Löcher an der Seite ihrer Nase zu zwängen. »Was ich sagen will«, fuhr Rune fort, »ist, dass du dir echt 'ne Wohnung suchen musst.«

»Ich hatte nicht vor, so lange zu bleiben. Es ist nicht einfach, in Manhattan 'ne Wohnung zu finden.«

»Ich weiß«, sagte Rune. »Ich will euch ja auch nicht rauswerfen.«

Claire wurde für einen Augenblick ernst. »Ehrlich gesagt überlege ich, wieder nach Boston zu gehen. Einfach um mein Zeug wieder auf die Reihe zu kriegen. Was hältst du davon?«

Halleluja!

»Ich finde, das wäre eine sehr reife Handlung.«

»Echt?«

»Ja. Unbedingt.«

»Ich wohne bei meiner Mutter. Sie hat ein hübsches Haus. Ich kann den oberen Stock für mich haben. Das Einzige, was mir Sorgen macht, ist, dass ich nicht weiß, was ich dort eigentlich anfangen soll.«

Rune war sich auch nicht sicher, was Claire eigentlich in Manhattan anfangen sollte, außer herumzuhängen und in

Clubs zu gehen, was sie in Boston vermutlich genauso gut und für viel weniger Geld tun konnte. »Boston soll eine wunderschöne Stadt sein«, sagte sie dennoch. »Geschichte, jede Menge Geschichte.«

»Klar, Geschichte. Aber entschuldige mal, was kann man mit Geschichte schon anfangen?«

»Man muss nichts damit anfangen. Es ist einfach schön.« Rune hob Courtney auf die Fensterbank und stützte sie mit der Hüfte ab. »Schau mal da raus, Süße, und stell's dir vor dreihundert Jahren vor. Weißt du, wer hier gelebt hat? Indianer! Die Carnasie-Indianer. Und es gab Bären und Hirsche und alles.«

»Wie im Zoo«, sagte das Mädchen. »Können wir in den Zoo gehen?«

»Klar können wir. Morgen vielleicht. Und siehst du da drüben die ganzen Straßen? Das waren früher Tabakfelder. Der Ort hieß Sapokanikan. Das bedeutet Tabakplantage. Dann kamen die Siedler herauf aus New York – das damals nur aus der Battery unten bestand. Sie kamen hier herauf, weil alle solche furchtbaren Seuchen und Epidemien hatten – und dann haben sie die ganzen Felder und das Land gesehen und den Ort Green Village getauft ...«

»Und jetzt heißt er Greenwich Village«, unterbrach Claire, »und es gibt Bagels und Cafés und ATM-Maschinen und die Antique Clothes Boutique.«

Rune schüttelte den Kopf. »Ach, du bist total Sitcom, richtig ekelhaft.«

»Also – Boston ... Macht's dir was aus, wenn ich eine Weile dort bleibe?«

Etwas ausmachen? Rune fühlte sich, als hätte man ihr gerade ein Päckchen in einer türkisfarbenen Schachtel von Tiffany's geschenkt. »Ich würde sagen: Tu's.«

»Dann mach ich's«, sagte Claire lethargisch. Sie gähnte und holte ein Fläschchen aus ihrer Handtasche. »Willst du 'n bisschen Koks?«

»Koks«, sagte Courtney.

Rune packte Claire grob am Arm. »Spinnst du?«, zischte sie böse. »Sieh doch, was du ihr beibringst.« Sie nahm Claire das Fläschchen und den Löffel weg und feuerte sie wieder in die Handtasche.

Claire riss sich wütend von ihr los. »Koks ist was Reales. Drachen und Göttinnen nicht.«

»Behalt deine Realität für dich.« Rune stand auf, nahm Courtney an der Hand und führte sie aufs Außendeck. »Komm, mein Schatz, ich les dir 'ne Geschichte vor.«

»Bitte noch eine«, bettelte Courtney eine Stunde später.

Rune feilschte mit ihr und blätterte in dem Märchenbuch. Sie warf einen Blick in die Kombüse hinunter und sah, dass Claire sich eine kleine Line Koks auf ihrem Taschenspiegel zog.

»Okay«, sagte Rune. »Noch eine, dann ab ins Bett.«

Sie sah, bei welchem Märchen das Buch aufgegangen war, und lachte. ›Die Schneeprinzessin‹. Eine gute Wahl, wie sie fand, denn in Claires Nase tobte gerade ein Blizzard.

»Es war einmal ...«

»In einem fernen Land«, gähnte Courtney und legte den Kopf in Runes Schoß.

»Richtig. ›... in einem fernen Land, da lebte ein altes Ehepaar, das nie Kinder bekommen hatte.‹«

»Ich bin ein Kinder.«

»›Der Mann und die Frau liebten einander von Herzen, aber sie träumten davon, wie glücklich sie wären, wenn sie eine Tochter hätten, um ihr Leben mit ihr zu teilen. Dann, eines Winters, als der Mann durch den Wald nach Hause ging, sah er einen Schneemann, den Kinder gebaut hatten, und ihm kam ein Einfall. Er ging nach Hause und baute zusammen mit seiner Frau eine kleine Schneeprinzessin.‹«

»Was ist Schnee?«

»Im letzten Winter, das weiße Zeug.«

»Ich weiß nicht mehr«, sagte das Mädchen mit gerunzelter Stirn.

»Es fällt vom Himmel und ist weiß.«

»Federn.«

»Nein, es ist irgendwie nass.«

»Milch.«

»Egal. Jedenfalls ging das Ehepaar zu Bett, und beide wünschten die ganze Nacht lang ganz fest, und was meinst du, was passiert ist?«

»Sie haben ein kleines Mädchen gekriegt?«

Rune nickte. »›Als sie am nächsten Morgen aufwachten, war da die schönste kleine Prinzessin, und sie sah genauso aus wie das Mädchen, das die beiden am Abend zuvor aus Schnee gemacht hatten. Sie herzten und küssten sie, und sie verbrachten ihre ganze Zeit damit, mit ihr zu spielen und mit dem kleinen Mädchen im Wald spazieren zu gehen. So glücklich war das Ehepaar …

Dann kam eines Tages ein schöner Prinz durch den Schnee geritten und sah die Schneeprinzessin, die auf einem schneebedeckten Feld neben dem Haus der alten Leute spielte. Sie sahen einander und waren verliebt.‹«

»Was ist …«, setzte Courtney an.

»Das ist egal. Die Sache ist die, dass er wollte, dass die Schneeprinzessin bei ihm im Schloss am Fuß des Berges wohnte. Die Eltern der Schneeprinzessin waren sehr traurig und flehten sie an, nicht wegzugehen, aber sie heiratete den Prinzen und ging mit ihm, um im Schloss zu wohnen.

›Den ganzen Winter über lebten sie sehr glücklich, und dann kam eines Tages im Frühjahr stark und heiß die Sonne hervor, als die Prinzessin mit dem Prinzen spazieren ging …‹«

Rune machte eine Pause und las weiter – bis zu der Stelle, wo die Sonne immer heißer wird und die Prinzessin schmilzt und das Wasser durch die Hände ihres Gemahls zu Boden fließt, bis nichts mehr von ihr übrig ist. Sie blickte in das gespannte Gesicht des Mädchens und dachte: Da haben wir ein Problem.

»Weiter«, sagte Courtney.

»Also«, sagte Rune, indem sie tat, als läse sie weiter, »die Sonne war so heiß, dass die Schneeprinzessin sich daran erinnerte, wie sehr sie ihre Eltern vermisste, und sie küsste ihren Prinzen zum Abschied und kehrte zurück in das Dorf, wo sie wieder bei ihren Eltern wohnte und einen Job annahm und einen netten Jungen heiratete, der auch aus Schnee gemacht war, und wenn sie nicht gestorben sind, dann leben sie noch heute.«

»Die Geschichte gefällt mir«, sagte Courtney im Ton einer offiziellen Verlautbarung.

Claire kam an Deck. »Zeit fürs Bett.«

Courtney erhob keine größeren Einwände. Rune gab ihr einen Gutenachtkuss und half Claire, ihr den Schlafanzug anzuziehen und sie zu Bett zu bringen.

»Weißt du, wenn es dich interessiert«, sagte Claire, »in Boston ist es viel einfacher, Männer kennen zu lernen.«

»Willst du etwa, dass ich mit dir nach Boston gehe? Nur um Männer kennen zu lernen?«

»Na klar, wieso nicht?«

»Erstens, weil die meisten Männer Schrott sind. Wozu sollte ich irgendwo hingehen, wo es einfacher ist, Männer kennen zu lernen? Ich finde, du solltest besser dort hingehen, wo es schwieriger ist.«

»Was ist verkehrt an Männern?«

»Ist dir nichts aufgefallen?«, fragte Rune. »Wie viele Männer kennst du, deren IQ mit ihrem Alter Schritt hält?«

»Wirst du Sam heiraten?«

»Er ist ein toller Mann«, sagte Rune, der bei dem H-Wort mulmig wurde, ausweichend. »Wir verstehen uns wunderbar ...«

Claire seufzte. »Er ist zwanzig Jahre älter als du, er verliert die Haare, er ist verheiratet.«

»Er lebt getrennt«, sagte Rune. »Na wenn schon, welchen Fünfundzwanzigjährigen mit Haaren hast du kennen gelernt, der ein so toller Fang gewesen wäre?« Sich selbst gestand sie jedoch ein, dass die Sache mit dem Verheiratetsein durchaus ein Problem war.

»Zieh nach Boston, und in sechs Monaten bist du verheiratet. Das garantier ich dir.« Claire drehte sich. »Wie seh ich aus?«

Wie 'ne Nutte um 1955.

»Einsame Spitze«, sagte Rune.

Claire griff nach ihrer Tasche und warf sie sich über die Schulter. »Ich bin dir was schuldig.«

»Und ob«, sagte Rune und schaute zu, wie sie auf hochhackigen Lederschuhen schwankend über die Gangway stöckelte.

6

Die Notiz von Maisel auf ihrem Schreibtisch am nächsten Morgen hätte deutlicher nicht sein können.

Suttons Büro. Sofort nach Eintreffen!
Lee

Rune hatte schon eine Menge Notizen wie diese erhalten, und gewöhnlich bedeuteten sie, dass sie bei einer Prüfung durchgerasselt war, dass sie gefeuert oder angebrüllt wurde.

Mit klopfendem Herzen ließ sie ihren Tee auf dem Schreibtisch stehen und verließ das Studio. Zehn Minuten später stand sie vor Piper Suttons Sekretärin. Der gestrige Ausdruck des Entsetzens wegen Runes unbefugtem Eindringen war einer subtilen Schadenfreude gewichen.

»Ich soll mich bei ...«

»Sie werden erwartet.«

»Ist es okay, wenn ich ...?«

»Sie werden erwartet«, wiederholte die Frau munter.

Drinnen wandten Sutton und Maisel den Kopf und starrten sie an, als sie sich näherte. Rune blieb auf halbem Wege zu dem riesigen Büro stehen.

»Schließen Sie die Tür«, befahl Sutton.

Rune gehorchte und trat in den Raum. Sie lächelte Maisel an, der ihrem Blick auswich.

Oh, Junge, dachte sie. Oh, Junge.

Suttons Blick war steinhart. »Setzen Sie sich«, sagte sie, als Rune sich gerade in den Sessel gegenüber dem Schreibtisch fallen ließ. Rune lief ein Schauer über den Rücken, und ihr sträubten sich die Nackenhaare. Sutton warf eine Ausgabe eines der städtischen Boulevardblätter auf den Tisch. Rune griff danach und las einen Artikel, der mit dicker roter Tinte, die sich in die Fasern des Zeitungspapiers gefressen hatte, angestrichen war.

SENDER WILL MÖRDER SEINES LEITERS
AUS GEFÄNGNIS BEFREIEN

Von Bill Stevens

Der Artikel war kurz, nur wenige Absätze. Er schilderte, dass eine Reporterin von *Current Events* über das Urteil gegen Randy Boggs, wegen Mordes an Lance Hopper recherchierte. Boggs' Verteidiger, Fred Megler, wusste dazu nichts weiter zu sagen, als dass sein Klient stets seine Unschuld beteuert habe.

»Oh, Scheiße«, murmelte Rune.

»Wie?« Sutton trommelte mit ihren glänzenden Fingernägeln auf der Tischplatte. Sie waren so rot und hart wie die Politur auf einem Porsche. »Wie konnte das passieren?«

»Es ist nicht meine Schuld. Er hat mich angelogen.«

»Bill Stevens?«

»Das war nicht der Name, den er mir genannt hat. Ich war bei der Gefängnisverwaltung, und da kam so ein Typ und hat gesagt, er würde bei der Pressestelle arbeiten und könnte mir helfen, und er war total nett und hat mir sogar vertrauliche Informationen gegeben, und da hab ich angenommen, es sei okay, wenn ich ...«

»Angenommen, es sei okay?« Sutton wurde lauter. Sie hob den Blick zur Decke. »Nicht zu fassen.«

Maisel seufzte. »Das ist der älteste Trick der Welt. Um Himmels willen, Rune, das haben Sie gründlich verpatzt. Stevens ist Lokalreporter bei dem Blatt. Er berichtet über Verwaltungsangelegenheiten. Wenn er einen Reporter sieht, der neu ist und ihn nicht erkennt, findet er heraus, was sein Auftrag ist, und schöpft ihn dann ab.«

»Sie sind ihm direkt in die Arme gelaufen.« Sutton zündete sich eine Zigarette an und knallte das Feuerzeug auf den Schreibtisch. »Wie eine blutige Anfängerin.«

»Er hat einen netten Eindruck gemacht.«

»Was zum Teufel hat denn ein netter Eindruck zu bedeuten?«, fragte Maisel entgeistert. »Hier geht's um Journalismus.«

Alles beim Teufel. Meine einzige große Chance, und ich hab sie verpatzt, kaum dass ich durch die Tür war.

»Schadensstand?«, fragte Sutton Maisel.

»Keiner der anderen Sender zeigt Interesse.« Er tippte auf die Zeitung. »Selbst Stevens hat bei Boggs nicht mehr nachgehakt. Die Stoßrichtung des Artikels war, dass *wir* versuchen, ihn freizubekommen. Das heißt, wir stehen da wie die Idioten, wenn das nicht klappt.« Er spielte mit seiner erloschenen Pfeife und starrte an die Decke. »Die Story hat es bis in ein paar Nachrichtenagenturen geschafft, aber bisher haben nicht mehr als ein paar Jungreporter die Öffentlichkeitsabteilung um Stellungnahmen gebeten. Niemand auf dem Level von Wallace oder Rather. Niemand von *Media in Review*. Es stört, aber ich halte die Lage nicht für kritisch.«

Sutten ließ den Blick auf Rune ruhen. »Ich habe bereits einen Anruf von Semple bekommen.«

Maisel kniff die Augen zu. »Autsch. Ich dachte, der sei in Paris.«

»Ist er auch. Die *Herald Tribune* hat die Story in ihrer dritten Ausgabe gebracht.«

Dan Semple war der derzeitige Leiter des Nachrichtensenders. Er hatte das Amt übernommen, nachdem Lance Hopper ermordet worden war. Er war, plus minus ein paar Wunder, Gott. Einer der Gründe, aus denen Hopper so schmerzlich vermisst wurde, war der, dass er im Vergleich zu Semple ein Engel gewesen war. Semple war berüchtigt für seinen bösartigen Charakter und seine halsabschneiderischen Geschäftspraktiken. Er hatte sogar einmal einen Juniorproduzenten geohrfeigt, der eine Exklusivstory an CNN verloren hatte.

»Wie hat er reagiert?«, fragte Maisel.

»Nicht zum menschlichen Verzehr geeignet«, sagte Sutton. »Er wird in ein paar Tagen wieder hier sein und will darüber reden.« Sie seufzte. »Interne Politik ... genau, was wir jetzt brauchen. Und in einem Monat kommen die Budgets ...« Sutton blickte auf die Zeitung, wedelte mit der Hand in ihre Richtung und schaute dann Rune an. »Aber die größere Gefahr dabei ist was?«

Maisel nickte. Rune jedoch begriff nichts.

»Ich ...«

»Denken Sie nach«, blaffte Sutton.

»Ich weiß nicht. Tut mir Leid.«

Maisel lieferte die Antwort. »Dass uns eine andere Magazin- oder Featuresendung zuvorkommt und die Story zur gleichen Zeit herausbringt wie wir. Das ist eine neue Politik – wir verschwenden keine Zeit und kein Geld für eine Story, wenn die Möglichkeit besteht, dass jemand uns überholt.«

Rune ruckte in ihrem Sessel vor. »Es wird nicht wieder vorkommen. Ich verspreche es. Ich werde so misstrauisch sein, dass Sie's nicht glauben.«

»Rune«, setzte Sutton an.

»Hören Sie, wenn ich Leute interviewe, werde ich sie fragen, ob jemand von einem anderen Sender sie schon befragt hat. Wenn ja, sag ich's Ihnen. Versprochen. So können Sie entscheiden, ob Sie mit der Story weitermachen wollen oder nicht.«

»Die einzige Waffe, über die Journalisten verfügen, ist ihr Verstand«, sagte Maisel. »Sie werden anfangen müssen, Ihren zu gebrauchen.«

»Das werd ich. Genau wie die Vogelscheuche.«

»Die was?«, fragte Sutton.

»Sie kennen doch *Der Zauberer von Oz*. Sie hat sich ein Gehirn gewünscht und ...«

»Schluss.« Sutton wedelte mit der Hand und schaffte es, dabei gleichzeitig ausdruckslos und feindselig zu blicken. »Na schön«, sagte sie schließlich. »Machen Sie weiter. Aber wenn irgendjemand uns schlägt – ich sage *irgendjemand*: ein Rapsender, MTV, der Studentensender der Columbia University –, dann lassen wir das Projekt fallen. Lee?«

»Einverstanden«, sagte Maisel.

Sutton zündete sich eine weitere Zigarette an und nickte. »Na schön. Aber das war euer letzter Wurf, meine Lieben.«

»Ich dachte, man hat drei«, sagte Rune, stand auf und zog sich in Richtung Tür zurück.

Sutton schleuderte das Feuerzeug auf den Schreibtisch; es blieb in einem Kristallaschenbecher liegen. »Wir spielen nach meinen, nicht nach Baseballregeln.«

Auf seinem Platz festgefroren, saß das Chamäleon schief an der Wand, es atmete kaum.

Jack Nestor lag im Bett und beobachtete es.

Er mochte Chamäleons. Nicht wie sie die Farbe wechselten, was so sensationell gar nicht war. Es war mehr, wie zerbrechlich und weich sie waren. Manchmal kam er ganz dicht an sie heran – die Tiere im Umkreis des Miami Beach Starlite Motor Lodge waren an Menschen gewöhnt. Dann nahm er es und ließ es über seinen kräftigen, sonnengebräunten Unterarm spazieren. Er mochte das Gefühl der Babyhaut der Eidechse und das angenehme Kitzeln ihrer Füße.

Manchmal setzte er sie auf seiner dunklen, verschwommenen Tätowierung ab und hoffte, sie würden eine tiefblaue Farbe annehmen, aber das geschah nie. Die Farbe von Haut nahmen sie auch nie an. Stattdessen hüpften sie wie von der Tarantel gestochen von seinem Arm und liefen davon wie große Kakerlaken.

Nestor war achtundvierzig Jahre alt, sah aber jünger aus. Er hatte immer noch eine dicke, lockige Masse von Haaren, die er mit Vitalis-Haarcreme und Spray bändigte. Sie waren dunkelblond, allerdings befanden sich ein paar schüchterne graue Strähnen darunter. Nestor hatte einen quadratischen Kopf und einen Anflug von Doppelkinn, das Einzige an seinem Körper jedoch, was ihm Sorgen bereitete, war sein Bauch. Nestor war fett. Seine Beine waren kräftig, aber dünn, und er hatte gute Schultern, aber sein breiter Brustkasten saß über einem runden Bauch, der hervorragte und über den Hosenbund quoll und die Gürtelschnalle des Marine Corps verbarg. Nestor begriff nicht, wieso er dieses Problem hatte. Er konnte sich nicht erinnern, wann er sich zum letzten Mal zu einer ordentlichen Mahlzeit niedergesetzt hatte, mit Roastbeef und Kartoffeln und Brot und Gemüse und Kuchen zum Nachtisch (er vermutete, es war wahrscheinlich an Weihnachten vor sechs Jahren, als die Gefängnisküche ein wirklich gutes Essen zubereitet hatte). Jetzt aß er nur noch Kentucky Fried Chicken und Whoppers und Big Macs. Er vermisste Arthur Treachers Fish 'n' Chips und fragte sich, ob es das irgendwo noch gab. Jedenfalls fand er es unfair, dass er nur noch diese beschissenen Minimahlzeiten aß und immer noch zunahm.

Nestor bemerkte zwei rot-weiß gestreifte Schachteln auf dem Bett. Der Colonel grinste ihn an. Nestor beförderte die Schachteln mit einem Tritt auf den Fußboden. Im Fallen öffneten sie sich, und Knochen und Krautsalatreste verteilten sich über die Dielen.

Das Chamäleon flüchtete.

»Hoppla«, sagte Nestor.

Er zupfte an seinem T-Shirt und strich sich die Haare glatt zurück. Er gähnte und fummelte auf dem Nachttisch nach einer Zigarette. Die Packung war leer, aber er fand eine angerauchte, die noch drei Zentimeter lang war, zündete sie an und legte die billigen Kissen am Kopfende übereinander. Er setzte sich auf, gähnte erneut und hustete.

Von vorbeifahrenden Autos prallten Lichtstrahlen ab und zerplatzten an der Wand. Das Fenster bot, wie in der Werbung angegeben, Aussicht auf den Strand; soweit stimmte es. Allerdings musste die Aussicht sechs Autobahnspuren, zwei Auffahrten und den Parkplatz des Hotels überwinden, bevor sie durch das schlierige Fenster von Zimmer 258 drang. Nestor lauschte ein paar Minuten lang dem klebrigen Rauschen des Verkehrs, dann streckte er die Hand aus und zwickte der jungen Frau, die neben ihm lag, in den Hintern.

Als er beim dritten Mal etwas grober wurde, regte sie sich.

»Nein«, murmelte sie mit einem schweren kubanischen Akzent.

»Erhebe dich und scheine«, sagte Nestor.

Sie war Mitte dreißig und hatte einen Körper, der zehn Jahre jünger wirkte, und ein Gesicht, das zehn Jahre in die andere Richtung wies. Ihre Lidschatten und Wimperntusche waren verschmiert. Der Lippenstift war ebenfalls verrieben, und es sah aus, als seien ihr die Lippen im Gesicht verrutscht. Sie schlug kurz die Augen auf, drehte sich auf den Rücken und zog ein dünnes Laken über den Bauchnabel.

»Nein, nicht schon wieder.«

»Was?«

»Nicht schon wieder. Es hat wehgetan letzte Nacht.«

»Du hast nichts von wehtun gesagt.«

»Na und? Du hättest sowieso nicht aufgehört.«

Das stimmte, aber er hätte gefragt, ob es ihr besser geht, ehe sie einschliefen.

»Ist jetzt wieder alles in Ordnung?«

»Ich hab einfach keine Lust.«

Nestor hatte auch keine. Er hatte Lust auf Frühstück – zwei Eiermuffins und einen großen Kaffee. Er drückte die Zigarette aus und beugte sich vor und küsste sie auf die Brust.

»Nein, Jacky«, murmelte sie mit geschlossenen Augen. »Ich will nich. Ich muss aufs Klo.«

»Gut, entweder krieg ich dich oder Frühstück. Also, was krieg ich?«

Kurz darauf: »Was willst du zum Frühstück?«

Er sagte es ihr, und nach fünf Minuten war sie in ihrem Stretchminirock und quälte sich den glitzernden, heißen Bürgersteig entlang zu dem McDonald's oben an der Straße.

Nestor duschte, wobei er sich die meiste Zeit den Bauch mit einem grün gestielten Noppenkissen massierte. Jemand hatte ihm gesagt, das würde die Fettzellen aufbrechen und wegschwemmen. Er glaubte, bereits einen Unterschied festgestellt zu haben, obwohl er laut Waage bisher kein Gewicht verloren hatte. Er knetete die große, glänzende, sternförmige Narbe fünfzehn Zentimeter links von seinem Bauchnabel, ein Souvenir aus der Zeit, als ein Hohlmantelgeschoss, Kaliber 7,62 mm, eine Reise durch seinen Unterleib angetreten hatte. Nestor hatte sich nie an das ledrige Gefühl der Haut gewöhnen können. Er hatte die Angewohnheit, sie zu quetschen und mit den Fingern darüber zu fahren.

Er duschte sich ab, trat aus der Dusche und nahm sich eine Weile Zeit, um sich zu rasieren und danach sein Haar in Form zu bringen. Er zog ein dunkelgrünes, kurzärmliges Strickhemd an und die graue Hose, die er immer trug. Eine Latzhose. Er zog dünne schwarze Nylonsocken an, reines Nylon wie Frauenstrümpfe, und streifte schwarze Sandalen darüber.

Er trat aus dem Badezimmer, das mit Dampf und dem Nebel von Haarspray erfüllt war, und roch das Essen, das auf dem Fernseher stand. Die Frau saß an dem angestoßenen Tisch und schminkte sich. Als er ihre üppigen Brüste in dem engen gelben Pulli sah, schwand sein Hunger vorübergehend, aber dann siegten die Muffins, und er setzte sich zum Essen aufs Bett.

Den ersten verschlang er, um sich dann mit einem Rest von Hunger aufs Bett zu legen und die Zeitung zu lesen und Kaffee zu trinken, während er den zweiten vertilgte; es war noch ein dritter Muffin in der Tüte – um seinen Appetit am Leben und seine Hände beschäftigt zu halten. Er lachte, aber sie tat, als wüsste sie nicht, dass er ihr auf die Schliche gekommen war.

Er war bis zur Hälfte des ersten Teils des *Miami Herald* gekommen und las die nationalen Nachrichten, als er sich kerzengerade im Bett aufrichtete. »Oh, Scheiße.«

Sie tuschte sich gerade die Wimpern. »Hm?«

Nestor jedoch stand auf und wischte sich den Mund mit dem Handrücken, während er zur Kommode ging. Er nahm einen Packen Unterwäsche und Socken und Strickhemden heraus.

»Hey, bügelst du mir die?« Er reichte ihr die Hemden.

»Jacky, was ist denn los?«

»Hol einfach das Bügeleisen, okay?«

Sie gehorchte und breitete als Ersatz für ein Bügelbrett ein dünnes Handtuch über den Tisch. Sie bügelte alle Hemden und faltete sie sorgfältig.

»Was ’n los?«

»Ich muss für ’n Weilchen weg.«

»Echt, wohin denn? Darf ich mit?«

»New York.«

»Oh, Jacky, ich war noch nie …«

»Vergiss es. Es geht ums Geschäft.«

Eingeschnappt reichte sie ihm die Hemden. »Was für ’n Geschäft? Du hast gar kein Geschäft.«

»Ich hab ein Geschäft. Ich hab dir nur noch nie davon erzählt.«

»Ach, und was machst du?«

Nestor fing an, einen Koffer zu packen. »In ein, zwei Wochen bin ich wieder da.« Er zögerte, dann zückte er seine Brieftasche und gab ihr zweihundertzehn Dollar. »Wenn ich dann nicht zurück bin, zahl bei Seppie das Zimmer für die nächsten zwei Wochen, okay?«

»Klar, mach ich.«

Er warf noch einen Blick zur Kommode. »Hey«, sagte er dann zu ihr, »guck mal im Bad nach, ob ich meinen Rasierer vergessen hab.«

Sie tat es, und als sie nicht hinschaute, steckte Nestor die Hand tief in die unterste Schublade der Kommode und holte eine dunkelblaue Steir-GB-9mm-Pistole und zwei voll geladene Magazine heraus. Er steckte sie in seine Tasche. »Hey«, sagte er dann, »lass sein, ich hab ihn gefunden. Ich hatte ihn schon eingepackt.«

Sie kam zu ihm zurück. »Werd ich dir fehlen?«

Er griff nach der Zeitung und riss den Artikel heraus. Er las ihn erneut. Sie schmiegte sich an ihn und las über seine Schulter hinweg mit. »Was ’n das? Irgendwer will in New York so ’nen Typ aus dem Knast holen?«

Er schaute sie verärgert an und verwahrte den Ausschnitt in seiner Brieftasche.

»Wer ist ’n der Typ, Randy Boggs?«, fragte sie.

Nestor lächelte humorlos und küsste sie auf den Mund. »Ich ruf dich an«, sagte er. Er nahm die Tasche und trat, während sein Blick auf ein winziges Chamäleon fiel, das reglos in einem schmalen Schattenstreifen auf dem abblätternden Geländer saß, in die knallig feuchte Hitze.

7

»Wenn er nicht dieses Verbrechen begangen hat, dann hat er irgendetwas anderes getan.«

Die Stimme des Mannes hob sich am Ende des Satzes und drohte zu kippen. Er war Ende vierzig und so dürr, dass sein abgeschabter Rindsledergürtel Falten in die Hose machte, obwohl sie eigentlich glatt war.

»Und wenn er was anderes getan hat, dann sagen sich die Geschworenen: ›Was soll's, dann verurteilen wir ihn halt dafür.‹«

Rune nickte zu den lapidaren Worten.

Randy Boggs' Anwalt saß an seinem Schreibtisch, auf dem sich vergilbte Blätter, Gerichtsprotokolle, Aktenordner, Briefe, Fotos von Tatorten, ein leerer Joghurtbecher mit Kruste am Rand, ein Dutzend Dosen Pepsi Light, ein Schuhkarton (sie fragte sich, ob er wohl das Honorar von einem Mafiaklienten enthielt) türmten. Das Büro lag in der Nähe des Broadway auf der Maiden Lane in Lower Manhattan, wo die Straßen verkommen, düster, belebt waren. Im Innern war das Gebäude ein Geflecht aus schmutzigen grünen Fluren.

Das Büro von Frederick T. Megler, Dr. jur., befand sich am Ende eines besonders schmutzigen und besonders grünen Flurs.

Er richtete sich in einem alten Ledersessel auf. Sein Gesicht war grau und altersfleckig und machte gelegentlich Ausflüge in den Ausdruck überschwänglicher Gefühlsregungen (Staunen, Hass, Überraschung), um dann, begleitet von einem atemlosen nasalen Schnauben, wieder in seine Warteposition voll arglosen Unglaubens zurückzufallen.

»Mit so etwas muss ich mich herumschlagen.« Die knochigen Finger seiner rechten Hand zeichneten einen Kreis in die Luft, während er Rune das System der Rechtspflege in New York erläuterte. »Das funktioniert so …« Er schaute Rune an und hob die Stimme, um seinen Worten Nachdruck zu verleihen. »Das System funktioniert so, dass die Geschworenen einen ausschließlich für das Verbrechen verurteilen können, dessen man angeklagt ist. Sie können einen nicht dafür verurteilen, dass man ein Arschloch ist oder wegen der drei Typen, die man letztes Jahr abgemurkst hat, oder wegen der alten Oma, der man morgen die Stütze klauen wird. Ausschließlich für das besagte Verbrechen.«

»Kapiert«, sagte Rune.

Meglers anderer Satz knochiger Finger kam hinzu. Sie zeigten auf Rune. »Man kriegt Sachen rein wie folgende wahre Geschichte. Mein Klient wird verhaftet, weil er irgendeinen armen Teufel umgebracht hat. Eine stellvertretende Bezirksstaatsanwältin – Gott beschütze ihre junge, unschuldige Seele – hängt ihm vier Anklagepunkte an. Heimtückischer Mord, schwerer und leichter Totschlag, fahrlässige Tötung. Die letzten drei Punkte sind das, was man minder schwere Vergehen nennt. Sie sind leichter zu beweisen. Wenn man keine Verurteilung wegen Mordes erreicht – der nur schwer zu beweisen ist –, kriegen Sie vielleicht den Totschlag durch. Wenn das nicht klappt, dann vielleicht die fahrlässige Tötung. Okay? Also. Mein Klient – der eine meilenlange Akte wegen Vergewaltigung hat – hatte was gegen das Opfer. Als die Cops ihn aufgrund eines Hinweises verhafteten, war er in einer Bar am Times Square, wo vier Zeugen schworen, er habe dort seit fünf Stunden getrunken. Das Opfer war zwei Stunden zuvor umgebracht worden. Aus kurzer Entfernung fünfmal in den Kopf geschossen. Keine Tatwaffe.«

»Ihr Klient hatte also ein perfektes Alibi«, sagte Rune. »Und keine Knarre.«

»Genau.« Die Stimme verließ ihre schrille Lage und klang ernst. »Ich nehme den Informanten vor Gericht ins Kreuzverhör, und als ich fertig bin, ist seine Story so durchlöchert wie die Stirn des Opfers, okay? Aber was passiert? Die Geschworenen verurteilen meinen Kerl. Nicht wegen Mordes, was sie hätten tun müssen, wenn sie dem Informanten geglaubt hätten, sondern wegen kriminell fahrlässiger Tötung. Was totaler Blödsinn ist. Man schießt jemandem nicht fahrlässig fünf Kugeln in den Kopf. Entweder man glaubt das Alibi nicht und verurteilt ihn wegen Mordes, oder man spricht ihn ganz frei. Diese Angsthasen von Geschworenen haben sich nicht getraut, ihn wegen Mordes dranzukriegen, aber laufen lassen konnten sie ihn auch nicht, weil es sich um 'nen kleinen Schwarzen aus der Bronx handelte, der vorbestraft war und bei etlichen Gelegenheiten gesagt hatte, dass er dem Opfer die Kehle aufschlitzen wolle.«

Rune rückte in ihrem Sessel vor. »Hören Sie, das ist genau das, worum es in meiner Story geht – ein Unschuldiger ist verurteilt worden.«

»Boah, Süße, wer hat denn gesagt, dass mein Klient unschuldig war?«

Sie blinzelte und rekapitulierte im Geist kurz noch einmal die Fakten. »Sie, dachte ich. Was ist mit der Knarre, was ist mit dem Alibi?«

»Nee, er hat das Opfer umgebracht, die Knarre weggeschmissen und dann vier Kumpels ein paar Sixpacks Crack spendiert, damit sie einen Meineid leisten ...«

»Aber ...«

»Aber ist denn nicht entscheidend, ob er schuldig ist? Entscheidend ist, dass man sich an die Spielregeln halten muss. Und das haben die Geschworenen nicht getan. Sie dürfen nur aufgrund der vorgelegten Beweise verurteilen. Das haben die Geschworenen nicht getan.«

»Und was ist daran so falsch? Er war schuldig, und die Geschworenen haben ihn verurteilt. Für mich hört sich das okay an.«

»Verändern wir die Fakten mal ein bisschen. Tun wir so, als spazierte der junge schwarze Fred Williams, National-Merit-Stipendiat mit einer Fahrkarte nach Harvard, der nie etwas Schlimmeres getan hat, als falsch zu parken, gerade die 135th Street entlang, als zwei von New Yorks großen Helden sich von hinten an ihn ranschleichen, ihn in den Polizeigriff nehmen und auf die Wache schleppen, wo sie ihn wegen Vergewaltigung einbuchten. Er wird bei einer Gegenüberstellung identifiziert, weil die ja alle gleich aussehen usw., und der Fall kommt vor Gericht. Dort schildert der Staatsanwalt einer aus Angehörigen der Mittelschicht überwiegend mitteleuropäischer Herkunft zusammengesetzten Geschworenenbank, wie der Kleine eine Mutter von zwei Kindern zusammengeschlagen, vergewaltigt und von hinten genommen hat. Dann beschreibt ein Mittelschichtzeuge überwiegend mitteleuropäischer Herkunft den Täter als einen jungen Schwarzen mit kurz geschorenen Haaren und Baseballschuhen, und der Mittelschichtarzt überwiegend mitteleuropäischer Herkunft steht auf und beschreibt die Wunden des Opfers in allen grauenhaften Einzelheiten. Was, verflucht, glauben Sie, was mit Fred passieren wird? Er wandert in den Knast, und zwar nicht zu Besuch.«

Rune schwieg.

»Das heißt also, dass jedes Mal, wenn ein Revolverheld, der einem armen Schwein fünfmal die Birne durchlöchert, von Geschworenen, die es nicht so genau nehmen – das heißt von einem mangelhaften Rechtssystem –, verurteilt wird, die Gefahr besteht, dass Fred Williams für etwas einfährt, was er nicht getan hat. Und solange diese Gefahr besteht, muss sich die Welt mit Leuten wie mir abfinden.«

Rune warf ihm einen neckischen Blick zu. »Das ist also Ihr Schlussplädoyer?«

Megler lachte. »Eine Variation der vorhandenen. Ich verfüge über ein großes Repertoire. Haut die Geschworenen glatt um.«

»Ich glaub nicht so richtig, was Sie da erzählen, aber es hört sich an, als würden Sie's glauben.«

»Oh, das tu ich in der Tat. Und sobald ich aufhöre, es zu glauben, steig ich aus der Branche aus. Dann verleg ich mich aufs Pferderennen oder werde Berufszocker. Die Chancen sind besser, und man wird auch noch bar bezahlt. Also, in circa einer halben Stunde kommen ein paar wirklich unschuldige Klienten. Sie sagten, Sie wollten mich etwas zum Fall Boggs fragen. Hat das irgendwas mit dem Artikel zu tun, den ich gelesen habe?«

»Ja.«

»Sie machen die Story?«

»Stimmt. Darf ich Sie aufnehmen?«

Sein hageres Gesicht zuckte. Er sah aus wie Ichabod Crane in ihrer illustrierten Ausgabe von *Sleepy Hollow*. »Wieso machen Sie sich nicht einfach nur Notizen?«

»Wenn Ihnen dabei wohler ist ...«

»Wäre es.«

Sie holte einen Notizblock heraus. »Haben Sie Boggs selbst verteten?«

»Jawoll. Er war ein Paragraf-18-Fall. Bedürftig. Daher wurde ich vom Staat dafür bezahlt, dass ich ihn vertrat.«

»Ich glaube wirklich, dass er unschuldig ist.«

»Hm-mh.«

»Nein, ich glaube es wirklich, wirklich.«

»Wenn Sie's sagen.«

»Sie nicht?«

»Meine Meinung über die Schuld oder Unschuld eines Klienten ist absolut irrelevant.«

»Können Sie mir sagen, was passiert ist?«, fragte sie. »Bei Hoppers Tod, meine ich.«

Megler lehnte sich in einer nachdenklichen Haltung zurück. Er musterte die schmutzige Decke. Das Fenster stand einen Spalt offen, und die mit Abgasen geschwängerte Aprilluft wirbelte Papierstapel auf.

»Die Argumentation des Staatsanwalts lautete, dass Boggs in Manhattan war, nur auf der Durchreise von, ich weiß nicht mehr, von irgendwo bei den Großen Seen. Irgendein Zeuge sagte aus, Boggs habe auf dem Gehsteig gestanden und mit Hopper geredet und dann hätten sie sich über irgendwas gestritten. Hopper war gerade von der Arbeit nach Hause gekommen und in den Hof seines Wohnhauses auf der Upper West Side eingebogen. Der Staatsanwalt spekulierte, es hätte sich möglicherweise um einen Verkehrsstreit gehandelt.«

Rune zog süffisant die Augen hoch. »Verkehr? Aber Sie haben doch gesagt, er stand auf dem Gehsteig.«

»Vielleicht hatte er angehalten, nachdem Hopper ihn geschnitten hatte, und ist ausgestiegen. Ich weiß nicht.«

»Aber ...«

»Hey, Sie haben gefragt, was der Staatsanwalt gesagt hat. Ich erzähl's Ihnen. Ich will Ihnen helfen. Helfe ich Ihnen?«

»Sie helfen mir«, sagte Rune. »Wie ging Randys Geschichte?«

»Ein Teil des Problems war, dass er eine Geschichte hatte.«

»Häh?«

»Ich sage allen meinen Klienten, wenn ihr verhaftet werdet, macht keine Aussage. Unter keinen Umständen. Die Geschworenen dürfen keine Schlüsse daraus ziehen, dass der Angeklagte die Aussage verweigert – das sagt ihnen der Richter. Aber Randy hat ausgesagt – gegen meinen Rat, wie ich betonen möchte. Wenn Sie das machen, kann die Anklage frühere Verurteilungen als Beweis gegen Sie anführen, um Ihre Glaubwürdigkeit zu erschüttern. Nur das – nicht um zu beweisen, dass Sie kriminelle Neigungen haben. Nur um zu zeigen, dass Sie lügen könnten. Aber was hören die Geschworenen? Scheiß auf Glaubwürdigkeit – alles, was sie hören, ist diese Latte von Verhaftungen wegen lachhafter Verbrechen. Ehe man sich versieht, hört sich Boggs, der eigentlich ein ganz anständiger Kerl ist, der nur etwas Pech gehabt hat, an wie Hitler. Er hatte wegen einem kleinen Diebstahl in Ohio gesessen, dann noch irgend so 'ne Jugendsünde in Florida. SAD in …«

»Was ist das denn?«

»Schwerer Autodiebstahl. Und plötzlich stellt der Staatsanwalt ihn hin, als sei er Mitglied des Corleone-Clans. Er …«

»Wo war die Pistole?«

»Lassen Sie mich ausreden, ja? Er hat gesagt, er sei mit so 'nem Typ zusammen gewesen, der ihn beim Trampen mitgenommen hat, ein Typ, der bei irgend 'nem Kreditkartenschwindel mitmischte. Der Typ geht irgendwelche heißen Karten kaufen, und Boggs wartet im Auto. Er hört einen Schuss ein Stück weit entfernt. Er steigt aus. Er sieht Hopper da liegen, tot. Er dreht sich um und rennt glatt in einen Streifenwagen.«

»Hatte er die Waffe?«

»Die Waffe war weg, irgendwo in 'nem Busch. Keine Fingerabdrücke, aber sie haben sie zu einem Diebstahl in Miami ein Jahr vor dem Mord zurückverfolgt. Boggs war eine Weile in Miami gewesen.«

»Wer war der andere Typ?«

»Boggs wusste es nicht. Er trampte durchs Land, und der Kerl nahm in mit. Sie waren zusammen in die Stadt gekommen.«

»Gut«, sagte Rune. »Ein Zeuge. Ausgezeichnet. Haben Sie ihn gefunden?«

Megler schaute sie an, als seien ihre Begeisterung und eine Grippe in etwa das Gleiche. »Ja, klar. Selbst wenn es ihn gibt, was nicht der Fall ist, meinen Sie, ein Typ, der in einen Kreditkartenschwindel verwickelt ist, würde vortreten und aussagen? Ich glaube nicht, Schätzchen.«

»Hat Randy ihn beschrieben?«

»Nicht sehr gut. Er hat nur gesagt, er hieße Jimmy. 'n großer Kerl. Aber es war spät, es war dunkel et cetera et cetera.«

»Sie glauben ihm nicht?«

»Glauben, nicht glauben – was für einen Unterschied macht das?«

»Irgendwelche anderen Zeugen?«

»Gute Frage. Wollen Sie Jura studieren?«

Wenn etwas wie Sie dabei rauskommt, wollen Sie meine Antwort nicht hören, Megler. Sie winkte ihm fortzufahren.

»Das war das große Problem«, sagte der Anwalt. »Womit er gefickt war – Verzeihung, was ihn reingeritten hat, das war ja diese Zeugin. Die Cops haben in dem Gebäude eine Frau gefunden, die Boggs beschrieben hat, und später hat sie ihn bei einer Gegenüberstellung identifiziert. Sie hat gesehen, wie er eine Kanone gezückt und Hopper umgenietet hat.«

»Autsch.«

»Und ob, autsch.«

»Wie war ihr Name?«

»Woher soll ich das wissen?« Megler öffnete einen Aktenschrank und holte einen dicken Stapel Papier heraus. Er knallte ihn auf den Schreibtisch. Die Pepsi-Dosen klapperten, und es wallte Staub auf. »Da steht er irgendwo drin. Sie können's haben, wenn Sie wollen.«

»Was ist das?«

»Das Gerichtsprotokoll. Ich hab mir's selbstverständlich kommen lassen, aber da Boggs nicht in Berufung gehen wollte, hab ich's einfach abgeheftet.«

»Er wollte nicht in Berufung gehen?«

»Er hat weiterhin seine Unschuld beteuert, meinte aber, er wolle, dass es endlich losgeht. Seine Zeit absitzen und dann weiterleben.«

»In dem Artikel hab ich gelesen, dass er wegen Totschlags verurteilt wurde«, sagte Rune.

»Die Geschworenen haben ihn wegen schweren Totschlags verurteilt. Er habe rücksichtslose Missachtung menschlichen Lebens gezeigt. Wurde zu fünfzehn Jahren verurteilt. Abgesessen hat er fast drei. In zwei Jahren kann auf Freigang ab und zu mal raus. Wie ich höre, ist er ein braver Junge.«

»Was meinen Sie?«

»Worüber?«

»Ist er einer Ihrer schuldigen Klienten?«

»Natürlich. Die alte Ich-bin-nur-getrampt-Story. Die kriegen Sie ständig zu hören. Immer gibt es irgendeinen mysteriösen Fahrer oder ein Girl oder einen Berufskiller, der den Abzug gedrückt hat und dann verschwindet. Alles Blödsinn. Klar, Boggs ist schuldig. Ich durchschaue sie alle.«

»Aber wenn ich neue Beweise finden würde …«

»Das hab ich doch schon mal gehört.«

»Nein, echt. Er hat mir einen Brief geschrieben. Er sagt, die Polizei hat die Ermittlungen versemmelt. Sie haben die Zeugen gefunden, die sie wollten und nicht weiter nach anderen gesucht.«

Megler schnaubte abfällig. »Hören Sie, in New York ist es so gut wie unmöglich, eine Verurteilung aufgrund neuer Beweise zu kippen.« Blinzelnd rief er sich den Paragrafen ins Gedächtnis zurück. »Es muss sich um einen Beweis handeln, der den Ausgang des Verfahrens von Anfang an verändert hätte, und selbst dann müssen Sie nachweisen, dass Sie sich zur Zeit des Prozesses ernsthaft bemüht haben, den Beweis zu finden.«

»Aber wenn ich etwas fände, würden Sie den Fall dann übernehmen?«

»Ich?« Er lachte. »Ich stehe zur Verfügung. Aber sie reden

da von 'ner Menge Stunden. Ich berechne zwanzig für eine. Und für diese Rechnung wird der Staat nicht geradestehen.«

»Aber ich glaube wirklich, dass er unschuldig ist.«

»Das sagen Sie. Kommen Sie mit fünfzehn-, zwanzigtausend Vorschuss an, dann können wir drüber reden.«

»Ich hatte gehofft, Sie machen es für umsonst.«

Megler lachte noch einmal. Da er keinen Bauch hatte, schienen es seine Knochen zu sein, die unter der glatten Polyesterhaut seines Hemdes wackelten. »Umsonst? Ich glaube nicht, dass ich das Wort kenne.«

Zum ersten Mal im Leben hatte Rune einen Assistenten.

Bradford Simpson meldete sich freiwillig zu ihrer Unterstützung. Sie hatte den Verdacht, zum Teil sei dies durch seinen Wunsch motiviert, mit ihr auszugehen – obwohl sie keine blasse Ahnung hatte, wieso er es ausgerechnet auf sie abgesehen hatte und nicht auf eine schöne Anfängerin aus Connecticut, die groß und blond war (zwei der Adjektive, die sie am wenigsten schätzte, wenn sie auf andere Frauen angewendet wurden). Andererseits hatte er sie nicht mehr ausdrücklich eingeladen, nachdem sie ihm einen Korb gegeben hatte, und sie vermutete, sein Wiederauftauchen könne auch mehr mit journalistischer Abenteuerlust zu tun haben als mit Liebesdingen.

»Wie kann ich dir helfen?«, hatte er gefragt.

Und sie war ein bisschen verlegen geworden, weil sie keinen Schimmer hatte, wie – da sie noch nie jemanden gehabt hatte, der für sie arbeitete.

»Hmm, lass mich nachdenken.«

»Wie wär's«, hatte er vorgeschlagen, »wenn ich mich durch die Archive wühle und Informationen über Hopper suche?«

»Das hört sich gut an«, hatte sie gesagt.

Jetzt saß er wieder mit einem Arm voller Akten in ihrer Nische. Er hatte sie so ordentlich auf ihrem Schreibtisch ausgebreitet wie seine Robert-Redford-Haare gekämmt und seine Slipper poliert waren.

»Hast du Lance Hopper gekannt?«, fragte sie ihn.

»Nicht richtig gut. Er wurde einen Monat nach Beginn meines ersten Sommerpraktikums hier ermordet. Aber ich habe ein- oder zweimal für ihn gearbeitet.«

»Du hast für den Leiter der Nachrichtenabteilung gearbeitet?«

»Na ja, ich war nicht gerade der Anchorman. Aber er hat allen Praktikanten Aufträge gegeben. Assi-Arbeit normalerweise. Aber er hat sich 'ne Menge Zeit für uns genommen und über Journalismus erzählt, wie man sich Stories besorgt und sie schreibt. Er war derjenige, der das Programm für Praktikanten angeleiert hat. Ich glaube, er hätte einen guten Professor abgegeben.« Bradford verstummte einen Moment. »Er hat eine Menge für mich getan, für alle Praktikanten.«

Rune brach den düsteren Bann. »Keine Angst. Wir geben's ihm zurück.«

Bradford richtete fragend seine blauen Augen auf sie.

»Wir finden den, der ihn wirklich umgebracht hat«, sagte sie.

8

Was ist das?

Rune schlug die Augen auf, starrte an die Schlafzimmerdecke ihres Hausboots und beobachtete die Reflexionen der Morgensonne auf dem gebrochenen Weiß.

Sie drehte den Kopf und blinzelte.

Irgendetwas stimmte nicht.

Sie spürte das sanfte Dümpeln des Bootes auf dem Hudson, dessen Wasser gegen den Rumpf plätscherte. Hörte das tiefe

Grollen eines Schiffsmotors, scheinbar ganz nahe, aber wahrscheinlich zweihundert Meter entfernt – sie hatte gelernt, wie das Wasser den Schall leitete. Das Geräusch des Stoßverkehrs ebenfalls.

Was war es also? Was fehlte? Was war nicht da, was hätte da sein sollen?

Das Batik-Laken hatte sich in einem fein gewebten gordischen Knoten um ihre Füße gewickelt. Ihr weißes Joy-of-Movement-T-Shirt war bis zum Hals hochgerutscht, und die Haare hingen ihr ins Gesicht. Rune war eine unruhige Schläferin. Sie befreite ihre Füße und zog das T-Shirt herunter. Sie fegte einen Rest Pizzakruste vom Bett und setzte sich auf.

Gut, zum Teil war es die Stille – eine besondere Art von Stille, die Art, die von der Abwesenheit eines menschlichen Wesens herrührt.

Rune dämmerte, dass Claire gegangen war.

Die junge Frau hatte ab neun Uhr früh immer ihren Walkman eingeschaltet. Sogar oben im Schlafzimmer des Hausbootes konnte Rune gewöhnlich das raue Wummern der Dezibel hören, die Claires Trommelfelle killten.

Heute jedoch – nichts.

Rune ging zu dem weiß emaillierten Bug. Vielleicht ist sie ja früh aufgestanden und einkaufen gegangen, dachte sie. Aber nein, keiner ihrer Läden – Kleidung und Kosmetik – machte vor zehn oder elf auf.

Was bedeutete, dass sie sich vielleicht nach Boston abgesetzt hatte!

Und genau das war geschehen. Auf dem Tisch mitten im Wohnzimmer fand Rune den Zettel, den Claire hinterlassen hatte. Sie grinste wie ein Kind an Heiligabend, als sie die Worte überflog.

Ausgezeichnet!, dachte sie. »Danke, danke, danke …«

Auf dem Zettel stand geschrieben, wie sehr Claire es zu schätzen wisse (falsch geschrieben), was Rune in den vergangenen Wochen (sechseinhalb) für sie getan hatte, obwohl sie so eine launische Zicke war, aber das sei gut, denn wenn sie mit ihr zusammenleben könne, dann könne sie mit jedem zusammenleben (Rune versuchte zu entwirren, wer die verschiedenen *sies* waren, und das Ergebnis gefiel ihr nicht).

Claire erklärte, sie gehe nach Hause zu ihrer Mutter in Boston, wie sie's gesagt hatte, und sie denke daran, wieder zur Schule zu gehen. Einen langen Absatz, den letzten, verwendete sie darauf, wie froh sie sei, dass Rune und Courtney so gute Freunde waren und dass sie so gut miteinander auskamen, denn ...

Das Lächeln erlosch.

... sie wüsste, dass Rune gut für das Mädchen sorgen würde.

Oh, Scheiße ...

Rune stürzte in den kleinen Laderaum im Bug des Bootes, den Raum, den Claire und Courtney sich geteilt hatten.

Gottverdammt!

Das kleine Mädchen lag schlafend auf Claires Futon, ein mutiertes Stofftier, das einst ein Häschen gewesen sein mochte, in den Händen.

Blöde Kuh! Claire, wie konntest du nur?

Rune verschaffte sich rasch einen Überblick. Der Raum war weitgehend leer geräumt. Claire hatte ihre Kleider und ihren Schmuck mitgenommen, wie auch die ganzen anderen Gegenstände, die die von Staub freien Quadrate und Kreise und Dreiecke auf der Kommode eingenommen hatten.

Alles weg – bis auf Courtneys Spielsachen und Kleider und ein Poster der Jackson Five, das Claire aufbewahrt hatte, um darauf zu warten, dass es wieder schick genug war, um es aufhängen zu können.

Blöde ...

Rune rannte nach draußen, um den Brief noch einmal zu lesen.

... Kuh!

In dem Brief stand nur, dass sie hoffe, irgendwann einmal zurückzukommen, um Courtney abzuholen und ihr das Zuhause zu geben, das sie brauche und verdiene.

Irgendwann einmal?

Rune schwitzte. Sie spürte, wie ihre Kopfhaut prickelte. Ihre Finger machten Flecke auf dem Papier.

Keine Adresse. Keine Telefonnummer.

Sie erinnerte sich nicht einmal mehr an Claires Nachnamen – das Mädchen hatte im Hinblick auf den Tag, da sie ein professionelles Model sein würde, immer wieder neue Künstlernamen ausprobiert.

Rune kehrte in den Raum zurück und durchsuchte ihn gründlich. Der einzige Hinweis, den sie fand, war ein Büstenhalter unter dem Bett mit auf der Seite eingestickten Initialen – C. S. Rune erschien er jedoch ein bisschen zu klein für Claire und erinnerte sich, dass einer ihrer Freunde ein Transvestit gewesen war.

Hoffnungslos setzte sich Rune mitten in dem Raum hin und griff nach einem Spielzeug, einem hölzernen Pinguin an einem Stab. Seine breiten Plastikfüße waren an Rädern befestigt. Sie fuhr mit ihm hin und her, wobei die Schwimmfüße auf die Decksplanken klatschten.

Ich will keine Mutter sein.

Claire …

Schlapp, schlapp, schlapp.

Der watschelnde Pinguin weckte Courtney.

Rune setzte sich auf den Futon und küsste das Mädchen auf die Wange. »Schätzchen, hast du heute früh mit deiner Mami gesprochen?«

»Hm-mh.«

Das kleine Mädchen rieb sich die Augen. Ach, die sind ja so verdammt goldig, wenn sie das machen. Na los, Kleine, sei hässlich.

»Hat sie gesagt, wo sie hingeht?«

»Hm-mh. Krieg ich Saft?«

»Schätzchen, hat deine Mutter gesagt, wo sie hingeht?«

»Bohdon.«

»Boston, ich weiß. Aber wo da?«

»Hm-mh. Saft?«

»Klar. Wir holen gleich welchen. Wo in Boston?«

»Zu Oma.«

»Wo wohnt deine Oma?«

»Bohdon. Ich will Saft.«

»Schätzchen, wie heißt deine Mutter?«

»Mami.« Das kleine Mädchen fing an zu zappeln.

»Nein, ihren Nachnamen meine ich.«

»Mami. Ich will Saft!«

»Hat sie irgendwas gesagt, bevor sie gegangen ist?«, wollte Rune wissen.

Courtney stand im Bett auf und machte sich von Rune frei. »Zoo.«

»Den Zoo?«

»Sie hat gesagt, du nimmst mich mit in den Zoo.«

»Das hat deine Mami gesagt?«

»Hm-mh. Ich will Saft!«

»Hat sie gesagt, wie lange sie wegbleibt?«

Courtney runzelte kurz die Stirn und breitete dann die Arme aus, so weit sie konnte. »Ganz, ganz lange«, sagte sie.

Rune griff nach dem Stoffhasen. Oh, Scheiße.

Courtney streckte bedrohlich die Unterlippe vor und sagte: »Saft!«

Sam Healy war Ende dreißig, über einsachtzig groß und schlank. Sein lichtes Haar war glatt nach hinten gekämmt, und sein Schnauzer hing über die Mundwinkel hinab. Er erinnerte an einen Cowboy, zumindest wenn er das trug, was er jetzt trug – ein kariertes Hemd, Jeans und schwarze Stiefel. Sein Beruf: Bombenexperte bei der New Yorker Polizei.

Sie saßen in Runes Hausboot, wo er gelegentlich die Nacht verbrachte, und sie hörte ihm nach vorn gebeugt so eindringlich zu, als erklärte er einem Grünschnabel, wie man eine C-4-Sprengladung auseinander nimmt. »Wie oft soll ich ihr denn zu essen geben?«, fragte sie.

»Du machst dir viel zu viele Gedanken, Rune«, sagte Healy. »Dreimal am Tag ist okay.«

»Wie ist es mit Medizin?« Runes Handflächen glänzten vor Schweiß. »Soll sie Medizin nehmen?«

»Na ja, ist sie krank?«

»Nein.«

»Wieso sollte sie dann Medizin nehmen?«

»Sie ist ein Baby«, sagte Rune. »Ich hab gedacht, Babys kriegen immer Medizin.«

»Nicht wenn sie nicht krank sind.«

Rune blickte auf den Fluss hinaus. »Oh, Sam, mit ihr zu spielen und ihr vorzulesen hat ja Spaß gemacht, aber das hier – das hier ist, na ja, richtig echt ernst.«

»Kinder sind sehr robust.«

»Ach, Herrgott. Was ist, wenn sie stürzt?«, fragte sie voller Panik.

Healy seufzte. »Dann heb sie wieder auf. Tröste sie. Staub sie ab.«

»Ich bin nicht reif für so was, Sam. Ich kann keine Mutter sein. Ich versuche grade, meine Story zu machen. Ich bin ... O Gott, trägt sie Windeln?«

»Frag sie.«

»Ich kann sie nicht fragen. Das wär mir peinlich.«

»Wie alt ist sie? Ungefähr drei? Dann ist sie wahrscheinlich sauber. Wenn nicht, solltest du bald mit der Erziehung anfangen.«

»Ich? Auf keinen Fall. Das kannst du vergessen.«

»Rune, Kinder sind was Wunderbares. Wenn ich mit dir und Adam weggehe, dann haben wir doch eine Menge Spaß.«

»Aber er ist dein Sohn. Das ist was anderes. Ich will kein eigenes Kind. Ich bin zu jung, um Mutter zu sein. Damit ist mein Leben schon vorbei.«

»Es ist doch nur vorübergehend, nicht?«

»Das ist der Teil, bei dem ich mir nicht so sicher bin.« Rune schaute in Richtung von Courtneys Zimmer. »Meinst du, sie trinkt zu viel Saft?«, fragte sie mit von Panik erfüllter Stimme.

»Rune.«

»Sie trinkt 'ne Menge Saft.«

»Du solltest dir viel weniger Sorgen machen.«

»Sam, ich kann kein Kind dabeihaben, wenn ich Leute interviewe. Was soll ich denn ...?«

»Ich werd dir den Namen der Tagesstätte geben, in die Cheryl und ich Adam immer gebracht haben. Die ist gut. Und einige der Frauen dort arbeiten abends als Babysitter.«

»Echt?«

»Sieh's doch mal von der guten Seite: Du hast die Wehen nicht durchmachen müssen.«

Rune rückte näher an ihn heran und legte den Kopf auf seine Brust. »Wieso schlittere ich immer in solche Sachen rein?«

»Sie ist ein süßes kleines Mädchen.«

Rune legte die Arme um ihn. »Die sind alle süß, wenn sie schlafen. Das Dumme ist, dass sie nach einer Weile aufwachen.«

Er fing an, ihr die Schultern zu massieren.

»Das ist schön.«

»Ja«, sagte er, »ist es.«

Er massierte fünf Minuten lang weiter und arbeitete sich mit seinen starken Fingern an ihrer Wirbelsäule abwärts. Sie stöhnte. Dann zog er ihr das T-Shirt hoch und fing an, sich unter den Stoff vorzutasten.

»Das ist noch schöner«, sagte sie und drehte sich auf den Rücken.

Er küsste sie auf die Stirn. Sie küsste ihn auf den Mund, wobei sie das Kitzeln seines Schnauzers spürte. Es war ein Gefühl, an das sie sich gewöhnt hatte, das sie sehr mochte.

Healy erwiderte ihren Kuss. Seine Hand, immer noch unter ihrem T-Shirt, wanderte nach oben. Er entschärfte Bomben; seine Berührungen waren sehr sanft.

»Rune!«, ertönte ein schriller Schrei von Courtney.

Beide schreckten hoch.

»Lies mir eine Geschichte vor, Rune!«

Sie schlug die Hände vors Gesicht. »Um Himmels willen, Sam, was soll ich nur machen?«

9

Der Zug nach Harrison, New York, fuhr pünktlich ab und tauchte wie ein altes Flugzeug, das langsam an Höhe gewinnt, auf den aufgebockten Schienen aus dem Tunnel unter der Park Avenue auf. Rune schwirrte der Kopf, als sie die roten Backsteingebäude und die Gruppen junger Männer auf der Straße sah. Keiner trug farbenfrohe Kleidung; alles war grau und schwarz. Eine Frau schob einen Einkaufswagen voller Lumpen vor sich her. Zwei Männer standen, die Hände in die breiten Hüften gestemmt, über die offene Haube eines beigen Cabrios gebeugt und schienen sich eine hoffnungslose Diagnose zu bestätigen.

Der Zug raste in nördlicher Richtung durch Harlem, und die Szenerie huschte rascher vorbei. Rune, die nach vorn gebeugt auf den Knien saß, spürte das Schlingern, als die Räder wie die Hüften eines Stierkämpfers zur Seite ruckten und sie die Harlem River Bridge überquerten. Sie winkte den Passagieren eines Circle-Line-Bootes zu, die zu der Brücke aufblickten. Niemand nahm sie zur Kenntnis.

Dann waren sie in der Bronx – kamen an Läden für Installationsbedarf und Holzlagern vorbei und, in der Ferne, an verlassen Wohnungen und Lagerhäusern. Durch die Fenster in den oberen Stockwerken war der Himmel zu sehen.

Man wacht morgens auf und denkt ...

Rune versuchte zu dösen. Aber immer wieder sah sie das Video mit Boggs' Gesicht, aufgeteilt in Rasterlinien und jede Rasterlinie bestehend aus tausend Pixeln aus roten, blauen und grünen Punkten.

... Verdammt, ich bin immer noch hier.

Die Art, wie ihre Augen sie anblickten, war gruselig

Sie hatte sich vorgestellt, die Häftlinge würden sie mit einer Menge Müll eindecken – pfeifen oder ›Jau, Süße‹ rufen oder sie lange und schleimig anstarren.

Aber nichts da. Sie schauten sie an wie Arbeiter am Fließband einen Fabrikbesucher anstarren würden, der sich schüchtern zwischen den großen Maschinen bewegt und darauf achtet, keine Schmiere an die Schuhe zu bekommen. Sie schauten, ignorierten, fuhren fort, Böden zu wischen oder mit Kumpeln und Besuchern zu reden oder überhaupt nicht viel zu tun.

Der Vizedirektor hatte ihren Presseausweis kontrolliert, und Wärter hatten ihre Tasche und die Kameratasche durchsucht. Dann wurde sie von einem großen Wärter in den Besuchstrakt geführt – einem gut aussehenden Schwarzen mit Schnauzer, der aussah, als hätte er ihn mit Mascara aufgemalt. Besucher und Insassen des Staatsgefängnisses in Harrison waren durch dicke Glasscheiben getrennt und unterhielten sich mit Hilfe alter, schwerer schwarzer Telefonhörer.

Rune blieb einen Moment stehen und betrachtete alles. Stellte sich vor, wie es wohl wäre, einen Ehemann im Gefängnis zu besuchen. Wie traurig! Nur mit ihm zu sprechen, den dicken Hörer zu halten, die Hand auszustrecken und das Glas zu berühren, ohne je das Gewicht oder die Wärme seiner Haut zu spüren ...

»Hier rein, Miss.«

Der Wärter führte sie in einen kleinen Raum. Sie vermutete, er war für vertrauliche Gespräche zwischen Anwälten und ihren Häftlingen reserviert. Der Wärter verschwand. Rune setzte sich an einen grauen Tisch. Sie musterte die abgestoßenen Gitterstäbe am Fenster und fand, dieses besondere Metall sei stärker als alles, was sie je gesehen hatte.

Sie schaute durch die verschmierte Scheibe, als Randy Boggs den Raum betrat.

Er war dünner, als sie es erwartet hatte. Von vorne sah er am besten aus; wenn er den Kopf drehte, um einen Wärter anzuschauen, bekam sein Kopf etwas Vogelartiges – wie der eines Spechts. Seine Haare waren länger als auf dem Band, das sie gesehen hatte, und die Schmalzlocke war verschwunden. Die Haare glänzten immer noch von dem Öl oder der Haarcreme, womit er sie in Form hielt. Seine Ohren waren lang und schmal, und Büschel blonder Drahthaare wuchsen aus ihnen heraus. Sie nahm dunke Augen wahr, die durch einen überstehenden Knochen noch dunkler wirkten, und dichte zusammengewachsene Augenbrauen. Seine Haut war ungesund; in seinem Gesicht waren zerfurchte Stellen wie Städte auf einem Satellitenfoto zu sehen. Es schien sich jedoch um einen vorübergehenden Mangel zu handeln – der durch gutes Essen und Schlaf behoben werden konnte.

Boggs drehte sich nach dem Wärter um. »Könnten Sie uns alleine lassen?«, fragte er.

»Nein«, antwortete der Mann.

»Mir ist's egal«, sagte Rune zu dem Wärter.

»Nein.«

»Klar«, sagte Boggs so fröhlich, als sei er gerade als erster Baseman für ein Baseballspiel ausgewählt worden. Er nahm Platz. »Warum haben Sie mich sehen wollen, Miss?«

Als sie ihm davon erzählte, wie sie den Brief bekommen hatte und dass sie die Story machen wollte, wurde sie ganz aufgeregt. Es lag nicht an der Umgebung; es lag an Boggs selbst. Die Intensität seiner Ruhe. Das ergab eigentlich keinen Sinn, aber sie dachte darüber nach und stellte fest, dass sie genau das empfand: Er war so voller Frieden, dass sie spürte, wie ihr eigener Puls sich beschleunigte, ihr Atem schneller kam – als reagierte ihr Körper auf diese natürliche Weise, weil seiner nicht dazu in der Lage war.

Sie ignorierte ihre Gefühle indessen und machte sich an die Arbeit. Rune hatte schon öfter Leute interviewt. Sie hatte die Kamera vor ihnen aufgebaut, sie in das heiße Licht der Scheinwerfer getaucht und ihnen dann hundert Fragen gestellt. Manche hatte sie eingeschüchtert und ihnen möglicherweise die falschen Fragen gestellt, aber sie hatte ein Talent dafür, Leute zum Reden zu bringen.

Boggs allerdings machte eine Menge Arbeit. Obwohl er den Brief an den Sender geschrieben hatte, fühlte er sich in Gegenwart von Reportern nicht wohl. »Halten Sie mich nicht für undankbar«, sagte er mit leiser Stimme; seine Worten hatten einen Hauch von Südstaatenakzent. »Aber ich bin ... Na ja, es geht nicht gegen Sie persönlich, Miss, aber Leute wie Sie haben schließlich dafür gesorgt, dass man mich verurteilt hat.«

»Wie das?«

»Na ja, Miss, kennen Sie den Ausdruck ›Medienhetze‹? Ich hatte den noch nie gehört, aber als ich die Presseberichte über meinen Prozess gelesen habe, da wurde mir klar, was damit gemeint ist. Ich war nicht der Einzige, der das gedacht hat. Jemand, der in der *Time* interviewt wurde, hat gesagt, mein Prozess sei genau das gewesen. Ich hab einen Brief an Mr. Megler und an den Richter geschrieben, in dem stand, dass ich denke, es sei eine Medienhetze gewesen. Aber keiner von denen hat zurückgeschrieben.«

»Worum ging es bei der Hetze?«

Er lächelte und wandte den Blick ab, als wolle er seine Gedanken sortieren. »So wie ich es sehe, waren da überall so viele Reporter, die Sachen über mich geschrieben haben, dass die Geschworenen irgendwann im Kopf hatten, dass ich schuldig wäre.«

»Aber werden die ...« Sie suchte nach einem bestimmten Wort. »Sie wissen schon, werden die Geschworenen nicht in Hotelzimmern festgehalten, ohne Zeitungen und Fernsehen?«

»Isoliert«, sagte Boggs. »Meinen Sie, das funktioniert? Es kam in *Live um fünf* am Tag, als ich verhaftet wurde und wahrscheinlich an jedem anderen Tag bis zum Prozess. Meinen Sie, es hätte einen einzigen Menschen gegeben, der mich nicht gekannt hat? Da hab ich aber meine starken Zweifel.«

Rune hatte ihm gesagt, dass sie für *Current Events* arbeitete, aber darauf war keine sichtbare Reaktion erfolgt; entweder verfolgte er die Sendung nicht, oder er wusste nicht, dass sie in dem Sender lief, dessen Angestellten er angeblich ermordet hatte. Oder es machte einfach keinen Eindruck auf ihn. Er starrte in die Kamera, die neben Rune auf dem Tisch stand. »Kürzlich war 'n Filmteam hier. Haben irgend so 'n Krimi gedreht. Alle waren ganz aufgeregt. Sie haben 'n paar von den Jungs als Statisten eingesetzt. Mich haben sie nicht genommen. Die wollten Leute, die wie Sträflinge aussehen. Ich hab, glaube ich, mehr wie 'n Angestellter ausgesehen. Oder ... Was meinen Sie, wie ich ausseh?«

»Wie ein Mann, den man unschuldig verurteilt hat.«

Boggs setzte ein verunglücktes Lächeln auf. »Gut gesagt. Tja, das ist 'ne Rolle, die ich schon seit einiger Zeit spiele. Bis jetzt hat's mir keiner abgenommen.«

»Ich möchte, dass Sie freigelassen werden.«

»Na ja, Miss, sieht aus, als hätten wir 'ne Menge gemeinsam.« Er erwärmte sich merklich für sie.

»Ich habe mit Fred Megler gesprochen ...«

Boggs nickte, wobei sein Gesicht Enttäuschung verriet, nicht jedoch Zorn oder Abneigung. »Wenn ich das Geld gehabt hätte, um mir 'nen richtigen Anwalt zu nehmen, so wie diese Insiderhändler und, Sie wissen schon, diese Großdealer, die man im Fernsehen sieht, dann wär's vielleicht anders gelaufen, denke ich. Fred ist nicht übel. Ich glaube nur nicht, dass er mit ganzer Kraft bei meinem Fall war. Ich schätze, man könnte sagen, er hätte ein bisschen mehr auf mich hören sollen. Ich hab 'ne gewisse Erfahrung mit dem Gesetz. Nicht, dass ich stolz drauf wäre, aber es bleibt die Tatsache. Ich hab schon öfter Gerichtssäle von innen gesehen. Er hätte auf mich hören sollen.«

»Er hat mir Ihre Geschichte erzählt«, sagte Rune. »Aber ich hab gleich gewusst, dass Sie unschuldig sind, als ich Sie gesehen habe.«

»Und wann war das?«

»Auf Film. Ein Interview.«

Sein Lächeln war nun wehmütig. Er wich ihrem Blick aus, was sie störte. Sie glaubte, es sei aus Scheu, nicht aus Hinterlist, aber sie wollte keine unsteten Blicke auf dem Video.

»Ich weiß Ihre Meinung zu schätzen, Miss«, sagte Boggs, »aber wenn das alles ist, was Sie vorzuweisen haben, dann komm ich mir trotzdem vor wie 'n Viertelpfundhering an 'ner Zwanzigpfundleine.«

»Sehen Sie mich an und sagen Sie mir: Haben Sie's getan oder nicht?«

Sein Blick wich jetzt nicht mehr aus; er bohrte sich in ihren und beantwortete die Frage ebenso deutlich wie seine Worte: »Ich hab Lance Hopper nicht umgebracht.«

»Das genügt mir.«

Boggs lächelte nicht mehr. »Das Dumme ist«, sagte er, »dass es den Leuten vom Staat New York nicht zu genügen scheint.«

Zwei Stunden später war Boggs bei: »Und da hab ich mich entschieden, nach New York zu trampen. Und das war der größte Fehler in meinem Leben.«

»Hatten Sie Maine satt?«

»Das Hummergeschäft lief nicht so, wie ich's gehofft hatte. Mein Partner – schauen Sie, mit Zahlen bin ich nicht so gut –, der hat die Bücher geführt und das ganze Geld, das reinkam, war bei weitem nicht so viel wie das, was rausging. Ich hab den Verdacht, er hat die Zahlen ziemlich im Dunkeln gehalten, und als der den Laden verkauft hat, hat er mir gesagt, er hätte ihn ein paar Gläubigern überlassen, aber ich denke, er hat ganz gut dabei abgesahnt. Jedenfalls hatte ich selber nicht mehr als zwei-, dreihundert Mücken und zwei Paar neue Jeans, 'n paar Hemden. Ich dachte mir, ich hau ab, bevor der nächste Winter kommt. Schnee gehört in Filme und in Papiertüten mit Sirup drauf. Ich also den Daumen raus und ab nach Süden. Mitgenommen wurd ich so oft, wie 'n Huhn Zähne hat, aber irgendwann haben ein paar angehalten, und ich bin in Purchase, New York, gelandet. Wenn das kein Name ist, dann weiß ich nicht.« Er grinste. »Purchase ... Es hat geregnet, und ich hatte meinen Daumen schon so lange rausgehalten, dass er aussah wie 'ne gebleichte Pflaume. Keiner hat angehalten, außer dem einen Typ. Der ist in so 'ner – wie wir das nennen – Familienkutsche rechts rangefahren. Großer alter Chevy, zwölf Jahre alt oder so – kennen Sie, könnte man 'ne zehnköpfige Familie drin unterbringen. ›Steig ein‹, hat er gesagt, und ich hab's gemacht. Der größte Fehler meines Lebens, Miss. Das kann ich Ihnen flüstern.«

»Jimmy.«

»Genau. Aber schließlich hab ich ihm gesagt, mein Name wär Dave. Ich hatte einfach so 'n Gefühl, dass das nicht jemand wäre, dem ich gern viel von mir erzählen würde.«

»Was ist passiert, nachdem Sie eingestiegen waren?«

»Wir sind nach Süden in Richtung Stadt gefahren, haben

uns unterhalten. Über Frauen vor allem, wie's Männer halt so machen. Erzählen, wie man pausenlos von Weibern verarscht wird und dass man sie nicht versteht, aber eigentlich angeben, dass man jede Menge gehabt hätte. So Sachen.«

»Wo wollte Jimmy hin? Weiter nach Süden?«

»Er hat gesagt, er würd nicht weiter fahren als bis nach New York, aber ich war schon dankbar, dass mich überhaupt einer mitgenommen hat. Ich dachte mir, ich könnte mir 'n Ticket für den Greyhound kaufen, um nach Atlanta weiterzukommen. Und ich war gerade dabei, genau das zu denken, da dreht er sich im Auto zu mir um und sagt: ›Hey, Kleiner, willst du dir nicht 'n paar hundert Mäuse verdienen?‹ Und ich sage: ›Das käm mir schon sehr recht, vor allem wenn's legal ist, aber auch wenn nicht, käm's mir sehr recht.‹

Er hat gesagt, es wär nicht richtig illegal. Nur was abholen und woanders abgeben. Ich hab ihm gleich gesagt, dass ich da Probleme hätte, wenn's dabei um Drogen ginge. Er hat gesagt, es ginge um Kreditkarten, und da ich selber früher mal 'n bisschen was damit gemacht hatte, hab ich gesagt, das wär nicht übel, wenn er vielleicht zweihundert ins Auge fassen könnte. Er hat gesagt, er würde die mehr als nur ins Auge fassen und außerdem, wenn ich fahren würde, würde er zweihundertfünfzig draus machen. Und ich hab ja gesagt, hab ich. Wir fahren irgendwohin. Ich hab mich in New York nicht ausgekannt, aber beim Prozess fand ich raus, dass es an der Upper West Side war. Wir haben angehalten, und er ist ausgestiegen, und ich hab mich hinters Steuer geklemmt. Jimmy, oder wie er auch geheißen hat, ist in diesen Hof gegangen.«

»Wie hat er ausgesehen?«, fragte Rune.

»Na ja, ich war mir nicht so sicher. Ich müsste eigentlich 'ne Brille tragen, aber die war mir in Maine über Bord gefallen, und 'ne neue konnt ich mir nicht leisten. Aber er war ein schwerer Bursche. Er saß irgendwie schwer, wie so 'n Bär sitzen würde. An 'nen Schnauzer erinnere ich mich. Ich hab ihn nur im Profil gesehen.«

»Weißer?«

»Ja, Ma'am.«

»Beschreiben Sie seine Kleidung.«

»Er hat Bluejeans angehabt, an den Beinen umgeschlagen, Ingenieursstiefel ...«

»Was ist das?«

»Kurze Schnürstiefel, wissen Sie. Schwarz. Und 'ne Marinejacke.«

»Waren Sie nicht ein bisschen nervös wegen der Kreditkartensache?«

Boggs schwieg einen Moment. »Ich sag Ihnen was, Miss. In meinem Leben hat's Zeiten gegeben – nicht oft, aber ein paar Mal –, da waren zweihundertfünfzig Dollar nicht viel Geld. Aber damals schon. Genau wie jetzt, und wenn einem jemand 'ne Menge Geld geben will, dann würden Sie staunen, wie schnell einem so was nicht mehr komisch oder verdächtig vorkommt. Egal, ich hab vielleicht zehn Minuten in dem Auto gesessen. Hab mir ein, zwei Zigaretten genehmigt. Ich hatte echt Hunger und hab mich nach 'nem Burger King umgeguckt. Darauf hatte ich nämlich Lust, auf so 'nen Whopper. Da sitz ich also und hab Hunger, und da hör ich den Schuss. Ich hab in meinem Leben genügend Pistolen abgefeuert, dass ich 'n Schuss aus 'ner Knarre erkenne. Die knallen nicht so wie im Kino. Das gibt so 'n Krachen ...«

»Ich weiß, wie Schüsse klingen«, sagte Rune.

»Echt, schießen Sie?«

»Genau genommen ist auf mich geschossen worden«, erzählte sie ihm. Nicht um anzugeben. Sondern um ihm mehr von sich zu erzählen, um ihm größeres Vertrauen zu vermitteln.

Boggs starrte sie an, kam zu dem Schluss, sie mache keine Witze, und nickte bedächtig. »Ich gehe vorsichtig in den

Hof«, fuhr er fort. »Da liegt ein Mann auf der Erde. Ich hab gedacht, es wäre Jimmy. Ich renne hin und sehe, dass es nicht Jimmy ist, und bücke mich und sage: ›Mister, geht's Ihnen gut?‹ Und natürlich geht's ihm nicht gut. Ich sehe, dass er tot ist. Da steh ich schnell auf und krieg einfach die Panik und haue ab.«

Boggs lächelte und zuckte leicht mit den Lippen. »Und was passiert? Die Geschichte meines Lebens. Ich renne in 'nen Streifenwagen, der draußen vorbeifährt. Ich meine, ich renne direkt in ihn rein, wumm. Ich falle drüber, und die heben mich auf und nehmen mich fest, und das war's.«

»Und was ist mit Jimmy?«

»Ich hab mich umgeschaut und das Auto gesehen, aber Jimmy war nicht drin. Der war weg.«

»Haben sie irgendeine Schusswaffe gesehen?«

»Nein, Ma'am. Ich hab gehört, sie haben sie im Gebüsch gefunden. Es waren keine Fingerabdrücke von mir drauf, aber ich hab Handschuhe angehabt. Der Staatsanwalt hat 'ne große Sache draus gemacht, dass ich Handschuhe im April anhatte. Aber ich hab so kleine Hände …« Er hielt eine Hand hoch. »Ich hab nicht viel Fleisch auf den Knochen. Es war echt kalt.«

»Glauben Sie, dass Jimmy Mr. Hopper erschossen hat?«

»Da hab ich 'ne Menge drüber nachgedacht, aber ich wüsste nicht, warum. Er hat keine Knarre gehabt, soweit ich gesehen hab, und wenn's bloß 'n Kreditkartenschwindel war, dann hätte Mr. Hopper doch nichts damit zu tun gehabt, Kreditkarten sind doch kleine Fische. Ich denke, Jimmy hatte die Karten bei sich und hat einfach die Panik gekriegt, als er den Schuss gehört hat. Da ist er einfach abgehauen.«

»Aber Sie haben den Cops doch von Jimmy erzählt?«

»Na ja, nicht den Teil mit den Kreditkarten. Das wär mir nicht so schlau vorgekommen. Also hab ich darüber die Klappe gehalten. Aber klar, von Jimmy hab ich ihnen erzählt. Kein Einziger von denen hat mir geglaubt.«

Nicht mal dein eigener Anwalt, dachte Rune. »Angenommen, Jimmy hat Hopper nicht erschossen, glauben Sie, er könnte den Mörder gesehen haben?«

»Könnte sein.«

»Viel anfangen lässt sich nicht mit dem, was Sie mir erzählt haben.«

»Das ist mir klar.« Er seufzte. »Bis jetzt hab nur auf den richtigen Augenblick für die Bewährung gewartet. Aber es gibt hier Leute, die mich irgendwie auf dem Kieker haben. Ich mach mir echt Sorgen, dass die noch mal auf mich losgehen.«

»Auf Sie losgehen?«

»Sie wissen schon, mich umbringen. Einmal haben sie's schon versucht. Ich weiß nicht, wieso. Aber so ist das Leben hier im Knast. Da braucht's keinen Grund.«

»Wie sehr wollen Sie raus?«, fragte Rune.

Boggs blickte in die Kamera. Rune stand auf und schaute durch den Sucher, um ihn besser ins Bild zu bekommen. Was sie sah, beunruhigte sie, denn sie blickte nicht in die Augen eines Tieres oder eines Verbrechers, was furchterregend, aber nicht unerwartet gewesen wäre; sie sah Sanftmut und Schmerz und – was noch schwerer zu ertragen war – einen Teil von ihm, der immer noch ein einsamer, verängstigter kleiner Junge war. »Ich will das beantworten«, sagte er, »indem ich Ihnen beschreibe, wie es hier drinnen ist. Es ist, als wäre einem das Herz rundherum mit 'ner Wäscheleine eingeschnürt. Es ist, als würde man jeden Tag am Morgen nach einer Beerdigung aufwachen. Es ist, als würde man die Angst begrüßen, weil man fürchtet, sich nicht mehr vorstellen zu können, wie es ist, wenn man frei ist. Es ist eine so große Traurigkeit, dass man heulen könnte, wenn man ein Flugzeug sieht, das an einen Ort fliegt, den man sich vorstellen, aber den man nie erreichen kann, egal wie nahe er auch sein mag.«

Randy Boggs brach ab und räusperte sich. »Tun Sie für mich, was Sie können, Miss. Bitte.«

10

Rune bemühte sich nach Kräften, wie eine gute Mutter zu sein.

Sie bemühte sich wirklich.

Courtney war etwa zu drei Vierteln sauber. Das restliche Viertel war mit Mühe zu ertragen.

Sie kaufte gesundes Essen für das Mädchen.

Sie wusch sie zweimal täglich.

Sie stürzte sich geradezu darauf, dem kleinen Mädchen bessere Kleidung zu besorgen.

Claire, die bezüglich ihrer eigenen Mode einen superkritischen Geschmack besaß, hatte das arme Kind vor allem in Pullover und Blusen mit Bären oder Disney-Figuren und Kordjeans (Kord! In New York!) gesteckt. Rune nahm sie geradewegs mit nach SoHo in eine Kinderboutique, wo sie eine der Verkäuferinnen kannte. Sie ließ ein paar Mäuse für echte Klamotten springen: einen schwarzen Kunstleder-Minirock und zwei schwarze T-Shirts. Gelbe und limonengrüne Strumpfhosen. Ein Knäuel Bindematerial für die Haare. Schmuck war eine heikle Sache – man wusste nie, was so ein Kind runterschluckte –, aber Rune fand einen atemberaubenden Nietengürtel und schwarze Cowboystiefel (die ein Stückchen zu groß waren, aber sie dachte sich, die Füße der Kleinen würden nur in eine Richtung wachsen, und wieso nicht etwas kaufen, was länger als einen Monat hielt). Das Tüpfelchen auf dem i war eine Leopardenfelljacke aus Plastik.

Rune zahlte die zweihundertsiebenundzwanzig Dollar, fand aber, das Ergebnis sei es wert gewesen. »Na schön, Freundchen«, sagte sie, »du siehst wahnsinnig gut aus.«

»Wahnsinnig«, sagte Courtney.

Es dauerte jedoch nicht lange, bis Probleme auftauchten.

Sie hatten den Laden verlassen, sich ein Eis gekauft und einen Schaufensterbummel gemacht. Dann fragte Rune sich, ob man Dreijährige zum Tanzen mitnehmen konnte. Unten am Hudson in dem alten Gebäude hatte gerade ein super Late Night Club eröffnet, wo vor Jahren das berühmte Area gewesen war, eine total historische Stelle. Allzu viele Kinder hatte sie da nicht gesehen. Gar keine, um genau zu sein. Aber sie fragte sich, ob man nicht früh, sagen wir gleich nach der Arbeit, gegen sechs oder sieben, eines einschmuggeln konnte. Es wäre doch eine Schande gewesen, ein Kind zu haben, das aussah wie eine Mini-Madonna und ihm nicht ein bisschen richtiges New Yorker Leben zu zeigen.

»Willst du tanzen gehen?«

»Ich will in den Zoo!«, sagte das Mädchen bestimmt.

»Also, der Zoo ist zu, Schätzchen. Wir können morgen oder so hingehen.«

»Ich will die Tiere sehen.«

»Morgen oder übermorgen.«

»Nein!« Courtney fing an zu schreien und rannte ins Comme des Garçons, wo sie das Eis in ein Gestell mit Achthundert-Dollar-Anzügen schleuderte.

Mit der Tagesstätte klappte es auch nicht.

Rune rechnete aus, dass, wenn sie Courtney morgens um acht Uhr absetzte und abends um sieben abholte – die Mindestzeit, in der Piper Sutton von ihrer Mannschaft zu arbeiten verlangte – und dann zweimal die Woche einen Babysitter für die Nacht nahm, von ihrem Gehalt noch 108 Dollar im Monat übrig bleiben würden.

Das kleine Mädchen verbrachte daher die halbe Woche in der Tagesstätte und die halbe mit ihr im Sender.

Und als Piper Sutton Rune eines Abends zu einer Zeit, zu der alle anderen Feierabend machten, zu sich rief und das Neueste über die Boggs-Story zu hören verlangte (»Sofort, Rune. Sofort, sofort, sofort!«), musste Rune das kleine Mädchen bei Bradford Simpson zwischenparken, der die Sache sportlich nahm, obwohl sie aufgrund des verstohlenen Anrufs, den er tätigte, wusste, dass er eine Verabredung absagen musste, um ihr zu helfen. Es war klar, dass ihr in Kürze die Freunde ausgehen würden, wenn sie zu oft versuchte, ihre Babysitter kurzfristig zu buchen.

Aber schließlich war es der Honig, der dem ganzen die Krone aufsetzte.

Rune hatte den ganzen Donnerstag damit verbracht, Außenaufnahmen von dem Gebäude, vor dem Lance Hopper umgebracht worden war, und vom Tatort selbst zu machen. Sie hatte Courtney abgeholt, kurz bevor die Tagesstätte schloss, und ein Taxi rufen müssen, um zwanzig Kilo Ausrüstung und fünfzehn Kilo Kind auf das Hausboot zurückzubringen.

Rune hatte sie vor der alten Motorola-Fernsehtruhe abgesetzt, den *Zauberer von Oz* eingelegt und war unter die Dusche gegangen.

Courtney, die die Schwarz-Weiß-Sequenz, die in Kansas spielte, nicht mochte, lief herum, um etwas zum Spielen zu finden. Dabei entdeckte sie einen Topf Kleehonig, der auf dem Tisch in der Kombüse stand. Sie kletterte auf einen Stuhl und zog den Topf vorsichtig herunter, setzte sich dann auf den Boden und öffnete ihn.

Courtney liebte Honig. Nicht so sehr wegen des Geschmacks als vielmehr, weil er so toll ganz langsam die Treppe hinunterfloss. Was einen Heidenspaß machte, aber noch besser war, wie sie damit Runes Videokassetten zusammenkleben konnte. Sie baute eine Mauer aus ihnen und tat so, als sei es die Burg der Bösen Hexe.

Dann wurde in der Dusche das Wasser abgedreht, und Courtney kam der Gedanke, mit Honig zu spielen sei eine der Sachen, die sie eigentlich nicht machen sollte. Daher beseitigte sie die restlichen Beweise, indem sie den Honig in die Tasche mit der Ikegami-Kamera goss.

Courtney schloss die Tür und schob den leeren Topf unter

den Kaffeetisch. Im gleichen Augenblick kam Dorothy im knallbunten Oz an, und die Kleine setzte sich hin, um den Film zu betrachten.

Rune war selbst überrascht, als sie beim Anblick der Kamera tatsächlich einen Schrei ausstieß. Sie versuchte zu schreien, dass die Kamera fünfzigtausend Dollar gekostet hatte, aber die Worte kamen nicht einmal aus ihrem Mund. Courtney schaute auf die Kamera herab, die vor Honig triefte, und fing an zu weinen.

Dann fiel Rune auf die Knie und begutachtete die zerstörten Bänder. Sie wiegte die Kamera wie ein verwundetes Haustier. »O Gott, o nein …«

»Oh-oh«, sagte Courtney.

»Ich halt's nicht aus«, keuchte Rune.

Nur zwei Anrufe.

Sie stellte erstaunt fest, dass man, wenn es um Kinder ging, ziemlich rasch durch die städtische Bürokratie gelangte. Die Beamtin, mit der sie sprach, sagte ihr, binnen einer halben Stunde könne ein Sozialarbeiter auf dem Weg zu ihr sein. Rune sagte, sie sollten sich keine Mühe machen, sie würde morgen zu ihnen ins Büro kommen. Die Frau nannte Rune die Adresse.

Am nächsten Morgen packte sie die wenigen Besitztümer des Mädchens zusammen, und sie gingen zur U-Bahn. Nach dreimal Umsteigen verließen sie den Zug an der Station Bleecker Street und stiegen zur Oberfläche.

»Wo gehen wir hin?«, fragte Courtney.

»Wir besuchen ein paar nette Leute.«

»Ach. Wo? Im Zoo?«

»Ich bin sicher, die gehen mit dir in den Zoo.«

»Gut.«

Das Gebäude sah aus wie eine große, schmutzige Fabrik in zehn Grautönen – ein Bau aus einem Film von 1930 über einen toughen, geschniegelten Fabrikanten, der lernt, dass ein Leben mit blonden Flittchen und Martinis recht unbefriedigend sein kann.

Aber wenn Rune noch einmal darüber nachdachte, fand sie, dass das Gebäude am LaGuardia Place eher wie ein Gefängnis wirkte. Fast hätte sie kehrtgemacht. Aber dann überließ sie sich der freien Assoziation: Gefängnis, Randy Boggs ... und stellte fest, dass sie die Pflicht hatte, die Story fertig zu stellen und ihn zu retten. Und dadurch, dass Courtney ihr Leben teilte, war das unmöglich. Sie nahm die vom Honig immer noch leicht klebrigen Finger des Mädchens von der rechten in die linke Hand und führte sie zu dem gedrungenen, düsteren Gebäude.

Rune blickte auf die Granitplatte über dem Eingang des Gebäudes, auf der sehr gut hätte eingemeißelt stehen können: *Ihr, die ihr hier eintretet, lasst alle Hoffnung fahren.*

Anstatt: *Amt für Kinderfürsorge New York.*

Rune und Courtney gingen langsam durch das Hauptbüro, durch grüne Flure, über grünes Linoleum. In fluoreszierendem Licht, das anfangs grellweiß aussah, aber grün wurde, wenn es auf Haut traf. Es erinnerte sie an den Farbton im Büro von Anwalt Megler. Ein Wächter zeigte auf eine dünne schwarze Frau, die in einem roten Leinenkostüm hinter einem Schreibtisch saß, auf dem sich alte Akten und leere Pappbecher stapelten.

»Kann ich Ihnen helfen?«, fragte die Frau.

»Sind Sie Mrs. Johnson?«

Die Frau lächelte, und sie schüttelten sich die Hände. »Nehmen Sie Platz. Sie sind ...«

»Rune.«

»Richtig. Sie haben gestern Abend angerufen.« Papier erschien, und Beamtin Johnson zückte einen BIC-Kugelschreiber. »Wie ist Ihre Adresse?«

»West Village.«

Johnson hielt inne. »Könnten Sie das bitte etwas genauer sagen?«

»Eigentlich nicht. Es ist schwer zu erklären.«

»Telefonnummer?«

»Nein«, sagte Rune.

»Wie bitte?«

»Ich hab kein Telefon.«

»Ach.« Bisher hatte sie nichts geschrieben. »Ist das Courtney?«

»Ja.«

»Wir gehen in den Zoo«, sagte das kleine Mädchen.

»Die Sache ist die: Ich habe eine Mitbewohnerin, ich meine, ich *hatte* eine Mitbewohnerin – ihre Mutter –, und ich kenne ihren Nachnamen nicht, und sie hat mich mit Courtney sitzen lassen. Sie ist einfach verschwunden – können Sie das begreifen? Ich meine, ich bin aufgewacht, und weg war sie.«

Johnson runzelte bekümmert die Stirn, einen Moment lang mehr Mutter als Beamtin.

»Jedenfalls ist sie nach Boston gefahren und hat ...« Rune senkte die Stimme. »... Sie wissen schon, wen, im Stich gelassen. Und ich, also, was soll ich machen? Sehen Sie, es würd mir ja nichts ausmachen, wenn ich nicht arbeiten würde, was ich normalerweise mache – nicht arbeiten, meine ich –, nur jetzt gerade ...«

Johnson hatte aufgehört zu schreiben. »Klarer Fall von Verlassen. Kommt öfter vor, als man denken sollte.«

»Rune, ich hab Hunger«, sagte Courtney.

Rune wühlte in ihrer Schultertasche und holte eine Dose Sardinen heraus. Johnson beobachtete sie. Ein Dosenöffner erschien, und Rune fing an zu kurbeln. »Ich fand's besser, als sie noch den kleinen Drehschlüssel hatten.« Rune schaute eine verwunderte Mrs. Johnson an. »Die kennen Sie doch, die Drehschlüssel. An den Dosen. Wie man sie in Zeichentrickfilmen immer sieht.«

»In Trickfilmen?«, fragte Johnson. »Meinen Sie, die sind gut für sie?«

»In Wasser eingelegt. Öl würd ich ihr nicht geben.« Sie hielt die Dose hoch.

Rune stopfte Courtney eine Serviette in den Kragen und gab ihr eine Plastikgabel. »Jedenfalls ist ihre Mutter weg, und ich weiß nicht, wie ich sie finden soll.«

»Haben Sie überhaupt keine Vorstellung? Keinen Nachnamen?«

»Nee. Ich weiß nur, dass sie in Boston ist.«

»Bohdon.«

»In Fällen wie diesen«, sagte Johnson, »wird normalerweise die Polizei eingeschaltet. Die nimmt dann Kontakt zur Polizei in Boston auf und startet eine Standard-Vermisstenfahndung. Vorname C-L-A-I-R-E?

»Genau. Ich hab einfach keinen Hinweis. Claire hat alles mitgenommen. Außer ihrem ekelhaften alten Poster und ein bisschen Unterwäsche. Davon könnten Sie vielleicht Fingerabdrücke nehmen. Aber wahrscheinlich wären es nicht ihre Fingerabdrücke.«

»Wo ist denn Courtneys Vater?«

Rune runzelte die Stirn und schüttelte den Kopf.

»Unbekannt?«, fragte Johnson.

»Höchst.«

»Beschreiben Sie mir ihre Mutter.«

»Claire ist ungefähr so groß wie ich. Sie hat im Moment dunkle Haare, aber ursprünglich waren sie ziemlich hell.« Rune dachte einen Moment lang nach. »Sie hat ein schmales Gesicht. Schön ist sie nicht. Ich würd eher sagen hübsch ...«

»Ich bin eigentlich eher an einer allgemeinen Beschreibung interessiert, anhand deren die Polizei sie aufspüren kann.«

»Okay, alles klar. Einssiebenundfünfzig, rabenschwarze Haare. Etwa fünfzig Kilo. Trägt meistens schwarz.«

»Großeltern oder Verwandte?«

»Ich kann nicht mal ihre Mutter finden – woher soll ich da die Onkel und Tanten kennen?«

»Sie ist wirklich anbetungswürdig«, sagte Johnson. »Hat sie irgendwelche gesundheitlichen Probleme? Nimmt sie irgendwelche Medikamente?«

»Nein, sie ist kerngesund. Das Einzige, was sie nimmt, sind Vitamine in Form von Tieren. Am liebsten mag sie diese Bären, aber ich glaube, nur weil sie Kirschgeschmack haben. Du magst Bären, nicht wahr, Schätzchen?«

Courtney hatte die Sardinen aufgegessen. Sie nickte.

»Okay, dann will ich Ihnen jetzt etwas über das Vorgehen von jetzt an erzählen. Wir sind hier das Amt für Kinderfürsorge, das ein Teil des Sozialamtes ist. Wir verfügen über ein Netz von Notfall-Pflegefamilien, bei denen sie etwa eine Woche lang untergebracht wird, bis wir ständige Pflegeeltern für sie gefunden haben. Wir hoffen, dass wir bis dahin die Mutter aufgespürt haben.«

Rune wurde flau. »Pflegeeltern?«

»Genau.«

»Äh, Sie wissen doch, was man so in den Nachrichten hört ...«

»Über Pflegeeltern?«, fragte Johnson. »Die meisten dieser Geschichten hat sich die Presse aus den Fingern gesogen.« Ihre Stimme war hart, und Rune sah für einen kurzen Augenblick eine andere Mrs. Johnson vor sich. Unter dem roten Lippenstift und der spießigen Billigbluse schlug kein schlichtes Herz. Wahrscheinlich hatte sie das Erkennungszeichen einer Straßengang auf die Rundung der linken Brust tätowiert.

Die Frau fuhr fort. »Unsere Pflegeeltern werden wochenlang überprüft. Wenn man's recht bedenkt, wer überprüft je natürliche Eltern?«

Gutes Argument, dachte Rune. »Darf ich sie besuchen?«

Die Antwort war eigentlich nein – das konnte Rune sehen –, aber Johnson sagte: »Wahrscheinlich.«

»Was passiert jetzt?«

»Die diensthabende Sozialarbeiterin wird Courtney zu der vorläufigen Pflegefamilie bringen.«

»Und ich muss gar nichts weiter tun?«

»Ihre Zuständigkeit ist hiermit beendet.«

Rune hasste diesen Amtsjargon. Es war, als würden die Wörter sie nehmen und schockgefrieren.

Sie wandte sich an Courtney. »Wirst du mich vermissen?«, fragte sie.

»Nein«, sagte das Mädchen.

Nein?

»Schätzchen«, sagte Johnson zu ihr, »würdest du gerne bei einer netten Mami und einem netten Papi wohnen? Sie haben Kinder genau wie du und würden sich riesig freuen, wenn du sie besuchst.«

»Ja.«

»Du wirst dort glücklich sein«, sagte Rune.

Wieso schluchzt sie nicht?

»Ich übernehme sie jetzt«, sagte Johnson. »Haben Sie ihre Sachen dabei?«

Rune übergab ihr die Tasche mit den abgewetzten Stofftieren und den neuen Kleidern. Johnson blickte Rune ins Gesicht. »Ich weiß, wie Sie sich fühlen«, sagte sie, »aber glauben Sie mir, Sie tun das Richtige. Sie hatten keine andere Wahl.«

Rune ging in die Hocke und schloss das Mädchen in die Arme. »Ich komm dich besuchen.«

Erst da dämmerte es Courtney, was hier vor sich ging. »Rune?«, fragte sie unsicher.

Johnson nahm sie bei der Hand und führte sie den Flur entlang.

Courtney fing an zu weinen.

Rune fing an zu weinen.

Johnsons Augen blieben trocken. »Komm mit, Schätzchen.«

Courtney blickte einmal zurück. »Rune!«, rief sie.

Rune verließ den hässlichen Klotz von Gebäude und empfand ein Gefühl großer Freiheit.

Und gleichzeitig die Last der Schuld, die Gramm für Gramm ihren 45 Kilo entsprach. Aber das war okay. Sie hatte eine Story zu filmen.

Der Frühling im Gefängnis ist wie der Frühling in der Stadt, beinahe nicht zu spüren. Man nimmt ihn nur der Luft wegen wahr. Man riecht ihn, man schmeckt ihn, man empfindet ihn als Extraration Wärme. Er flirtet ein-, zweimal mit einem, dann ist es vorbei. Zurück an die Arbeit oder zurück in den Gefängnishof. Krokusse können Zement nicht durchbrechen.

Randy Boggs wartete in der Gefängnisturnhalle auf Severn Washington, als ihm der Geruch des Frühlings in die Nase stieg. Und, verflucht, er kam schlecht drauf davon. Er war nie auf dem College gewesen. Schule bedeutete für ihn Highschool, und diese verrottete Gefängnisturnhalle erinnerte ihn gewaltig an die in der Washington Irving High, wo er, vor zwanzig Jahren, am Barren geübt oder sich abgequält hatte, um an den Ringen in den Kreuzhang zu kommen, und dann hing da, rums, so ein Geruch in der Luft, der bedeutete, dass die Schule bald vorbei war und dass der Sommer vor ihm läge – zusammen mit ein paar Wochen reiner Freiheit, bevor er den Job im Lagerhaus von Kresge antreten würde.

Verdammt, was für einen Duft der Frühling hat …

Er hing einem Dutzend Erinnerungen nach, die der Duft ausgelöst hatte. Kleine Mädchentitten und heißes Gras und das kettensägenartige Rattern eines 350-Chevy-Motors. Und Bier. Mann, er liebte Bier. Heute ebenso wie damals, obwohl er wusste, dass es keinen besseren Geschmack gab als den Geschmack von Bier, wenn man Teenager war.

Randy Boggs warf einen Blick quer durch die Turnhalle und konnte die heranstürmende Gestalt von Severn Washington sehen, hundertzehn Kilo Kampfgewicht, ein breites Gesicht auf einem Hals, dick wie Boggs' Oberschenkel.

Washington hatte gelacht und Boggs, kurz nachdem sie sich kennen gelernt hatten, erzählt, er hätte in seinen ganzen dreiundvierzig Jahren noch nie einen weißen Freund gehabt. Um Vietnam war er herumgekommen, weil er schlecht sah, und weit weg von zu Hause war er nie gekommen, was im Fall seiner Familie hieß, weg von der 137th Street, wo es ohnehin nicht viele Weiße gab, ganz zu schweigen von einem, mit dem er hätte befreundet sein können.

Deshalb war es Washington auch gar nicht wohl gewesen, als Boggs ihn eines Tages im Hof angesprochen und einfach drauflosgequatscht hatte mit seiner sanften, schüchternen Stimme. Zuerst, hatte Washington ihm später erzählt, hatte er gedacht, Boggs wolle sein Maskottchen werden, sein Liebhaber, dann war Washington zu dem Schluss gekommen, Boggs sei auch nur so ein verrückter Weißarsch, vielleicht mit Methadon oder Angel Dust zugedröhnt. Als Boggs jedoch immer weiterquasselte, komisch und mit mehr Sinn und Verstand als die meisten Drinnen, wurden Washington und Boggs Freunde.

Boggs erzählte ihm, dass er ein paar Mal nach Raleigh und Durham gekommen war, und er erfuhr außerdem, dass Washingtons Familie aus North Carolina stammte, obwohl er selbst nie dort gewesen war. Washington wollte alles über den Staat hören, und Boggs freute sich, es ihm zu erzählen. Danach sprachen sie über Sylvia's, Harlem, Dizzy Gillespie, Dexter Gordon, Eddie Murphy, Denzel Washington (nicht verwandt), kleinere und größere Gaunereien, Bier, Herumreisen, Trampen …

Aber die Freundschaft zwischen den beiden hatte noch eine weitere Grundlage.

Eines Tages hatte Washington Boggs im Hof ausfindig gemacht. »Weißt du, wieso du hergekommen bist und mich angesprochen hast?«

»Nee, Severn, keine Ahnung. Wieso denn?«

»Allah.«

»Was soll ’n das sein?«, hatte Boggs gefragt.

Der Riese hatte erklärt, Allah sei ihm im Traum erschienen und habe ihm aufgetragen, sich mit Boggs anzufreunden und ihn zu bekehren.

Boggs spürte, wie er rot wurde. »Verdammt«, sagte er, »wenn das nicht das Verrückteste ist, was ich je gehört hab.«

»Nein, Mann, so ist’s nun mal. Dein Arsch ist gerettet. Ich und Allah werden auf dich aufpassen.« Was Boggs für noch verrückter hielt, zumindest den Allah-Teil, aber ihm sollte es recht sein.

Washingtons Job war allerdings von Anfang an nicht einfach. Boggs war Tierfutter hier in Harrison. Dürr, schüchtern, still, ein Einzelgänger. Er dealte nicht, er fickte nicht, er schlug sich auf keine Seite. Sofort unbeliebt. Die Sorte, die irgendwann ›versehentlich‹ tot endet – er passt zum Beispiel nicht auf, jagt sich einen ¾-Zoll-Bohrer durch den Hals und verblutet, bevor es jemand bemerkt.

Oder die Sorte, die es selbst erledigt. Den Gürtel nehmen sie einem vielleicht weg, aber wenn man im Gefängnis sterben will, dann kann man sich trotzdem umbringen, kein Problem.

Aber Severn Washington war seiner Aufgabe gewachsen. Und als klar wurde, dass Boggs unter dem Schutz eines der frömmsten Muslime in ganz Harrison stand (der außerdem noch einer der kräftigsten war), als diese Neuigkeit in den Zellenblocks die Runde machte, wurde Randy Boggs einigermaßen in Ruhe gelassen.

›Einigermaßen‹ bedeutete jedoch nicht ›vollständig‹.

Washington murmelte seinen kurzen Muslim-Gruß ›Merhaba sardeek‹ und runzelte die Stirn. »He, Mann, du hast Ärger«, flüsterte er.

»Was?«, fragte Boggs, der spürte, wie ihm das Herz in die Hose rutschte.

»Die wollen dir noch mal auf die Pelle rücken. Diesmal ernsthaft. Ich hab mein' Kredithai bei mir im Block angehauen, und der sagt, er hat's ganz sicher gehört.«

Randy Boggs runzelte die Stirn. »Wieso, Mann? Das kapier ich nicht. Hast du irgendwas gehört?«

Washington zuckte die Achseln. »Ich versteh's auch nicht.«

»Okay.« In Boggs' Gesicht zuckte es leicht. »Scheiße.«

»Ich werd mich 'n bisschen umhören«, sagte Washington. »Wir kriegen schon noch raus, was da für 'n Scheiß abgeht.«

Boggs dachte darüber nach. Er legte es nicht darauf an, Ärger zu bekommen. Er warf Schwarzen keine Mörderblicke nach, er glotzte unter der Dusche keinem auf den Schwanz, er bekam keine Stangen Marlboros von den Wärtern, schaute die Aryan Brotherhood nicht schief an. Es fiel ihm kein Grund ein, wieso jemand auf ihn losgehen sollte.

»Ich weiß nicht, was ich gemacht habe. Ich glaub nicht …«

»Hey, bleib cool, Mann.« Washington grinste. »Wie lange sitzt du noch? Vierundzwanzig Monate. Sollte nicht allzu schwer sein, dein' Arsch so lange heil über die Runden zu bringen.«

»Der Stall hier, Mann, wie ich den hasse.«

Severn Washington lachte, wie er immer lachte, wenn jemand etwas Selbstverständliches von sich gab. »Ich hab 'n Gegengift. Komm, wir spielen 'n bisschen Football.«

Und Randy Boggs war einverstanden. »Klar.« Und als er sein Spiegelbild in einem mit Maschendraht vergitterten Fenster sah, dachte er, dass das, was er da mit rot unterlaufenen Augen sah, nicht sein lebendiger Körper sei, sondern etwas anderes – etwas Grässliches, das kalt und tot dalag, während sein Blut aus seinem Fleisch entwich.

Dachte, dass trotz der Versicherung dieses riesigen Mannes seine einzige Hoffnung jetzt diese halbe Portion von Mädel mit dem Pferdeschwanz und der großen Kamera war.

11

Diese Stadt war ein Spielplatz, der nie langweilig wurde.

Wenn man das Grundgefühl der Angst einmal beiseite ließ (und es gab nichts, wovor Jack Nestor sich fürchtete), war New York der größte Spielplatz der Erde.

Er spürte die Erregung sofort, als er aus dem Port-Authority-Busbahnhof trat. Ein elektrisierendes Gefühl. Und einen Augenblick lang fragte er sich, was ihm bloß einfiele, seine Zeit in dem verpissten Florida zu verschwenden.

Er roch: den fischigen Fluss, Holzkohlenqualm von Brezelverkäufern, Scheiße, Abgase. Dann stieg ihm der Duft von irgendeinem streng riechenden Kraut in die Nase, das drei als Araber verkleidete Schwarze auf einem Klapptisch verkauften. So etwas hatte er noch nie gesehen. Er ging zu ihnen. Da standen Bilder von Männern aus alten Zeiten, wie es schien, in der gleichen Kleidung. Die zwölf Stämme Israels. Nur dass sie alle schwarz waren. Schwarze Rabbis.

Was für eine verrückte Stadt!

Nestor ging die 42nd Street entlang und machte in ein paar Peepshows halt. Er ging wieder und wanderte noch etwas weiter, schaute sich die alten Kinos an, die Theater, wütende Autofahrer, selbstmörderische Fußgänger. Hupen blökten wie wild, als hätten alle, die ein Auto fuhren, eine Frau in den Wehen auf dem Rücksitz. Die Energie machte ihn schon fertig, aber er wusste, in ein, zwei Tagen würde er durchstarten.

Er blieb stehen und kaufte sich einen Hot Dog, den er mit drei Bissen verschlang. An der nächsten Straßenecke kaufte er sich noch einen. Diesmal bat er auch um Zwiebeln. An der dritten Ecke kaufte er noch zwei Hot Dogs, ohne Zwiebeln, und blieb stehen, um sie zu essen und ein Sprite zu trinken, das überhaupt kein Sprite war, sondern irgendeine Zitronenlimonade einer Marke, von der er noch nie gehört hatte. Es schmeckte wie Medizin. Als der Verkäufer eine Wurst spaltete, um sie mit Sauerkraut zu füllen, fragte Nestor ihn, wo es in der Nähe ein Hotel gebe.

Der Mann zuckte die Achseln. »Weißnich.«

»Hä?«

»Weißnich.«

»Ist das 'n Hotel?«

»Weißnich.«

»Wieso versuchst du nicht, Englisch zu lernen, verflucht?« Nestor ging weiter. Zwei Straßen weiter erblickte er ein Schild: *King's Court Hotel*. Was der gleiche Name war, wie der eines Motels, in dem er einmal in Miami Beach gewohnt hatte und das gar nicht übel gewesen war. Er erinnerte sich, dass es sauber und billig gewesen war. Es musste wohl eine Kette sein. Nestor trat vor die Tür, die sich plötzlich öffnete. Er hatte den hoch gewachsenen jungen Mann nicht bemerkt, der, schwarz gekleidet, im Innern stand. »Hallo, Sir«, sagte der Mann. »Darf ich Ihre Tasche nehmen?«

In der Filiale in Miami, erinnerte sich Nestor, hatte es keinen Türsteher gegeben.

»Ich wollte nur den Typ am Tresen was fragen.«

Es handelte sich nicht um einen Typ, sondern um eine junge blonde Frau mit französischem Akzent und absolut makellosen Zähnen. Sie lächelte ihn an. »Ja, Sir?«

»Äh ...« Er schaute sich um. Bizarr. Es sah aus wie ein Lagerhaus mit niedriger Decke. Überall Stein- und Metallmöbel. Und eine Menge der Möbel waren in weißes Tuch eingeschlagen.

»Äh, ich hab mich gefragt, ob Sie wohl 'n Zimmer hätten.«

»Gewiss, Sir. Wie lange wollen Sie bleiben?«

»Äh, wie viel würd 'n das kosten? Für 'n Einzelzimmer.«

Sie zog einen Computer zu Rate. »Vierhundertfünfzig.«

Für eine *Woche*? Waren diese Leute verrückt, verdammt noch mal?

Jetzt stellte sich die Frage, wie man hier wieder rauskam, ohne dass die Blondine mit den linealgeraden Zähnen einen für ’n komplettes Arschloch hielt.

»Ich meinte pro Nacht.«

Kurzes Schweigen. »Nun ja, es handelt sich hierbei um den Tagespreis, Sir.«

»Na klar. Hab nur Spaß gemacht.« Nestor grinste, sah keine Möglichkeit, die Situation zu retten, und ging einfach hinaus.

Eine Straße weiter fand er ein Royalton Arms, von dem er wusste, dass es okay war, denn es standen zwei schmutzig wirkende Touristen davor und studierten den Stadtplan von New York City. Der Portier am Tresen hatte hier nicht einmal gerade Zähne, geschweige denn weiße, und er stand hinter einer schusssicheren Plastikscheibe. Nestor nahm ein Zimmer zu 39,95 Dollar und fuhr im Aufzug zur sechsten Etage. Das Zimmer war in Ordnung. Er fühlte sich sofort wohl, nachdem er es betreten hatte. Es bot keinen Blick auf irgendein Meer oder eine Autobahn oder etwas anderes als einen Luftschacht, aber das störte Nestor nicht. Er ließ die Jalousien herunter, legte sich aufs Bett und hörte dem Streit zu, den sein Magen mit den Hot Dogs ausfocht.

Er schaltete den Fernseher ein und schaute eine Weile eine alte Wiederholung von *Miami Vice*, zappte einmal durch die Kanäle und schaltete das Gerät wieder aus. Es war nervend, keine Fernbedienung zu haben. Er zog sich aus bis auf die Boxershorts und das ärmellose T-Shirt, putzte sich kräftig die Zähne und ging zu Bett.

Er schloss die Augen.

Schnapp. Die Bilder setzten ein.

Nestor hatte oft Mühe, einzuschlafen. Er hatte gedacht, vor langer Zeit, es sei etwas Körperliches. Nun ja, mehr gehofft als gedacht. Inzwischen wusste er jedoch, dass dies keineswegs der Fall war.

Der Grund für seine Schlaflosigkeit waren die Bilder.

Im Augenblick, wenn sein Kopf das Kissen berührte (sofern nicht jemand dabei war, der ihn ablenkte oder zumindest Ablenkung versprach), im Augenblick, wenn er sich zu schlafen anschickte, setzten die Bilder ein. Er hätte sie vermutlich auch Erinnerungen nennen können, denn eigentlich waren sie nicht mehr als Szenen aus seiner Vergangheit. Aber Erinnerungen waren etwas anderes. Erinnerungen waren eher wie die Eindrücke, die er von seiner Familie oder von seiner Kindheit hatte. Seinem ersten Auto. Seinem ersten Fick. Vielleicht waren sie genau. Wahrscheinlich nicht.

Aber die Bilder ... Mann. Noch die kleinste Einzelheit.

Ein philippinischer Revolutionär, den er auf dreihundert Meter mit einer M16 mit Metallvisier abgeknallt hatte, der Mann war zusammengesunken wie ein Sack ...

Ein schwarzer Südafrikaner, der dachte, er sei sicher über die Grenze nach Botswana gelangt ...

Ein Kleiderbügel, mit dem die Hände eines Salvadorianers gefesselt waren, während Nestor dachte, wieso sich die Mühe machen, ihn zu fesseln? In sechzig Sekunden hat er sowieso 'ne Kugel im Kopf ...

Hunderte andere.

Sie waren schwarz-weiß, sie waren in Farbe, sie waren stumm, sie waren in Dolby Stereo.

Die Bilder ...

Sie erschreckten ihn natürlich nicht. Er empfand keine emotionale Regung. Er wurde nicht von Schuldgefühlen gequält, sie erregten keine Lust in ihm. Sie gingen einfach nur nicht weg. Die Bilder kamen in seinen Kopf und ließen ihn nicht schlafen.

Heute Nacht lag Nestor – von der Stadt aufgewühlt und gepeinigt von ihrem Fastfood – in einem zu weichen Bett und wehrte die Bilder ab. Verdrängte das eine. Machte das gleiche mit dem, das seinen Platz einnahm. Dann mit dem nächsten.

Eine Stunde lang, dann zwei. Er hätte gerne Celine neben sich gehabt. Er dachte an sie, aber die Bilder verdrängten sie. Er dachte daran, weshalb er in der Stadt war. Das hielt die Bilder eine Weile fern. Aber sie kamen zurück.

Endlich – es war gegen drei Uhr früh – fiel ihm das französische Mädchen ein, die mit den geraden Zähnen. In Gedanken bei ihr und mit ein wenig Mühe seinerseits (er bezeichnete es als Ellbogenübung), fing Nestor endlich an, sich zu entspannen.

Es hatte genügend von einer Verabredung, damit Bradford Simpson bei Laune blieb, und nicht genügend, damit Rune sich Sorgen machte.

Sie saßen im Freien am Tisch eines mexikanischen Restaurants in der Nähe des West Side Highway. Der Tisch bog sich unter roten Tecate-Bierdosen, Chips und Salsa – und einer Tonne gedruckten Materials über Lance Hopper und Randy Boggs.

Bradford hatte sie, wie sich herausstellte, tatsächlich noch einmal zum Ausgehen einladen wollen, aber Rune begnügte sich damit, den Abend eher professionell zu halten.

Der Praktikant rückte seinen Stuhl näher an ihren, und Rune ließ einen leichten Kniekontakt über sich ergehen, während sie die Hopper-Akten durchlasen. »Wo ist Courtney?«, fragte Bradley.

»Lassen wir das Thema«, sagte Rune.

»Klar. Alles in Ordnung mit ihr?«

Ja, nein. Wahrscheinlich nicht.

»Ihr geht's gut.«

»Sie ist echt goldig.«

Bitte nicht, dachte sie und wandte sich wieder den Akten über Lance Hopper zu, die Bradford im Archiv gefunden hatte.

Während des Lesens gewann sie allmählich ein deutlicheres Bild von dem verstorbenen Leiter des Senders.

Hopper war ein schwieriger Mensch gewesen – der forderte, dass jeder beim Sender ebenso hart arbeitete wie er und sein Privatleben der Arbeit nicht in die Quere kommen ließ. Er war außerdem gierig und eifersüchtig und kleinlich und wahnwitzig ehrgeizig und hatte, als sein Vertrag ausgelaufen war, die Muttergesellschaft mehrmals um Aktien praktisch erpresst, die sein Vermögen um Hunderte von Millionen Dollar gesteigert hatten.

Und doch war er auch ein Mann mit Herz gewesen. Wenn er zum Beispiel den Praktikanten so viel Zeit widmete, wie Bradford erwähnt hatte. Er hatte sich für ein Jugendbildungs-Programm im Sender eingesetzt, obwohl solche Sendungen weit weniger einbrachten als Cartoons und Abenteuerserien im Nachmittagsprogramm.

Hopper hatte regelmäßig in Washington vor der Federal Communications Commission und vor Kongressausschüssen gesprochen, wo er Gutachten über die Bedeutung freier Medien vortrug. Von konservativen, familienorientierten Gruppen, die für mehr Zensur im Fernsehen waren, war er dafür angefeindet worden.

Hopper hatte außerdem die Verantwortung für den größten Reinfall in der Geschichte des Senders übernommen. Vor drei Jahren – kurz vor seinem Tod – hatte der Sender einen preisgekrönten Beitrag als Teil der Berichterstattung über eine Friedensmission der UNO im Libanon gesendet. Es handelte sich um eine Exklusivstory über ein Dorf außerhalb von Beirut, das angeblich liberal und prowestlich orientiert, tatsächlich jedoch eine Hochburg militanter Fundamentalisten sei.

Als dann eine UN-Streife das Dorf nach vermuteten Terroristen durchsuchte, war sie auf Widerstand vorbereitet. Nachdem ein einzelner Heckenschütze einen Schuss in der Nähe des Konvois abgefeuert hatte, folgte eine Kettenreaktion von Schüssen. Es gab achtundzwanzig Tote, alle durch Beschuss durch die eigene Seite, darunter einige US-Soldaten. Der ›Heckenschütze‹ entpuppte sich als ein zehnjähriger Junge, der auf Steine geschossen hatte. Die Militanten, so schien es, waren schon lange verschwunden. Von einigen Seiten wurde die Schuld der UN gegeben, weil sie sich bei ihrer Aufklärung auf einen Nachrichtenbeitrag verlassen hatte, aber die meisten hielten es für den Fehler des Senders, weil schließlich er die Story gebracht, oder zumindest weil er nicht weiter ermittelt und berichtet hatte, dass die Terroristen nicht mehr da waren.

Hopper übernahm die Verantwortung für den Zwischenfall und reiste persönlich nach Beirut, um an der Bestattung der getöteten Dorfbewohner teilzunehmen.

Bradford und Rune fuhren fort, sich in die Akten zu knien, aber obwohl Hopper als ein komplizierter, ehrgeiziger und skrupelloser Mensch erschien, konnten sie kein offensichtliches Motiv für den Mord erkennen.

Danach wandten sie sich den Abschriften der Interviews zu, die Rune während der vergangenen Wochen gemacht hatte, als sie an der Ostküste und im Süden herumgereist war, um mit Leuten zu sprechen, die Randy Boggs kannten.

Klar, Randy Boggs hat fast zwei Jahre für mich gearbeitet. Er kam rein und hat 'nen Job gesucht. Guter Junge. Zuverlässig. Der war kein Killer. Mit dem Besen konnte der umgehen wie kein Zweiter. Ich bin sicher, das war in den Sechzigern. Wir hatten damals das Negerproblem. Klar, das Negerproblem haben wir immer noch. Da würd ich gern mal 'n paar Worte zu sagen, wo ich seh, dass Sie 'ne Kamera dabeihaben …

Das nächste …

Randy Boggs? Klar, hab ich die Boggs gekannt. An die Jungs kann ich mich nicht erinnern. Der Vater war 'n gemeiner Hund. Mann, der …

Das nächste …

Randy? Klar. Wir hatten dieses Hummergeschäft. Aber – Sie haben die Kamera laufen? Okay, lassen Sie mich folgende

Geschichte erzählen. Die Frau und ich waren mal drüben in Portland, und wir sind in dem Chevy gefahren – wir kaufen immer amerikanische Autos, selbst wenn sie 'n Haufen Sie wissen schon was sind. Wir sind also so da langgefahren, und da waren so drei Lichter am Himmel, und wir wussten, dass das keine Flugzeuge sind, weil die so hell waren. Und dann hat eins von ihnen …

Das nächste …

Rune gähnte heftig.

»Alles klar?«, fragte Bradford.

»Mehr oder weniger.« Sie öffnete den nächsten Ordner.

Aus ihrem Leben war ein endloser Kreislauf geworden aus langen einsamen Stunden, Flügen in Flugzeugen und Aufenthalten in Hotels, die jemand anders bezahlte, nervenzerrenden Besprechungen im Sender, Interviews, die manchmal außer Kontrolle gerieten und manchmal funktionierten, einem verlassenen Hausboot, einem chaotischen Schneideraum. (Eines Morgens wachte sie auf und stellte fest, dass sie neben der Kamera eingeschlafen war – was weniger Furcht erregend war als die Tatsache, dass sie die ganze Nacht mit dem Arm darum geschlafen hatte.) Sie gab die Late-Night-Clubs auf, sie gab die Literatenkneipen im West Village auf. Sie gab sogar auf, Sam Healy oft zu sehen. Von Zeit zu Zeit segelte Piper Sutton wie ein Adler mit einer zappelnden Forelle in den Klauen an Runes Arbeitsnische vorbei, um sich Bericht erstatten zu lassen.

Während sie und Bradford sich nun inmitten Dutzender junger Anwälte und Geschäftsleute, die, von Tequila und dem wilden Leben in Manhattan berauscht, lachten und prahlten und flirteten, durch das ganze Material kämpften, empfand Rune einerseits immer größere Wut darüber, dass ein derart vitaler und bedeutender Mann wie Lance Hopper ermordet worden war, und andererseits eine immer größere Gewissheit, dass Randy Boggs es nicht getan hatte.

12

»Komm schon, Sam, bitte.« Sie hatte es mit Charme versucht und sich jetzt aufs Betteln verlegt.

Aber Sam Healy war ein Beamter, der sein Geld damit verdiente, dass er Bomben entsorgte; es war schwer, so jemanden zu etwas zu überreden, was er nicht wollte.

Sie saßen auf dem Achterdeck des Hausbootes, tranken Bier und aßen Popcorn.

»Ich will nur mal reinschauen. Eine kleine Akte.«

»Ich habe keinen Zugriff auf die Akten im Zwanzigsten Revier. Ich gehöre zum Bombenkommando. Wieso sollten die auch nur mit mir reden?«

Rune hatte eine Menge Zeit mit dem Versuch zugebracht herauszufinden, ob sie diesen Mann liebte. In gewisser Weise schon, dachte sie. Aber es war nicht so wie früher – wann immer das gewesen sein mochte –, als man entweder verliebt war oder nicht. Heute war die Liebe viel komplizierter. Es gab Abstufungen, es gab Phasen der Liebe. Sie schaltete sich ein und aus wie ein Kompressor in einer Klimaanlage. Sie konnte sich mit Healy locker unterhalten. Und zusammen lachen. Es gefiel ihr, dass er aussah wie der Mann in der Marlboro-Werbung. Ihr gefielen seine Augen, die ruhiger und tiefer waren, als sie es bei einem Mann je gesehen hatte. Was sie jedoch vermisste, war das Kribbeln im Bauch, diese schwerelos machende Besessenheit von dem Objekt der Begierde, die Runes bevorzugte Form der Liebe war, auch wenn das total selten vorkam.

Und außerdem war Healy verheiratet.

Was Rune komischerweise nicht weiter störte. Wenigstens lebte er getrennt und hatte kein Problem damit, in dieser Sache zu Cheryl und zu Rune vollkommen aufrichtig zu sein. Rune sah diese Ehe wie einen Airbag in einem Auto – eine Sicherheitsvorrichtung. Vielleicht würde sie ihn, wenn sie älter wurde und sie dann noch zusammen waren, zwingen, eine Entscheidung zu treffen. Aber vorläufig war seine Ehe seine Angelegenheit. Alles, was sie wollte, waren seine Aufrichtigkeit und ihn als einen Freund, der einen in Atem hielt. Und kein Freund hielt einen so in Atem wie einer, der beim Bombenkommando der New Yorker Polizei arbeitete.

»Sie haben den falschen Mann erwischt«, sagte Rune.

»Ich kenne deine Theorie über Boggs.«

»Ich will ja nicht im Aktenlager rumstöbern. Ich will nur eine einzige Akte lesen.«

»Ich dachte, du wolltest Reporterin werden.«

»Ich bin Reporterin.«

»Reporter schummeln nicht. Es wäre unredlich, mich zu benutzen, um an Informationen zu kommen.«

»Aber ganz und gar nicht. Du weißt Bescheid über geheime Quellen. Komm schon, du könntest mein heimlicher Informant sein.«

»Es geht um eine Ermittlung wegen Mordes. Ich würde suspendiert werden, wenn ich Informationen weitergebe.«

»Es geht um eine Verurteilung wegen Mordes. Der Fall ist abgeschlossen.«

»Die Abschrift ist öffentlich zugänglich. Wieso holst du …?«

»Die Abschrift hab ich. Ich brauche den Polizeibericht. Darin sind die Namen von allen Zeugen und die Einschlagswinkel der Kugeln und Bilder von den Austrittswunden. Das ganze gute Zeug. Komm schon, Sam.« Sie küsste ihn auf den Hals.

»Da kann ich nichts machen. Tut mir Leid.«

»Der Mann ist unschuldig. Er sitzt für etwas, was er nicht getan hat. Das ist schrecklich.«

»Du kannst doch mit der Pressestelle sprechen. Dort bekommst du die Version der Behörde zu hören.«

»Der erzählt mir doch nur Quatsch.«

»Die«, sagte Healy. »Nicht der.« Er stand auf und ging in die Kombüse. »Hast du irgendwas Gescheites?«

»Na ja, erst mal haben alle, die ich interviewt habe, gesagt, dass Randy Boggs nie im Leben jemanden umbringen könnte. Dann ...«

»Zu essen, meine ich.«

»Oh.« Sie schielte in die Kombüse. »Nein.«

»Jetzt sei nicht eingeschnappt.«

»Bin ich nicht«, sagte sie rasch. »Ich hab nur wirklich nichts Gescheites. Tut mir Leid. Ein bisschen Müsli vielleicht.«

»Rune ...«

»'ne Banane. Die ist ziemlich alt.«

»Ich kann den Bericht nicht besorgen. Es tut mir Leid.«

»'ne Dose Thunfisch. Ist allerdings 'ne ziemlich eklige Kombination, wenn du's mit dem Müsli mischst. Selbst mit dem hohen Ballaststoffanteil.«

Healy sprang nicht darauf an. »Keine Akte. Gib's auf.« Er kam mit Brezeln und Hüttenkäse zurück. »Wo ist eigentlich dein kleines Mädchen?«

Sie zögerte. »Ich hab sie zur Fürsorge gebracht.«

»Ach.« Er schaute sie mit ausdruckslosem Gesicht an. Wortlos aß er den Hüttenkäse. Er bot ihr eine Gabel davon an, auf die sie keine Lust hatte.

»Die Leute dort waren 'n echt, echt guter Haufen. Weißt du, die waren echte Profis.«

»Mh-hm.«

»Die machen das so, dass sie sie für 'ne Weile in 'ner Pflegefamilie unterbringen, und dann suchen sie ihre Mutter ...« Sie wich seinem Blick aus und schaute überall sonst hin. Musterte seine Knöpfe, die Stiche an seinen Hemdnähten, das Dreieck von Fußboden zwischen seinen Schuhen. »Na, war doch 'ne gute Idee, oder?«

»Ich weiß nicht. War's eine?«

»Es musste sein.«

»Als ich noch im Revier auf Streife ging, haben wir manchmal Kinder gefunden. Wenn es irgendein Anzeichen von Vernachlässigung oder Missbrauch gibt, muss man sie einliefern oder einen Sozialarbeiter rufen, der sie sich ansieht.«

»Die Leute sind doch okay, oder?«, meinte Rune.

»Ich denke schon.«

Sie stand auf und ging langsam umher. »Was hätte ich denn machen sollen? Ich kann mich nicht um ein Baby kümmern.«

»Ich sag ja nicht ...«

»Doch, tust du. Du sagst: ›Ich denke schon‹, ›Ich weiß nicht.‹«

»Du hast das gemacht, was du für richtig gehalten hast.«

Zudrücken, locker lassen. Ihre kurzen, nicht bemalten Fingernägel bohrten sich in ihre Handfläche und ließen wieder los. »Bei dir klingt das, als hätte ich sie an Fremde weggegeben.«

»Ich bin nur ein wenig erstaunt, mehr nicht.«

»Was soll ich denn machen? Sie die ganze Zeit mit mir rumschleppen? Es hat mich fünfhundert Dollar gekostet, die Kamera reparieren zu lassen, die sie kaputtgemacht hat. Ich hab acht Stunden Film nachdrehen müssen. Ich kann mir keinen Babysitter leisten ...«

»Rune ...«

Lautstärke und Empörung nahmen zu. »Du hörst dich an, als hätte ich sie ausgesetzt. Ich bin nicht ihre Mutter. Ich will sie nicht mal.«

Healy lächelte. »Jetzt sei nicht so paranoid. Ich bin sicher, die kümmern sich gut um sie. Iss 'n Stück Hüttenkäse. Was ist da drin?«

Rune schaute. »Apfel? Birne? Moment, ich glaub, es ist Zucchini.«

»Soll das diese Farbe haben?«

»Es ist ja nur, bis sie Claire gefunden haben«, sagte sie.

»Wahrscheinlich nur für ein paar Tage«, sagte Healy.

Rune stand an dem runden Bullauge, schaute über das Wasser und beobachtete, wie sich die Lichter von Hoboken in den Wellen spiegelten wie Anfluglichter auf einer Landebahn. Mit Blicken verfolgte sie die Linien bis ans Land und wieder zurück, bis ein vorbeikommendes Schnellboot die Lichter ertränkte. Als die Farben sich wieder sammelten, drehte sie sich zu Healy um. »Ich hab doch das Richtige gemacht, oder?«

»Na klar doch.« Er schloss den Deckel des Hüttenkäses. »Komm, wir holen uns was zu essen.«

Piper Sutton spürte die Macht, die sie über ihn hatte, und fühlte sich unwohl dabei, denn es war ausschließlich sexuelle Macht.

Und deshalb eine Macht, die sie nicht ausnutzen durfte. Oder vielmehr, die sie sich nicht auszunutzen gestattete.

Als sie den Mann, der ihr gegenüber am Schreibtisch saß, anschaute, schlug sie die Beine übereinander, wobei das Rascheln ihrer cremefarbenen Strümpfe an diese Macht gemahnte. Sie saß in einem Büro genau zwei Stockwerke über ihrem eigenen – im Penthouse auf dem Monolithen der Muttergesellschaft.

»Ich lasse uns Kaffee bringen«, sagte der Mann.

»Nein, danke.«

»Dann nur für mich.« Dan Semple war ein gepflegter Vierundvierzigjähriger, stämmig, mit kurz geschnittenen grau melierten Haaren, die sich in Locken auf seiner Stirn kringelten. Er war – anders als Piper Sutton oder Lee Maisel oder sein Vorgänger Lance Hopper – kein Nachrichtenmann. Er hatte Werbezeit für verschiedene Lokalsender verkauft, dann für den Muttersender, und schließlich war er in die Unterhaltungsbranche und dann ins Nachrichtengeschäft gewechselt. Der Mangel an Erfahrung als Reporter war unwichtig; Semples Talent betraf Geld – es zu verdienen und es zu sparen. Niemand beim Fernsehen war so naiv zu glauben, dass anspruchsvoller Journalismus allein zum Erfolg eines Senders ausreichte. Und, von ein paar Ausnahmen abgesehen, hatte es niemanden gewundert, als Semple den Chefposten erhalten hatte. Die Ähnlichkeiten waren offensichtlich: Hopper war ein großer Nachrichtenmann in Gestalt eines Mistkerls gewesen; Dan Semple war ein großer Geschäftsmann im Körper eines sadistischen Größenwahnsinnigen.

Dennoch gab es etwas, was ihn überhaupt nicht kalt ließ: Piper Sutton.

Sie hatte in der Vergangenheit mit verschiedenen Managern im Sender Affären gehabt – natürlich nur mit Männern, die eine gleichwertige Position eingenommen hatten, und nur mit Männern, die sie körperlich begehrte oder deren Gesellschaft sie wirklich genoss. Sutton scherte sich einen Dreck um Gerüchte und Klatsch, aber einer ihrer wenigen moralischen Grundsätze war, dass sie nicht ihren Körper einsetzen würde, um ihre Karriere voranzutreiben; es gab jede Menge anderer Möglichkeiten, diejenigen zu ficken, für die man arbeitete.

Die Affäre mit Semple hatte ein Jahr lang gedauert, als beide noch auf der Karriereleiter nach oben strebten. Aber das war schon einige Jahre her. Dann kam Hoppers Tod, woraufhin das eintrat, was Sutton vorhergesagt hatte: Semple wurde Hoppers Nachfolger. Am Tag nachdem der Vorstand die Ernennung bekannt gegeben hatte, kam sie zu ihm ins Büro, um ihm zu sagen, wie sehr sie sich für ihn freute. Dann hatte Sutton Semples Hand genommen, ihn auf die Wange geküsst und die Affäre beendet.

Seitdem führte Semple einen geradezu pubertären Feldzug, um sie zurückzugewinnen. Obwohl sie sich oft sahen und miteinander speisten und Wohltätigkeitsveranstaltungen und offizielle Empfänge besuchten, hatte sie beschlossen, dass die Tage ihrer intimen Beziehungen gezählt waren. Er hatte ihr nicht geglaubt, als sie ihm gesagt hatte, auch ihr sei die Entscheidung schwer gefallen, wobei es durchaus so war. Sie fühlte sich körperlich von ihm angezogen, und sie fühlte sich angezogen von seiner Stärke und Brillanz und Entschlusskraft. Sutton hatte sich früher mit schwachen Männern zufrieden gegeben und ihre Lektion gelernt.

Diese Spannung bildete bei jedem ihrer Gespräche mit Semple einen Unterton. Es störte sie, dass Semple, obwohl er ihre Fähigkeiten ungemein respektierte, sie nur auf rein emotionaler Ebene begehrte. Die Macht, die sie über ihn hatte, war die Macht einer Geliebten, nicht die einer regierenden Königin, und das machte sie rasend – während zur gleichen Zeit ihre beharrliche Weigerung, die Affäre wieder aufzunehmen, ihm ein Stachel war.

»Wie war Paris?«, fragte sie.

»*Comme ci, comme ça*. Wie ist es jedes Mal? Das Gleiche. Paris ändert sich nie.«

Der Kaffee kam. Die Vizepräsidenten hatten eine eigene Kantine, die ihre Speisen- oder Getränkewünsche auf Porzellan von Villeroy & Boch servierte, welches auf mit dem Logo der Muttergesellschaft geschmückten Tabletts gebracht wurde. Semple schenkte sich eine Tasse ein und trank.

»Erzähl mir von dieser Story.«

Sutton tat es, rasch, sachlich.

»Ihr Name ist Rune? Vor- oder Nachname?«

»So eine Art Künstlernamensquatsch. Sie ist Kameramann bei O&O hier in Manhattan.«

»Was meint Lee dazu?«, fragte Semple.

»Er ist ein bisschen stärker dafür, die Story zu machen, als ich. Aber nicht viel.«

»Und wieso machen wir sie dann?«, fragte er kühl. Semples dunkle Augen streiften über Suttons Bluse. Sie war froh, dass sie die Kostümjacke über der weißen Seide trug. Aber nur ein Teil seines Blicks war auf ihren Körper gerichtet. Womit der andere Teil beschäftigt war und was in dem Gehirn hinter diesen Augen geschah, war ihr ein völliges Rätsel. Das war eine seiner anziehendsten Eigenschaften – dass sie nicht in der Lage war, ihn zu durchschauen. Und eine seiner unheimlichsten.

»Letztlich sagte die Kleine, dass, wenn wir die Story nicht für *Current Events* produzieren, sie selbst sie fertig stellt und anderweitig verkauft«, antwortete sie.

»Erpressung«, knurrte er.

»Eher jugendlicher Überschwang.«

»Das gefällt mir nicht«, sagte Semple. »Die Story lohnt nicht.« Er nahm noch einen Schluck Kaffee. Sutton erinnerte sich daran, dass er morgens gern nackt im Bett saß, mit einem Tablett auf dem Schoß und Tasse und Untertasse direkt über seinem Penis. Ob er die Wärme mochte, hatte sie sich immer gefragt.

»Was hat sie bisher?«, fragte er. »Irgendwas?«

»Nee. Nichts von Belang. Jede Menge Hintergrundmaterial. Mehr nicht.«

»Du meinst also, dass die Chance besteht, dass es einfach im Sande verläuft.«

Sutton wich seinem Blick aus. »Sie ist jung. Ich habe ein scharfes Auge auf sie. Ich hoffe, sie wird die ganze Sache einfach leid.«

Semple besaß die Macht, diese Story für immer verschwinden zu lassen, so dass weniger davon übrig blieb als ein paar Pixel auf einem Fernsehmonitor. Er blickte Sutton an. »Halt mich auf dem Laufenden, was sie herausfindet.«

»Okay.«

»Ich meine täglich.« Semple schaute einen Augenblick lang aus dem Fenster. »Ich habe in einem wunderbaren Restaurant gegessen. In der Nähe von St. Germain.«

»Tatsächlich?«

»Ich wünschte, du wärst bei mir gewesen.«

»Hört sich nett an.«

»Die von Michelin haben sich geirrt. Ich muss ihnen schreiben und darauf drängen, dass sie ihm noch einen Stern verleihen.« Und er schraubte die Kappe seines Füllhalters ab und machte sich eine Notiz in seinen Kalender, die ihn daran erinnern sollte.

13

Rune schlafwandelte. So zumindest empfand sie es.

Sieben Stunden lang hatte sie in der gleichen verkrümmten Haltung an ihrem Schreibtisch gesessen und Bänder gesichtet. Die dichte Atmosphäre des Studios war mit einem Summen wie von einem Dutzend Wespen erfüllt, das, wie sie glaubte, von dem Videomonitor kam, der vor ihr stand. Erst als sie ihn ausschaltete, merkte sie, dass das Summen andauerte; das Geräusch kam von irgendwo in ihrem Kopf.

Genug ist genug.

Sie stand auf und streckte sich; das Summen machte vorübergehend einem wiederholten Knacken ihrer Gelenke Platz. Sie überließ es Bradford, die neuen Bänder, die sie aufgenommen hatte, einzugeben, und verließ den Raum. Rune lief durch das komplizierte Netz von Fluren hinaus in den Frühlingsabend. Sie nahm das Chromhalsband mit ihrer Erkennungsmarke vom Hals und steckte es in ihre Leopardenfelltasche.

Draußen stand eine gehetzte Mitarbeiterin des Senders auf dem Gehsteig. Ihr Mann – ein junger Angestellter – trat zu ihr, ihre beiden kleinen Kinder im Schlepptau. Offensichtlich war er heute Abend an der Reihe gewesen, die Kleinen abzuholen.

Die Mutter umarmte sie flüchtig und fing dann an, mit ihrem Mann Pläne fürs Wochenende zu schmieden. Ihre Tochter, ein Rotschopf etwa in Courtneys Alter, zog an dem Norma-Kamali-Hemd ihrer Mutter. »Mami …«

»Einen Moment«, sagte die Frau. »Ich rede mit deinem Vater.« Das kleine Mädchen wandte sich schmollend ab.

Rune warf der Kleinen ein Lächeln zu, aber sie reagierte nicht. Die Familie ging weiter.

Mann, bin ich fertig, dachte sie.

Als sie aber in südlicher Richtung losmarschierte, spürte sie, dass die elektrisierte städtische Nachtluft sie wach machte, und sah auf der Uhr am MONY Tower, dass es noch früh war, erst acht Uhr. Früh? Rune erinnerte sich an die Zeit, als sie um fünf Feierabend gemacht hatte. Sie ging den Broadway hinab, vorbei an dem pastellfarbenen Potpourri des Lincoln Center – wo sie stehen blieb und auf Musik lauschte, aber keine hörte. Dann ging sie weiter nach Süden und beschloss, die zwei Meilen zu Fuß nach Hause zu gehen, um wieder Blut in die Beine zu bekommen. Sie überlegte, was sie noch für ihre Story brauchte. Den Polizeibericht über den Fall Hopper in die Hände zu bekommen war Aufgabe Nummer eins.

Dann musste sie mit allen Zeugen sprechen. Megler aufnehmen. Vielleicht den Richter interviewen. Ein paar Geschworene von damals ausfindig machen. Sie fragte sich, ob es nicht einen alten Priester gab, der Boggs kannte. Eine Art Spencer Tracy. *Ach, nun ja, gewiss habe ich den kleinen Randy gekannt, und ich kann Ihnen sagen, er hat in Suppenküchen ausgeholfen und sich um seine Mutter gekümmert und jeden Sonntag die Hälfte seines Taschengelds in den Klingelbeutel geworfen, als er Messdiener war …*

Eine Menge Arbeit.

Sie wanderte durch Hell's Kitchen. Der Kopf schwirrte ihr, als sie die 9th Avenue hinunterging. Enttäuscht. Die Stadtplaner hatten sich des Viertels angenommen. Schachtelartige Hochhäuser und schicke Restaurants und Supermärkte. Was ihr an dem Viertel am besten gefiel, war der Umstand, dass es früher Heimat der Gophers gewesen war, einer der härtesten Gangs in New York im 19. Jahrhundert. Rune hatte erst kürzlich etwas über frühere Gangs gelesen. Bevor sie von der Boggs-Story in Beschlag genommen wurde, hatte sie vorgehabt, eine Dokumentation über sie zu drehen. Die Schläger, über die sie hatte berichten wollen, waren die Gophers und ihre Schwestergang, der Battle Row Ladies' Social and Athletic Club (auch bekannt als die Lady Gophers). Kein einziger Produzent hatte Interesse an dem Thema gezeigt. Die Mafia und die Kolumbianer und Jamaicaner mit Maschinenpistolen waren immer noch die aktuellen Superstars des Verbrechens, und nach Stories über Leute wie Halbe-Lunge-Curran und Sadie die Ziege und Stummel-Malarky bestand keine große Nachfrage.

Die Füße taten ihr weh, als sie in ihr Viertel gekommen war. Sie blieb vor dem Hausboot stehen und blickte einen Moment lang auf die dunklen Fenster. Hinter ihr ging wieder eine Familie vorbei, Mutter und Vater und ihr Kind, ein goldiger Junge von fünf oder sechs Jahren. Er stellte ständig Fragen – wo fließt der Hudson River hin, welche Fische gibt es darin – und die Mutter und der Vater dachten sich zusammen alberne Antworten für den Jungen aus. Alle drei lachten laut. Rune verspürte den Drang einzustimmen, widerstand ihm aber, als sie merkte, dass sie nicht dazugehörte. Als sie vorbei waren, ging Rune über die Gangway auf das Hausboot. Sie ließ ihre Tasche an der Tür fallen und blieb, den Kopf zur Seite gelegt, lauschend stehen. Eine Autohupe, ein Hubschrauber, eine Fehlzündung. Alle Geräusche waren weit entfernt. Nichts von dem, was sie hörte, kam aus dem Hausboot, nichts außer ihrem eigenen Herzschlag und dem Knacken der Bohlen unter ihren Füßen.

Sie griff nach der Lampe, ließ dann aber langsam die Hand sinken und tastete sich stattdessen zur Couch. Sie legte sich hin und starrte zur Decke hinauf, auf die von der aufgewühlten Oberfläche des Hudson reflektierte Lichter psychedelische Wirbel zeichneten. So blieb sie lange liegen.

Eine Stunde später saß Rune in einem überheizten U-Bahn-Wagen, der unter der Erde raste. Sie checkte, was sie an Handwerkszeug in ihrer Tasche hatte – einen Tischlerhammer, zwei Schraubenzieher (Kreuzschlitz und Schlitz), Abdeckband und Gummihandschuhe. Ihre Ausrüstung wurde durch einen großen Eimer, einen Wischmopp und einen Plastikbehälter mit Glasreiniger vervollständigt.

Sie dachte auch über die Rechtsprechung nach und fragte sich, ob das Verbrechen geringer eingestuft wurde, wenn es sich nicht um Einbruch *und* Eindringen handelte. Wenn man nur eindrang, ohne einzubrechen.

Das war die Art von Fragen, die Sam in null Komma nichts hätte beantworten können, aber natürlich war er der letzte Mensch auf der Welt, dem sie diese Frage gestellt hätte.

Sie dachte sich jedoch, dass es sich um einen Unterschied handelte, den bestimmt schon jemand berücksichtigt hatte, und nur weil man nicht irgendwelche Schlösser knackte oder irgendwelche Glasscheiben zertrümmerte, würde die Strafe nicht wesentlich weniger schwer ausfallen. Der Richter würde sie vielleicht zu einem Jahr anstatt zu drei Jahren verurteilen.

Oder zu zehn anstatt zwanzig.

Zu zehn Jahren wahrscheinlich. Es würde ihr nicht helfen, dass es sich um öffentliches Eigentum handelte, worauf sie ihr Auge geworfen hatte.

Das Gebäude lag nur wenige Schritte von der U-Bahn-Station entfernt. Sie kam heraus und blieb stehen. Ein Cop mit heiser zischendem Walkie-Talkie ging vorbei. Sie presste den Kopf an den Laternenpfahl, der mit unzähligen Farbschichten bedeckt war, und fragte sich, welche Farbe er wohl früher gehabt hatte. Unter dem gleichen Laternenpfahl hatten vor hundert Jahren vielleicht Mitglieder der Gophers oder der Hudson Dusters gestanden und einen Raubüberfall geplant.

Die Straße war menschenleer, und sie schlenderte ganz

locker in den alten Verwaltungsbau zum Nachtwächter hin. Coverstory und die gefälschten Ausweise waren bereit.

Zwanzig Minuten später war sie wieder draußen und hatte Mopp und Eimer gegen einen dickleibigen Aktenordner in ihrer Tasche ausgetauscht.

Sie machte an einem Telefon halt und tat, als würde sie telefonieren, während sie in dem Ordner blätterte. Sie fand die Adresse, die sie suchte, und eilte zurück zur U-Bahn. Nach zehn Minuten Warten bestieg sie einen alten Zug der Linie 4 in Richtung Brooklyn.

Rune mochte die äußeren Stadtteile, Brooklyn besonders. Sie betrachtete es als in einer Zeitschleife gefangen, als einen Ort, wo für immer die Dodgers spielten und muskulöse Jungs in T-Shirts Egg Creams schlürften und mit toughen Mädels flirteten, die Kaugummiblasen platzen ließen und ihnen in einem sexy gelangweilten Nuscheln antworteten. Wo große Einwandererfamilien, zusammengepfercht in engen, blitzartig hochgezogenen Mietskasernen, sich zankten und versöhnten und lachten und sich mit Herzen voller Liebe und Zuneigung umarmten.

Das Viertel, in dem sie nun mit vielen anderen Menschen aus der U-Bahn stieg, war eine ruhige Wohngegend. Sie blieb kurz stehen, um sich zu konzentrieren.

Sie musste nur drei Straßen weitergehen, bis sie auf das Reihenhaus stieß. Rote Backsteine mit gelben Fugen, zwei Stockwerke, ein schmaler Streifen verkümmerten Rasens. Die Hausfront war mit grellroten Tupfen übersät: Überall wuchsen Geranien – sie wucherten aus Blumenkübeln, aus Terracottafiguren in Form von Eseln und fetten mexikanischen Bauern, aus grünen Plastikblumenkästen und Milchkannen. Sie störten sie, die Blumen. Jemand, der Blumen so mochte, war vermutlich ein sehr netter Mensch. Das hieß, dass Rune in Anbetracht dessen, was sie vorhatte, eine Menge Schuldgefühle bevorstanden.

Was sie jedoch nicht davon abhielt, zur Pforte zu gehen, eine Papiertüte auf die Betonschwelle zu werfen und sie anzuzünden.

Sie klingelte, rannte in die Gasse hinter dem Haus und lauschte auf die Stimmen.

»Oh, verdammt … Was? … Diese Rowdys schon wieder … Jetzt reicht's! Diesmal ruf ich die Cops … Nicht die Feuerwehr anrufen. Es ist nur …«

Rune raste über die Hintertreppe durch die offene Küchentür. Sie sah einen Mann, der wütend nach vorne stürmte und auf der brennenden Tüte herumtrampelte, dass Funken stoben und Qualm aufstieg. Eine pummelige Frau hielt eine Wasserkanne mit langem Ausguss und wässerte seine Füße. Dann war Rune an ihnen vorbei, unbemerkt, und rannte, indem sie zwei mit Teppich belegte Stufen auf einmal nahm, nach oben. Dort fand sie sich in einem schmalen Flur wieder.

Erstes Zimmer, niemand.

Zweites, niemand.

Drittes, Chaos. Sechs Kinder beobachteten durch das Fenster kreischend und herumtanzend die Aufregung unter ihnen.

Alle drehten sich um, als Rune das Zimmer betrat und den Lichtschalter anknipste.

»Rune!«, schrie eines von ihnen.

»Hi, Schätzchen«, sagte sie zu Courtney. Das kleine Mädchen rannte zu ihr.

Ein pummeliger, etwa zehnjähriger Junge schaute sie an. »Was 'n das? 'n Ausbruch?«

»Psst, sag's bloß keinem.«

»Klar, schon gut, bin ich v'leicht 'ne Petze? Haste 'ne Zigarette?«

Rune gab ihm fünf Dollar. »Vergiss, dass du …«

»… irgendwas gesehen hast. Klar. Ich weiß, wie's läuft.«

»Komm«, sagte Rune zu Courtney. »Wir gehen.«

Sie nahm die Jacke des Mädchens vom Haken und zog sie ihr über.

»Spielen wir ein Spiel?«, fragte die Kleine.

»Klar«, sagte Rune und drängte sie auf den Flur hinaus, »es heißt Kidnapping.«

Der Gefängnishof war aufgeteilt.

Genau wie die Stadt, dachte Randy Boggs, als er um neun Uhr früh im Freien herumlungerte. Genau wie das Leben. Die Schwarzen auf der einen Seite, die Weißen auf der anderen, außer beim Basketball.

Die meisten Schwarzen waren jung. Viele trugen Tücher oder abgeschnittene Nylons auf dem Kopf. Sie standen beisammen. Stark, groß, schlaksig.

Jau, Jungs, stellt 'n Krach ab.

Iswaslos?

Meine Bude. Hab ich euch von meiner Bude erzählt?

Klar doch.

Die Weißen waren älter, grausamer, humorlos. Sie sahen übel aus – das lag an den längeren, ungepflegten Haaren, der bleichen Haut. Auch sie standen beisammen.

Schwarz, weiß. Genau wie die Stadt.

Viele Männer betrieben Krafttraining. Gewichte waren vorhanden, wenngleich die Hierarchie eine demokratische Nutzung durch alle Häftlinge nicht zuließ. Trotzdem wurde überall gestemmt und gewuchtet. Muskelaufbau im Gefängnis. Boggs jedoch hatte aus dem Krafttraining keinen Fetisch gemacht. Dies hätte bedeutet, dass er anerkannte, wo er war. Wenn er nicht für die 15-Kilo-Hantel anstand, war er vielleicht woanders.

»*Amazing grace, how sweet thou art ...*«

Ein schwarzer A-cappella-Gospelchor übte im Hof. Sie waren ziemlich gut. Als Boggs sie zum ersten Mal gehört hatte, waren ihm fast die Tränen gekommen. Jetzt hörte er einfach nur zu. Die Gruppe würde nicht mehr lange bestehen. In zwei, vier, bzw. dreizehn Monaten würden sie sich trennen.

»I once was lost but now I'm found …«

Die Sänger begannen einen zweiten Vers, und jemand in der Nähe brüllte: »He, Schluss mit dem Scheiß!«

Er roch Kaminrauch. Er versuchte, nicht daran zu denken, wann er zum letzten Mal vor einem Kamin gesessen hatte. Dachte an das Mädchen aus New York. Das kleine Mädchen mit der großen Kamera.

Schweigend saß er da. Er rauchte, obwohl er, seit er drinnen war, den Geschmack am Rauchen verloren hatte. Er hatte an vielem den Geschmack verloren. Er saß fünf Minuten lang da und dachte über das Mädchen nach, die Story, das Gefängnis, den Himmel, bevor ihm auffiel, dass die Häftlinge, mit denen er zusammengesessen hatte, nicht mehr in seiner Nähe waren.

Boggs wusste, warum sie sich verzogen hatten, und er spürte, wie seine Haut vor Angst knisterte.

Severn Washington war krank. Hatte 'ne üble Grippe gekriegt, die ganze Nacht lang gekotzt und war jetzt auf der Krankenstation. Wenn Boggs das wusste, dann wussten es alle.

Er schaute sich im Hof um und sah den Mann sofort. Juan Ascipio war wieder da.

Er trug ein rotes Stirnband und eine Trainingsjacke über seinem Overall. Zwei andere Häftlinge gingen neben ihm. Ascipio war ein Neuer, ein Dealer, der für den Mord an zwei Konkurrenten verurteilt worden war. Er war nicht groß und hatte ein Gesicht, mit dem er, wenn er lächelte, Kindern Vertrauen einflößen konnte. Aber die Augen, hatte Boggs bemerkt, waren eiskalt.

Die drei machten neben einer hohen Mauer aus roten Ziegeln Halt, etwa fünf Meter vor der Stelle, wo Boggs saß. »He, Mann«, sagte Ascipio. »Hier. Jetzt.«

Boggs schaute ihn an, stand aber nicht auf.

Ascipio deutete auf einen kleinen schattigen Fleck, der nicht im Blickfeld der Türme lag. Die Häftlinge nannten ihn ›Liebespfad‹.

Ascipio trat in den Schatten und öffnete seinen Hosenschlitz. »He, Mann, ich red mit dir. Biste taub, oder was?«

»He, Mann«, sagte sein Freund, »runter auf deine Scheiß-Knie. Ich mach dich alle, Mann. Tu's, dann bleibste leben. Der große Nigger is nich da, um dir dein' Knackarsch zu retten.«

Der andere: »Komm schon, Mann. Na los!«

Boggs erwiderte ihren Blick. »Ich glaub nicht, dass ich das mache«, sagte er. Er schätzte die Entfernung zum nächsten Wärter ab. Es war eine lange Strecke. Die anderen Häftlinge waren alle mit äußerst wichtigen Dingen beschäftigt.

Das wird übel ausgehen.

Ascipio spuckte aus. »Glaubste nich? Hat der Wichser gesagt, er glaubt, er macht's nich?«

Dann senkte Boggs die Augen auf die eigene rechte Hand, die auf seinem Knie ruhte. Er schaute ihn fest an. Ascipio folgte dem Blick.

Ein langer Fingernagel.

Er wuchs immer weiter. Zwei Zentimeter, sechs, zehn, vierzehn. Boggs schaute ihnen wieder in die Augen. Einem nach dem anderen; ihm schwirrte der Kopf.

Severn Washington hatte es ihm am Abend zuvor gegeben, ein Stück Panzerglas, ein durchsichtiges Stilett, das an einer Seite so scharf geschliffen war, dass man damit Haare hätte abrasieren können. Metalldetektorsicher. Der Fingernagel konnte den größten Schaden anrichten, den Glas auch nur anzurichten imstande war. (»Würde Allah, du weißt schon, das gut finden?«, hatte Boggs gefragt. Und Washington hatte ihm versichert: »Allah sagt, es ist in Ordnung, Arschlöcher alle zu machen, die versuchen, auf einen loszugehen. Das hab ich Ihn persönlich sagen gehört.«)

Ascipio lachte. »Tu das weg, Mann. Schieb deine hübsche weiße Schnauze hier rüber, Mann.«

Sie würden ihn auf die Knie zwingen, dann würden die beiden anderen ihn festhalten, und Ascipio würde ihn erschlagen, und dann würde man seine Leiche in der Wäscherei finden, und die offizielle Version würde lauten, er sei die Treppe runtergefallen und dabei umgekommen.

Boggs schüttelte den Kopf.

»Wir sind zu dritt, Mann«, sagte Ascipio. »Mehr, wenn ich will. Das da« – er nickte in Richtung des Messers – »hilft dir 'n Scheiß.«

»Mann«, knurrte einer der anderen angesichts seines Ungehorsams.

Boggs rührte sich nicht. In der Messerspitze spiegelte sich blitzend die Sonne.

Ascipio kam dicht heran. Langsam. Und jetzt schaute er Boggs in die Augen. Er stand lange so da, und ihre Blicke trafen sich. Schließlich lächelte er und schüttelte den Kopf. »Okay, Mann. Weißt du was, du hast Mumm. Das gefällt mir.«

Boggs rührte sich nicht.

»Du bist okay, mein Freund«, sagte Ascipio mit Bewunderung in der Stimme. »So 'n Scheiß hat sich sonst noch keiner bei mir getraut. Du bist in Ordnung, verdammich.«

Er streckte die Hand aus.

Boggs blickte auf sie hinunter.

Ein Vogel flatterte vorbei.

Boggs drehte sich halb um, als ihn die Faust des vierten Mannes, der sich lautlos von hinten angeschlichen hatte, unter dem Ohr traf. Ein lauter Knacks, als die Knöchel von Knochen abprallten, und Boggs spürte Ascipios Hand, die sein rechtes Handgelenk packte.

Das Messer fiel zu Boden, und Boggs sah es aufprallen, sich nähern und wieder entfernen.

»Nein!« Das Wort erklang jedoch nicht als Schrei. Es wurde von dem fleischigen Unterarm des Mannes erstickt, der ihn geschlagen hatte.

Es waren keine Wärter in der Nähe und keine Beschützer von der Aryan Brotherhood, kein Severn Washington, auf dem Liebespfad war niemand bis auf die fünf Männer.

Fünf Männer und ein gläsernes Messer.

Ascipio beugte sich vor. Boggs roch Knoblauch in seinem Atem – Knoblauch aus eigenen Essensvorräten. Tabak aus einem endlosen Nachschub an Zigaretten.

»He, Mann, du bist 'n dummer Wichser.«

Nein, dachte Boggs verzweifelt. Nicht schneiden! Nicht das Messer. Nur das nicht, bitte …

Als die Klinge in Boggs eindrang, empfand er viel weniger Schmerzen, als er erwartet hatte, aber das Gefühl des Schreckens war viel schlimmer, als er gedacht hatte.

Das Messer wich zurück und senkte sich erneut in seinen Körper, und er spürte im Innern ein grauenvolles Sich-loslösen.

Dann kamen andere Schreie, aus einem Dutzend oder aus hundert Meter Entfernung. Boggs jedoch achtete nicht darauf; sie bedeuteten ihm nicht das Geringste. Das Einzige, dessen er sich bewusst war, war Ascipios Gesicht: die gemeinen Augen, die nie blinzelten oder schmaler wurden, und das Gesicht, das Kindern Vertrauen einflößen konnte.

14

Sie hörte die Nachricht auf einem anderen Sender. Nicht einmal einem der O&O, sondern einem Lokalsender. Auf dem, wo die Wiederholung von MASH lief und dessen Renner eine Talkshow war, in der es um sexuelle Ersatzgeräte und die Diskriminierung übergewichtiger Frauen ging.

Runes eigener Nachrichtensender hatte die Tatsache, dass

Randy Boggs niedergestochen worden war, nicht einmal einer Erwähnung wert befunden.

Rune überredete Healy mit Engelszungen, Courtney für ein paar Stunden zu sich zu nehmen. Sie hielt das selbst für einen groben Missbrauch der Beziehung, aber er war so froh, dass sie das Mädchen zurückgeholt hatte (wie genau sie das bewerkstelligt hatte, ließ sie bewusst im Unklaren), dass er sich überhaupt nicht beschwerte.

Eine halbe Stunde später saß sie im Zug nach Harrison und fragte sich, ob sie sich nicht eine Monatskarte kaufen sollte.

Über die Krankenstation des Gefängnisses staunte sie. Sie war auf einen völlig düsteren Ort gefasst. Mehr ›Hölle hinter Gittern‹, mehr Edward G. Robinson. Aber es handelte sich lediglich um eine saubere, helle Krankenhausabteilung. Ein Wärter begleitete sie, ein massiger Schwarzer mit breiter Brust. Seine Uniform passte ihm nicht gut. Die glänzenden blauen Kragenknöpfe, einer mit einem D, einer mit einem C beschriftet für Department of Corrections, hatte sie gerade in Augenhöhe. Er schwieg.

Randy Boggs sah alles andere als gut aus. Er war kreideweiß, und das Spray oder die Creme, die er für seine Haare benutzte, ließ diese nach allen Richtungen abstehen. Am meisten beunruhigten Rune seine Augen. Sie blickten ziellos und starr. Gott, waren die gruselig. Leichenaugen.

»Sie sind's, Miss.« Er nickte. »Sie sind den ganzen Weg gekommen, um mich zu besuchen.«

»Werden Sie wieder gesund?«

»Hab mir 'ne ziemlich nette Narbe eingefangen. Aber das Messer hat an allen wichtigen Sachen vorbeigetroffen.«

»Was ist denn passiert?«

»Weiß ich gar nicht genau. Ich war im Hof und bin rückwärts gezogen worden, und jemand hat mich gestochen.«

»Den müssen Sie doch gesehen haben.«

»Nee. Nicht die Spur.«

»War es am Tag?«

»Jawoll. Heute Morgen.«

»Wie kann jemand Sie niederstechen, und Sie sehen es nicht?«

Boggs versuchte zu lächeln, aber es gelang ihm nicht. »Leute werden unsichtbar hier.«

»Aber …«, sagte sie.

»Schauen Sie …« In seine Augen trat kurz Leben, dann wurden sie wieder stumpf. »… wir sind hier im Gefängnis. Nicht in der richtigen Welt. Wir haben ganz andere Regeln hier.« Er hob die Hand in Magenhöhe und berührte seinen Bauch. Er legte den Kopf in die Kissen zurück und presste seinen dürren, sehnigen Unterarm auf die Augen. »Verdammich«, flüsterte er.

Sie beobachtete ihn eine lange Minute in dieser Position und bedauerte, die Kamera nicht mitgebracht zu haben. Aber dann kam sie zu dem Schluss, nein, es war besser, dass das hier vertraulich blieb. Er gehörte zu der Sorte Mann, die auf keinen Fall will, dass jemand sie weinen sieht.

»Ich hab Ihnen was mitgebracht.«

Sie öffnete ihre Tasche und holte ein altes Buch hervor, zerlesen und eselsohrig. Sie hielt es ihm hin. Die Seiten waren in Gold gefasst.

Boggs senkte den Arm und sah so verlegen aus, als hätte ihm noch nie jemand etwas geschenkt und als frage er sich, was wohl als Gegenleistung von ihm verlangt wurde.

»Es ist ein Buch«, sagte sie.

»Dacht ich mir schon.« Er schlug es auf. »Sieht ziemlich alt aus.«

Er blätterte zur Copyrightseite. »Neunzehn null vier. Jau, das is 'n Stück. In dem Jahr ist meine Großmutter geboren. Was ist das?«

»Es ist nicht so, dass es viel Geld wert wäre oder so.«

»Was ist es, so Märchen?«

»Griechische und römische Sagen.«

Wenigstens wurden seine Augen wieder lebendig. Auf seine Lippen trat sogar ein leichtes Lächeln, als er die Seiten umdrehte und die Bilder betrachtete, die mit Papier geschützt waren.

»Da gibt's eine Geschichte, die müssen Sie lesen. Eine ganz besonders.« Sie blätterte um. »Da.«

Er schaute hin. »Prometheus. War das nicht der Kerl, der Flügel aus Wachs oder so was gebaut hat?«

»Äh, nee. Das war 'n anderer Typ.«

Boggs blinzelte. »Hey, guck ma.«

Sie folgte seinem Blick zu der alten Illustration. »Tja«, sagte sie lachend und rückte vor. Prometheus an einen Felsen gekettet, während ein riesiger Vogel herunterschwebte und an seiner Seite zerrte. »Genau wie Sie – als sie niedergestochen wurden. Ist das nicht der Wahnsinn?«

Er klappte das Buch zu und las ein paar Bruchstücke des Buchrückens von dem dünnen Laken. »Sagen Sie mal, Miss, sind Sie 'n Collegegirl?«

»Ich? Nee.«

»Wie kommt's dann, dass Sie so 'n Zeug wissen?« Er hielt das Buch hoch.

Sie zuckte die Achseln. »Ich lese einfach gern.«

»Irgendwie hab ich immer bedauert, dass ich nicht schlau genug war, um aufs College zu gehen.«

»Nee, so würd ich das nicht sehen, wenn ich Sie wäre«, sagte sie. »Man geht aufs College, kriegt 'nen richtigen Job, heiratet, und was passiert? Man kriegt nie die Chance, im Leben mal die Sau rauszulassen. Und das ist doch der Spaß an der Sache.«

Er nickte. »Ich konnt sowieso nie lange genug still sitzen in der Schule.« Er schaute sie einen Moment lang an und ließ den Blick an ihr auf- und abgleiten. »Erzählen Sie mir was über sich.«

»Über mich?« Mit einem Mal wurde sie verlegen.

»Na klar. Ich hab Ihnen von mir erzählt. Erinnern Sie mich, wie das Leben draußen ist. Ist 'ne Weile her für mich.«

»Ich weiß nicht ...« So fühlen sich also die Leute, die ich interviewe, dachte sie.

»Wo wohnen Sie?«, fragte Boggs.

Hausboote erfordern eine Menge Erklärungen. »In Manhattan«, sagte sie.

»Dort können Sie's aushalten? Ist verrückt da.«

»Ich würd's nirgendwo anders aushalten.«

»War nie lange dort. Bin da nie klargekommen.«

»Wieso sollte man irgendwo wohnen, wo man klarkommt?«, fragte sie.

»Da haben Sie vielleicht nicht Unrecht. Aber Sie reden mit einem, der da so 'n paar Vorurteile hat. Ich komm in die Stadt, und was passiert? Ich werd wegen Mord hochgenommen ...« Er lächelte und schaute sie eindringlich an. »So, Sie sind also Reporterin. Haben Sie das immer werden wollen?«

»Ich hab da so 'nen Hang zu Filmen. Ich denke, ich will Dokumentarfilme drehen. Im Augenblick arbeite ich für diesen Fernsehsender. Das mach ich, solange ich's aufregend finde. Der Tag, wo ich aufwache und mir sage, ich würd lieber 'n Picknick auf dem Chrysler Building machen als arbeiten gehen, das ist der Tag, wo ich kündige und was anderes mache.«

»Sie und ich, wir sind uns irgendwie ähnlich. Ich hab auch schon 'ne Menge verschiedene Sachen gemacht. Ich schau mich immer um. Hab mich immer umgeschaut nach 'nem Auskommen, einfach um 'nen Fuß auf 'n Boden zu kriegen.«

»Hey, vor diesem Job hab ich sechs Monate in 'nem Bagelrestaurant gearbeitet. Und davor war ich Schaufensterdekorateurin. Die meisten von meinen guten Freunden sind Leute, die ich auf dem Arbeitsamt kennen gelernt habe.«

»'n hübsches Mädchen wie Sie will sich doch irgendwo niederlassen, würd ich meinen. Haben Sie 'nen Freund?«

»Der ist nicht grade der Heiratstyp.«

»Sie sind ja noch jung.«

»Ich hab's nicht so eilig. Ich glaub, meine Mutter hat da so 'nen Brautladen in Shaker Heights auf Abruf. Und wenn ich ihr erzähle, ich sei verlobt, dann geht das bei der wie beim Pentagon – Sie wissen schon, höchste Alarmstufe. Aber es fällt mir schwer, mich als verheiratet zu sehen. Irgendwie kann man sich manche Sachen vorstellen und manche nicht. Das ist eine, bei ders nicht hinhaut.«

»Wo liegt Shaker Heights?«

»Außerhalb von Cleveland.«

»Sie sind aus Ohio. Ich war 'ne Zeit lang in Indiana.« Dann lachte er. »Vielleicht sollte ich's anders sagen. Nicht, dass ich dort gesessen hätte. Ich hab ungefähr 'n Jahr lang dort gelebt, gearbeitet. 'n richtiger Job. So richtig, wie 'n Job nur sein kann. In 'nem Stahlwerk in Gary.«

»Miss«, sagte der Wärter. »Ich hab Sie schon 'n bisschen länger hier sein lassen, als Sie eigentlich dürfen.«

Sie stand auf. »Ich arbeite wirklich richtig hart an der Story. Ich werd Sie hier rauskriegen.«

Boggs fuhr mit dem Finger über den Rücken seines Buches. »Das behalte ich.« Er sagte es, als sei es das Beste, was ihm einfiel, um sich bei ihr zu bedanken.

»Miss«, sagte der Wärter auf dem Rückweg zum Ausgang, »es hat sich rumgesprochen, was Sie zu machen versuchen.«

Sie schaute ihn an. Ihre Augen kamen nicht viel weiter als bis zu seinem gewaltigen Bizeps.

»Dass Sie ihm vielleicht 'nen neuen Prozess verschaffen.«

»Wirklich?«

»Ich mag Randy. Der bleibt für sich und macht uns nicht viel Kummer. Aber es gibt 'n paar Leute hier, die nicht viel für ihn übrig haben. Ich dürfte Ihnen das eigentlich gar nicht sagen, und ich hoffe, es bleibt unter uns ...«

»Klar.«

»Aber wenn Sie ihn nicht bald hier rauskriegen, dann erlebt er seine Bewährung nicht mehr.«

»Die Leute, die das gemacht haben?« Sie nickte in Richtung Krankenstation.

»Wir haben keine Möglichkeit, die aufzuhalten.«

Sie erreichten das Tor, und der Wärter blieb stehen.

»Aber was hat Randy denn gemacht?«

»Was er gemacht hat?« Der Wärter verstand sie nicht.

»Ich meine, wieso hat jemand versucht, ihn zu erstechen?«

Das Gesicht des Wärters verzog sich kurz. »Er ist hier gelandet, Miss. Das hat er gemacht.«

Es war ganz einfach hineinzukommen.

Wie Wasser durch ein Sieb, dachte Jack Nestor. Dann lachte er bei dem Gedanken, dass dies wahrscheinlich nicht das beste Wort war, um ein Hausboot zu beschreiben. Das einzige Problem war gewesen, dass in der Nähe ein Parkplatz war und ein Häuschen mit Wächter, der so oft nach dem Hausboot hinschaute, als würde er es bewachen. Nestor hatte jedoch gewartet, bis der Mann einen Anruf tätigte, war dann an ihm vorbeigegangen und die gelbe Gangway hinaufgesprungen.

Drinnen angekommen, zog er braune Baumwollhandschuhe über und fing im Heck an. Er ließ sich Zeit. Er war noch nie auf einem Hausboot gewesen und war ziemlich neugierig. Er hatte schon Schiffe gechartert und war auf mehr Partybooten gewesen, als er zählen konnte, und natürlich hatte er beim Militär auf Truppentransportern und Landungsbooten gedient. Aber das hier war ganz anders als alles, was er je gesehen hatte.

Die Einrichtung war ätzend. Es sah aus wie bei seiner schwachsinnigen Stiefmutter. Aber das Ruderhaus fand er toll, falls man das so nannte. Da gab es wunderschöne Messingarmaturen und Hebel und gemasertes Eichenholz, ganz gelb von altem Firnis. Wunderschön. Alle Instrumente außer dem Steuerrad waren unbeweglich, und er vermutete, dass der Motor kaputt war. Er widerstand der Versuchung, an der Leine für die Sirene zu ziehen.

Unten durchsuchte er gewissenhaft die Bücherregale und den billigen Schreibtisch aus Spanplatte, der mit Zetteln und Bildern (hauptsächlich Drachen und Ritter und Feen und ähnlicher Quatsch) übersät war. Er fand ein Dutzend Videokassetten. Meist ebenfalls der gleiche phantastische Müll. Märchen, Drachentöter, Zeug, das er sich nie anschaute. Auch ein paar schweinische Filmchen. *Lüsterne Cousinen.* Und einen, der *Nachruf auf einen Pornostar* hieß.

Die Kleine hatte also auch ihre abartige Seite.

Dann wühlte er sich durch die Schränke und Schubladen im Schlafzimmer und in der kleinen Vorratskammer, in der auch eine Kommode stand. Er durchsuchte die Küche und den Kühlschrank, wo die meisten, die sich für clever hielten, Sachen versteckten, und wo die meisten professionellen Diebe zuallererst nachschauten.

Nach einer Stunde war er überzeugt, dass sie nichts hier aufbewahrte, was ihn interessierte – oder beunruhigte.

Was bedeutete, dass die Akten in ihrem Büro waren, und das war verflucht lästig.

Nestor schaute sich um und setzte sich auf die Couch. Er musste eine Entscheidung treffen. Er konnte hier warten, bis sie zurückkam und sie einfach abmurksen. Die Sache hinter sich bringen und es aussehen lassen wie einen Raubüberfall. Bei den Cops würde das wahrscheinlich durchgehen. Er war immer wieder erstaunt, wie sehr die Leute danach lechzten, die naheliegendsten Erklärungen zu akzeptieren. Immer das Einfachste. Raubüberfall und Mord.

Oder Vergewaltigung und Mord.

Andererseits konnte das dazu führen, dass irgendwo eine

Menge Material herumflog, Material, dass besser nicht herumflog.

Dennoch ...

Eine Autotür wurde zugeknallt. Er schreckte auf und blickte aus dem Fenster. Er sah sie – gar nicht übel, die Kleine, wenn sie bloß diese bescheuerten Klamotten nicht anhätte, diese gelb-weiß gestreifte Strumpfhose und den roten Minirock. Das turnte ihn ab und nahm ihn gegen sie ein ...

Oh, das Gefühl kannte er. Dieses Gefühl, das er empfand, wenn er einen drahtigen, braunhäutigen Mann in Khakiuniform beobachtete, ihn durch ein Zielfernrohr beobachtete, den Hass verspürte, eine wilde, wirbelnde Wut in sich aufbaute (vielleicht weil Nestor in der Hitze wie ein Schwein schwitzte oder weil sich ihm irgendwelches Ungeziefer in die Haut bohrte oder weil er eine glänzende, sternförmige Narbe auf dem Bauch hatte). Widerwille, Hass. Er brauchte diese Gefühle – sie halfen ihm, den Abzug zu drücken oder das Messer so tief hineinzubohren, wie er nur konnte.

Draußen auf dem Asphalt knirschten Stiefel.

Nestor spürte ein leichtes Kribbeln und rieb an seiner Narbe. Er spürte das Gewicht der Steyr Automatik in seiner Tasche.

Aber er ließ sie, wo sie war, und stieg an Deck.

Er beobachtete, wie sie die Tür öffnete, ungeschickt, unter dem Gewicht einer Filmkamera samt Kassetten und einem Ledergürtel mit Batterien oder etwas Ähnlichem schwankend, das aussah wie ein Patronengürtel mit M16-Klemmen. Sie stapelte alles neben der Tür auf und verschwand im Schlafzimmer. Er wartete ein paar Minuten, um vielleicht ein Stück Haut zu sehen zu bekommen, aber als sie in einem langweiligen Arbeitshemd und Stretchhosen herauskam, schlich er sich lautlos vom Boot und verschwand im West Village.

15

»Ein Genie, aber stets umstritten ...«

Klick.

»Ein Genie, aber stets umstritten, war Lance Hopper ...«

Rune drückte erneut auf den Rückspulknopf. Es war eine gute Aufnahme von ihm: Lance Hopper. Oder jedenfalls eine gute Aufnahme seiner sterblichen Überreste – die Bahre mit seiner Leiche, als sie vor drei Jahren aus dem todbringenden Hof geschoben wurde. Sie wünschte, sie hätte das Material verwenden dürfen. Unglücklicherweise war es von einem anderen Sender aufgenommen worden.

»... umstritten, war Lance Hopper bei Mitarbeitern und Konkurrenten gleichermaßen unbeliebt. Obwohl die landesweite Nachrichtensendung um neunzehn Uhr unter seiner Leitung in den Zuschauerzahlen zur Nummer eins aufrückte, brachte er es fertig, den Sender in mehrere große Skandale zu verwickeln. Darunter ein Aufstand, ausgelöst durch die Entlassung zahlreicher Mitarbeiter, massive und – wie seine Kritiker behaupteten – willkürliche Budgetkürzungen sowie eine eingehende Überprüfung der Nachrichtenprogamme des Senders und ihrer Inhalte.

Der Zwischenfall, der seinem Sender jedoch am meisten schadete, war eine Klage auf Chancengleichheit bei der Einstellung, die fünf Frauen angestrengt hatten, die behaupteten, durch Hoppers Einstellungs- und Entlassungspraktiken diskriminiert zu werden. Hopper bestritt die Anschuldigungen, und es erfolgte eine außergerichtliche Einigung. Kollegen des verstorbenen Managers gaben jedoch zu, dass er in Leitungspositionen Männer bevorzugte und der Ansicht war, Frauen hätten in den höheren Rängen eines Nachrichtensenders nichts zu suchen. Sein extravaganter persönlicher Lebensstil indessen strafte dieses angebliche Vorurteil Lügen, und er wurde häufig in Begleitung attraktiver Damen aus Gesellschaft und Unterhaltungsindustrie gesehen. Es gab Gerüchte bezüglich bisexueller Neigungen und der Kameradschaft zu verschiedenen jungen männlichen Models. Seine Vorliebe jedoch galt großen Blondinen …«

Klick.

Große Blondinen. Wieso mussten es immer große Blondinen sein?

Umgeben von Stapeln von Zeitungen, Illustrierten, Computerausdrucken, Videokassetten und den Überresten eines Dutzends Fast-Food-Mahlzeiten, saß Rune an ihrem Schreibtisch. Es war halb fünf am Nachmittag, und alle rüsteten sich für die Sieben-Uhr-Nachrichten. Sie hatte das Gefühl, im Auge eines Hurrikans zu sitzen. Überall Bewegung. Gehetzte, irrsinnige Bewegung.

Rune hatte außerdem erfahren, dass Hopper, auch wenn sein Praktikantenprogramm tatsächlich viele Karrieren im Journalismus gefördert hatte, möglicherweise etwas mehr an den jungen Leuten selbst interessiert gewesen war, als er es hätte sein sollen. Im Archiv war Rune auf ein vertrauliches Memo gestoßen, dem zufolge der Ethikausschuss des Senders zwei Praktikanten angehört hatte, die sich beklagt hatten, er habe ihnen gegenüber unsittliche Annäherungsversuche unternommen. Die Namen wurden nicht genannt, und die Aussagen schienen keine weiteren Folgen gehabt zu haben.

Sie fragte Bradford nach den Berichten, aber er sagte, er wüsste nichts darüber und glaube die Geschichten keine Minute. Mächtige Menschen, erklärte er, zögen Gerüchte an. Offensichtlich wollte er nicht, dass an seinem Idol etwas hängen blieb, und Rune fragte sich, ob es ein reines Versehen gewesen war, dass der junge Mann das Memo über die Untersuchung nicht gefunden hatte, als er sich auf der Suche nach Material über Hopper durch das Archiv gewühlt hatte.

Klick.

Rune sichtete das Band, auf dem Hoppers Leiche zu sehen war, die in den Frühlingsabend gerollt wurde, die Schlieren der Nachbilder, die von den rotierenden Lichtern auf den Notarzt- und den Streifenwagen in den Bildschirm geätzt wurden, die Menge – bleich im grellen Licht der Videokamera. Sie wirkte neugierig und gelangweilt zugleich.

»Rune.« Eine ruhige Stimme, eine weibliche Stimme.

»Oh, hi.« Es war Piper Sutton.

Ich hätte den Schreibtisch aufräumen sollen, dachte Rune. Erinnerte sich daran, wie ordentlich der Schreibtisch der Moderatorin war. Und sah, wie ordentlich sie jetzt aussah in einem dunkelroten Kostüm mit schwarzsamtenen Kragenspiegeln und weißer Bluse mit hohem Kragen und dunkel fleischfarbenen Strümpfen, die in den schicksten Lacklederschuhen verschwanden, die Rune je gesehen hatte. Schuhe mit hohen Absätzen und einem roten Streifen an der Seite.

Schuhe, mit denen ich auf dem Arsch landen würde, wenn ich darin herumlaufen wollte.

Aber Mann, sahen die cool aus!

»Sie sind fleißig.« Sutton ließ den Blick über den Schreibtisch schweifen.

»Ich hab grade an der Story gearbeitet.«

Rune griff beiläufig nach einigen der nächstgelegenen Papiertüten – eine von Kentucky Fried und zwei von Burger King – und ließ sie in, nun ja, einen überquellenden Papierkorb fallen.

»Möchten Sie sich setzen, irgendwie?«

Sutton musterte die Ketchuptüten, die auf dem freien Stuhl lagen. »Nein. Lieber nicht.« Sie beugte sich vor, nahm die Kassette aus dem Sony-Rekorder und las das Etikett. »No name«, sagte sie. »Die ist von der Konkurrenz. Sie wissen, dass Sie dieses Material nicht verwenden dürfen. Ich dulde in meiner Sendung keine Einblendung, in der ›Mit freundlicher

Genehmigung eines anderen Senders‹ steht.« Sie reichte Rune das Band zurück.

»Ich weiß. Ich benutze es nur als Hintergrundmaterial.«

»Hintergrund.« Sutton sprach das Wort sanft aus. »Ich möchte mit Ihnen sprechen. Aber nicht hier. Haben Sie schon etwas zum Abendessen vor?«

»Ich wollte einfach bei John's eine Pizza essen. Die sind dort irgendwie echt großzügig mit den Sardellen.«

Sutton ging weiter. »Nein. Sie essen mit mir.«

»Die Sache ist, da ist diese Person. Kann sie mitkommen?«

»Ich möchte mich vertraulich mit Ihnen unterhalten.«

»Alles, was Sie zu mir sagen, können Sie auch vor ihr sagen. Sie ist sehr diskret, müssen Sie wissen.«

Sutton zuckte die Achseln und warf einen letzten langen Blick auf den Schreibtisch. Was sie sah, schien ihr nicht zu gefallen. »Nun denn.« Dann musterte sie Runes pinkfarbenes T-Shirt und den Minirock und die Netzstrümpfe und Halbstiefel. »Sie besitzen doch ein Kleid, oder nicht?«

»Genau genommen sogar zwei«, sagte Rune verlegen.

Sie fragte sich, was ihr wohl entgangen war, als Sutton lachte. Die Moderatorin schrieb eine Adresse auf und reichte sie Rune. »Das ist zwischen Madison und Fifth Avenue. Seien Sie um achtzehn Uhr dreißig da. Wir nehmen das Vorabendmenü. Wir wollen doch nicht mehr ausgeben als nötig, oder?«

»Geht in Ordnung. Meine Freundin isst gerne früh.«

Trinkgeld konnte man das nicht mehr nennen. Das war Lösegeld.

Jacques, der Oberkellner, nahm, was Sutton ihm reichte, und ließ es in die Tasche seines perfekt geplätteten schwarzen Smokings gleiten. Wie viel es auch sein mochte – Rune hatte es nicht gesehen –, die Knete hatte ihnen zwar Zutritt zum Speisesaal verschafft, den armen, bekümmerten Mann konnte sie jedoch nicht aufmuntern. Er setzte sie an einen Tisch am

Rand des eigentlichen Speisesaals und beäugte dann Courtney. »Vielleicht ein Telefonbuch.«

»Gelbe *und* weiße Seiten«, sagte Rune.

Jacques schürzte seine unglücklichen gallischen Lippen und begab sich auf die Suche nach der besten Sitzhilfe, die die New Yorker Telefongesellschaft zu offerieren in der Lage war.

Rune schaute sich in dem Raum um. »Ist ja echt, irgendwie, Wahnsinn. Könnt ich mich dran gewöhnen. So zu leben, meine ich.«

»Ahem.«

Das Motto des L'Escargot schienen Blumen zu sein, und zwar – ähnlich wie beim Essen – in Hülle und Fülle. Die Raummitte wurde von einem kompliziert verschlungenen Tafelaufsatz beherrscht, dem Orchideen und Rosen und Schleierkraut entsprossen. An den Wänden hingen riesige Blumengemälde. Das gefiel Rune. Sie waren das, was Monet gemacht hätte, wenn er mit neonfarbenen Filzstiften anstelle von Ölfarben gearbeitet hätte. Rune passte mehr oder weniger in die Umgebung. Sie war nach Hause gerast und hatte sich eines ihrer Kleider angezogen, ein rot-weißes Blumenensemble von Laura Ashley, ihr Frühlings- und Sommerkleid. Es war schon ein paar Jahre alt, aber sie hatte es nur ganz selten getragen.

Auf dem Tisch vor ihnen stand eine Paradiesvogelblume in einer hohen Glasvase und irgendein abartig aussehendes grünes Ding wie ein Kiefernzapfen, von dem man, wäre es je im *National Geographic* aufgetaucht, nicht gewusst hätte, ob es eine Pflanze oder ein Fisch oder ein riesiges Insekt war. Rune deutete auf den Paradiesvogel. »Die mag ich.« Sie streichelte ihn. »Ich finde ja, der sieht überhaupt nicht aus wie ein Vogel. Ich finde, er sieht aus wie ein Drache.«

»Ich mag Drachen«, sagte Courtney.

Sutton starrte sie verständnislos an. »Drachen?«

»Ich werde mal ein Ritter«, fügte das kleine Mädchen hinzu. »Aber ich werde keine Drachen umbringen. Ich nehm sie als Haustiere. Rune nimmt mich mit in den Zoo, und dann schauen wir uns die Drachen an.«

»Wie wundervoll«, sagte Sutton, ohne die Zähne mehr als nur einen halben Zentimeter weit zu öffnen.

Jacques kehrte mit zwei dickleibigen Telefonbüchern zurück und legte sie auf den dritten Stuhl am Tisch. Courtney lächelte, als er sie hochhob und sie darauf absetzte.

Er wandte sich an Sutton. »Das wird doch nicht, äh, *habituel* werden, *non*?«

»Jacques, lassen Sie dem kleinen Mädchen ...« Mit hochgezogener Augenbraue schaute sie Rune an.

»Sie liebt Pizza.«

»Wir sind ein französisches Restaurant, Miss.«

»Sie mag auch Pickles, Muschelsuppe, geräucherte Austern, Reis, Sardellen ...«

»*Huîtres*«, sagte Jacques. »Sie sind pochiert und werden mit Pesto und Beurre blanc serviert.«

»Fein«, sagte Sutton. »Lassen Sie sie in kleine Stücke schneiden. Ich möchte nicht zusehen, wie sie ihr Essen zerfetzt. Und lassen Sie mir vom Sommelier einen Puligny-Montrachet bringen.« Sie schaute Rune an. »Trinken Sie Wein?«

»Ich bin über einundzwanzig.«

»Es geht nicht darum, ob Sie einen Führerschein haben. Ich möchte wissen, ob eine Flasche Wein für achtzig Dollar bei Ihnen nicht Verschwendung ist.«

»Ein White Russian wäre vielleicht eher meine Preislage.«

Sutton nickte dem Oberkellner zu. »Suchen Sie mir eine halbe Flasche, Jacques. Einen Mersault, wenn es keinen Puligny gibt.«

»*Oui*, Miss Sutton.«

Man brachte ihnen riesige Speisekarten. Sutton überflog ihre. »Ich glaube nicht, dass wir etwas zu Ausgefallenes möchten. Als Vorspeise nehmen wir Jacobsmuscheln.« Sie wandte sich an Rune. »Schwellen Sie an, oder laufen Sie rot an, wenn Sie Meeresfrüchte essen?«

»Nein, in dem koreanischen Deli ess ich ständig Fischstäbchen. Und …«

Sutton winkte abrupt ab. »Und danach die Taube.«

Rune bekam große Augen. Taube?

»Anschließend *salade*?«, fragte Jacques.

»Bitte.«

Runes Blicke tanzten durch den Raum, um sich schließlich auf das Arsenal von Silberzeug und leeren Tellern vor ihr zu senken. Die Gebräuche hier erschienen ihr so kompliziert wie die katholische Liturgie und die Verdammnis, wenn man es verpatzte, noch schlimmer. Rune widerstand dem heftigen Impuls, sich unter ihrem BH-Träger zu kratzen.

Der erste Gang wurde serviert, zusammen mit den Austern der Kleinen.

»Krass«, sagte Courtney, fing aber an, sie mit Appetit zu essen. »Können wir die zum Frühstück kaufen? Die mag ich.«

Rune war dankbar, dass Courtney bei ihnen war; das Mädchen gab ihr etwas zu tun, außer sich fehl am Platz zu fühlen. Löffel vom Fußboden aufheben, ihr die Austern aus dem Gesicht wischen, die Vase senkrecht halten.

Sutton beobachtete sie, und zum ersten Mal, seit Rune die Moderatorin kannte, wurde deren Gesicht weicher. »So ist das also.«

»Was?«, fragte Rune.

»Kinder.«

»Haben Sie keine Kinder?«

»Doch. Ich nenne sie allerdings Ex-Ehemänner. Drei Stück.«

»Tut mir Leid.«

Sutton blinzelte und starrte Rune eine Weile lang an. »Ja, ich glaube, das tut's.« Sie lachte. »Aber das ist etwas, was ich bedaure. Kinder. Ich …«

»Es ist noch nicht zu spät.«

»Nein, ich glaube doch. Vielleicht im nächsten Leben.«

»Das ist der schlimmste Satz, der je erfunden wurde.«

Sutton fuhr fort, sie neugierig zu mustern. »Sie trampeln einfach so durchs Leben, stimmt's?«

»So ziemlich, schätze ich.«

Suttons Blick blieb an Courtney hängen. Dann streckte sie die Hand aus und wischte ihr mit einer Serviette, groß wie das Kleid der Kleinen, die Wange ab. »Schmutzige kleine Dinger, nicht?«

»Und ob, der Teil ist echt ätzend. Und dabei ist sie heute Abend nicht mal richtig zappelig – ich hab ihr gesagt, sie soll sich benehmen. Zum Beispiel kürzlich beim Mittagessen: Wir haben Bananen und Hamburger gegessen, alles Mögliche durcheinander, und da ...«

Sutton hob erneut die Hand. »Das reicht.«

Zwei Kellner servierten den Hauptgang. Rune blinzelte. O Gott. Kleine Vögel.

Sutton sah ihr Gesicht. »Keine Sorge«, sagte sie. »Das sind nicht Ihre Sorte Tauben.«

Meine Sorte?

»Die sind eher wie Wachteln.«

Nein, in Wirklichkeit waren sie irgendwie kleine Geiseln, denen man die Hände auf den Rücken gefesselt hatte.

Courtney quietschte fröhlich. »Vögelchen, Vögelchen!« Ein halbes Dutzend Speisegäste drehte sich um.

Rune nahm eine Gabel und das am wenigsten bedrohlich aussehende Messer und legte los.

Eine Weile aßen sie schweigend. Die Vögelchen waren eigentlich gar nicht übel. Das Problem war, dass sie immer noch Knochen hatten, und wenn man ein Messer, so groß wie ein Schwert, benutzte, bedeutete das, dass es eine Menge Fleisch gab, an das man nicht herankam. Rune schaute sich im Raum um, sah aber nicht einen Menschen an einer Keule kauen.

Sie hielten inne. Sutton schaute sie an. »Wie weit sind Sie mit Ihrer Story?«, fragte sie.

Rune hatte sich schon gedacht, dass dieses Thema auf der Tagesordnung stand, und sich zurechtgelegt, was sie sagen würde. Die Worte kamen nicht ganz so geordnet heraus, wie sie gehofft hatte, aber sie beschränkte die ›alsos‹ und die ›irgendwies‹ auf ein Minimum. Sie erzählte Sutton von den Interviews mit Boggs und den Freunden und Familienmitgliedern und von den Aufnahmen des ganzen Hintergrundmaterials. »Und«, sagte sie, »ich hab irgendwie 'nen Antrag gestellt, den Polizeibericht zu dem Fall zu kriegen.«

Sutton lachte. »Einen Polizeibericht bekommen Sie nie. Kein Journalist kommt an einen Polizeibericht heran.«

»Es ist irgendwie 'n ganz besonderer Antrag.«

Aber Sutton schüttelte nur den Kopf. »Nichts zu machen.« Dann fragte sie: »Haben Sie irgendetwas gefunden, was beweist, dass er unschuldig ist?«

»Also, nicht irgendwie richtige Beweise, aber …«

»Haben Sie, oder haben Sie nicht?«

»Nein.«

»Na schön.« Sutton richtete sich auf. Die Hälfte ihres Essens war unangetastet, aber als die Bedienungshilfe kam, nickte sie ihr unmerklich zu, und der Teller verschwand. »Ich will Ihnen sagen, weshalb ich Sie hierher gebeten habe. Ich brauche Hilfe.«

»Von mir?«

»Schauen Sie.« Sutton runzelte die Stirn. »Ich will ganz offen sein. Sie sind nicht meine erste Wahl. Aber sonst steht einfach niemand zur Verfügung.«

»Also, von was reden Sie überhaupt?«

»Ich möchte Ihnen eine Beförderung anbieten.«

Rune stocherte in einem weißen Gemüseviereck – etwas, was ihr noch nie über den Weg gelaufen war.

Sutton blickte sich nachdenklich im Restaurant um.

»Manchmal müssen wir Dinge zum Nutzen des Senders tun. Wir müssen unsere eigenen Interessen zurückstellen. Als ich anfing, war ich Polizeireporterin. Man wünschte keine Frauen im Nachrichtenstudio. Gastronomiekritik, Gesellschaft, Kunst – das war in Ordnung, aber harte Nachrichten? Von wegen. Vergiss es. Also gab mir der Chef die Scheißjobs.« Sutton blickte zu Courtney, aber dem Mädchen war der Ausrutscher in die Gossensprache nicht aufgefallen. Die Moderatorin fuhr fort. »Ich habe über Autopsien berichtet, ich bin Krankenwagen nachgejagt, ich war bei Anklageerhebungen, ich bin anlässlich einer Massenschießerei durch Seen von Blut gewatet, um Aufnahmen zu machen, während der Fotograf hinter dem Presseauto auf den Knien gelegen und gekotzt hat. Ich habe den ganzen Müll gemacht, und es hat sich für mich gelohnt. Aber damals war es ein Opfer.«

Etwas an dem sachlichen Tonfall von Suttons Stimme fand Rune unheimlich aufregend. Genauso hörte sie sich vermutlich an, wenn sie mit einer anderen, gleichgestellten Führungskraft beim Sender sprach. Sutton und Dan Semple oder Lee Maisel würden so sprechen – mit leiser Stimme, umringt von Menschen mit riesigen geometrisch geformten Juwelen, die über den winzigen Knöchlein von Geiselvögeln saßen und Wein zu achtzig Dollar die Flasche tranken.

»Sie wollen, dass ich irgendwie Polizeireporterin werd? Ich glaub nicht …«

»Lassen Sie mich ausreden«, sagte Sutton.

Rune richtete sich auf. Ihr Teller wurde abgeräumt, und ein junger Mann in weißem Jackett säuberte den Tisch mit einem kleinen Ding von Krümeln, das aussah wie ein winziger Teppichroller. Die meisten Krümel waren auf Runes Seite.

»Ich mag Sie, Rune. Sie sind schlau, und Sie sind tough. Das ist etwas, was ich heutzutage nicht in genügendem Maße bei Reportern sehe. Es ist entweder das eine oder das andere und gewöhnlich mehr Ego als sonst etwas. Mein Problem ist folgendes: Wir haben gerade den leitenden Produzenten unseres Londoner Büros verloren – er hat gekündigt, um zu Reuters zu gehen –, und sie steckten mitten in der Produktion von drei Sendungen. Jetzt brauche ich jemanden da drüben.«

Runes Haut prickelte. Als sei eine Woge schmerzlosen Feuers über sie hinweggeschwemmt. »Leitende Produzentin?«

»Nein, Sie wären Assistentin, nicht Leiterin. Anfangs zumindest. Die Büros in London, Paris, Rom, Berlin und Moskau liefern Ihnen Material, und Sie und der leitende Produzent treffen die Entscheidung darüber, was Sie weiterverfolgen wollen.«

»Was meint Lee dazu?«

»Er hat mich gebeten, die Stelle zu besetzen. Ich habe Sie ihm gegenüber noch nicht erwähnt, aber er wird mit jedem einverstanden sein, den ich empfehle.«

»Das ist ja 'n Ding. Ich meine, ich hätte nie gedacht, dass es das war, was Sie sagen wollten. Wie lange wär ich dann da drüben?«

»Ein Jahr mindestens. Wenn es Ihnen gefällt, ließe sich auch etwas Dauerhafteres arrangieren. Das läge bei Lee. Aber normalerweise versetzen wir unsere Leute immer wieder. Danach könnte es Paris oder Rom sein. Sie müssten die Sprache lernen.«

»Och, Französisch hatte ich in der Highschool. ›*Voulez-vous coucher …*‹«

»Ich habe verstanden«, sagte Sutton.

Rune bat den Kellner um ein Glas Milch für Courtney. »Und einen Strohhalm? Einen mit Knick drin.« Er begriff nicht, und Rune gab auf. »Ich will ja nicht, dass Sie denken …«, sagte sie zu Sutton, »ich meine, ich bin Ihnen ja dankbar und alles – aber was ist mit Randy Boggs?«

»Sie sagten selbst, dass Sie keinerlei Beweise haben.«

»Ich weiß trotzdem, dass er unschuldig ist.«

Keine Regung in Suttons Gesicht.

»Jemand im Gefängnis hat versucht, ihn umzubringen«, sagte Rune. »Sie haben ihn niedergestochen. Wenn wir ihn nicht rausbekommen, werden sie's wieder versuchen.«

Sutton zuckte die Achseln. »Ich werde einen Lokalreporter ansetzen, der für Sie übernimmt.«

»Würden Sie?«

»Hm-mh. Also, wie steht's?«

»Äh, würd's Ihnen was ausmachen, wenn ich drüber nachdenke?«

Sutton blinzelte und schien fragen zu wollen: *Was verflucht gibt's da noch nachzudenken?* Sie nickte jedoch nur. »Es ist eine schwer wiegende Entscheidung«, sagte sie. »Vielleicht sollten Sie sie überschlafen. Ich werde die anderen Leute, an die ich gedacht habe, nicht vor morgen fragen.«

»Danke.«

Sutton winkte nach dem letzten Schluck ihres Weines. Ein junger Kellner eilte herbei und leerte, zwischen ihrer sommersprossigen Brust und dem Kristallglas vor ihr hin und her blickend, die Flasche. Sie schaute auf ihre Uhr. »Und die Rechnung bitte.«

Vor dem Restaurant blieben die drei stehen.

»Das ist ja ein Wahnsinnsschlitten«, sagte Rune, als eine blitzende mitternachtsblaue Lincoln-Town-Car-Stretchlimousine um die Ecke bog und langsamer wurde. »Haben Sie sich noch nie gefragt, wer in den Dingern fährt?«

Sutton gab keine Antwort.

Das Auto kam sanft vor ihnen zum Stehen. Der Fahrer sprang heraus, rannte zur Tür und öffnete sie für die Moderatorin.

Oh.

»Werden Sie mir Ihre Antwort morgen geben?«, fragte Sutton.

»Klar.«

»Piper, wir sind spät«, rief die Stimme eines Mannes aus der Limousine.

»Gute Nacht«, sagte die Moderatorin knapp zu Rune und ging zu dem Lincoln.

Der Fahrgast beugte sich nach vorn, um ihr beim Einsteigen zu helfen. Es war Dan Semple höchstselbst in einem herrlichen grauen Zweireiher. Er warf Rune einen Blick zu, dann küsste er Sutton auf die Wange. Sie verschwanden im Dunkel des Wagens.

»Danke …«

Die Tür schloss sich, und Rune und Courtney sahen für die wenigen Sekunden, die es dauerte, bis der Fahrer wieder eingestiegen und die Limousine vom Straßenrand losgefahren war, nur noch ihr Spiegelbild.

»… für das Essen.«

16

Das Problem war London.

Schon seit Rune den *Herrn der Ringe* gelesen hatte (zum ersten von vier Malen), hatte sie das Vereinigte Königreich sehen wollen – das Land der Pubs, Heckenzäune, Grafschaften und Hobbits und Drachen. Boah, und Loch Ness auch noch …

Sie hatte stundenlang darüber nachgedacht und war zu dem Schluss gekommen, dass jeder geistig gesunde Mensch auf der Welt Piper Suttons Angebot innerhalb von zehn Sekunden angenommen hätte.

Rune hätte daher gerne gewusst, wieso sie plötzlich das Angebot verdrängte, Courtney bei einer ihrer treuen, teuren Babysitterinnen ablieferte und dann dem Taxifahrer eine Adresse an der Upper East Side gab.

Das Taxi brachte sie zu einem alten Wohnhaus aus dunklen Backsteinen und mit Löwen im Halbrelief auf schmutzigen Kalksteinzierleisten. Sie betrat die blitzende Eingangshalle, drückte die Sprechtaste und stellte sich vor. Die Tür öffnete sich. Sie nahm den Aufzug zur 13. Etage. Als sie in einen winzigen Flur trat, stellte sie fest, dass es auf dem ganzen Stockwerk nur vier Wohnungen gab.

Lee Maisel öffnete die Tür zu einer dieser Wohnungen, winkte und ließ sie in einen großen Raum mit dunklen Holzpaneelen ein. Er gab ihr nicht die Hand; er war tropfnass.

Sie folgte ihm, wobei ihr in der Ecke ein Elefantenfuß auffiel, in dem ein halbes Dutzend Schirme und Stöcke standen. Einige endeten in geschnitzten Gesichtern: ein Löwe, ein alter Mann (Rune hielt ihn für einen Zauberer), irgendeine Art Vogel.

Maisel hatte Geschirr gespült. Eng über seinen Bauch spannte sich eine blaue Jeansschürze mit Wasserflecken, die an Rorschachmuster erinnerten.

»Als ich angerufen hab ... Na ja, ich hoffe, ich hab Sie nicht bei irgendwas gestört.«

»Ich hätte es Ihnen gesagt, wenn ich nicht hätte gestört werden wollen.« Maisel kehrte zu einer Kumuluswolke aus Seifenschaum zurück. »Die Bar ist da drüben.« Er nickte. »Was zu essen?«

»Danke, ich hab grade gegessen.«

Maisel tauchte die Hände wieder ins Spülwasser. Umringt von Gerätschaften – Kratzern, Schwämmen, metallenen Scheuerschwämmen, die aussahen wie winzige Stahlperücken. Ein Taifun brach über das granitene Spülbecken herein. Eine Pfanne erschien an der Oberfläche und strandete an der Plastikschüssel, und er begutachtete sie sorgfältig. Auf seinem Gesicht spiegelte sich tiefste Zufriedenheit. Sie beneidete ihn; Kochen und Putzen waren Hobbys, die Rune, wie sie wusste, nie haben würde.

Im Wohnzimmer lief auf einem Projektionsfernseher ein alter Film. Der Ton war leise gestellt. Bette Davis. Wer war der Typ? Tyrone Power vielleicht. Was für ein Name, was für ein Gesicht! Die Männer hatten echt gut ausgesehen damals. Sie hätte ihn stundenlang anschauen können.

Endlich trocknete Maisel sich die Hände ab. »Kommen Sie«, sagte er.

Er führte sie ins Wohnzimmer.

Rune blieb stehen und betrachtete einen gerahmten Zeitungsartikel an der Wand. Aus der *Times*. Die Schlagzeile lautete: ›Fernsehkorrespondent gewinnt Pulitzerpreis.‹

»Wahnsinn«, sagte Rune. »Und wofür haben Sie den gekriegt?«

»Für einen Bericht aus Beirut vor ein paar Jahren.«

»Einen Beitrag für *Current Events?*«, fragte sie.

»Nein. Das war, bevor wir die Sendung entwickelten.« Er schaute sich den Artikel lange an. »Was für eine schöne Stadt das mal war. Das, was da passiert ist, ist eines der großen Verbrechen des Jahrhunderts.«

Rune überflog den Artikel. »Da heißt's, Sie hätten eine Sondersendung bekommen.«

Aber er war bekümmert. »Das war ein zweischneidiger Sieg«, sagte er. »Wir haben gemacht, was Journalisten machen sollten – wir haben unter die Oberfläche geschaut und die Wahrheit berichtet. Aber einige Menschen sind deswegen gestorben.«

Rune erinnerte sich an die Informationen, die Bradford ihr gegeben hatte. Und sie erinnerte sich daran, dass Lance Hopper sich der Kritik gestellt und sein Nachrichtenteam verteidigt hatte.

»Hier entlang«, sagte Maisel, dessen Gesicht aufleuchtete. Er führte Rune durch einen langen, mit Deckenlampen beleuchteten Flur. Er glich einer Kunstgalerie.

»Hey, ist ja echt cool.«

Es handelte sich um Dutzende gerahmter, meist alter Landkarten. Maisel blieb vor jeder stehen und erklärte ihr, wo er sie entdeckt, wie er mit den Verkäufern gefeilscht hatte – und wie er von einem geleimt worden war und andere übers Ohr gehauen hatte. Die Pläne von New York gefielen ihr am besten. Maisel wies auf einige hin und erzählte, welche Gebäude heute an den Stellen standen, wo auf den Plänen leere Flächen oder Hügel eingezeichnet waren.

Am schönsten fand sie einen Plan von Greenwich Village aus dem 18. Jahrhundert. »Der ist ja phantastisch. Ich liebe das alte New York. Spüren Sie das auch manchmal? Also, da steht man auf der Straße und isst 'nen Hot Dog mit Zwiebeln – ich steh echt auf diese eingelegten Zwiebeln –, und plötzlich denkt man, wow, vielleicht steh ich genau an der Stelle, wo sie einen Gangster kaltgemacht haben oder wo vor hundert Jahren ein Indianerkrieg stattgefunden hat oder so was.«

»Ich esse keine Hot Dogs«, sagte Maisel gedankenverloren, und sie ertappte ihn dabei, als er auf die Uhr blickte. Sie betraten ein schwach beleuchtetes Zimmer voller Ledermöbel und noch mehr Landkarten und gerahmten Fotos von Maisel im Einsatz. Sie setzten sich. »Also, worum geht's?«

»Ich hab ein Angebot bekommen«, sagte sie, »und weiß nicht, was ich damit anfangen soll.«

»Reader's Digest?«, fragte er ironisch.

»Noch besser.« Sie erzählte ihm, was Piper Sutton gesagt hatte.

Maisel hörte zu. Sie war schon fast am Ende, als sie bemerkte, dass sich sein Gesicht zunehmend verdüsterte. »Also sie hat *Ihnen* die Stelle in England angeboten, hm?«

»Hat mich irgendwie gewundert.«

Sie konnte sehen, dass er sich ebenfalls wunderte. »Rune, ich möchte aufrichtig sein. Nichts gegen Sie, aber das ist ein harter Job. Ich hatte ein paar Leute im Sinn, die etwas älter sind. Ich will nicht sagen, dass Sie es nicht schaffen könnten, aber Ihre Erfahrung ist …«

»Irgendwie überhaupt nicht vorhanden.«

Maisel reagierte weder zustimmend noch ablehnend. »Sie sind vielleicht gut an der Kamera«, sagte er, »und Sie lernen eine Menge bei der Hopper-Story. Aber beim Produzieren geht es noch um eine Menge mehr.« Er zuckte die Achseln. »Aber schließlich habe ich Piper gebeten, die Stelle zu besetzen. Es ist ihre Angelegenheit. Wenn sie will, dass Sie den Job bekommen, dann gehört er Ihnen.« Er schaute quer durch den Raum. Noch mehr alte Landkarten. Sie fragte sich, auf welches Land er den Blick richtete.

»Die Versuchung ist echt groß«, sagte sie.

»Ich frag mich, wieso«, sagte er trocken. »Dabei gibt es höchstens zehn-, fünfzehntausend Reporter im Land, die für diese Stelle einen Mord begehen würden.« Maisel streckte die Beine aus. Er trug schreiend gelbe Socken.

»Aber«, sagte er, »Sie machen sich Sorgen um die Boggs-Story.«

Sie nickte. »Das ist das Problem.«

»Wie geht es voran?«

»Langsam. Ich hab keine richtige Spur. Nichts Handfestes.«

»Aber Sie glauben immer noch, dass er unschuldig ist?«

»Ja, das denke ich. Die Story soll trotzdem gemacht werden. Piper hat gesagt, sie beauftragt irgendeinen Lokalreporter, sie fertig zu machen.«

»Ach was?«

»Ja, das hat sie mir versprochen.«

Maisel nickte.

»Sie will nicht, dass ich die Story mache, stimmt's?«, sagte Rune nach einer Weile.

»Sie hat Angst.«

»Angst? Piper Sutton?«

»Das ist gar nicht so komisch, wie es sich anhört. Ihre Arbeit ist ihr ganzes Leben. Sie hat drei katastrophale Ehen hinter sich. Es gibt sonst nichts, was sie beruflich machen könnte, nichts, was sie machen möchte. Falls diese Story den Bach runtergeht, dann geraten sie, ich und in gewissem Maß auch Dan Semple ganz kräftig unter Druck. Sie wissen ja, wie launisch das Publikum ist. Dan und ich, wir machen uns Sorgen um die Nachrichten. Piper auch, aber sie ist die Moderatorin – sie muss auch um ihr Image in der Öffentlichkeit fürchten.«

»Ich kann mir nicht vorstellen, dass sie sich vor irgendwas fürchtet. Ich meine, ich hab 'nen Horror vor ihr.«

»Sie wird Sie nicht eliminieren, wenn Sie ihr sagen, dass Sie lieber hier bleiben möchten und die Story machen.«

»Aber sie ist mein Boss …«

Maisel lachte. »Sie sind zu jung, um zu wissen, dass man an Bosse, ebenso wie an Ehefrauen, nicht notwendigerweise bis in alle Ewigkeit gebunden ist.«

»Okay, aber sie ist Piper Sutton.«

»Das ist eine andere Sache, und ich beneide Sie nicht darum, Sie anrufen und ihr sagen zu müssen, dass Sie ihr Angebot ablehnen. Aber was soll's? Sie sind schließlich erwachsen.«

Irgendwie, dachte Rune. »Ich weiß nicht, was ich machen soll, Lee«, sagte sie. »Was ist Ihre ganz, ganz ehrliche Meinung über meine Story?«

Maisel dachte nach. Eine goldene Uhr fing an, hell die Stunden bis zehn zu schlagen. »Ich würde Ihnen keinen Gefallen tun, wenn ich taktvoll wäre«, sagte er bei acht. »Die Boggs-Story? Sie nehmen sie zu persönlich. Das ist unprofessionell. Ich habe den Eindruck, dass Sie auf einer Art Kreuzzug sind. Sie …«

»Aber er ist unschuldig, und niemand sonst …«

»Rune«, sagte er grob. »Sie haben mich nach meiner Meinung gefragt. Lassen Sie mich ausreden.«

»Entschuldigung.«

»Sie sehen nicht den Gesamtzusammenhang. Sie müssen

begreifen, dass der Journalismus die Pflicht hat, unparteiisch zu sein. Das sind Sie nicht. Was Boggs betrifft, so sind Sie eine der verdammt parteiischsten Reporterinnen, mit denen ich je zusammengearbeitet habe.«

»Stimmt«, sagte sie.

»Das macht Sie vielleicht zu einem guten Menschen, aber mit Journalismus hat das nichts zu tun.«

»So was Ähnliches hat Piper mir auch gesagt.«

»In der Regierung gibt es überall Korruption und Unfähigkeit, es gibt Verletzungen der Menschenrechte in Südamerika, Afrika und China, es gibt Obdachlosigkeit, es gibt Kindesmissbrauch in Tagesstätten ... Es gibt so viele wichtige Themen, unter denen die Medien eine Wahl treffen müssen, und so wenig Zeit, um darüber zu berichten. Sie haben sich eine ganz kleine Story ausgesucht. Keine schlechte Story; nur eine unbedeutende.«

Sie wandte den Blick ab und ließ ihn nachdenklich über Maisels Wand schweifen. Sie fragte sich, ob sie ein Zeichen entdecken würde – eine alte Karte von England vielleicht. Sie entdeckte keines.

Eine Minute verstrich.

»Die Entscheidung müssen Sie treffen«, sagte er. »Ich glaube, der beste Rat, den ich Ihnen geben kann, ist, es zu überschlafen.«

»Sie meinen, die ganze Nacht wach bleiben und mich hin und her drehen und darüber nachgrübeln.«

»Das könnte auch funktionieren.«

Das Zwanzigste Revier auf der Upper West Side war in den Augen vieler Polizisten das reinste Erholungsheim.

Die Hispano-Gangs waren nach Norden abgedrängt worden, die Black Panthers waren nur noch ein Stück Nostalgie, und das Niemandsland – der Central Park – hatte sein ganz eigenes Revier, das sich um die Taschendiebe und Drogendealer kümmerte. Bei den Einsätzen im Zwanzigsten Revier handelte es sich zumeist um Ehezwist, Ladendiebstähle, gelegentlich eine Vergewaltigung. Die Häufchen Autoglas, winzigen grünblauen Eiswürfeln gleich, kennzeichneten das vielleicht häufigste Verbrechen: den Diebstahl von Blaupunkt- oder Panasonic-Autoradios aus Armaturenbrettern. Vielleicht gerieten einmal zwei Yuppies, die sich die BMW-Kühler eingedellt hatten, in eine Rauferei vor dem Zabar's. Vielleicht beging ein Insiderzocker gelegentlich Selbstmord. Aber viel schlimmer kam es gewöhnlich nicht.

An den Ein- und Ausgängen des aus Stein und Glas erbauten Reviergebäudes aus den sechziger Jahren ging es hoch her. Hier wurden vornehmlich die öffentlichen Beziehungen gepflegt, und durch die Türen des Zwanzigsten kamen mehr Leute, um an Sitzungen teilzunehmen oder sich einfach bei den Cops aufzuhalten, als um Raubüberfälle anzuzeigen.

Der diensthabende Sergeant – ein massiger blonder Cop mit Schnauzer – verschwendete daher keinen zweiten Gedanken an sie, die junge Mutter im Minirock, etwa zwanzig, mit einer unglaublich niedlichen Drei- oder Vierjährigen im Schlepptau. Sie kam direkt auf ihn zu und sagte, sie wolle sich über die Qualität des Polizeischutzes in diesem Viertel beschweren.

Das scherte den Cop natürlich nur sehr wenig. Besorgte Bürger waren ihm so lieb wie Hämorrhoiden, und die lächerlichen Straßendealer und Gammler und Säufer, die von diesen wild gewordenen, besserwisserischen, aufrechten, Steuern zahlenden Bürgern herumgeschubst wurden, taten ihm beinahe Leid – die Frauen waren die Schlimmsten. Aber auf der Polizeiakademie hatte er Public Relations studiert und nickte daher, obgleich er sich nicht dazu überwinden konnte, der kurz geratenen Frau ein freundliches Lächeln zu schenken, als interessierte ihn, was sie zu sagen hatte.

»Ihr Jungs gebt euch nicht gerade große Mühe auf euren

Streifengängen. Mein kleines Mädchen und ich waren auf der Straße und haben nur einen Spaziergang gemacht …«

»Jawohl, Miss. Hat irgendjemand Sie belästigt?«

Er erntete einen strafenden Blick für diese Unterbrechung. »Wir haben einen Spaziergang gemacht, und wissen Sie, was wir da auf der Straße gefunden haben?«

»Nate«, sagte das kleine Mädchen.

Der Cop hätte sich unendlich viel lieber mit dem kleinen Mädchen unterhalten. Hartnäckige, kurz geratene, besorgte Bürgerinnen mochte er hassen, aber er liebte Kinder. Er beugte sich vor und grinste wie ein Kaufhaus-Weihnachtsmann am ersten Tag im Dienst. »Ist das dein Name, meine Süße?«

»Nate.«

»Hm-mh, das ist aber ein schöner Name.« Ach, sie war so verflucht goldig, dass er es kaum fassen konnte. Wie sie in ihrer eigenen kleinen Kunstleder-Handtasche kramte und versuchte, erwachsen zu wirken. Der limonengrüne Minirock, den sie trug, gefiel ihm nicht, und er dachte, die Sonnenbrille um den Hals des Mädchens könne möglicherweise gesundheitsschädlich sein. Ihre Mutter hätte ihr nicht solchen Müll anziehen dürfen. Kleine Mädchen sollten das Rüschenzeug tragen, das seine Frau für ihre Nichten kaufte.

»Zeig ihm, was wir gefunden haben, Baby«, sagte die aufrechte Mutter.

Der Cop redete in der Singsang-Sprache, auf die, wie Erwachsene glauben, Kinder ansprechen. »Das kleine Töchterchen von meinem Bruder hat genauso eine Handtasche. Was hast du denn da drin, Schätzchen? Dein Püppchen?«

Das nicht. Es war eine Splitterhandgranate aus den Beständen der US-Army. »Nate«, sagte das Mädchen und hielt sie mit beiden Händen hoch.

»Heilige Muttergottes«, schnappte der Cop nach Luft.

»Da«, sagte die Mutter. »Sehen Sie sich das an. Einfach so auf der Straße. Wir …«

Er löste den Feueralarm aus, griff zum Telefon, rief beim Polizeipräsidium an und meldete einen Sprengkörper.

Dann kam ihm der Gedanke, der Feueralarm sei vielleicht keine so gute Idee gewesen, da die vierzig oder fünfzig Beamten in dem Gebäude nur auf einem von drei Wegen nach draußen gelangen konnten – einem Hinterausgang, einem Seitenausgang und der Vordertür, und die meisten wählten die Vordertür, keine drei Meter entfernt von einem Kind mit einem Pfund TNT in Händen.

Das Nächste, was geschah, nahm er irgendwie verschwommen wahr. Zwei Polizisten schafften das Ding von dem Kind weg auf den Fußboden in der gegenüberliegenden Ecke des Eingangsbereichs. Aber dann wusste niemand genau, was zu tun war. Sechs Cops standen da und glotzten es an. Aber der Stift war nicht gezogen worden, und sie fingen an zu spekulieren, ob in den Boden der Granate nicht ein Loch gebohrt war, und wenn ja, dass das dann hieße, dass es sich um eine Attrappe handelte, wie sie in Army-Navy-Läden und über Anzeigen auf der Rückseite von *Field and Stream* verkauft wurden. Wer immer das Ding in die Ecke gebracht hatte, hatte es so hingelegt, dass man das untere Ende nicht sehen konnte, und da der Bombentrupp ja genau dafür bezahlt wurde, sich um so etwas zu kümmern, beschlossen sie, einfach abzuwarten.

Dann jedoch fiel einem auf, dass es in der Sonne lag, und sie dachten, es könne möglicherweise aus diesem Grund hochgehen. Es entbrannte ein Streit, da einer der Cops in Vietnam gewesen war, und da waren es vierzig Grad in der Sonne gewesen, und ihre Granaten waren nie hochgegangen, ja, aber das hier konnte eine alte und instabile sein …

Und wenn sie hochginge, wären ihre gesamten Fenster beim Teufel und die Vitrine mit den Pokalen, und wahrscheinlich würde jemand pulverisiert werden.

Schließlich kam der diensthabende Sergeant auf die Idee, das Ding mit einem halben Dutzend kugelsicherer Westen abzudecken. Woraufhin sie unter großem Aufheben vorsichtig eine Weste nach der anderen auf die Granate legten, wonach jeder Cop losrannte, unschlüssig, ob er mit der freien Hand die Augen oder die Eier schützen solle.

Dann standen sie da, die großen Cops, und glotzten auf einen Haufen Westen, bis eine Viertelstunde später die Beamten des Bombenkommandos eintrafen.

Etwa in diesem Augenblick schlüpften die besorgte Mutter und das kleine Mädchen, die niemand an dem diensthabenden Sergeant vorbei in den Aktenraum des menschenleeren Reviergebäudes hatte gehen sehen, durch die Hintertür, wobei die Mutter ein paar Akten in ihrer hässlichen Leopardenfell-Umhängetasche verstaute.

Ihre Tochter an der Hand führend, ging sie über den kleinen Parkplatz voller Streifenwagen an der Streifenwagen-Tankstelle vorbei, um in Richtung Columbus Avenue abzubiegen. Ein paar Cops und Passanten sahen sie, aber niemand schenkte ihr größere Beachtung. In dem Reviergebäude selbst herrschte immer noch viel zu viel Aufregung.

17

Rune füllte Sam Healys Küchenwaschbecken mit Wasser und badete Courtney. Dann trocknete sie das Mädchen ab und legte ihr die Windel an, die sie zum Schlafen trug. Inzwischen hatte sie das ziemlich gut drauf, und obwohl sie das niemandem gegenüber zugegeben hätte, mochte sie inzwischen den Geruch von Babypuder.

»Geschichte?«, fragte das kleine Mädchen.

»Ich hab eine gute zum Vorlesen«, sagte Rune. »Komm mit hier rein.«

Sie vergewisserte sich, dass draußen Healys Bombentrupp-Kombi noch nicht zurück war. Dann gingen sie ins Wohnzimmer und setzten sich auf die alte muffige Couch mit den ausgeleierten Federn. Sie sank tief darin ein. Courtney kletterte auf ihren Schoß.

»Können wir was über Enten lesen?«, fragte Courtney. »Die Entengeschichte ist toll.«

»Die da ist sogar noch besser« sagte Rune. »Das ist ein Polizeibericht.«

»Klasse.«

Das Mädchen nickte, während Rune begann, sich durch die Blätter zu arbeiten, die den Stempel ›Eigentum des 20. Reviers‹ trugen. Es gab einige Fotos von Hoppers leblosem Körper, aber die waren ziemlich hart, und Rune steckte sie nach ganz hinten, ehe Courtney sie sah. Sie las vor, bis ihr von der Anstrengung, in ihrer Stimme einen kindergerechten tiefen Tonfall beizubehalten, die Kehle schmerzte. Gelegentlich legte sie eine Pause ein und beobachtete, wie Courtneys Blicke über das billige weiße Papier glitten. Die Bedeutung der Worte entging dem Kind natürlich völlig, aber sie war trotzdem fasziniert und fand ein heimliches Entzücken an den abstrakten Formen der Buchstaben.

Nach zwanzig Minuten schloss Courtney die Augen und sank schwer an Runes Schulter.

Der Gegenstand der Lektüre war Courtney offensichtlich gleichgültig; Enten und Polizeimaßnahmen lullten sie gleichermaßen rasch ein. Rune brachte sie zu Bett und zog die Decken um sie fest. Sie betrachtete das U2-Poster, das Healys Sohn Adam seinem Vater zum Geburtstag geschenkt hatte (ein toller Vater – der hatte es sofort gerahmt und an einer hübschen, prominenten Stelle aufgehängt). Sie beschloss, etwas Geld in eine Reproduktion von Maxfield Parrish oder von Wyeth für Courtneys Zimmer auf dem Hausboot zu investieren. Das war es, was Kinder brauchten: Riesen in Wolken oder Zauberschlösser. Vielleicht eines von Rackhams Illustrationen zu *Ein Sommernachtstraum*.

Rune kehrte zu dem Bericht zurück.

Ich war gerade von Zabar's zurückgekommen. Ich gehe an meinem Wohnzimmerfenster vorbei. Da sehe ich die beiden Männer da stehen. Dann zieht einer eine Pistole ... Es gab einen Blitz, und einer der Männer fiel um. Ich bin zum Telefon gerannt und habe 911 gewählt, aber ich muss zugeben, dass ich gezögert habe – ich hatte Angst, das sei so ein Mafiading. Man hört ja immer wieder von Zeugen, die umgebracht werden. Oder eine Drogenschießerei. Ich gehe wieder ans Fenster, um zu sehen, ob die vielleicht nur Spaß machen. Vielleicht waren es ja junge Leute, wissen Sie, aber inzwischen war da ein Streifenwagen ...

Der Bericht enthielt die Namen von drei Personen, die von der Polizei über den Mord an Hopper befragt worden waren. Alle drei wohnten im Erdgeschoss des Gebäudes. Die beiden ersten waren nicht zu Hause gewesen. Die dritte war die Frau, die die Aussage gemacht hatte, eine Verkäuferin bei Bloomingdale's, die im Erdgeschoss von Hoppers Wohnhaus wohnte und Blick auf den Hof hatte.

Das war alles? Die Cops hatten nur mit *drei* Personen gesprochen? Und mit nur *einer* Augenzeugin?

Auf den Hof gingen mindestens dreißig oder vierzig Wohnungen hinaus. Wieso waren ihre Bewohner nicht befragt worden?

Verschleierung, dachte sie. Verschwörung. Der Kennedy-Mord, die Warren-Kommission.

Sie las den Bericht zu Ende. Es gab nicht viel Hilfreiches. Rune hörte Healys Auto in die Auffahrt einbiegen und versteckte die Akte. Sie schaute nach Courtney. Küsste sie auf die Stirn.

Das Mädchen wachte auf. »Hab dich lieb«, sagte sie.

Rune blinzelte und konnte einen Augenblick lang kein Wort

sprechen. »Na klar«, brachte sie dann heraus. »Ich dich auch.« Aber da schien Courtney schon wieder zu schlafen.

»Komische Sache«, sagte Sam Healy am nächsten Morgen.

»Komisch?«

»Beim Bombenkommando verschwindet eine Übungsgranate, und als Nächstes kommt 'ne Meldung, dass jemand in der Nähe vom Zwanzigsten eine auf der Straße gefunden hat.«

»Komisch.«

Er war gerade vom Rasenmähen hereingekommen. Sie roch Gras und Benzin. Das erinnerte sie an ihre Kindheit in einem Vorort von Cleveland. Samstagmorgen, wenn ihr Vater die Buchsbäume schnitt und den Rasen mähte und Mulch um die Hartriegelsträucher verteilte.

»Ich glaub nicht, dass ich im Radio was darüber gehört hab«, ging Rune darauf ein.

»In der Meldung hieß es, eine junge Frau und ein Baby hätten sie gefunden. Ich meine mich zu erinnern, dass ihr gestern beim Bombenkommando vorbeigekommen seid, oder? Du und Courtney?«

»Irgendwie schon, glaub ich. Ich weiß nicht genau.«

»Du hörst dich an wie diese Verdächtigen. ›Klar hab ich mit der Knarre über der Leiche gestanden, aber ich hab keine Ahnung mehr, wie ich da hingekommen bin.‹«

»Du glaubst doch nicht etwa, ich hätte etwas damit zu tun?«

»Ist mir auch nur so durch den Kopf gegangen.«

»Willst du mein feierliches Ehrenwort?«

»Schwörst du auf die Gebrüder Grimm?«

»Unbedingt.« Sie hob die Hand.

»Rune ... Bist du nicht auf den Gedanken gekommen, dass es gefährlich für ein Kind ist, so einen Stiefel durchzuziehen?«

»Nicht, dass ich mit 'ner Granate rumgerannt bin, aber

wenn, dann hätte ich drauf geachtet, dass es eine Attrappe ist.«

»Deinetwegen könnte ich gefeuert werden. Und du könntest eingesperrt werden.«

Sie versuchte, elend und zerknirscht und zu Unrecht verdächtigt zugleich auszusehen. Er machte zwei Dosen Bier auf.

»Vergiss eins nicht«, sagte er ernst. »Du musst an mehr denken als nur an dich.«

Was ihr einen kleinen Kick versetzte, sagte er doch: *Denkst du auch an mich? Mich gibt es auch noch in deinem Leben.* Diesen Gedanken machte er jedoch ziemlich schnell kaputt, indem er in Richtung Schlafzimmer nickte. »Denk an sie. Du willst doch nicht, dass sie innerhalb eines Monats zwei Mütter verliert, oder?«

»Nein.«

Eine Weile nippten sie schweigend an ihrem Bier. »Sam«, sagte sie dann. »Ich hab 'ne Frage: Hast du schon mal 'nen Mord bearbeitet?«

»Ermittlungen? Nein. Als ich beim Überfallkommando war, hatten wir mit jeder Menge von Tatorten zu tun, aber die Beinarbeit hab ich nie gemacht. Langweilig.«

»Aber du kennst dich damit aus?«

»Ein bisschen. Worum geht's?«

»Angenommen, es ist jemand umgebracht worden, okay?«

»Hypothetisch?«

»Klar, der Typ ist hypothetisch umgebracht worden. Und die Cops finden 'nen Augenzeugen, und der macht 'ne Aussage. Würden die Cops dann einfach Schluss machen und niemanden sonst mehr vernehmen?«

»Klar, warum nicht? Wenn es ein zuverlässiger Zeuge ist.«

»Echt zuverlässig.«

»Klar. Die Polizei kriegt es mit so viel Morden zu tun, dass sie gar nicht weiß, wie sie sie bewältigen soll. Ein Augenzeuge – den es bei einem Mord kaum je gibt – klar, dann nehmen sie die Aussage auf und leiten sie an den Staatsanwalt weiter. Und dann geht's zum nächsten Fall.«

»Ich hätte gedacht, die machen mehr.«

»Ein Augenzeuge? Etwas Besseres gibt's gar nicht.«

Der Schauplatz der Tragödie.

Es war vor drei Jahre geschehen, aber als Rune beide Füße auf die verwitterte Oberfläche eines Kopfsteins setzte – ganz langsam, ein Himmel-und-Hölle für Trauernde –, empfand sie den grausigen, abscheulichen Sog des Mordes an Lance Hopper. Es war acht Uhr abends, an einem wolkenverhangenen, feuchten Abend. Sie stand mit Courtney in dem Hof, vor den vier Seiten des Gebäudes. Ein Viereck vom grau-rosafarbenen, von den Lichtern der Stadt angestrahlten Himmel wölbte sich über ihnen.

Wo genau war Hopper gestorben?, fragte sie sich. In dem trüben Dreieck aus Licht, das von der Bleiglaslampe neben dem überdachten Eingang in den Hof fiel etwa? Oder war es auf der finsteren Fläche gewesen – im Schatten?

War er aufs Licht zugekrochen?

Rune stellte fest, dass es sie störte, nicht genau zu wissen, wo der Mann gelegen hatte, als er starb. Sie dachte, es hätte ein Kennzeichen geben müssen, einen Hinweis darauf, wo das Ereignis stattgefunden hatte – der Augenblick zwischen Leben und Nichtleben. Aber da war nichts – nichts, was daran erinnert hätte.

Hopper würde sich mit dem begnügen müssen, was auf seinem Grabstein stand, was immer das war. Er war reich gewesen; sie war sicher, dass er eine wortreiche Grabrede bekommen hatte.

Rune führte Courtney in die stuckverzierte Eingangshalle. Das Vestibül eines mittelalterlichen Schlosses. Sie hatte zumindest eine Ritterrüstung erwartet, eine Sammlung von Hellebarden und Breitschwertern und Keulen. Aber sie sah nur ein schwarzes Brett mit einem ausgebleichten Schild, *Co-op News*, und einen Stapel Speisezettel eines chinesischen Restaurants.

Sie drückte einen Klingelknopf.

»Was für ein hübsches kleines Mädchen. Sie sind jung für eine Mutter.«

»Sie wissen ja, wie das ist«, sagte Rune.

»Ich habe Andrew mit sechsundzwanzig bekommen«, sagte die Frau. »Und Beth mit neunundzwanzig. Das war alt für damals. Für diese Generation. Wollen Sie die Bilder sehen?«

Die Wohnung war verwirrend. Sie erinnerte Rune an einen Film, den sie einmal gesehen hatte, mit Laserstrahlen, die kreuz und quer durch die Kommandobrücke eines Raumschiffs liefen, und wenn man einen unterbrach, löste man den Alarm aus. Hier allerdings keine Laserstrahlen, statt dessen: winzige Porzellanteller, Tierfigürchen, Tässchen, Erinnerungsteller, eine Sammlung von Franklin-Mint-Keramikfingerhüten, Vasen und tausend weiteren Artefakten, die meisten geblümt und hässlich, die alle am Rand von falschen Teak-Konsolen und -Tischen standen und nur darauf warteten, herunterzufallen und zu zerschellen.

Courtneys Augen leuchteten angesichts dieser zahlreichen Gelegenheiten zur Zerstörung auf, und Rune hielt sie mit eisernem Griff am Gürtel ihres Overalls fest.

Der Name der Frau lautete Miss Breckman. Sie war hübsch. Die geborene Verkäuferin: zurückhaltend, hilfsbereit, methodisch, höflich. Rune erinnerte sich, dass sie Ende fünfzig war, obwohl sie jünger aussah. Sie war untersetzt, hatte ein Doppelkinn (allerdings ein hübsches) und eine birnenförmige Figur. »Bitte nehmen Sie Platz.«

Sie manövrierten durch die keramischen Landminen und setzten sich auf mit Zierdeckchen belegte Sessel. Rune kämpfte ihren Stolz nieder und gratulierte Miss Breckman zu ihrer wunderschönen Sammlung.

Die Frau strahlte. »Die meisten habe ich von meiner Mutter. Wir hatten den gleichen Geschmack, was Dekor angeht. Erblich, vermute ich.«

Von da aus unterhielten sie sich über Kinder, über Freunde und Ehemänner (der von Miss Breckman hatte sie vor zehn Jahren verlassen; sie war, wie sie sagte, derzeit ›auf dem Markt‹).

Das Lieblingsthema Miss Breckmans waren jedoch die Nachrichten.

»Sie sind also eine echte Reporterin?« Ihr Blick richtete sich auf Rune wie der eines Wissenschaftlers, auf ein neu entdecktes Insekt.

»Eigentlich eher Produzentin. Nicht so wie eine Zeitungsreporterin. Bei den Fernsehnachrichten ist das was anderes.«

»Oh, ich weiß. Ich sehe jede Nachrichtensendung. Ich versuche immer, in der Frühschicht zu arbeiten, damit ich rechtzeitig zu Hause bin, um *Live at Five* zu sehen. Es ist ein bisschen klatschhaft, aber sind wir das nicht alle? Die Sechs-Uhr-Nachrichten interessieren mich nicht – da geht es nur um Wirtschaft –, und deshalb bereite ich dann mein Abendessen zu und schaue mir die *World News* um sieben an, während ich esse.« Sie runzelte die Stirn. »Ich hoffe, Sie sind nicht gekränkt, wenn ich Ihnen sage, dass Ihre Spätnachrichten nicht besonders gut sind. Jim Eustace, der Anchorman, ich finde, der sieht komisch aus, und manchmal spricht er die polnischen und japanischen Namen nicht richtig aus. Aber *Current Events* ist einfach spitze. Kennen Sie Piper Sutton? Sicher kennen Sie sie, selbstverständlich. Ist sie so charmant, wie sie wirkt? Klug … süß …«

Lady, wenn du wüsstest …

Rune begann, auf die Boggs-Geschichte loszusteuern, war sich allerdings nicht ganz sicher, wie viel sie sagen sollte.

Wenn Rune Recht hatte, was Boggs' Unschuld betraf, dann lief das natürlich darauf hinaus, dass sie Miss Figürchen als Lügnerin betrachtete und – wenn man es recht bedachte – als meineidige dazu. Sie entschied sich für den indirekten Ansatz. »Ich mache eine Folgestory über den Hopper-Mord und würde Ihnen gerne ein paar Fragen stellen.«

»Es ist mir ein Vergnügen, Ihnen zu helfen. Das war eines der aufregendsten Ereignisse in meinem Leben. Ich war in diesem Gerichtssaal, und da war dieser Mörder und schaute mich an.« Miss Breckman schloss einen Moment lang die Augen. »Ich hatte eine Heidenangst. Aber ich habe meine Pflicht getan. Ich hatte irgendwie gehofft, wenn ich aus dem Gerichtssaal käme, wären da all diese Reporter, die mir Mikrofone entgegenhalten – Sie müssen wissen, ich liebe diese Mikrofone mit den Namen der Sender darauf.«

»Hm-mh. Vielleicht könnte ich ja meine Geräte aufstellen.«

Während Rune damit beschäftigt war, hob Miss Breckman Courtney auf ihren Schoß und plapperte ohne Punkt und Komma weiter. Die Kleine mitzubringen war eine tolle Idee gewesen – auf Erwachsene wirkte sie vertrauensbildend wie ein Schnuller.

Als der tragbare Scheinwerfer mit einem Klick erstrahlte und das rote Licht an der Ikegami blinkte, trat in Miss Breckmans Augen ein ganz intensives Leuchten, das sie, wie Rune vermutete, nie erreichten, wenn sie in der Sportabteilung eine American-Express-Karte durch den Schlitz zog.

»Könnten Sie dort hinübergehen«, sagte Rune mit einem Nicken in Richtung eines Queen-Anne-Sessels, der mit waldgrünem Stoff bezogen war.

»Ich setze mich hin, wo Sie wollen, Schätzchen.« Miss Breckman zog um und sammelte sich kurz.

»Könnten Sie mir jetzt genau schildern, was passiert ist?«

»Gewiss.« Sie erzählte der Kamera von dem Mord. Sie sei vom Einkaufen nach Hause gekommen, habe die Männer streiten sehen. Die Pistole erschien. Ein dumpfer Schuss. Hopper fiel. Sie rannte zum Telefon. Zögerte …

»Haben Sie gesehen, wie er den Abzug drückte?«

»Nun, ich habe einen Blitz gesehen, und die Pistole war genau auf den Körper des armen Mannes gerichtet.«

»Konnten Sie sehen, um was für eine Waffe es sich handelte?«

»Nein, dazu war es zu dunkel.«

»Und konnten Sie hören, was sie sagten?«

»Nein.« Sie drehte den Kopf und starrte in den Hof. »Wie Sie sehen …«

Wunderschöne Aufnahme! Rune zoomte an ihr vorbei auf das Kopfsteinpflaster.

»… ist es ziemlich weit.«

Rune kramte in ihrer Tasche und zog ein Stück Papier heraus und schaute darauf. »Im Polizeibericht steht, Sie seien erst einen Tag nach der Schießerei vernommen worden. Ist das richtig?«

»Hm-mh. Am nächsten Tag kamen zwei Männer zu mir. Kriminalbeamte. Aber sie sahen nicht aus wie Kojak oder so. Ich war ein bisschen enttäuscht.«

»Sie haben sich nicht sofort an sie gewendet?«

»Nein. Wie ich schon sagte, hatte mich die ganze Sache ziemlich erschüttert. Ich hatte Angst. Was, wenn es sich um eine Drogenschießerei handelte? Praktisch täglich werden Mütter und Kinder ermordet, weil sie Zeugen sind. Aber am nächsten Morgen habe ich einen Bericht in den Frühnachrichten gesehen, und da hieß es, sie hätten diesen Rumtreiber verhaftet. Keinen Killer oder Ähnliches. Also habe ich dann, als die Beamten zu mir kamen, nicht gezögert, ihnen zu sagen, was ich gesehen hatte.«

»Es heißt außerdem, die Polizei hätte Sie gefragt, ob Sie irgendwas gesehen hätten, und Sie sagten: ›Es tut mir Leid, dass ich nicht früher mit Ihnen gesprochen habe, aber ich habe es gesehen. Ich meine, ich habe die Schießerei gesehen.‹ Und der Beamte fragte: ›Haben Sie den Mann gesehen, der es getan hat?‹ Und Sie haben geantwortet: ›Selbstverständlich. Randy Boggs war es.‹ War das so in etwa das, was Sie gesagt haben?«

»Nein, nicht in etwa. Das ist genau das, was ich gesagt habe.«

Rune lächelte nur und unterdrückte den Drang, ›*Keine weiteren Fragen*‹ hinzuzufügen.

Mit einem Mal spürte sie einen Schatten über sich, dessen Schwingungen ihr kein bisschen gefielen. Rune blickte zur Seite, um zu sehen, welcher Todesengel in der Nachrichtenredaktion über ihr schwebte, und stellte fest, dass Piper Suttons Augen sie anstarrten.

»Hi«, sagte Rune.

Sutton antwortete nicht.

Rune schaute sich im Raum um und fragte sich, wieso genau die Frau so unglaublich finster blickte.

»Raten Sie mal, was ich rausgekriegt habe«, sagte Rune und tippte auf das Band. »Ich hab mit der Zeugin gesprochen und …«

Der Zornesausbruch kam so schnell wie das Klicken eines Kameraverschlusses. Und so heftig und brutal, dass Rune nach Luft schnappte. Dann fing Piper Sutton sich wieder, obgleich ihr Blick immer noch kalt war. »Sie müssen noch ein bisschen was übers Leben lernen.« Sie schien am Ende des Satzes etwas hinunterzuschlucken, wahrscheinlich *junge Dame.*

»Was hab ich denn …«, setzte Rune an.

Dann fiel ihr ein – oh, Scheiße. Die Stelle in London.

»Es zwingt Sie niemand, bei einem Sender wie diesem zu arbeiten.« Jetzt war die Wut wieder da – die ganz spezielle Sutton-Wut. Sie rollte bergab, eine Lawine, die Rune unter sich zu begraben drohte. »Sie hatten die Wahl. Aber wenn Sie hier arbeiten wollen, dann benehmen Sie sich gefälligst wie eine Erwachsene, sonst ...«

»Ich wollte Ihnen wegen des Londoner Jobs noch Bescheid sagen. Tut mir Leid.«

»... können Sie sich ihre Brötchen in irgendeinem beschissenen Restaurant verdienen!« Die Stimme wurde bedrohlich leise. »Ich lade Sie zum Essen ein, wo ich wegen Ihnen und Ihrem Balg vor Scham fast in den Boden versinke, und mache Ihnen ein Angebot, das noch nie jemandem in Ihrem Alter gemacht wurde!« Jetzt fing sie an zu kreischen. Rune blinzelte und wich mit schreckgeweiteten Augen zurück. »Und Sie besitzen nicht einmal den Anstand, mich einer Antwort zu würdigen?«

Köpfe wurden gereckt. Niemand im gesamten Studio wagte es hinzuschauen – und niemand hörte zu.

»Tut mir Leid.«

Aber Sutton drehte noch einige Dezibel auf. »Erweisen Sie mir auch nur die Achtung, die Sie einem Taxifahrer erweisen? Haben Sie etwa gesagt: ›Vielen Dank, aber ich habe mich entschlossen, Ihr Angebot nicht anzunehmen.‹? Haben Sie etwa gesagt: ›Piper, könnten Sie mir bitte noch ein paar Tage Zeit zum Nachdenken geben?‹? Nein, das haben Sie nicht, verflucht noch mal. Was Sie gesagt haben, war ... gar nix. Das haben Sie gesagt. Und dann machen Sie feucht-fröhlich einfach so weiter.«

»Tut mir Leid.« Rune hörte sich greinen, was ihr unangenehm war. Sie räusperte sich. »Ich war so mit der Story beschäftigt. Ich wollte Ihnen sagen ...«

Sutton winkte ab. »Ich hasse Entschuldigungen. Das ist ein Zeichen von Schwäche.«

Rune hätte am liebsten geweint, unterdrückte aber tapfer ihre Tränen.

Sutton sprach zur Decke. »Bei dieser Story ist alles falsch gelaufen. Ich wusste von Anfang an, dass wir einen Fehler machen. Dumm von mir. Dumm, dumm.«

Rune schluckte. Sie tippte auf die Akte. »Lassen Sie mich bitte erklären. Es ist nämlich so, dass ich mit der Zeugin geredet habe.«

Sutton lächelte kalt und schüttelte übertrieben verständnislos den Kopf. »Mit welcher Zeugin?«

»Mit der, die Randy belastet hat.«

»Ach, das erklärt Ihr Verhalten natürlich.« Suttons Sarkasmus war zu greifen.

»Nein. Ich kann beweisen, dass sie Randy Boggs gar nicht gesehen hat.«

»Wie?«

»Sie ist echt, irgendwie, nachrichtensüchtig.«

»Nachrichtensüchtig? Was zum Teufel soll das denn sein?«

»Sie schaut sich jeden Tag sämtliche Nachrichtensendungen an. Sie hat ihre Beschreibung von Boggs erst abgegeben, nachdem sie im Fernsehen gesehen hatte, wie er verhaftet wurde. Als die ...«

Suttons Hände hoben sich wie die eines Märtyrers. »Worauf wollen Sie eigentlich hinaus?«

»Hören Sie. Als die Polizei kam, um sie zu vernehmen, sagte sie: ›Ich habe gesehen, wer es war, und es war Randy Boggs.‹«

Stille. Man hätte eine Stecknadel fallen hören können. Sutton stieß ein kurzes, bellendes Lachen aus. »Und das ist Ihr Beweis?«

»Man kann von ihrer Wohnung aus den Hof gar nicht deutlich sehen – es ist zu dunkel. Miss Breckman hat Randy in den Nachrichten gesehen. Sie hat gesehen, wie er verhaftet wurde. Daher hatte sie die Beschreibung – aus dem Fernsehen. Wie hätte sie sonst seinen Namen wissen sollen? Sie hat ihn nicht zuerst beschrieben. Sie hat gleich gesagt: ›Es war Randy Boggs.‹«

Medienhetze ...

Sutton dachte mit einem Funken Interesse darüber nach.

Aber dann lachte sie. »Bleiben Sie dran, Schätzchen. Sie haben noch einen langen Weg vor sich.«

»Aber beweist das nicht, dass sie eine schlechte Zeugin ist?«

»Ein Stück im Puzzle. Mehr nicht. Graben Sie weiter.«

»Ich dachte …«

»Dass wir das bringen?«

»Schätze schon.«

Ein spitzer Fingernagel senkte sich in Runes Blickfeld, wie ein leuchtend roter Dolch. »Das ist die Hauptsendezeit. Das vergessen Sie ständig. Wir senden keine Story, bevor sie nicht absolut wasserdicht ist.« Auf klackernden Absätzen stöckelte sie energisch durch die Redaktion, während ihre Angestellten ihr rasch, aber unauffällig so weit wie möglich aus dem Weg gingen.

18

Unten im Foyer überflog Rune die Tafel. Was sie sah, gefiel ihr nicht.

Ein Einwohnerverzeichnis mit über hundert Namen.

»Kann ich helfen?« Der Akzent des Portiers hörte sich russisch an. Aber dann fiel Rune ein, dass sie gar nicht wusste, wie ein russischer Akzent klang; der Mann – der eine alte graue Uniform trug, die am Hintern abgewetzt war – hätte auch Tscheche oder Rumäne oder Jugoslawe oder sogar Grieche oder Argentinier sein können. Welcher Herkunft er auch sein mochte, er war groß und unhöflich und unfreundlich.

»Ich hab mir nur das Verzeichnis angeschaut.«

»Wen wollen Sie besuchen?«

»Eigentlich niemanden. Ich hab nur …«

Er grinste durchtrieben, als habe er gerade entdeckt, dass

beim Hütchenspiel betrogen wird. »Ich weiß. Haben die schon öfter gemacht.«

»Ich bin Studentin.«

»Klar. Studentin.« Er bearbeitete mit der Zunge eine Stelle in seinem Mund.

»Wie lange arbeiten Sie schon hier?«, fragte sie.

»Sechs Monate. Ich bin gerade rübergekommen. In dieses Land. Habe eine Weile bei meinem Cousin gewohnt.«

»Wer hat hier vor Ihnen gearbeitet?«

Er zuckte die Achseln. »Keine Ahnung. Woher soll ich das wissen? Verdient man damit viel Geld? Verstehen Sie mich?«

»Was meinen Sie damit? Ich bin Studentin.«

»Hab ich alles schon gehört. Meinen Sie, das hab ich noch nicht gehört?«

»Ich bin Kunststudentin. Architektur. Ich ...«

»Klar.« Das Grinsen wich nicht. Die Zunge stocherte. »Wie viel kriegen Sie?«

»Kriegen?«

»Für wie viel verkaufen Sie sie?«

»Was?«

»Die Namen.« Er nickte. »Sie verkaufen sie an Firmen, die jedem diese Werbepost schicken. Bei uns zu Hause gibt's keine Werbepost. Hier überall.«

»Es ist so, dass ich, also, mit ein paar Leuten reden will, die hier wohnen. Über den Schnitt ihrer Wohnungen.«

Zu dem Grinsen kam ein Nicken.

Es gab nichts Schlimmeres, als einer Sache beschuldigt zu werden, die man nicht getan hatte – selbst wenn man etwas tat, was man nicht hätte tun sollen.

Sie wühlte eine Weile in den dunklen Untiefen ihrer Tasche, bis sie eine nagelneue Banknote zum Vorschein brachte. Einen Zwanziger. Frisch aus dem Geldautomaten. Sie gab sie ihm.

Sie verschwand wie nichts in seiner Tasche.

»Wie viel kriegen Sie?«

Ein weiterer Zwanziger gesellte sich zu seinem Kameraden.

»Ah.« Er ging weg, wobei er die Hand auf die Tasche presste, die die knackigen, nicht rückzahlbaren Geldscheine enthielt, und Rune widmete sich wieder ihrer Arbeit.

Das Schlaueste wäre gewesen herauszufinden, welche Wohnungsreihen Blick auf den Hof hatten, wo Lance Hopper erschossen worden war, aber sie wusste nicht, wie lange es dauern würde, bis der slavorussische südamerikanische Kapitalist wieder aufkreuzte, um ihr weiteres Lösegeld abzupressen. Daher fing sie bei dem Verzeichnis oben links an. Von Myron Zuckerman in 1B kritzelte sie sich hinunter bis zu Mr. oder Mrs. L. Peters in 8K.

Zwanzig Minuten darauf kehrte der Portier zurück, als sie gerade fertig war.

»Immer noch am Studieren?«, fragte er spöttisch.

»Ich bin gerade fertig geworden.«

»Na, dann sagen Sie mir doch, für welche Firma Sie arbeiten, ja? Eine von den großen, hab ich Recht?«

»Es ist 'ne große«, sagte Rune.

»In Jersey, stimmt's?«

»Wie haben Sie das erraten?«

»Ich bin rumgekommen. Hab 'ne Menge gesehen. Mich legen Sie nicht rein.«

»Das würd ich nicht mal versuchen.«

Rasende Schmerzen fuhren ihr durch den Rücken, sie schwitzte innen im Ohr. Ihre Stimme hatte sich von einem tiefen Sopran in einen heiseren Alt verwandelt, und sie musste die Luftröhre im Abstand von ein paar Minuten mit einem sengenden Abhusten frei machen. Rune hatte beinahe acht Stunden am Stück im Studio in ihrer Nische gesessen und ins Telefon gesprochen.

Hallo ich bin Produzentin bei *Current Events* der Nachrichtensendung Mr. Zuckerman Norris Williams Roth Gelinker wir arbeiten an einem Beitrag über den Mord an Lance Hopper wahrscheinlich erinnern Sie sich an den Mann der vor drei Jahren in Ihrem Hof umgebracht wurde ich hatte gehofft Sie könnten mir vielleicht helfen ich suche nämlich …

Es war spät, nach acht. Courtney hätte längst schlafen müssen. Das kleine Mädchen saß zu Runes Füßen und riss Programmpläne in die Form von Osterhäschen.

… Wie lange wohnen Sie schon in Apartment 3B, 3C, 3D, 3E, 3F …?

»Rune, Häschen.«

»Wunderschön, mein Schatz«, flüsterte sie, die Hand über der Muschel. »Ich telefoniere gerade. Mach jetzt Mama-Osterhäschen.«

»Das ist die Mama.«

»Dann mach einen Papa.«

Runes Umfrage unter den Bewohnern hatte bisher Folgendes erbracht:

Eine war Miss Breckman. Von acht Leuten stand die Nummer nicht im Telefonbuch. Zwanzig waren nicht zu Hause, als sie anrief. Dreiunddreißig hatten ihre Wohnung nach Hoppers Tod bezogen. Achtzehn waren am Abend des Mordes nicht zu Hause gewesen (oder behaupteten das). Neunzehn waren zu Hause gewesen, hatten aber nichts gesehen, was mit dem Mord zu tun hatte (oder behaupteten das).

Damit blieben zwölf auf ihrer Liste.

Eine schlechte Zahl. Wären es nur drei gewesen, hätte sie sie angerufen. Bei zwanzig hätte sie aufgegeben und wäre nach Hause schlafen gegangen. Aber zwölf …

Rune seufzte und streckte sich und hörte, wie tief drinnen irgendein Knochen ploppend protestierte.

Courtney gähnte und zerriss mit zappeligem Genuss ein Häschen in zwei Hälften.

Feierabend, dachte Rune. Ich geh heim. Dann fielen ihr Suttons heisere, bösartige Stimme und ihre wuterfüllten Augen ein, und sie griff wieder zum Hörer.

Was ein Glück war, denn als sie Mr. Frost, 6B, fragte, ob er irgendetwas über den Mord an Lance Hopper wisse, zögerte er nur kurz. »Um die Wahrheit zu sagen ...«, antwortete er. »Ich habe gesehen, wie es passiert ist.«

»Wenn Sie das hier in so 'ne Flasche stecken, dann haben Sie aber was«, sagte sie.

Rune war direkt vorbei an dem älteren Mann, der die Tür geöffnet hatte, in die Wohnung getreten und vor einer Glasvitrine stehen geblieben. Darin befand sich das detaillierte Modell eines Schiffes – weder ein voll aufgetakelter Klipper noch eine Kriegsfregatte, sondern ein moderner Frachter. Er war über einen Meter lang. »Wahnsinn«, sagte sie.

»Vielen Dank. Ich habe noch nie Buddelschiffe gebaut. Ehrlich gesagt, ich mag noch nicht mal Hobbys.«

Sie stellte sich vor.

»Bennett Frost«, sagte er. Er war etwa fünfundsiebzig Jahre alt. Er trug eine Strickjacke mit einem Mottenloch in der Schulter und eine billige graue Hose. Er verlor die Haare und hatte dunkle Flecken im Gesicht und auf dem Kopf. In Andeutung einer Verneigung beugte er sich vor, als er ihr die Hand schüttelte. Er hielt sie einen Augenblick länger fest, als es üblich war, und musterte sie eingehend. Die Berührung und das Taxieren hatten allerdings nichts Sexuelles. Er versuchte sie einzuschätzen. Als er fertig war, ließ er ihre Hand los und nickte in Richtung der Vitrine.

»Die Minnesota Princess. Komischer Name für ein Schiff, das die meiste Zeit das Mittelmeer und den Atlantik befahren hat, finden Sie nicht? Mein allererstes Schiff. Nein, das sollte ich nicht sagen. Mein allererstes einträgliches Schiff. Was, wie ich annehme, besser ist als mein erstes Schiff. Ich habe es Minnesota getauft, weil ich dort geboren wurde.«

Er trat in die weiträumige Wohnung. Rune folgte ihm. Im Durcheinander des Wohnzimmers bemerkte sie Koffer.

»Gehen Sie auf eine Reise?«

»Ich habe da was auf Bermuda. Auf Haiti war ich am liebsten. Das Oloffson – was für ein Hotel das war. Heute natürlich nicht mehr. Ich bin früher nie in die britischen Kolonien gefahren, aber Sie wissen ja, wie es anderswo aussieht.« Er schaute sie aus zusammengekniffenen Augen an, ein Geheimnis zwischen ihnen beiden. Sie nickte.

Sein Blick fiel auf ihre Kamera.

»Haben Sie einen Presseausweis oder so was?«

Sie zeigte ihm ihren Ausweis vom Sender. Er musterte sie noch einmal, ein Scan ihrer Seele. »Sie sind jung.«

»Jünger als manche. Älter als andere.«

Sie erntete dafür ein spitzes Lächeln. »Ich war jung, als ich ins Geschäft eingestiegen bin«, sagte er.

»Was haben Sie gemacht?«

Er starrte auf das Modell. »Das war mein Beitrag zur Schifffahrtsindustrie und der Ästhetik der See. Sie ist nicht schön; sie ist kein stattliches Schiff.«

»Ich finde, sie sieht ziemlich schnittig aus.«

Frost zitierte. »›Und die stattlichen Schiffe fahren weiter/ Zu ihrem Hafen unter dem Hügel/Für nichts als die Berührung einer verschwundenen Hand/Und den Laut einer Stimme, die verstummt.‹ Von Tennyson. Heutzutage kennt niemand mehr Gedichte.«

Rune wusste ein paar Kinderreime und etwas Shakespeare, sagte jedoch nichts.

Er fuhr fort. »Aber dieses Schiff brachte einer Menge Leute im Handumdrehen Geld ein.« Er hob eine schwere Karaffe und begann, zwei Gläser mit einer dunkelroten Flüssigkeit zu füllen. »Möchten Sie einen Portwein?«, fragte er.

Sie nahm das Glas entgegen und nippte. Es war klebrig wie Honig und schmeckte wie Hustensaft.

»Ich habe als Schiffsausrüster begonnen. Wissen Sie, was das ist?«

Rune zuckte die Achseln.

»Ein Lieferant. Alles, was ein Kapitän wollte, von der Ratsche bis zum Rinderkotelett, ich hab's besorgt. Mit siebzehn habe ich angefangen. Ich bin zu den Schiffen hinausgerudert, sobald sie Anker geworfen hatten, noch bevor die Agenten angekommen waren oder sie mit dem Löschen begonnen hatten. Ich verkaufte zu Schleuderpreisen. Die Hälfte habe ich im Voraus verlangt und ihnen für das Geld schicke Quittungen gegeben, und dann bin ich immer mit dem Zeug zurückgekommen, das sie wollten, oder mit Ersatz oder was Besserem oder Billigerem.«

»Ich habe mich gefragt, Sir ...«, setzte sie an.

Frost hob die Hand. »Hören Sie. Das ist wichtig. In den dreißiger Jahren bin ich auf die Schiffsseite des Geschäfts gewechselt.«

Rune verstand nicht, was daran wichtig sein sollte, ließ ihn aber weiterreden.

Und das tat er. Eine Viertelstunde später war sie über sein in der Schiffsbranche gewachsenes Vermögen informiert. Er erzählte von Schiffsschrauben, die er selbst entworfen hatte. »Sie wurden Frost-Effizienz-Schrauben genannt. Das war natürlich toll! Effizienz-Schrauben! Damit schafften meine Schiffe die Strecke von der Straße von Hormus um Kap Hoorn bis nach Ambrose Light in dreiunddreißig Tagen. Ich hatte die schnellsten Öltanker der Welt. Dreiunddreißig Tage.«

»Wenn ich Ihnen ein paar Fragen stellen dürfte«, sagte Rune. »Über den Hopper-Mord.«

»Ich will auf etwas ganz Bestimmtes hinaus.«

»Entschuldigung.«

»Ich stieg aus dem Schiffsgeschäft aus. Ich ahnte schon, was aus dem Öl werden würde. Ich konnte sehen, wie sich die Handelsbilanzen verschoben. Ich wollte meine Schiffe nicht aufgeben; oh, das hat wehgetan. Aber man muss vorausdenken.

Haben Sie mal von den Kutscherpeitschenfabrikanten gehört, die aus dem Geschäft waren, als die Autos erfunden wurden? Wissen Sie, was deren Problem war? Sie haben nicht begriffen, dass sie in der Beschleunigerbranche tätig waren. Ha!« Er liebte diese Geschichte, hatte sie wahrscheinlich schon tausendmal erzählt. »In was bin ich also eingestiegen?«

»Fluglinien?«

Frost lachte abschätzig. »Personentransport? Vorschriften bis zum Geht-nicht-mehr. Ich habe daran gedacht, aber ich wusste, dass es nur einen einzigen Demokraten, höchstens zwei brauchte, um die Industrie zu ruinieren. Nein, ich habe gestreut – Finanzdienstleistungen, Bergwerke, Produktion. Und ich wurde der viertreichste Mann der Welt … Sie zweifeln. Das sehe ich. Sie haben nie von mir gehört. Irgend so 'n alter Knacker, denken Sie, der mich mit wer weiß welchen schändlichen Absichten hier reingelockt hat. Aber es stimmt. In den siebziger Jahren. Ich besaß drei Milliarden Dollar.« Er hielt inne. »Und das waren die Zeiten, wo eine Milliarde noch etwas wert war.«

Er rückte vor, und Rune spürte, dass er nun auf seinen lang ersehnten Punkt kam.

»Aber was sollte ich mit so viel Geld anfangen? Vorsorge für meine Frau und meine Kinder treffen? Mir bequeme Schuhe kaufen, eine gute Golfausrüstung, einen warmen Mantel, eine Wohnung, in der die Installationen funktionieren? Ich rauche nicht; von üppigem Essen wird mir übel. Geliebte? Ich war einundvierzig Jahre lang glücklich verheiratet. Ich habe meine Kinder durch die Schule gebracht, Geldpolster für meine Enkel eingerichtet, wenn auch keine sehr dicken, und …« Er lächelte vielsagend. »… den Rest habe ich verschenkt. Und jetzt kommen Sie.«

»Ich? Was soll das alles mit dem Mord an Lance Hopper zu tun haben?«

Darüber dachte Frost eine Weile nach. »Ich gestehe.«

Sie blinzelte.

»Aber«, fuhr er fort. »Sie müssen das verstehen. Es hat ja nichts an der Sache geändert, wissen Sie.«

»Äh, also, wie meinen Sie das jetzt genau?«

»Es gab ja die andere Zeugin. Sie können mir im Grunde keinen Vorwurf machen.«

»Können Sie mir das erklären.«

»Zu dem Zeitpunkt, als er umgebracht wurde, hatte ich mein Vermögen noch. Ich verschenkte mein Geld. Ich hatte Leute, die für mich gearbeitet haben und von mir abhängig waren. Ihre Familien ... ihr Medienleute – bei euch hat ein Mensch kein Recht auf Privatsphäre.

Ich hatte damals einfach Angst. Ich hatte Angst, der Polizei zu sagen, dass ich gesehen hatte, wie Hopper umgebracht wurde. Ich wäre in den Nachrichten erschienen. Ich wäre vor Gericht erschienen. Es wäre über meinen Wohlstand berichtet worden. Entführer hätten auf meine Familie gehetzt werden können. Wohltäter hätten sich auf mich gestürzt, um Geld für ihre Anliegen zu bekommen. Zuerst hatte ich Schuldgefühle, aber dann hörte ich, dass diese Miss Breckman von unten das Ganze gesehen und der Polizei den Mörder beschrieben hatte. Das hat mich beruhigt.«

»Aber jetzt macht es Ihnen nichts mehr aus, mir zu erzählen, was Sie gesehen haben? Was hat sich jetzt geändert?«

Frost ging zum Fenster und blickte in den düsteren Hof. »Meine Lebenseinstellung hat sich geändert.«

Ach bitte, betete Rune, tu's jetzt. Erzähl mir, was du gesehen hast. Und bitte, erzähl es gut. »Darf ich?« Sie deutete auf die Kamera.

Pause. Dann nickte er.

Die Scheinwerfer flammten auf. Die Kamera summte. Sie richtete sie auf Frosts langes Gesicht.

»Es ist komisch«, sagte er wehmütig, »was es bewirkt, wenn man sein Vermögen verschenkt. Eine sonderbare Sache. Ich weiß nicht, warum es sich nicht durchgesetzt hat.« Er schaute sie ernst an. »Lassen Sie mich Ihnen eine Frage stellen: Kennen Sie jemanden außer mir, der eine Milliarde Dollar verschenkt hat?«

»Von meinen Freunden niemand«, sagte Rune. »Leider.«

19

Rune und Piper Sutton saßen am Schreibtisch der Moderatorin und blickten auf den Monitor, aus dem zwei blecherne Stimmen tönten.

»Mr. Frost, haben Sie die Schießerei gesehen?«

»So deutlich wie die Nase in meinem Gesicht. Oder Ihrem Gesicht – wie auch immer der Ausdruck lautet. Es war grauenhaft. Ich habe gesehen, wie dieser Mann auf Mr. Hopper zukam und eine kleine Pistole zog und auf ihn schoss, ihm einfach die Pistole entgegenstieß. Es erinnerte mich an die Bilder von Ruby, Sie wissen schon, Jack Ruby, als er Oswald erschossen hat. Mr. Hopper streckte die Hände aus, als hätte er die Kugel auffangen wollen ...«

Sutton regte sich, sagte aber kein Wort.

»Könnten Sie ihn beschreiben?«

»Er war fett. Nicht am ganzen Körper fett, aber er hatte einen Bierbauch. Timpaniähnlich.«

»Wie?«

»Wie eine Pauke. Dunkelblonde Haare. Schnauzer ... oder? Doch, bei dem Schnauzer bin ich mir ganz sicher. Und Koteletten. Helles Jackett. Taubenblau.«

»Das ist Jimmy«, sagte Rune zu Sutton. »Der Mann, der Randy nach New York mitgenommen hat.«

Sutton runzelte die Stirn und winkte ab.

»Warum sind Sie nicht zur Polizei gegangen?«

»Das hab ich Ihnen doch gesagt.«

»Wenn Sie es mir noch einmal erzählen könnten. Bitte.«

»Ich hatte Angst – vor Vergeltung. Vor der Öffentlichkeit. Ich war sehr wohlhabend. Ich fürchtete für mich und meine Familie. Der Mörder wurde jedenfalls gefasst und identifiziert. Die Frau von unten hat den Mann identifiziert, und ich habe gelesen, dass die Polizei ihn praktisch auf frischer Tat gestellt hat. Wozu brauchten sie dann mich noch?«

»Ich zeige Ihnen jetzt ein Bild von jemandem … Würden Sie mir bitte sagen, ob das der Mann ist, den Sie in dem Hof gesehen haben?«

»Wer? Der dürre Hecht? Nein, der war es auf keinen Fall.«

»Würden Sie das beeiden?«

»Aber sicher.«

Klick.

Rune hielt den Blick auf den Monitor gerichtet, eine stolze Schülerin, die auf das Lob der Lehrerin wartete.

Suttons einziger Kommentar war jedoch lediglich ein gekeuchtes »Verdammt!«.

Rune bemühte sich, nicht vor Freude und unerwachsenem Stolz zu lächeln.

Sutton schaute auf ihre Uhr. »Ich verspäte mich zu einem Termin mit Lee«, fügte sie hinzu. »Haben Sie von dem Band eine Kopie gemacht?«

»Klar«, sagte Rune. »Ich mache immer Kopien. Ich hab sie in meinen Aktenschrank eingeschlossen.«

»Wir haben am Freitag Programmkonferenz. Bringen Sie ihren Entwurf für das Script mit. Sie werden es vorstellen, und machen Sie sich darauf gefasst, jede einzelne gottverdammte Zeile zu rechtfertigen. Verstanden?«

»Absolut.«

Sutton schickte sich an, das Büro zu verlassen. Dann blieb

sie stehen. »Es fällt mir nicht leicht, Lob zu verteilen«, sagte sie mit sanfter Stimme. »Lassen Sie mich nur sagen, dass es nicht viele gibt, die lange genug bei der Sache geblieben wären, um zu tun, was Sie getan haben.« Dann runzelte sie die Stirn, und die alte Sutton kam zurück. »Und jetzt gehen Sie schlafen. Sie sehen furchtbar aus.«

›Dies ist die Geschichte eines Mannes, der für ein Verbrechen verurteilt wurde, das er zu Unrecht nicht begangen hatte …‹

Äh, nein.

›… eines Mannes, der zu Unrecht für ein Verbrechen verurteilt wurde, das er nicht begangen hatte …‹

Okay, klar, wenn er es nicht begangen hatte, ist's schon Unrecht.

›… die Geschichte eines Mannes, der für ein Verbrechen verurteilt wurde, das er nicht begangen hatte …‹

Rune wirbelte in ihrem Bürosessel herum und stieß vor Frustration einen leisen, gequälten Schrei aus. Worte – sie hasste Worte. Rune sah die Dinge, und sie mochte es, Dinge zu sehen. Sie erinnerte sich an Dinge, die sie sah, und vergaß Dinge, die man ihr sagte. Worte waren echt verzwickte kleine Biester.

›Dies ist die Geschichte eines Mannes, der für ein Verbrechen verurteilt wurde, das er nicht begangen hatte, eines Mannes, der zwei Jahre seines Lebens verlor, weil …‹

Warum? Warum?

›… weil das Rechtssystem in diesem Land wie ein großer Hund ist …‹

Ein Hund? Das Rechtssystem ist wie ein Hund? Bist du bescheuert? »Müll!« Sie schrie. »Müll, Müll, Müll!« Die halbe Redaktion drehte sich nach ihr um.

Was wird Lee Maisel sagen, wenn er diesen Mist liest? Was wird Piper sagen?

›… weil das System der, nein, weil das Rechtssystem in die-

sem Land, nein, weil das amerikanische Rechtssystem wie ein Vogel mit gebrochenem Flügel ist …‹

Müll, Müll, Müll!

Fred Megler war so begeistert, wie es zu erwarten gewesen war, wenn man bedachte, dass sein Mittagessen aus zwei Hot Dogs (mit Kraut und schlaffen Zwiebeln) und einer Pepsi Light bestand, und wenn man bedachte, dass er beim Essen auf das Gebäude des Strafgerichts blickte – das düsterste, schmutzigste Gerichtsgebäude in ganz Manhattan.

Und wenn man dann noch bedachte, dass einer seiner Klienten, wie er Rune erklärte, gleich wegen dreifachen heimtückischen Mordes verurteilt werden würde.

»Dummer Wichser. Der hat sich doch selber reingeritten. Was soll man dazu sagen?«

Megler, immer noch dürr, immer noch grau, kaute, trank und sprach gleichzeitig. Rune wich zurück, außer Reichweite der Hot-Dog-Teilchen, die gelegentlich hinter seinen dicken, feuchten Lippen hervorgeschossen kamen. Er war von ihrer Geschichte über Frost beeindruckt, auch wenn er es nicht zeigen mochte. »Klar«, sagte er, »hört sich an, als könnte Boggs es damit versuchen. Wahrscheinlich reicht's nicht, um das Urteil aufzuheben. Aber der Richter könnte eine neue Verhandlung zulassen. Ich sage nicht ja. Ich sage nicht nein. Es gibt neue Beweise, und es gibt neue *Beweise*. Was sie mir hier erzählen, gehört zu den Beweisen, die zur Zeit des Prozesses hätten entdeckt werden können.«

»Das hab ich mir irgendwie auch schon gedacht. Wie kommt es, dass *Sie* Frost nicht gefunden haben?«

»Hey, ich hab an dem Fall den Mindestsatz verdient. Ich hab kein Spesenkonto wie ihr Nachrichtenleute. Ich sitze nicht nachmittags um fünf im Algonquin herum und trinke Manhattans.«

»Was ist ein Manhattan?«

»Ein Cocktail. Sie wissen schon, Korn und Wermut und Bitter. Schauen Sie, beim Boggs-Prozess, ich hab getan, was ich konnte. Ich hatte nur begrenzte Mittel. Das war sein Problem. Er hatte kein Geld.«

Das Ende des letzten Hot Dogs verschwand. Rune stand das Bild eines großen Fisches vor Augen, der einen kleinen Fisch frisst.

»Hört sich für mich nicht nach Gerechtigkeit an.«

»Gerechtigkeit?«, fragte Megler. »Wollen Sie wissen, was Gerechtigkeit ist?«

Klar wollte Rune das, und als sie den Aufnahmeknopf an dem kleinen Camcorder drückte, den sie in ihrer Leopardenfelltasche vor ihm verborgen hatte, war Megler – der wahrscheinlich sämtliche Gesetze gegen heimliche Aufnahmen hätte aufsagen können – so höflich, zu Ende zu kauen und einen nachdenklichen Gesichtsausdruck aufzusetzen, bevor er weitersprach. »Gerechtigkeit in diesem Land besteht aus Glück und Schicksal und Umständen und Berechnung. Und solange dies zutrifft, werden Menschen wie Randy Boggs Strafen absitzen, die sie nicht absitzen dürften.«

»Werden Sie den Fall übernehmen?«

»Wir haben über mein Honorar gesprochen …«

»Kommen Sie schon. Er ist unschuldig. Wollen Sie ihm nicht helfen rauszukommen?«

»Eigentlich nicht. Ich spende kein Geld für Obdachlose. Wieso sollte ich mit meiner Zeit großzügiger sein?«

»Das glaube ich Ihnen nicht.« Runes Stimme wurde lauter. »Sie …«

»Würde Ihr Sender meine Rechnung bezahlen?«

Irgendetwas daran hörte sich falsch an. »Ich glaube nicht, dass das ethisch wäre«, sagte sie.

»Was, ethisch? Dafür würde ich meine Hand aber nicht ins Feuer legen.«

»Ich meinte journalistische Ethik.«

»Ach, diese Ethik.« Er stürzte den letzten Schluck seiner Pepsi hinunter, schielte nach unten und entdeckte einen Fleck auf seiner marineblauen Krawatte. Er zog einen Kugelschreiber aus der Tasche und kritzelte auf der Krawatte herum, bis der Fleck übermalt war. »Also, das läuft netto-netto. Ich arbeite, ich werde bezahlt. Das ist in Stein gemeißelt. Aber Sie haben mehrere Möglichkeiten. Es gibt die Rechtshilfe. Oder die Bürgerrechtler, denen geht einer ab, wenn die so 'nen Fall in die Hände kriegen. Einer von den Wohltätern im Dreiteiler von Yale oder Columbia oder Hahwahd könnte Wind davon bekommen und den Fall übernehmen. Also, bringen Sie Ihre Story – ich garantiere Ihnen, irgend so 'n armseliger kleiner Uniabsolvent klopft dann schon bei Ihnen an und bettelt um Boggs' Telefonnummer.«

»Aber das könnte Monate dauern. Er muss jetzt gleich rauskommen. Sein Leben ist in Gefahr.«

»Hören Sie, ich muss in zwanzig Minuten wieder rein in dieses Höllenloch und einem Mann beistehen, der – angeblich – drei rivalisierende Gangmitglieder mit 'ner Maschinenpistole umgelegt hat, während er einer seiner Freundinnen Polackenwitze erzählt hat. Ich muss da stehen und zuhören, wie der Richter ihm erklärt, dass er mindestens fünfzehn Jahre in einer Drei-mal-sechs-Meter-Zelle verbringen wird. Als er zu mir kam, hat er gesagt: ›Fred, ich hab gehört, dass du gut sein sollst. Du haust mich da raus. Machste das? Du haust mich raus.‹«

Er lachte und schlug sich an die Brust. »Hey, ich hab ihn nicht rausgehauen. Er ist nicht grade glücklich, und er und sei ne Freunde sind Killer. Ich will damit sagen, Boggs ist in Gefahr. Ich bin in Gefahr. Denken Sie mal drüber nach. Sie sind diejenige, die behauptet, die Cops und der Staatsanwalt und Ihr eigener Sender seien 'n Haufen Wichser. Das Leben ist gefährlich. Was soll ich sagen?«

Megler schaute auf die Uhr. »Zeit, meinen Teil zur Verschönerung Amerikas beizusteuern und ein bisschen Müll von der Straße zu kriegen.«

»Ich mache Ihnen ein Angebot«, sagte Rune.

Der Anwalt blickte über die Schulter. »Machen Sie's schnell. Man lässt Drogenbarone nicht warten.«

»Wissen Sie, wie viele Leute *Current Events* sehen?«

»Nein, und ich weiß auch nicht, wie viel Regen durchschnittlich im Amazonasgebiet fällt. Was kümmert's mich?« Er erklomm die ersten Stufen.

»Hängt davon ab, ob Sie wollen, dass zehn Millionen Ihren Namen und Ihr Gesicht sehen und hören, was für eine unglaubliche Arbeit Sie leisten, oder nicht.«

Fred Megler blieb stehen.

»Zehn Millionen«, wiederholte Rune.

Megler blickte zur Tür des Gerichtssaals. Er murmelte etwas in seinen Bart und kam die Stufen wieder herunter.

»Ich, okay. Ich bin in Atlanta geboren, und wir haben dort zehn Jahre gewohnt, bevor unser Daddy beschlossen hat, in das Land der besseren Möglichkeiten zu gehen, wie er es nannte, und ich kann mich immer noch erinnern, wie er es gesagt hat …«

Aus dem japanischen 13-Zoll-Fernsehmonitor heraus erzählte Randy Boggs in schlecht eingestellten Farben mit einem Überschuss an Rot seine Lebensgeschichte.

»Bessere Möglichkeiten. Ich hatte Angst, weil ich dachte, wir müssten sterben – weil ich das ›Land der besseren Möglichkeiten‹ mit dem ›Gelobten Land‹ verwechselt hatte und aus der baptistischen Kirche des Tags der Auferstehung wusste, dass damit der Himmel gemeint ist. Ich war damals fast elf und gläubig. Okay, ich hab mir da in der Schule 'n paar ordentliche blaue Flecke geholt. Wenn irgendwer, irgend 'n älterer Junge mal ›Gottverdammich‹ gesagt hat, dann wurd ich fuchsteufelswild und hab ihn gezwungen, sich zu entschuldi-

gen, und die Folge war, dass ich öfter, als ich mich erinnern kann oder will, windelweich geprügelt worden bin.«

Ein Videoband zu schneiden war hundertmal einfacher als beim Film. Es war ein elektronischer, kein mechanischer Vorgang, und Rune fand, dass dies einen unglaublichen zivilisatorischen Fortschritt darstellte – der Übergang von Dingen, bei denen man sehen konnte, wie sie funktionierten, zu Dingen, bei denen man nicht sehen konnte, was sie zum Laufen brachte. Sie mochte das, denn es war ähnlich wie Zauberei, an die sie glaubte, wobei der einzige Unterschied darin bestand, dass man für Zauberei keine Batterien brauchte. Die Mühelosigkeit des Schneidens löste allerdings nicht ihr Problem: dass sie viel zu viel gutes Material hatte. Tausende und Abertausende von Metern. Das Material, das sie gerade vor sich hatte, stammte vom ersten Interview mit Boggs, und alles daran war so ausdrucksstark, dass sie nicht wusste, was sie herausschneiden sollte.

»… Egal, jedenfalls sind wir nicht im Himmel gelandet, sondern in Miami, und da boten sich vielleicht Möglichkeiten … Mann, das sah Daddy wieder mal ähnlich. Das war direkt nach Batista, und alles war knackevoll von Kubanern. Wissen Sie, ich hab jahrelang keine Hispanos mehr ausstehen können. Aber das war bescheuert, denn vor ein paar Jahren war ich unten in Mittelamerika – das einzige Mal überhaupt, dass ich im Ausland war, – und ich fand's toll. Egal, ich hab ja erzählt, wie's davor war, als ich Kind war, und ich hab diese reichen Kubaner gesehen, die nicht mehr reich waren, und das ist die traurigste Sorte von Mensch, die's gibt. Man kann an seinem Gang sehen, was er verloren hat, und daran, wie er aussieht, und an dem Auto, das er jetzt fährt und das nicht annähernd so schön ist wie das, das er früher hatte. Aber die Sache war die, dass die angefangen haben, die Jobs abzugreifen, die eigentlich wir weißen Leute hätten kriegen müssen. Ich mein das gar nicht rassistisch. Aber die Kubaner haben für

so gut wie nichts geschuftet. Mussten sie auch, wenn sie arbeiten und ihre Familien ernähren wollten. Und die waren riesig, ich hab noch nie so viele kleine Scheißer in 'ner einzigen Familie gesehen. Ich hatte gedacht, mein Daddy wär übel. Der rollte praktisch einmal über Mama drüber und zack war sie schwanger. Zu Hause hatte ich sechs Schwestern und zwei Brüder, und einen Bruder hab ich in Vietnam verloren, und eine Schwester ist an Gebärmutterkrebs gestorben …

Daddy hatte 'nen Sinn für Technik, aber er hat sich nie angestrengt. Ich bin da das glatte Gegenteil. Sie bezahlen mir was, und ich reiß mir den Arsch auf für Sie. Ich mag das Gefühl zu arbeiten. Wenn ich nicht arbeite, werden meine Muskeln ganz fickerig. Aber ich bin nicht gut im Rechnen. Mein Daddy war laufend arbeitslos. Mein ältester Bruder hat sich bei den Marines verpflichtet, und da ich fast sechzehn war, hab ich drüber nachgedacht, das auch zu machen, hab aber stattdessen angefangen zu arbeiten.«

Die Berufe von Randy Boggs: Lagerarbeiter, dann Marktschreier, dann Karussellbetreiber, dann Kehrer in einem Piggly-Wiggly, dann Hot-Dog-Verkäufer an der Autobahn bei Cape Kennedy (wo er den Start der Apollo zum Mond sah und dachte, er würde vielleicht gerne Pilot werden), dann Aushilfslagerist, dann Fischer, dann Hausmeister, dann Koch.

Dann Dieb.

»Einmal war ich mit Boonie in Clearwater, das war mein Bruder, und so haben ich und ein Freund vom Militär ihn genannt. Und wir sind in so 'n Autokino gegangen, und sie haben über das Geld geredet, das sie verdienen, und dass Boonie sich 'n Bulltaco-Motorrad kaufen wollte, so eins mit niedriger Lenkstange, und ich stand da – mein Gott –, ich war neunzehn, und mein Bruder musste mir 'ne Eintrittskarte fürs Kino spendieren. Das war mir ungeheuer peinlich. Und am Abend sind sie dann, na ja, Sie wissen schon, in 'nen Puff gegangen – so was war in Clearwater gar nicht so einfach zu finden – und

haben mir für 'n paar Stunden das Auto gelassen. Und ich, ich hab mich so mies gefühlt, weil ich so pleite war, dass ich wieder zu dem Autokino gefahren bin, das grade zumachen wollte, und da hab ich sie abgelenkt – hab in der Nähe von der Leinwand 'n paar Büsche angezündet –, und als alle rausgerannt sind, um zu sehen, was los ist, bin ich ins Kassenhäuschen geflitzt und wollte mir die Kohle klemmen. Nur dass da überhaupt keine Kohle war. Die hatten sie schon eingesackt und fortgebracht, wahrscheinlich zum Nachtschalter von der Bank. Ich rannte raus, genau in die Arme von einem von den Besitzern. Ich bin heute dünn, und ich war damals dünn, und er hat gesehen, was abgeht, und mich direkt k. o. geschlagen.

… Wissen Sie, für was die mich drangekriegt haben? Heute muss ich lachen. Wegen Diebstahl konnten sie mich nicht einsperren und wegen Raubüberfall auch nicht. Sie haben mich wegen Brandstiftung eingesperrt. Dafür, dass ich 'ne Pflanze angesteckt hab, die nicht mehr als 'n Unkraut war. Ist das zu glauben?«

Die Bänder liefen weiter und weiter und weiter, ohne Ende.

Das Format der Beiträge bei *Current Events* machte Rune die Arbeit schwer. Piper Sutton bestand darauf, bei jedem Abschnitt einen Großteil selbst im Bild zu sein. Der Beitrag würde hauptsächlich aus den Interviews bestehen, die Rune gerade schnitt. Alle drei Minuten jedoch würde auf Sutton zurückgeblendet werden, die die Story weitererzählen würde, indem sie sie vom Teleprompter ablas. Dann weiteres Bandmaterial – der Tatort, atmosphärische Aufnahmen, Interviews. Die Enthüllung von Bennett Frost. Das alles zu koordinieren – den Off-Kommentar und den Dialog auf den Bandsegmenten und Piper Suttons Script – überforderte sie.

(»Und«, hatte Lee Maisel sie gewarnt, »wenn Sie ihr eine schiefe Metapher oder mehrere Zischlaute hintereinander in den Mund legen, dann kann Ihnen nicht mal mehr Gott helfen.«)

Aber was machte es schon, wenn es hart war? Rune war wie in Ekstase. Da saß sie – um drei Uhr morgens, die schlummernde Courtney (und einen Plüschbären) zu Füßen – und schnitt Bänder zu einem sensationellen Nachrichtenbeitrag für das an Platz eins gesetzte Nachrichtenmagazin zur Hauptsendezeit im Fernsehen. Und das Beste war, dass zehn Millionen Menschen ihren Bericht sehen würden, und wenn sie sich nicht gleich nach der Abblende etwas zu essen machten oder aufs Klo rannten, würden sie auch ihren Namen lesen.

Und das Allerbeste, überlegte sie einen Moment: Sie wäre dafür verantwortlich, dass ein Unschuldiger aus dem Gefängnis entlassen würde – ein Mann, dessen Muskeln fickerig wurden, wenn er sich nicht bewegen konnte.

Prometheus, kurz vor der Entfesselung.

20

Der Konferenzraum.

Der legendäre Konferenzraum im 39. Stock des Sender-Wolkenkratzers.

Hier hatten die Chefs und die wichtigen Nachrichtenleute die Sonderberichterstattung über den Mord an Martin Luther King und an Bobby Kennedy und über Nixons Rücktritt und die Geiselnahme im Iran und die Explosion der Challenger besprochen. Er wirkte nicht sonderlich beeindruckend – gelb gestrichene Wände, ein ovaler Tisch voller Kratzer und Flecke und zehn Drehstühle, deren Polster vom Himmelblau der Muttergesellschaft zu babyblau ausgebleicht war. Die Dürftigkeit konnte jedoch nicht von der Tatsache ablenken, dass in diesem Raum Geschichte geschrieben – und manchmal sogar gemacht – worden war.

Rune blieb vor der Teakholztür stehen. Bradford Simpson, der zu der Besprechung nicht geladen war, reichte ihr die Akten, die er ihr von ihrem Schreibtisch hierher zu tragen geholfen hatte. »Hals- und Beinbruch«, sagte er und gab ihr einen Kuss auf die Wange – einen, der ein bisschen länger dauerte als ein gewöhnliches Viel-Glück-Bussi, wie sie fand. Er zog sich wieder in die unten gelegene Redaktion zurück.

Rune schaute hinein. Am Tisch saßen Lee Maisel und Piper Sutton. In ihrem Rücken befand sich eine Weltkarte mit roten Stickern, die anzeigten, wo der Sender feste Büros unterhielt. Außer auf den Meeren und am Nord- und Südpol trennten die roten Punkte nirgends mehr als ein paar Zentimeter.

Es war ein Raum, den zu betreten Rune sich nie hätte träumen lassen. Als sie sich bei dem Sender um den Job als Hilfskameramann beworben hatte, hatte man ihr gesagt, es sei aussichtslos, zu den Nachrichten versetzt zu werden und selbst Berichte zu produzieren; diese Stellen seien alle für erfahrene Nachrichtenleute oder Abgänger von bedeutenden Journalismusschulen reserviert.

Aber da stand sie nun, Produktionsassistentin von Lee Maisel, in ihren bebenden Händen der Entwurf eines Scripts, das sie wahrhaftig für Piper Sutton geschrieben hatte.

Rune kämpfte einen Anfall von Panik nieder.

Sie verlagerte den riesigen Stapel aus Notizen und Bändern von einem Arm in den anderen. Ihr Herz klopfte heftig, und ihre Handflächen hinterließen Schweißabdrücke auf den schwarzen Kassetten. Sutton bemerkte sie und gab ihr mit einem Nicken zu verstehen, sie solle eintreten. »Na, kommen Sie«, sagte sie barsch. »Worauf warten Sie noch?«

Maisel warf Rune einen kurzen Seitenblick zu.

»Fangen wir an«, sagte Sutton. »Zeigen Sie uns das Script. Na los.«

Rune verteilte die Papiere, und beide lasen lautlos, bis auf das ungeduldige Klopfen von Piper Suttons goldenem Cross-

Kugelschreiber auf dem Tisch. Mit starrem Gesicht überflogen sie die sechzehn Seiten, bis zuerst Sutton, dann Maisel die Blätter in die Mitte des Tisches schob.

»Na schön«, sagte Sutton. »Was ist so wichtig daran, dass Sie diese Story machen?«

Das kam direkt aus der falschen Ecke. Eine solche Frage hatte Rune nicht erwartet. Sie schluckte, blickte zu Maisel, der ihr jedoch nicht weiterhalf. Sie dachte einen Augenblick nach und begann zu sprechen. Sie wusste es besser, als sie es sagen konnte (wieder diese Worte, diese gottverdammten Worte). In ihre Antwort an Sutton schlichen sich jede Menge ›ähs‹ und ›finde ich‹ ein. Sie korrigierte sich, sagte die gleichen Dinge doppelt. Sie hörte sich verlegen an. Sie versuchte, Sutton beim Sprechen in die Augen zu sehen, aber dabei verwandelten sich ihre Gedanken sofort in Brei. Sie brachte Worte heraus wie Gerechtigkeit und journalistische Verantwortung.

Was alles der Wahrheit entsprach, aber einen Teil der Antwort verriet Rune Sutton natürlich nicht: Sie sagte mit keinem Wort: ›*Warum ich darauf brenne, die Story zu machen? Weil ein Teil von mir Sie sein möchte. Ich will groß sein und volle blonde Haare haben, die dort bleiben, wo sie sind, und auf hohen Absätzen gehen, ohne wie ein Trampel auszusehen. Ich will, dass Präsidenten von Sendern und Firmen mich mit Neid und Begierde anschauen. Ich will einen Verstand, so kalt und scharf wie der Körper eines Trägers des Schwarzen Gürtels. Ich möchte Ihre Art von Macht ausüben, nicht meine. Nicht wie Zauberei in Märchen, sondern die Macht, die stärkste Art von Bann zu wirken – die den Anschein erweckt, man wüsste zu jeder Zeit genau, was man tut und was man sagt …*‹

Aber sie redete von der Presse, von Unschuld, von Boggs. Als sie fertig war, richtete sie sich auf. Sutton schien mit der Antwort zufrieden zu sein. »Na schön«, sagte sie. »Lassen sie mich ein paar spezifische Fragen stellen.«

Die waren allerdings noch schlimmer, denn sie berührten Dinge, an die Rune selbst hätte denken müssen. *Haben Sie das Team befragt, das ursprünglich am Tatort war?* (Gute Idee; darauf war sie nie gekommen.) *Haben Sie mit Boggs' früheren Anwälten gesprochen?* (Rune wusste gar nicht, dass er welche gehabt hatte.) *Hat er wegen seiner kriminellen Tendenzen je einen Seelenklempner aufgesucht?* (Sie hatte nie danach gefragt.)

Danach debattierten sie zu dritt zehn Minuten lang, und am Ende nickten sowohl Maisel als auch Sutton und sagten, dass der Bericht gesendet werden sollte, vorausgesetzt, es wurde nicht behauptet, Boggs sei unschuldig – lediglich dass es an seiner Schuld schwer wiegende Zweifel gebe.

Damit blieb nur noch die Frage, wann der Beitrag über den Sender gehen sollte.

Sie fragten sie, was sie denke.

Rune räusperte sich und schob Papiere hin und her. »In der Sendung nächste Woche«, sagte sie schließlich.

»Nein, ernsthaft«, meinte Maisel.

Und die Schlacht begann.

»Die Sache ist die«, sagte Rune. »Er muss so schnell wie möglich aus dem Gefängnis kommen. Die mögen ihn dort nicht. Sie haben schon mal versucht, ihn umzubringen. Das hab ich Ihnen erzählt.«

»Sie?«, fragte Sutton. »Wer sind sie?«

»Andere Häftlinge.«

»Wieso?«, fragte Maisel.

»Das weiß ich nicht. Ein Wärter hat mir erzählt, er sei nicht beliebt. Er ist ein Einzelgänger. Er ...«

»Heute ist Freitag«, blaffte Maisel. »Rune, um am nächsten Mittwoch zu senden, müsste der ganze Bericht jetzt schon gefilmt und geschnitten sein. Am Montag muss er im Computer sein. Das lässt sich einfach nicht machen.«

»Ich glaube nicht, dass er noch eine Woche übersteht. Sie

haben einmal versucht, ihn umzubringen, und sie werden's wieder versuchen.«

Sutton und Maisel schauten sich an, dann wandte Sutton sich wieder ihr zu. »Unser Job ist es, Nachrichten zu bringen, nicht, jemandem den Arsch zu retten. Wenn Boggs umgebracht wird, ist die Story immer noch aktuell. Wir könnten ...«

»Es ist grässlich, so etwas zu sagen!«

»Ach, machen Sie halblang«, sagte Sutton.

»Piper hat Recht, Rune«, sagte Maisel. »Das Wichtige ist die Story, nicht einen Häftling frei zu bekommen. Und ich sehe keine Möglichkeit, das zu tun. Die Zeit reicht einfach nicht.«

»Das Script ist geschrieben«, sagte sie. »Und ich habe drei Nächte lang geschnitten. Ich habe alles auf die Sekunde getimed.«

»Auf die Sekunde«, sagte Sutton mit einem erschöpften Seufzer.

»Piper müsste am Sonntagabend oder Montagmorgen aufnehmen«, sagte Maisel.

Rune antwortete mit sanfter, glasklarer Stimme. »Ich will, dass der Bericht nächste Woche gesendet wird.« Sie faltete die Hände und legte sie in den Schoß.

Beide schauten sie an.

»Was wird passieren«, fuhr Rune fort, »wenn jemand rausfindet, dass wir ihm das Leben hätten retten können und wir's nur nicht hingekriegt haben, den Bericht rechtzeitig zu bringen?«

Sutton und Maisel wechselten stumm Blicke. Maisel brach die Spannung. »Was meinst du?«, fragte er Sutton.

Rune spürte, dass sich ihre Kiefer krampfhaft zusammenpressten. Sutton antwortete mit einer Frage. »Was war anstelle dieses Berichts geplant?«

»Die Araber in Queens«, sagte Maisel. »Er ist halb geschnitten.«

»Die Story hat mir nie gefallen«, gab Rune zu bedenken.

Sutton zuckte die Achseln. »Das sind weiche Nachrichten. Ich hasse weiche Nachrichten.« Sie runzelte die Stirn, offensichtlich weil ihr klar geworden war, dass sie mit Rune einer Meinung war.

»Meine Story nicht«, sagte Rune. »Das sind harte Nachrichten.«

»Ich nehme an, Sie wollen, dass Ihr Name genannt wird.«

Den dann zehn Millionen Menschen sehen.

»Worauf Sie wetten können.«

»Aber Ihr Name«, fuhr die Moderatorin fort. »Den werden Sie ändern müssen.«

»Keine Sorge«, sagte Rune. »Ich habe einen Profinamen.«

»Einen Profinamen?« Maisel hatte Mühe, ein Lächeln zu unterdrücken.

»Irene Dodd Simons.«

»Ist das Ihr richtiger Name?«, fragte die Moderatorin.

»So ungefähr.«

»Ungefähr«, sagte Sutton kopfschüttelnd. »Wenigstens klingt er wie der Name einer Person, die weiß, was sie tut«, fuhr sie fort. Sie holte ihren Privatkalender aus ihrer Handtasche, begleitet von Düften nach Parfum und Wildleder. »Okay, meine Liebe, zuerst setzen wir uns zusammen und schreiben ein Script ...«

»Ein Script?« Rune blinzelte. »Aber es ist doch alles fertig.« Sie nickte in Richtung der Blätter, die vor ihr lagen.

Sutton lachte. »Nein, Kleine, ich spreche von einem *richtigen* Script. Wir treffen uns morgen früh um sechs Uhr dreißig in der Redaktion von *Current Events*.«

Runes erster Gedanke: Scheiße, ein Babysitter. Wo find ich einen Babysitter? »Sechs, wenn Sie wollen«, sagte sie lächelnd.

»Sechs Uhr dreißig wird genügen.«

Man hat kein Recht darauf, zu telefonieren, aber gewöhnlich lassen sie einen. *Ein Privileg, kein Anrecht.* (Eines Tages hatte Boggs einen Häftling brüllen hören: »Lasst mich ans Telefon! Wir haben Rechte.« Ein Wärter hatte ihm, angesichts der Umstände recht höflich, geantwortet: »Du kriegst, was wir dir geben, du Arschloch.«)

Aber vielleicht weil Boggs niedergestochen worden war oder vielleicht weil er kein Penner war oder vielleicht einfach weil es ein schöner warmer Tag war, schickte der für Post und Telefon zuständige Wärter jemanden nach ihm, so dass er den Anruf entgegennehmen konnte.

»Randy, wie fühlen Sie sich?«, fragte Rune.

»Sind Sie das, Miss?«

»Raus aus der Krankenstation?«

»Haben mir gestern 'nen Tritt gegeben. Hab übrigens keine Schmerzen, außer wenn ich mich strecke. Ich hab die Geschichte gelesen. In dem Buch, das Sie mir geschenkt haben. Es gefällt mir. Glaub allerdings nicht, dass ich ihm sehr ähnlich sehe, und wenn ich je Feuer von den Göttern geklaut hätte, dann wüsst ich garantiert keinen Hehler, der mir's abnehmen würde ...« Er brach ab, und sie lachte, als wüsste sie, dass das von ihr erwartet wurde, da er vermutlich eine ganze Weile dazu gebraucht hatte, sich den Scherz auszudenken. Was auch stimmte.

»Raten Sie mal, was passiert ist«, forderte sie ihn auf.

»Weiß nicht.«

»Ich hab einen Zeugen gefunden.«

»'nen neuen?«

»Aber sicher.«

»Fein, na denn, erzählen Sie's mir.«

Sie tat es, von Anfang bis Ende, alles über Bennett Frost, und Randy Boggs äußerte die ganze Zeit über kein einziges Wort. Genau genommen nicht eine einzige Silbe oder ein Grunzen oder auch nur ein Atmen.

Als sie fertig war, folgte eine lange Pause.

»Na«, sagte sie, »Sie sagen ja gar nichts.«

»Ich grinse aber, dass kann ich Ihnen flüstern. Verdammt, ich kann's kaum glauben. Da haben Sie was hingekriegt, Miss.«

»Als Nächstes passiert jetzt Folgendes: Ich werd versuchen, den Beitrag nächste Woche ins Programm zu kriegen. Megler hat gesagt, wenn sein Name und sein Bild in dem Bericht auftauchen, dann stellt er den Antrag auf einen neuen Prozess gratis.«

»Das hat Mr. Megler gesagt?«

»Es ist ihm auch schwer gefallen. Ich hab sehen können, wie weh es ihm getan hat, aber er hat's gesagt. Er hat gesagt, wenn der Richter mitmacht und dem Antrag stattgibt, könnten Sie sofort rauskommen.«

»Es könnte allerdings auch sein, dass der Richter dem Antrag nicht stattgibt, nehm ich an.«

»Fred hat gesagt, dass es echt helfen würde, wenn der Bericht in *Current Events* läuft. Der Richter wäre dann irgendwie eher geneigt, Sie zu entlassen, besonders wenn er zur Wiederwahl steht.«

»Also, verflucht. Gottverdammich. Was soll ich denn jetzt machen?«

»Sie passen in der nächsten Woche einfach auf sich auf. Lassen Sie sich nicht mehr abstechen.«

»Nein, Ma'am ... Eins noch ... Was Sie da gemacht haben ...?«

Schweigen.

»Ich schätze, ich versuche, danke zu sagen.«

»Schätze, das habe ich verstanden.«

Nachdem sie aufgelegt hatten, verließ Randy Boggs, noch immer mit einem Grinsen auf dem Gesicht, das Verwaltungsgebäude, um Severn Washington zu suchen und ihm die Neuigkeit zu erzählen.

Als Boggs das Gebäude verließ, folgte ihm ein anderer Häftling, ein kleiner Kolumbianer, und überholte ihn. Häftlinge wie ihn hatte man in den vierziger und fünfziger Jahren in Gefängnissen Vertrauensleute genannt, und inzwischen waren sie als Wichser oder Arschlöcher oder Abschaum bekannt. Er hatte gerade eine kurze Unterhaltung mit dem Wärter geführt, für den er arbeitete, dem Wärter, der stichprobenartig die Telefongespräche der Häftlinge überwachte. Der Häftling lächelte Boggs an, sagte »*Buenos días*« und ging weiter, ohne zu hören, was Boggs antwortete. Die Antwort interessierte ihn auch nicht besonders. Er hatte es eilig. Er wollte so schnell wie möglich zu Juan Ascipio kommen.

21

Rune fand, sie habe eine tolle neue Droge entdeckt, eine, die völlig legal und billig war. Man nannte sie ›Wachbleiben‹, und man musste sie nicht einmal einnehmen. Man brauchte nur dreißig Stunden am Stück nicht zu schlafen, dann kam man auf den abgefahrensten psychedelischen Trip, den man sich vorstellen konnte.

Aus dem Sony kletterten Kobolde, Drachen stürzten sich von Redhead-Sscheinwerfern herab, und Trolle hatten die Brücken verlassen und tanzten Foxtrott auf der eingenebelten Tanzfläche ihres Schreibtisches. Überall schwebten verrückt geformte Amöben herum.

Es war sechs Uhr am Mittwochabend, und der Grund für die Halluzinationen – und den Schlafmangel – war eine kleine Plastikkassette, die das 1-Zoll-Video-Masterband eines Nachrichtenbeitrags enthielt, der in ein paar Stunden an diesem Abend in *Current Events* gesendet werden sollte. Der Titel des Beitrags lautete ›Gerechtigkeit light‹. Die Off-Kommentare waren gemischt, der Vor- und der Nachspann waren angehängt, und die ›Live-Kommentare‹ von Piper Sutton eingeschnitten.

Das Band, das genau die für den Beitrag vorgesehene Zeit dauerte, ruhte irgendwo in den Eingeweiden des Computersystems des Senders, das wie ein genialer, nimmermüder Programmdirektor funktionierte und den Beitrag um genau 20:02:36 Uhr starten würde. Das System würde dann den Bericht über Randy Boggs für die präzise Dauer von elf Minuten, vierzehn Sekunden, der Senderversion einer Viertelstunde, senden – etwas kürzer als zu Edward R. Murrows Zeiten, aber damals brachte auch nicht jede zusätzliche Werbeminute eine zusätzliche halbe Million Dollar an Einnahmen wie heutzutage.

Rune blinzelte ein paar Trugbilder weg und machte es sich in ihrem Stuhl bequem.

Die letzten Tage waren ein Albtraum gewesen.

Piper Sutton war immun gegen Zufriedenheit gewesen. »Was ist das? Wie nennen Sie das?«, hatte sie gebrüllt und war hinter Rune auf und ab gegangen, worauf diese sich voller Schrecken zusammenreißen musste, damit ihr beim Tippen nicht die Hände zitterten. »Soll das beschissene Poesie sein? Soll das etwa Kunst sein?«

Sutton war dann wieder drei Meter gestapft und hatte eine Wolke von Zigarettenrauch und Chanel No. 5 hinter sich hergezogen.

Nichts, was sie schrieb, konnte Sutton zufrieden stellen. »Ist das eine Tatsache? Ist sie gesichert? Wer ist die Quelle? ... Was zum Teufel soll das sein? Eine Redewendung? ›Gerechtigkeit ist wie ein tapsiger Bär‹? Klar, ich kenne *eine Menge* tapsiger Bären. Unser Publikum wird echt etwas anfangen können mit tapsigen Bären. Sehen Sie doch mal raus auf den Broadway, Rune, sehen Sie viele Bären? Komm schon, Kleine ...«

Dann schrieb Rune noch mehr, und Sutton beugte sich über den Computermonitor und zielte auf die Worte wie ein Heckenschütze.

»Weg da, lassen Sie mich …«, sagte Sutton darauf und schubste Rune praktisch beiseite.

Tipp, tipp tipp … Die Löschtaste schluckte ein weiteres Dutzend Sätze. Suttons Nägel brachen nie ab. Sie waren wie rote Panzerplatten.

Die Story wurde schließlich fertig.

Sutton und Maisel nahmen das vollständige Script (die achtundzwanzigste Fassung) am Montagabend ab. Sutton hatte ihre Auftritte aufgenommen und zusammen mit den Ausschnitten aus Runes Interviews und den atmosphärischen Aufnahmen zum Schneiden geschickt. Als sie das Studio am Dienstag früh um eins verließ, fragte Rune sie: »Nehmen Sie sich, irgendwie, immer so viel Zeit für die Produzenten?«

»Nein, ich nehme mir, *irgendwie*, nicht so viel Zeit. Die meisten Produzenten können buchstabieren.«

»Oh.«

Jetzt aber hatte Rune nichts weiter mehr zu tun als zu versuchen, wach zu bleiben und die Sendung selbst anzuschauen, während sie gegen das Gefühl zu schweben ankämpfte. Sie hatte mehrere Möglichkeiten. Die erste: Sie wollte nach Hause gehen und sie mit Healy anschauen. Aber der war weg, um ein Paket zu inspizieren, das vor einer Abtreibungsklinik in Brooklyn stand. Eine andere Möglichkeit: Nicht weit vom Hausboot gab es eine Bar – Rune war dort Stammgast –, und alle dort würden sich ihren Bericht gerne anschauen (zum Glück war Dienstag, so dass keine Sportsendungen manchen anderen Gästen die Wahl schwer machen konnten).

Aber das hätte bedeutet, dass sie aufstehen und irgendwohin hätte gehen müssen. Was zurzeit ein Kunststück war, zu dem Rune sich nicht in der Lage fühlte.

Sie blieb also sitzen, wo sie saß – an ihrem Schreibtisch. Vor ihr stand ein hübscher Farbmonitor, und vielleicht – nur vielleicht – würden ja Piper und Lee noch dazukommen. Sie könnten die Sendung alle zusammen ansehen und ihr sagen, was für eine gute Arbeit sie geleistet hatte und sie danach zu einem Drink in einer coolen Bar einladen.

Ihre Gedanken schweiften ab, und sie ertappte sich dabei, dass sie an Randy Boggs dachte. Sie hoffte, die Wärter in Harrison würden ihn *Current Events* ansehen lassen. Der Gedanke hörte sich komisch an – ihn schauen lassen, wie wenn sie als Kind ihre Eltern angebettelt hatte, etwas länger aufbleiben und noch ein paar Märchen lesen oder fernsehen zu dürfen.

»Hey, Rune.«

Sie hob den Kopf und dachte, die Halluzinationen würden stärker werden: Ein schwerfälliger Typ machte sich von einer Kamera frei und kam auf sie zu. Wie machte er das? Wie das Monster in *Alien*, das zwischen den Röhren hervorkroch, um Sigourney Weaver zu fressen.

»Rune«, wiederholte er. Sie blinzelte. Es war Morrie Weinberg, der Cheftechniker der Sendung. Er trug Mechanikerkleidung – Bluejeans, ein schwarzes Hemd und ein Tweedjackett.

»Morrie«, sagte sie. Er runzelte die Stirn – zum ersten Mal sah sie ihn das tun. Techniker leiden normalerweise chronisch an Sodbrennen, die reinen Nervenbündel, aber Morrie wusste gar nicht, was Stress ist. Ein Bild von ihm als tapsiger Bär kam ihr in den Kopf, und am liebsten hätte sie laut gelacht.

»Was ist?«

»Dein Beitrag.«

Sie kicherte. »Hm-mh.«

»Was ist damit passiert?« Seine Stimme bebte.

Die gute Laune war im Nu dahin. »Passiert?«

»Herrgott, wieso hast du deinen Beitrag nicht eingegeben? ›Gerechtigkeit light‹. Das sollte doch bis drei im Computer sein. Das war schon einen Tag zu spät. Wir hätten es um drei haben müssen. Das weißt du doch.«

Ihre Blicke schossen durch das Studio. Sagte er da, was sie hörte? »Das hab ich gemacht. Ich hab's gegen vier Charlie gegeben. Aber er hat gesagt, das ginge in Ordnung.«

Morrie schaute auf sein Klemmbrett. »Da gibt's ein Problem. Wir haben's noch nicht drin. Wir haben elf Minuten leerer Sendezeit ab acht null vier sechsunddreißig.«

»Prüf's noch mal nach.« In ihrer Stimme schwang Panik mit.

»Ich hab's grade nachgeprüft. Vor fünf Minuten.«

»Prüf's noch mal, prüf's noch mal!« Kein Lachen, keine tapsigen Bären, keine Amöben. Ein Adrenalinstoß hatte sie hellwach gemacht.

Morrie zuckte die Achseln und tätigte einen Anruf. Er hielt die Hand über das Mundstück. »Nix«, sagte er.

»Wie ist das passiert?«

»Normalerweise passiert es so, dass der Produzent das Band nicht rechtzeitig einreicht.«

»Aber ich hab's gemacht.« Sie kramte in ihrem löchrigen Gedächtnis. Sie glaubte nicht, dass sie es verpatzt hatte. Das war selbst für sie ein zu krasser Fehler. Das war, als würde ein Pilot vergessen, vor der Landung das Fahrwerk auszufahren.

Egal, es gab ja noch andere Bänder. Sie hatte eine Kopie des Endschnitts. Das hier war lästig, aber keine Tragödie.

Ihre Hände zitterten. Morrie horchte wieder am Hörer und schaute auf. »Alles klar, dein Arsch ist erst mal sicher. Charly sagt, er erinnert sich, dass du's abgegeben hast. Er hat's in den Computer eingegeben, aber irgendwie ist es verschwunden. Hast du 'ne Kopie?«

»Klar.«

»Wir bringen dir in fünf Minuten 'n anderes«, sagte er in den Hörer und legte auf. »So was ist noch nie passiert. Danke, lieber Gott, für Kopien.«

Seine Dankbarkeit war verfrüht. Die Kopie war ebenfalls nicht zu finden. Runes Stimme war schrill vor Panik. »Ich hab sie da hingelegt. Auf meinen Schreibtisch.« Sie deutete wie wild auf eine leere Stelle.

»O Mann!«

»Ich hab sie genau da hingelegt.«

Er starrte skeptisch auf die kahle Stelle.

»Ich denk mir das nicht aus«, sagte sie.

»Rohschnitte?« Morris schaute auf seine Uhr. »Scheiße, wir haben keine Zeit. Aber vielleicht können wir …«

Sie öffnete eine Schublade. »O nein«, murmelte sie atemlos.

»Die sind auch weg?«, fragte er.

Rune nickte nur. Sie war unfähig zu sprechen.

»O Junge! O Scheiße. Elf Minuten Leerzeit. Das gab's ja noch nie.«

Dann fiel ihr etwas anderes ein, und sie riss ihre Schreibtischschublade auf.

Das Originalband, das sie von Bennett Frost, dem neuen Zeugen, gedreht hatte, und die Kopie davon waren ebenfalls verschwunden. Alles, was von der Story über Randy Boggs noch übrig war, waren Scripts und Notizen und Bänder mit Hintergrundinterviews.

»Wir sind bestohlen worden«, flüsterte Rune. Sie schaute sich voller Panik um und verspürte das Gefühl, schrecklich verletzt worden zu sein. »Wer war das?« Sie schaute Morrie an. »Wen hast du heute am Set gesehen?«

»Wen ich gesehen hab?«, fragte er schrill dagegen. »Ein Dutzend Reporter, massenweise technisches Personal. Den kleinen Praktikanten mit den blonden Haaren, der dir bei der Story geholfen hat. Piper war hier, Jim Eustice, Dan Semple … Der halbe Sender ist heute hier durchmarschiert.« Morries Blicke wanderten unstet zum Telefon, und sie wusste, woran er dachte. Jemand musste Piper Sutton anrufen. Die große

Quarz-Wanduhr – die, soweit Rune wusste, mit dem Puls des Weltalls synchronisiert war – zeigte an, dass ihnen noch vierundvierzig Minuten blieben, bis *Current Events* auf Sendung ging. Vierundvierzig Minuten bis zur ersten Hauptnachrichtensendung in der Geschichte des Fernsehens mit elf Minuten und vierzehn Sekunden Leerzeit.

Das Einzige, was Piper Sutton davon abhielt, wie eine Furie durch die Doppeltür in die Nachrichtenredaktion zu stürmen, war die Live-Übertragung der Abendnachrichten mit Jim Eustice, des Nachrichtenflaggschiffs des Senders, das gerade zehn Meter hinter Rune übertragen wurde.

Trotzdem stürmte sie wie eine Furie an Runes Schreibtisch. Während seiner Sendung wirkte der alte Anchorman so verdammt sicher und gelassen, dass selbst das Team ihm mit Genuss zuschaute. Heute Abend jedoch hatten nur der Chefingenieur und der Produzent Augen für sein zerfurchtes, quadratisches Gesicht. Alle anderen in dem riesigen Studio starrten auf Sutton und Maisel, die an ihre *Current Event*-Tische stürzten wie Chirurgen, die zu einer Notoperation gerufen werden.

»Was ist passiert, zum Teufel?«, fragte Sutton in schrillem Flüsterton.

»Ich weiß es nicht.« Rune spürte, dass ihr die Tränen kamen. Sie bohrte ihre Fingernägel wild in ihre Handfläche; durch den Schmerz wurde der Drang zu weinen schwächer. »Jemand hat mich bestohlen. Sie haben alles mitgenommen.«

Maisel warf einen Blick auf die Uhr über der Regiekabine. »Wir haben gar nichts? Überhaupt nichts?«

»Ich weiß nicht, was passiert ist. Ich hab das Band abgeliefert …«

»Hat sie«, sagte Morrie vorsichtig. »Charlie hat's bekommen. Er hat's auch einprogrammiert. Irgendwann nach vier ist es verschwunden.«

»Verdammter Mist. Wie lang war der Beitrag?«

Morrie zog sein Klemmbrett zu Rate, aber Rune antwortete auswendig. »Elf Minuten vierzehn.«

»Sie sollten doch immer Kopien ziehen«, zischte Sutton wütend. »Sie sollten …«

»Hab ich doch! Die sind auch geklaut worden. Alles. Sogar die Originalbänder.«

»Scheiße«, fluchte Sutton. Dann wandte sie sich an Maisel, dessen Gedanken sich in ähnlichen Bahnen bewegt haben mussten, so dass er wusste, was sie dachte. Für *Current Events* waren an diesem Abend drei weitere Beiträge programmiert. Maisel sagte jedoch, sonst sei nichts fertig gestellt, was als Ersatz für ›Gerechtigkeit light‹ eingeschoben werden könnte. »Wir müssen die Sendung absetzen«, sagte er.

»Können wir nicht die ›Araber in Manhattan‹ bringen?«, fragte sie.

»Wir haben das nie fertig geschnitten. Wir haben die ganze Postproduction zugunsten der Boggs-Story gestoppt.«

»Und was ist mit dem Porträt des Altbürgermeisters?«

»Die meisten Aufnahmen fehlen noch, und wir haben jede Menge unbelegter Zitate. Ist juristisch heikel.«

»Der Bericht über die Guardian Angels?«, blaffte sie.

»Aufnahmen haben wir, aber kein Script.«

»Gibt es einen Entwurf?«

»Na ja, im Großen und Ganzen. Aber …«

»Ich kenne die Story.« Sie wedelte mit der Hand. »Das machen wir.«

»Wie meinst du das?«, fragte Maisel stirnrunzelnd. »›Das machen wir.‹«

»Wir bringen die drei ursprünglichen Beiträge und dazu die Guardian Angels.«

Maisel Stimme war rau wie Sandpapier. »Piper, wir müssen die Sendung absetzen. Wir können eine Wiederholung fahren.« Er wandte sich an Morrie und setzte zu einem Satz an.

Sie unterbrach ihn jedoch. »Lee, eine Wiederholung einer Nachrichtensendung? Wir bringen die Angels.«

»Ich kapier nicht, wie du das meinst, Piper. Wir haben kein Script. Wir haben von dir keine Aufnahmen. Wir …«

»Wir senden live«, sagte sie.

»Live?«

»Ja.«

Maisel schaute Morrie an. »Dazu ist's zu spät, oder?«

»Halbe-halbe können wir nicht machen«, sagte Morrie ruhig. »Wir können den Computer abschalten und die anderen Stories per Stoppuhr aneinander hängen. Wie in alten Zeiten. Du müsstest bei all deinen On-Kommentaren live auftreten. Verdammt, wir müssten die Werbung ebenfalls von Hand einspeisen, und weißt du, wie viele Fünfzehn-Sekunden-Clips das bei *Current Events* sind? Das wird 'n Albtraum.«

»Dann wird es eben ein Albtraum«, sagte die Moderatorin.

»Aber Piper«, sagte Maisel, »wir können doch was anderes senden.«

»Lee«, sagte sie, »in jedem Fernsehprogramm, jedem Kabelführer und jeder Zeitung in Amerika steht, dass wir heute Abend eine neue Folge von *Current Events* senden. Du weißt, wie das Programm gleich wieder infrage gestellt wird, wenn wir eine Wiederholung oder irgendeine Übernahme senden.«

»Wir sagen, technische Probleme.«

»Bei meiner Sendung gibt es keine technischen Probleme.«

»Piper …«, setzte Rune an.

Aber Piper Sutton hörte sie nicht einmal. Sie und Maisel eilten davon, und Rune blieb in ihrer Arbeitsnische zurück. Sie kuschelte sich in ihren Sessel, so wie Courtney es manchmal machte, und zog die Beine an. Sie dachte an all die Arbeit, die sie noch einmal würde machen müssen. Sie fühlte sich wie betäubt, erschlagen, wie wenn jemand gestorben wäre.

Hm-mh, dachte sie. Es würde auch jemand sterben.

Randy Boggs.

Um 19:58 saß Lee Maisel in der riesigen Regiezentrale über den Kulissen von *Current Events*. Die Kabine war mit dem Dreifachen des normalen Personals besetzt (die meisten gehörten zur Mannschaft von Jim Eustice und hatten Erfahrung in der seltenen und anspruchsvollen Kunst der Live-Produktion).

Maisel hatte seit Jahren keine Live-Sendung mehr produziert und saß schwitzend und verkrampft vornübergebeugt wie der Kapitän eines torpedierten Schiffes, das sich trotzdem noch eine Schlacht mit einem feindlichen Zerstörer liefert. In der Hand hielt er fest umklammert eine teure Stoppuhr.

Maisel und Sutton hatten es geschafft, das halbe Script für den Beitrag über die Guardian Angels zu schreiben und es handschriftlich in den Teleprompter einzugeben, aber um 19:56 hatten sie abbrechen müssen. »Dann improvisiere ich eben«, hatte Sutton gesagt.

»Du hast einen Countdown von zehn Sekunden«, rief Maisel über Lautsprecher, »und fünf Sekunden zum Mogeln ...«

Sutton, in vollem Make-up unter den heißen Scheinwerfern, nickte ihm knapp zu und setzte sich auf den schwarzledernen Sessel hinter dem Schreibtisch mit dem *Current Event*-Logo. Ein Techniker klemmte ihr das winzige Mikrofon an den Kragenaufschlag und steckte ihr den kleinen Kopfhörer ins linke Ohr, das, welches unter den Haaren verborgen war (wo man es nicht so leicht sehen konnte, so dass niemand auf den irrigen Gedanken kam, sie trüge eine Hörhilfe).

»Okay«, rief Maisel. »Es geht los.«

Sie nickte erneut und richtete den Blick auf den Teleprompter, auf den ein Studioproduzent deutete.

Im Regieraum schaltete Lee Maisel den Lautsprecher aus und fing an, in das Mikrofon zu sprechen, das seine Worte zu den Kopfhörern von Sutton und dem übrigen Team übertrug. Er blickte zu der großen Uhr an der Wand des Regieraums und fing an herunterzuzählen. »Sieben, sechs, fünf, vier, drei, zwei, eins ... jetzt die Grafik hoch ... Titelmelodie ...«

Genau vier Sekunden später sagte er: »Grafik ausblenden, Kamera eins einblenden ... Titelmelodie aus ... Okay, Piper, du bist ... drauf.«

22

Piper Suttons Augen bohrten sich direkt in die von zehn Millionen Menschen. Sie lächelte ernst und sagte mit ihrer tiefen, beruhigenden Stimme, der so viele Menschen inzwischen mehr vertrauten als der ihrer Ehegatten, Eltern, Kinder und Freunde: »Guten Abend. Willkommen bei *Current Events* am Dienstag, dem zwanzigsten April. Ich bin Piper Sutton ...«

Die Sendung begann.

Genau sechsundfünfzig Minuten später standen, während in wahnwitziger Geschwindigkeit der Abspann lief, die Zuschauer im ganzen Land auf oder streckten sich, stritten über den einen oder anderen Beitrag oder kritisierten Piper Suttons Kleidungsstil in dieser Woche oder fragten sich, auf welche Sitcom sie nun umschalten sollten, und niemand hatte eine Ahnung, dass er gerade Fernsehgeschichte gesehen hatte.

Morrie Weinberg überwachte die Rückgabe des Szepters an den Computer, und die fünfzig Millionen Dollar teure Anlage begann, die vordergründige Kunst der Fernsehwerbung in die amerikanischen Haushalte zu übertragen.

Kaum waren die Studiomikrofone ausgeschaltet, brach die Nachrichtenredaktion in Beifall aus. Sutton, die viel zu diplomatisch war, um ihn zu ignorieren, lächelte kurz und deutete ihrem Publikum eine Verbeugung – keinen Knicks – an.

Maisel kam aus dem Regieraum und stürmte direkt auf sie zu, umarmte sie und küsste sie auf die Wange.

Dan Semple und Jim Eustice hatten beide aus der Regiekabine zugeschaut. Jetzt kamen sie zu ihr. Eustice schüttelte ihr förmlich die Hand und gratulierte ihr, dann ging er zusammen mit Maisel. Semple küsste Sutton flüchtig, und die beiden gingen hinaus auf den Korridor.

Niemand von ihnen würdigte Rune eines Blickes, die auf ihrem Schreibtischsessel saß und den Monitor anstarrte, auf dem ihr Beitrag hätte laufen sollen.

Am nächsten Morgen wurde sie von Courtney aufgeweckt, die zu ihr ins Bett kletterte.

»Können wir in den Zoo gehen?«

Rune hatte das Mädchen am Abend zuvor gleich nach der Sendung abgeholt. Sie waren nach Hause gegangen und hatten zum Abendessen ein Thunfischsandwich und als Nachtisch Raisin Bran gegessen. Um zehn waren beide zu Bett gegangen.

Rune drehte sich um und richtete sich auf. »Wohin?«

»In den Zoo.«

»Zuerst Kaffee, dann denken wir über den Zoo nach.«

»Ich will Saft. Kaffee ist bah.«

Nun, nachdem sie zu etwas Schlaf gekommen war, ging es Rune besser. Der Horror des letzten Abends war verblasst. Gewiss, die Bänder waren gestohlen worden, aber die Ereignisse hatten auch ihr Gutes. Zunächst war nun klar bewiesen, dass jemand anderes Hopper umgebracht hatte. Randy hatte die Bänder offensichtlich nicht gestohlen; der Mörder oder ein Komplize musste es gewesen sein. Außerdem hatte die Story nun eine andere Dimension bekommen: Dass jemand ins Studio eines großen Nachrichtensenders einbrach und einen Nachrichtenbeitrag klaute – das war selbst schon eine Story.

Es hatte sich jedenfalls gezeigt, dass der Schaden doch nicht so groß war, wie sie gedacht hatte. Alles, was fehlte, waren das Masterband und die Kopien und das Band mit Bennett

Frost. Bradford, Gott segne ihn, hatte von fast allem anderen Kopien gefunden. Aus diesem Material konnte der Beitrag neu zusammengestellt werden, auch wenn sie Bennett Frost noch einmal würde aufnehmen müssen.

Was ihr am meisten Sorgen bereitete, war die Tatsache, dass Randy Boggs immer noch in Gefahr schwebte. Aber dann kam ihr der Gedanke, dass die Story vielleicht gar nicht gesendet werden musste, um den Prozess zu seiner Entlassung in Gang zu setzen. Gewiss, der Eindruck wäre nicht so schön – dass tatsächlich ihr Bericht seine Entlassung bewirkte. Aber was war schließlich ihr Ziel gewesen? Ihn freizubekommen.

Nein, *Current Events* konnte die Story mühelos auch noch bringen, wenn er entlassen war. Das gäbe noch eine hübsche Note. Sie würde Aufnahmen von ihm anfügen, wie er in New York herumwanderte, als freier Mann. Vielleicht wie er mit seinen Brüdern oder Schwestern zusammenträfe.

In der Kombüse goss Rune Preiselbeersaft für Courtney ein und machte ihr einen Instant-Haferbrei.

»Ich will in den Zoo gehen.«

»Okay, mein Schatz, wir versuchen's. Aber vorher muss ich noch was erledigen. Wir gehen jemanden besuchen. Einen Mann.«

»Wen denn? Ist das ein netter Mann?«

»Eigentlich nicht«, sagte Rune, während sie in ihrem Notizbuch nach der Adresse von Fred Megler suchte.

»Poker«, sagte Megler. »Ich dachte, gestern Abend sollte diese Sendung laufen. Was ist passiert? Ich hab meinen Pokerabend verpasst, um daheim zu bleiben. Ich mag es gar nicht, Pokerabende zu verpassen.« Er hob nacheinander eine Reihe von Limonadendosen an, um eine volle zu finden.

»Es ist gestohlen worden.«

»Gestohlen? Jemand hat eine Fernsehsendung gestohlen?«

»Das Band. Jemand hat's geklaut.«

»Ohne Scheiß?« Dann jaulte er auf und schaute nach Courtney.

»Scheiß«, sagte das kleine Mädchen.

»Ich werde die Story noch mal machen«, sagte Rune. »Aber ich hab mir gedacht, Sie könnten vielleicht schon mal anfangen mit dem – dem, wie heißt das bei Ihnen? Randy rauszubekommen.«

»Die Antragspapiere.«

»Genau. Ich hab mir gedacht, Sie könnten Mr. Frost dazu bringen, vor Gericht zu gehen und ...« Sie brach ab.

Meglers Gesicht war für einen Moment ausdruckslos. »Sie haben's noch nicht gehört?«

»Was gehört?«

»Von dem Unfall?« Seine Stimme, dünn wie sein Körper, erhob sich, als müsse jeder in der Stadt Bescheid wissen.

O nein. Rune schloss die Augen. »Was ist passiert?«

»Frost ist in der Badewanne ausgerutscht. Er ist ertrunken.«

»Was? O Gott ... Wann ist das passiert?«

»Vor ein paar Tagen.« Megler fand eine fast volle Dose Pepsi Light. Sein Gesicht leuchtete auf. »Ist wirklich gut, dass Sie ein Band von ihm aufgenommen haben. Sonst wär'n wir im ...« Er schaute nach Courtney. »... Sie wissen schon, im Hintertreffen.«

23

Allah sagt uns:

Jene, welche Gutes tun, werden ihren höchsten Lohn im Himmel finden und mehr noch. Weder Staub noch Schmach sollen ihr Antlitz trüben. Jene sind die rechten Eigentümer des Gartens, und sie werden darin weilen.

Am späten Donnerstagmorgen wartete Severn Washington darauf, dass Randy Boggs aus der Bibliothek kam. Er saß auf einer Betonstufe und las im Koran. Das tat er oft. Er betete fünfmal täglich und vollzog die rituelle Waschung und mied Alkohol und Schweinefleisch, und ebenso vermittelte ihm die Lektüre des heiligen Buches große persönliche Zufriedenheit. Er trug es stets bei sich.

Das Exemplar, das er besaß, war eng gedruckt. Unter der wiederholten Berührung seiner riesigen, plumpen Finger war das empfindliche Florpapier des kleinen Bandes noch durchsichtiger als neues geworden. Das gefiel ihm. Er stellte sich vor, Allah streckte die Hand zur Erde und machte das Buch jedes Mal, wenn Washington darin las, immer unsichtbarer. Irgendwann würde es durchsichtig werden, würde zum Geist werden – verschwinden und zum Himmel auffahren.

Und dann würde Washington folgen und seine Sünden – alle (besonders die Schießerei in dem Schnapsladen) – würden vergeben sein; sein neues Leben würde beginnen.

Washington wollte jedoch nicht zu früh gehen. In seinem gegenwärtigen Leben gab es Aspekte, an denen er sich zu freuen gelernt hatte. Selbst hier in Harrison. Das Leben im Gefängnis unterschied sich nicht sehr von dem in seiner früheren Behausung. Anstatt eines Backsteingebäudes hatte er hier einen steinernen Zellenblock zur Wohnung (ein Gebäude, das nicht mit Graffiti verschmiert war und nach Scheiße stank). Anstelle der faden Makkaroni und Hähnchen und Kartoffeln der Frau, mit der er in wilder Ehe lebte, hatte er die faden Makkaroni und Hamburger und Kartoffeln der Gefängnisverwaltung. Anstatt auf der Straße herumzuhängen und gelegentlich am Bau zu arbeiten, hing er im Hof herum und arbeitete in der Werkstatt. Anstatt von Dealern und Gangs gepiesackt und bedroht zu werden, die Maschinenpistolen hatten, wurde er von der Aryan Brotherhood gepiesackt und bedroht, die Keulen und Klappmesser hatten.

Alles in allem war es drinnen besser. Man bekam vielleicht keine Gehaltsschecks, aber man brauchte auch so etwas wie Gehaltsschecks nicht, wenn man seine Strafe absaß.

Er hatte Freunde, wie zum Beispiel Randy Boggs.

Er hatte seinen Koran.

Nein, er konnte sich nicht beklagen. Er senkte den Blick wieder auf sein heiliges Buch.

... Wenn Allah dich mit einem Schmerz belegt, kann ihn niemand von dir nehmen als Er allein; wenn Er dir Gutes wünscht, kann niemand dir seine reichen Gaben nehmen. Er ...

Der Gedanke in dieser Passage war der letzte, den Severn Washington je dachte.

Und der letzte Laut, den er je hörte, war das Zischen der stählernen Hantelstange, die ihm auf den Hinterkopf krachte.

Er lebte nicht einmal mehr lange genug, um das zarte Flattern seines Korans zu hören, als dieser ihm aus den zuckenden Fingern glitt und offen im Dreck lag, das Buch, das, wie sich zeigte, Washington keineswegs in den Himmel vorausgehen sollte.

Sie unterhielten sich mit gedämpfter Stimme.

»Is mir egal, was du denkst, scheiß drauf«, sagte Juan Ascipio. »Wir mussten den Nigger abmurksen. Ich hab dir gesagt ...« Er sprach gehetzt zu einem seiner Hispanobrüder in dem Bereich neben der Bibliothek, wohin sie gerade Washingtons Körper geschleppt hatten. »... wir gehen auf Boggs los, legen ihm die Stange in die Hand und das Messer dem Nigger. Dann sieht's aus, als hätt der Nigger Boggs erledigen wollen, und dann hat Boggs sich auf ihn gestürzt, und dann hat der Nigger Boggs umgelegt.«

»Ich weiß, Mann«, sagte der zweite Mann. »Hey, ich sag doch gar nix.«

»Du siehst nicht glücklich aus, Mann, aber wir mussten's so machen.«

»Klar. Es is nur so, Mann, dass die wissen, dass wir's war'n.«

»Scheiß drauf«, spuckte Ascipio aus. »Was die wissen, is was anderes, als was sie beweisen können.«

»Nach dem ersten Mal, Mann. Die wissen, dass wir's war'n. Der hätt singen können.«

»Der Wichser hat nich gesungen. Der hätt sagen können, wer ihn abgestochen hat. Der hat nix gesagt.« Ascipio lachte.

»Klar.«

Ein dritter Mann kam herangesprungen. »Boggs – er is ganz allein da drin.«

Ascipio lachte erneut.

Randy Boggs mochte die Bibliothek.

Lesen war so etwas, wovon man überhaupt nichts hält, bevor man es nicht tatsächlich macht. Draußen hatte es ein paar Dinge gegeben, die er gerne gemacht hatte. Zum Beispiel abends mit einem Glas Bier dasitzen, den Grillen und Eulen und dem Rauschen der Blätter und dem Knacken der Zweige lauschen. Das war etwas, was er praktisch ewig hätte tun können. Scheinbar war so etwas Nichtstun, aber in Wirklichkeit gab es nur wenig, womit ein Mann seine Zeit sinnvoller verbringen konnte.

Und so war es für ihn jetzt auch mit dem Lesen.

Die meisten Bücher waren grottenschlecht. Jemand – eine Schule vermutlich – hatte einen ganzen Haufen Lehrbücher gespendet. Soziologie und Psychologie und Statistik und Wirtschaft. Öde wie trockener Toast. Wenn es das war, was die Leute auf dem College lernten, dann war es kein Wunder, dass kein Mensch einen Funken Grips zu haben schien.

Und einige der Romane waren ein bisschen zu heftig. Die älteren – und in der Bibliothek schienen vor allem Bücher aus den zwanziger und dreißiger Jahren zu stehen – waren ziemlich kompliziert. Da wusste er gar nicht, wo vorne und hinten war. Da musste er sich richtig durchbeißen; genau wie beim Fußbodenputzen: kratzen, dann schrubben, dann moppen, dann nachspülen. Stück für Stück. Dann entdeckte er auch neuere. *Catch-22*, das fand er echt okay. Er hatte fünf Minuten lang grinsen müssen, nachdem er das zu Ende gelesen hatte. Dann hatte jemand Kurt Vonnegut erwähnt. In der Gefängnisbibliothek gab es zwar keine Bücher von ihm, aber ein Wärter, mit dem er sich angefreundet hatte, gab ihm *Katzenwiege* und noch ein paar andere. Wenn er seitdem den Wärter sah, zwinkerte er immer und sagte: »So läuft's.« Boggs liebte Paul Therouxs Reiseberichte. Er versuchte sich auch an John Cheever. Die Short Storys gefielen ihm nicht, aber der Roman über das Gefängnis traf voll ins Schwarze. Klar, es ging ums Gefängnis, aber es ging auch um noch etwas mehr als ums Gefängnis. Das schien das Merkmal eines guten Buches zu sein. Dass es um etwas ging, dass es aber auch noch um etwas mehr ging, selbst wenn man nicht genau wusste, worum.

Das Buch, das die kleine Reporterin ihm gegeben hatte, war nicht so gut, fand er. Der Stil war altmodisch, und manche Sätze musste er drei-, viermal lesen, um zu kapieren, was Sache war. Aber er blieb dabei, und gelegentlich nahm er es in die Hand und las ein Stück weiter. Er wollte es auslesen, aber nur um mit Rune darüber sprechen zu können.

Das erinnerte ihn wieder an das Mädchen, und er fragte sich, wieso ihr Bericht am Dienstag nicht gekommen war. Rune hatte ihn nicht angerufen, um es ihm zu erklären. Andererseits war er sich aber auch nicht ganz sicher, welchen Tag sie gesagt hatte. Vielleicht hatte sie ja Dienstag in einer Woche gemeint. Wahrscheinlich hatte sie ›nächsten‹ Dienstag gesagt anstatt ›diesen‹ Dienstag; ›nächsten‹ und ›diesen‹ brachte Boggs immer durcheinander.

Verdammt, die Kleine war schon was. Er hier hatte monatelang darüber nachgegrübelt, wie er aus dem Knast kommen könnte, hatte an Flucht gedacht, daran, krank zu werden, daran, Berufung einzulegen, und dann kommt sie und macht es für ihn, und es kostet ihn weder Mühe noch einen Cent.

Er …

Und da hörte er das Geräusch und verspürte den ersten Anflug von Angst.

Das Gefängnis war alt, aber die Bibliothek war ein neuerer Anbau, von den Zellenblöcken entfernt. Sie sah aus und roch wie eine kleinstädtische Schule. Es gab nur einen Ein- und Ausgang. Er schaute sich um. Die Bibliothek war völlig menschenleer. Und da begriff er, dass die Parole ausgegeben worden war. Keine anderen Häftlinge, keine Wärter. Kein Bibliothekar hinter dem Tresen. Er hatte sich festgelesen und gar nicht bemerkt, dass alle anderen gegangen waren.

Oh verflucht … Boggs hörte die langsamen Schritte mehrerer Männer, die durch den Korridor auf die bewusste eine Tür zukamen.

Er wusste, dass Severn Washington draußen war, und er wusste, dass der große Schwarze so loyal war, wie es ein Freund im Gefängnis nur sein konnte.

Aber das war eine große Einschränkung. *Im Gefängnis.*

Drinnen ist jeder käuflich.

Und wenn es hart auf hart kommt, kann jeder umgebracht werden.

Boggs hatte immer noch keine blasse Ahnung, warum Ascipio es auf ihn abgesehen hatte. Aber es war klar, dass er auf der Abschussliste stand. Daran gab es keinen Zweifel. Und als er jetzt hörte, dass die Schritte sich der Tür näherten, wusste er – keine Vorahnung oder ähnliches – er wusste, dass etwas im Gange war.

Instinktiv stand er auf. Mögliche Waffen waren: ein Buch oder ein Stuhl.

Na ja, weder das eine noch das andere würde ihm irgendetwas nützen.

Oh, nicht wieder das Messer. Dieses grässliche Gefühl der Glasklinge. Grässlich …

Er schaute sich den Stuhl an. Er konnte ihn nicht in Stücke reißen. Und als er versuchte, ihn anzuheben, fuhr ihm von dem ersten Stich ein sengender Schmerz durch Rücken und Seite. Er versuchte es von neuem und schaffte es, den Stuhl vom Boden zu heben und mit beiden Händen zu halten.

Dann sagte ihm etwas in seinem Kopf: Was soll's?

Sie würden hereinplatzen, ihn einkreisen, ihn sich schnappen. Er würde sterben. Was konnte er dagegen tun? Mit dem Stuhl auf sie losgehen? Einen umhauen, während ihm die anderen mühelos in den Rücken fielen?

Daher setzte sich Randy Boggs, der Versagersohn eines Versagervaters, einfach vor einer Schultafel in einer schäbigen Gefängnisbibliothek auf den Stuhl und fing aus irgendeinem Grund an, urplötzlich und wie besessen, an Atlanta und das sonntägliche Mittagessen seiner Kindheit zu denken.

Aus seiner Tasche nahm er das Buch, das die kleine Reporterin ihm geschenkt hatte, und legte die Hände darauf wie auf eine Bibel, was ihm mit einem Mal lustig vorkam, denn für die Leute aus der alten Zeit, die alten Griechen oder Römer oder was auch immer, war dieses Sagenbuch wahrscheinlich eine Bibel gewesen.

Prometheus war befreit worden.

Hier jedoch schien es nicht, als ob diese Geschichte sich wiederholen sollte. Weder hier noch jetzt.

Die Schritte hielten an, und er hörte leise Stimmen.

Randy Boggs schluckte und versuchte, sich an ein Gebet zu erinnern. Da ihm keines einfiel, schluckte er noch einmal und versuchte, nicht an den Schmerz zu denken.

Die Tür wurde aufgerissen.

»Hey, Boggs.«

Er blinzelte mit starrem Blick.

»Boggs, komm schon. Arsch hoch.«

Er stand auf und ging auf den Wärter zu. Er öffnete den Mund, um etwas zu sagen, aber es kam nichts heraus, was auch gut war, denn er hätte ohnehin nicht gewusst, was er sagen sollte.

»Na denn mal los, Boggs.«

»Was gibt's denn?«

Der Wärter hatte schläfrige Augen und eine Stimme, die dazu passte. »Der Direktor will dich sehen. Beeil dich.«

»Da haben Sie ja ein ganz entzückendes kleines Töchterchen«, sagte Megler zu Randy Boggs.

Der Anwalt stapfte durch das Büro. Er war auf einer Art Energietrip und konnte nicht still sitzen.

Randy Boggs saß vorgebeugt auf einem Sessel in Meglers Büro, die Hände zusammengepresst, als seien sie mit Handschellen gefesselt. Er trug blaue Jeans und ein blaues Jeanshemd, die Kleidung, die er getragen hatte, als er vor drei Jahren ins Gefängnis gegangen war. Rune, die neben ihm saß, roch Mottenkugeln.

»Kleines Töchterchen, jassir.« Boggs nickte heftig und stimmte allem zu, wer es auch sagte. Bei dem Teil mit dem kleinen Töchterchen schaute er jedoch fragend zu Rune, die ihm Courtney entgegenhielt. Boggs streckte die Hände aus, und sie umarmte ihn schüchtern.

»Daddy«, sagte sie und schaute zu Rune, um sich zu vergewissern, dass sie den Text richtig aufgesagt hatte. Rune nickte lächelnd. »Mr. Megler wusste gar nicht, dass Sie ein kleines Mädchen haben«, sagte sie zu Boggs. »Das war einer der Gründe, weshalb er so nett war zu helfen, obwohl der Bericht noch nicht gelaufen ist.«

»Klar«, sagte Boggs und blinzelte, um zu sehen, ob ihm das helfen würde, die Sachlage besser zu verstehen. Es hatte nicht den Anschein. »Weiß ich echt zu schätzen.«

Megler stapfte. Über dem sackartigen Hemd, dort, wo sein

Bauch gewesen wäre, hätte er zwanzig Kilo mehr gewogen, flatterte sein Polyesterschlips mit der Kugelschreiberübermalung. Seine Haare standen starr von seinem dürren Schädel nach hinten ab, als stünde er Gesicht voran in einem Sturm. »Also«, sagte er, »es sieht folgendermaßen aus: Die junge Lady hier hat ein paar ziemlich gute Beweise gefunden, die Sie rausgebracht hätten, aber es scheint, als sei irgendein Arschloch …« Er schaute zu Courtney, aber die spielte mit Daddys Schnürsenkeln und hatte das Wort nicht mitbekommen. »… irgendeine Person ins Studio eingebrochen und hätte sie gestohlen. Das war der erste Streich. Dann …«

»Oh, das hätten Sie sehen sollen!«, unterbrach ihn Rune. »Das war 'ne echt tolle Story, Randy. Da wären sie in null Komma nichts raus gewesen. Die Abblenden hab ich einfach tadellos hingekriegt. Der Ton war abgemischt wie 'ne Symphonie. Und ich hatte 'ne echt, echt super Aufnahme von Ihrer Mutter …«

»Mama? Echt?« Er grinste. »Was für'n Zeug hat die denn von sich gegeben?«

»Gab nicht viel her, muss ich Ihnen sagen. Aber sie hat echt mutterhaft ausgesehen.«

»Ja, das ist was, was sie wirklich gut kann.«

»Darf ich?«, unterbrach Megler. Courtney zielte mit dem Zeigefinger wie mit einer Pistole auf ihn und drückte ab. Das war ein Spiel, das sie, wie sie fand, jetzt spielen sollten. Er lächelte sie grimmig an und schoss zurück. Sie schlug die Hände vor die Brust und fiel zu Boden. Es hatte den Anschein, dass Megler hoffte, sie würde für lange Zeit toter Mann spielen.

Rune kam dem Anwalt zuvor. »Wissen Sie, wer's getan hat? Kennen Sie den Mörder?«

»Ähm. Wenn ich das wüsste …« Boggs zuckte die Achseln.

»Der Typ, der Sie mitgenommen hat, der war's. Jimmy.«

Boggs schüttelte den Kopf. »Das wär mir neu.«

»Moment. Moment. Moment.« Rune ließ die Beine hüpfen.

»Ich sag Ihnen gleich, woher ich's weiß. Aber, sehen Sie mal, Jimmy hat alles gestohlen – irgendwie hat er von der Story erfahren. Ich hab's quasi einem Reporter erzählt, und dann kam es in die Zeitung, und da hat er's, glaube ich, gelesen und ist in die Stadt gekommen, um die Sendung zu verhindern ...«

Courtney erwachte wieder zum Leben und kletterte auf ihren Schoß.

»Egal, ich bin hergekommen, um Fred zu informieren, dass die Beweise gestohlen worden sind. Das war schrecklich, stimmt's, Courtney?«

»Schrecklich, ja«, sagte das kleine Mädchen.

»Und ich sagte dieser jungen Lady«, sagte Megler, »dass, wenn wir kein Band oder einen zweiten Zeugen haben ...«

Rune unterbrach ihn, um die Sache mit Bennett Frosts Tod zu erklären.

Boggs runzelte die Stirn. »Hat sich selber umgebracht?«

»Die ärztliche Untersuchung ergab, dass es ein Unfall war, aber wer weiß das schon genau?«, sagte Megler, der wieder das Wort führen wollte. »Wie dem auch sei, mit ihm als Leiche sah es nicht allzu gut aus. Aber da Sie ja für ein goldiges kleines Mädchen zu sorgen haben ...«

Megler übersah den Blick, den Boggs Rune zuwarf und die Miene, mit der sie die Augen zur Decke hob.

»... dachte ich, dass wir vor Gericht nicht schlecht dastehen. Es gibt eine Aussage der ersten Zeugin, Miss Breckman, die zugab, dass ihre Identifikation vor allem darauf beruht hatte, dass sie Sie im Fernsehen gesehen hatte, nachdem Sie verhaftet worden waren. Dann ...«, er legte eine Kunstpause ein, »erreichte ich eine Ein-Parteien-Anhörung und präsentierte meine neue geheime Zeugin.«

Boggs hob ruckartig den Kopf. »Sie haben noch eine Zeugin gefunden?«

Rune verbeugte sich. »Mich!«

»Ich rief Rune in den Zeugenstand, um Frosts Aussage zu

bezeugen. Frost hatte ihr erzählt, dass er gesehen hatte, dass der andere Kerl Hopper umgebracht hatte. Normalerweise gilt das als Hörensagen und könnte nicht zugelassen werden, aber da Frost tot ist, darf sie bezeugen, was Frost gesagt hat.«

»Oh, ich war toll«, sagte Rune. »›Schwören Sie feierlich ...‹«

»Ich habe außerdem erwähnt«, fuhr Megler fort, »dass sie Reporterin bei *Current Events* ist. Ich meine, Gerechtigkeit ist eine Sache, aber die Medien? Vergessen Sie's ... Der Richter vergewisserte sich praktisch nur, ob sie die richtige Schreibweise seines Namens wusste.«

»Und paff, hat er Sie auf freien Fuß gesetzt«, ergänzte Rune.

»Von der Bank weg«, sagte Megler feierlich. »Das kommt nicht grade oft vor.«

»Ich bin frei?«

»Vorbehaltlich der Entscheidung des Staatsanwalts bezüglich eines neuen Verfahrens. Wahrscheinlich lassen sie es einfach fallen. Aber Sie müssen in New York City bleiben, bis es entschieden ist. Sie können reisen, wenn Sie es dem Büro des Bezirksstaatsanwalts mitteilen, aber Sie dürfen den Bundesstaat nicht verlassen.«

»Du lieber Gott«, sagte Boggs. »Ich weiß gar nicht, was ich sagen soll.« Er beugte sich vor und küsste Rune schüchtern auf die Wange. Dann stand er auf und trat ans Fenster.

»Sie haben sich das Recht erworben«, sagte Megler, »genau wie jeder andere durch den Morast von New York zu wandern ... Übrigens, haben Sie überhaupt Geld?«

»Ich hab was gekriegt, als ich rauskam. Nicht viel.«

Megler öffnete seine Brieftasche. Ein Bündel Zwanziger kam zum Vorschein. Ein paar hundert Mäuse. Er hielt es Boggs hin, der den Kopf schüttelte. »Nein, Sir, aber trotzdem vielen Dank.«

»Das ist nur geliehen. Na los. Zahlen Sie's mir zurück, wenn Sie können. Ha, wenn Sie's nicht tun, krieg ich Sie am Arsch.«

Boggs wurde rot, als er das Geld annahm und es so rasch wie möglich in die Tasche steckte.

Megler gab ihm Ratschläge, wie er sich um Arbeit bemühen solle, nach welchen Jobs er Ausschau halten solle.

Einen Augenblick lang sah Boggs bedrückt aus. »Eins möcht ich gerne tun. Ein Freund von mir ist im Gefängnis umgebracht worden. Ich würd seine Familie gerne besuchen. Oben in Harlem.«

»Sie sehen aus, als wollten Sie um Erlaubnis bitten«, sagte Megler. »Wenn Sie dort hinwollen, fahren Sie doch einfach hin.«

»Ja, ich schätze, das könnt ich. Klar. Hab ich gar nicht bedacht.«

Dann sagte Boggs, er müsse sich nach einem Hotelzimmer umsehen. ... Nein, zuerst nach etwas zum Essen, dann nach einem Zimmer. Nein, zuerst wollte er spazieren gehen über den ... Wie hieß die Straße dort? Boggs deutete aus dem Fenster.

»Da drüben? Broadway«, antwortete Megler.

»Ich will den Broadway runterspazieren.«

»Eigentlich«, korrigierte Rune ihn, »würden Sie den Broadway von hier aus eher *rauf*spazieren.«

»Den Broadway rauf, und dann will ich anhalten und in einen von den Läden gehen.«

»Da gibt's 'ne ganze Menge«, meinte der Anwalt. »Beschissenes Angebot, überteuerte Preise.«

»Beschissen«, wiederholte Courtney.

»Und dann schau ich mir noch 'n paar andere Straßen an. Und da ist niemand, der's mir verbietet.«

»Nicht eine einzige Seele auf der Welt.«

Boggs grinste.

»Ein paar Bänder hab ich noch«, sagte Rune. »Aber ich muss Sie noch mal interviewen. Ich möchte so schnell wie möglich anfangen.«

Boggs lachte. »Na, da brauchen Sie nicht mal zu fragen. Ich würd Sie allerdings zuerst noch um was bitten.«

»Klar.«

»Meinen Sie, wir könnten irgendwo 'n Bier auftreiben? Mein letztes ist 'ne Weile her, und da hätt ich echt Lust drauf.«

24

Die Plastiktüte klingelte wie Schlittenglocken. Sie enthielt: ein Heineken, ein Moosehead, ein Grolsch, zwei Budweiser (»Bei weitem nicht das beste, aber das war mein erstes – was dagegen, wenn ich mir zwei mitnehme, aus sentimentalen Gründen, wissen Sie?«), ein Tecate, und ein Sixpack Corona. Rune hatte zudem noch ein paar Dosen Amstel gekauft, aber Light-Bier hatte Randy Boggs im Leben noch nicht getrunken. »Glaub nicht, dass ich Lust hab, meine Freiheit mit so was zu feiern.«

Sie bogen in die Christopher Street ab und machten sich auf in Richtung Hudson. An der Ampel warteten sie auf Grün. Als es so weit war, überquerten sie den breiten West Side Highway, wobei Courtney fest Runes Hand hielt und nach links und rechts schaute, wie Rune es dem kleinen Mädchen beigebracht hatte.

»Äh, wo gehen wir denn hin?«, fragte Boggs. Er schaute unsicher in Richtung des menschenleeren Ufers.

Rune fühlte sich als Südstaatlerin, wenn sie mit Boggs zusammen war, und antwortete: »Da herüben.«

Er schaute in die Richtung, in die sie genickt hatte, und lachte. »Dorthin?«

Sie gingen über die gelbe Gangway aufs Hausboot. Boggs schaute sich grinsend um. »Da brauch ich wahrscheinlich gar nichts sagen zu, nehm ich an. Wenn Sie hier wohnen, dann müssen Sie inzwischen schon alle möglichen Kommentare zum Hören gekriegt haben.«

Drinnen ging Boggs schüchtern von Raum zu Raum, um sich alles anzusehen. Vorsichtig berührte er die Stofftiere, die Spitzendeckchen, die Rune über die Lampen gehängt hatte, die rosa und blauen Kristalle, ihre Bücher. Gelegentlich lachte er, wenn er versuchte, etwas zu identifizieren – einen Wimpernkrümmer oder einen kaputten altertümlichen Apfelspalter, den Rune gekauft hatte, weil sie ihn für eine mittelalterliche Waffe gehalten hatte.

In der Küche stellte sie das Bier beiseite und bereitete das Essen zu, das sie gekauft hatten – knusprige Kasebällchen und Büchsen mit mexikanischem Bohnendip und kleine Shrimpcocktails in Bechern mit abziehbarem Deckel. »Die liebe ich. Und die Becher kann man später auch noch als Saftgläser verwenden.«

»Saft«, sagte Courtney. Rune goss dem Mädchen einen Ocean Spray ein, dann füllte sie einen Pu-der-Bär-Teller mit Bohnendip und gab ihr einen Löffel.

»Das ist eklig«, sagte die Kleine, als sie hineinschaute. »Ja, ist es.« Aber sie nahm das Besteck und fing an, kleine Häufchen Dip aufzupicken und auf den Löffel zu schmieren.

»Vor Gästen spielt sie den Kasper«, sagte Rune zu Boggs. »Court – du weißt, wie's geht«, fügte sie streng hinzu.

»Ekliges Essen.« Courtney verzog die Nase, fing aber an, manierlich zu essen.

»Serviette«, ermahnte Rune sie, und Courtney nahm eine Papierserviette von einem Stapel in der Mitte des Tisches und legte sie sich auf den Schoß. Dann aß sie weiter.

Boggs beobachtete die beiden. »Sie sind irgendwie zu jung für 'ne Mutter. Wer ist der Vater?« Er lachte. »Außer mir, mein ich.«

»Lange Geschichte.« Dann sagte sie: »Mit welchem Bier wollen Sie anfangen?«

»Ich glaub, ich fang mit ’nem Bud an. ›Kauft amerikanisch.‹ Als ich vor drei Jahren in den Knast kam, haben das alle gesagt. ›Kauft amerikanisch.‹ Aber niemand macht besseres Bier als die Mexikaner. Das Corona heb ich mir für den Nachtisch auf.«

»Kommen Sie mit.« Rune führte ihn hinaus auf Deck, wo sie ungestörter waren, Courtney aber immer noch im Blick hatten.

»Ich wollte da drinnen nichts sagen. Vor ihr.« Sie erzählte ihm, wie Claire das Mädchen im Stich gelassen hatte.

Boggs schüttelte den Kopf. »Ich glaub, ich hab noch nie jemanden getroffen, der so was gemacht hätte.«

»Claire ist total unreif.«

»Ich hatte selber nie Kinder.« Er grinste. »Jedenfalls nicht dass ich wüsste. Vaterschaftsklagen hat’s keine gegeben.«

»Ich mit ’nem Kind«, sagte Rune kopfschüttelnd. »Sie kennen mich nicht so gut, aber das ist ganz klar Rollenumkehrung.«

»Für mich sieht’s aus, als kämt ihr beiden ganz gut miteinander zurecht.«

Rune ließ den Blick schweifen. »Ach, sie ist Spitze. Ich hab immer gedacht, Kinder wären, irgendwie, total widerlich. Sie wissen ja, da gibt’s so eine Phase, wo sie nicht reden können – da müssen sie kreischen. Und sie essen nichts; sie kotzen nur. Aber in Wirklichkeit, hab ich gemerkt, sind sie genau wie Erwachsene. An manchen Tagen sind sie guter Laune, und an manchen sind sie mies drauf. Und wir können reden! Wir laufen durch die Gegend, und ich erzähl ihr was. Sie versteht es. Unser Verstand funktioniert ganz ähnlich.« Rune schaute nach Courtney. »Wenn sie mal groß wird, wird sie genau wie ich.«

»Ich kenne natürliche Mütter, die sich weniger glücklich mit ihren Kindern anhören.«

Boggs ließ sich das Bud schmecken, als sei es ein edler Wein.

Rune hielt ihm die Tüte mit Käsebällchen hin. Er schüttelte den Kopf. »Muss schön sein, wenn man jemanden hat, der mit einem zusammenlebt«, sagte er. »Ich hatte 'n paar Freundinnen, von Zeit zu Zeit, aber verheiratet war ich nie. Ich weiß nicht, ich glaube, das käme mir ziemlich komisch vor. Mit jemandem zusammenleben, wenn man's nicht muss. Drinnen hat man natürlich keine andere Möglichkeit.«

»Drinnen?«

»Im Knast.«

»Oh, klar ... Na ja, normalerweise hab ich Mitbewohnerinnen. In New York ist das sozusagen ein notwendiges Übel, bei den Mieten. Aber ich hab auch schon oft alleine gewohnt. Ich hab mich dran gewöhnt. Das ist wie ein Talent, an dem man arbeitet.«

»Ist das nicht manchmal einsam?«

»Klar. Ich erinnere mich an Nächte, da hab ich dagesessen und mir auf 'nem Schwarz-Weiß-Fernseher Wiederholungen von *Gilligans Insel* angeschaut – kennen Sie das, mit 'nem Kleiderbügel als Antenne? Und ich hab geschaut, und da hör ich, wie ein Stück Papier unter der Tür durchgeschoben wird. Und ich will schon aufstehen und gucken, was es ist, aber dann hab ich's gelassen. Weil ich wusste, dass es nur 'ne Speisekarte von 'nem Chinesen ist, die ein Verteiler unter allen Türen in dem Haus durchgeschoben hat. Aber wenn ich *nicht* nachschaue, dann wär's vielleicht 'ne Nachricht von jemandem gewesen. Vielleicht stand ja drauf: ›In drei-G gibt's 'ne Party. Jede Menge Männer. Komm in Verkleidung.‹ Oder es wäre was Geheimnisvolles gewesen. ›Triff mich um Mitternacht bei Vollmond an der Ecke Avenue A und 9th Street.‹«

Boggs schaute sie an und versuchte, aus all dem schlau zu werden.

»Aber nix, jedes Mal war's nur 'ne Speisekarte. Und ich setz mich wieder vor die Sitcoms und die Werbung. Aber die Höhen und Tiefen – die machen ja das Leben zu dem, was es ist.«

Sie schlug sich gegen die Brust. »Ich bin alter Bauernadel aus Ohio.«

»Da gibt's noch was, was ich gern sagen würde ...«, sagte Boggs.

Rune hatte sich schon gefragt, ob er darauf zu sprechen kommen würde, wie sie das mit dem Schlafen regeln sollten, und so hörte sich das nun an. Aber genau in diesem Moment rief Courtney: »Ich will Saft.«

»Sag ›bitte‹.«

»Ich will bitte.«

»Sehr witzig«, rief Rune. »Gleich, mein Schatz.« Zu Boggs sagte sie: »Ich hab Appetit auf was Richtiges zum Essen. Ich hab noch ein paar übrig gebliebene Whopper im Kühlschrank. Lust?«

»Klar. Machen Sie mir zwei warm.«

Rune stand auf, um ins Hausboot zu gehen. Plötzlich blieb Boggs stehen. Er drehte sich um und reckte den Kopf wie ein Hund, der eine Ultraschallpfeife hört. Er hob das Gesicht zum Himmel. Seine Nasenflügel blähten sich weit, als er tief die Luft einsog. »Was is'n das?«

»Was?«

»Die Gerüche«, sagte er.

»Tja, nach Parfüm stinkt's in New York nicht gerade.«

»Nein, das mein ich nicht. Was ich meine, ist, dass da 'n ganzer Haufen ist. Tausend Gerüche.«

Sie schnüffelte und schüttelte den Kopf. »So viele kann ich nicht rausriechen.«

Boggs sog die Luft erneut ein. »Wenn man Drinnen ist, gibt's nur ein paar wenige Gerüche. Desinfektionsmittel. Zwiebeln oder Fett aus der Küche. Frühlingsluft. Sommerluft ... Irgendwie gewöhnt man sich an sie. Aber hier – was riech ich hier?«

»Verfaulten Fisch und Hundekacke und Müll und Autoabgase.«

»Nee. Was ich rieche, ist Freiheit.«

Eine Kartoffel, zwei Kartoffeln, drei Kartoffeln, vier …

Jack Nestor spazierte gemächlich über die alten Docks am Hudson River und dachte nach: In Florida sollten die Leute auf Booten wohnen. Besonders im südlichen Florida, in der Nähe der Everglades stellt man fest, dass es sogar an Land überall Wasser gibt und dass es Teil des täglichen Lebens ist. Häuser werden auf Pfählen gebaut, und jeder hat irgendeine Art Boot im Hof stehen.

In New York jedoch wirkte es ziemlich verrückt, auf einem Boot zu wohnen.

Fünf Kartoffeln, sechs Kartoffeln, sieben Kartoffeln, mehr …

Nestor hatte in der 10th Street unweit des Flusses geparkt. Er hatte das Auto gemietet, was er nicht gerne tat, weil das Spuren hinterließ. So jedoch bestand nach dem, was geschehen würde, eine reelle Chance dafür, dass man seine Beschreibung in der ganzen Stadt, einschließlich der Polizei im Hafen, auf den Flughäfen und an den Bahnhöfen, verteilte. Aber niemand konnte einen daran hindern, New York mit dem *Auto* zu verlassen.

Die Sonne war inzwischen untergegangen, und der Himmel hatte einen Blauton, wie es ihn in Florida nie gab. Es war ein Graublau, Metallblau, Schrottplatzblau. Nestor hatte Durst, wollte aber kein Deli aufsuchen – wo ihn noch viele andere gesehen hätten. Er setzte sich daher auf eine Bank mit Blick auf die Stadt und wartete darauf, dass es noch dunkler wurde. Er drückte seine Zigarette aus, nachdem er einen langen letzten Zug genommen hatte, und hatte das Gefühl, das Menthol hätte seinen Durst gemildert.

Acht Kartoffeln, neun Kartoffeln, keine Cops mehr …

Der Streifenwagen, der am Highway in der Nähe des Hausbootes geparkt hatte, während die Cops Sandwiches gegessen und Kaffee getrunken hatten, fuhr los, wendete langsam und machte sich auf in Richtung Norden.

Zeit, sich an die Arbeit zu machen. Er zog seine Pistole und schlenderte lässig zum Hausboot.

»Erst mal hab ich 'ne Menge über Recht gelernt. Es gab einen Haufen Jurabücher Drinnen. Ein paar von den Jungs haben ihre Anträge selbst geschrieben. Die sind ziemlich gut da drin.«

Rune nickte. Boggs war mit seinem Corona beschäftigt – er war immer noch nicht betrunken oder auch nur müde, wie es schien –, und Rune schlürfte Kräutertee und aß Kekse. Sie hatte ihn eigentlich aufnehmen und noch weitere Fragen über das Leben im Gefängnis stellen wollen. Aber er hatte sie gebeten zu warten. Er war müde. Morgen, sagte er. Morgen könne sie ihn so viel aufnehmen, wie sie wolle.

Courtney hatte zu quengeln angefangen; es war noch etwas zu früh fürs Bett, aber sie hatte einen anstrengenden Tag hinter sich, an dem sie einem Menschen geholfen hatte, aus dem Gefängnis entlassen zu werden, indem sie die Rolle der Tochter eines Gefangenen spielte, und deshalb badete Rune sie und brachte sie danach zu Bett. Das Mädchen schlief fast augenblicklich ein. Rune kam in den Wohnzimmerbereich der Kabine zurück und sah, dass Boggs missmutig und nervös auf dem Sofa saß.

Er räusperte sich und schaute sie eine ganze Weile an, um dann den Blick abzuwenden.

Etwas ging ihm durch den Kopf, und sie fragte sich, ob jetzt der Augenblick gekommen war, da er die Schlafensfrage wieder ansprechen oder sogar einen Annäherungsversuch machen würde.

À la, ein Mann und eine Frau allein zusammen.

À la, ein Mann, der drei Jahre lang hinter Gittern gesessen hat, plötzlich allein mit einer Frau zusammen.

Aber Annäherungsversuche blieben aus. Boggs holte sich noch ein Bier und fuhr mit seinem nervösen Geschnatter fort.

Eine Weile sprachen sie über das Leben in der Stadt, über Atlanta, über Politik und Washington (für jemanden, der so hinterwäldlerisch wirkte, schien er eine ganze Menge zu wissen). Rune war darauf gefasst, dass jeden Moment der Satz fiel: *Wissen Sie, ich dachte mir grade, es könnte schwer werden, 'n Zimmer zu finden* ... Aber gerade als ihr das durch den Kopf ging, gähnte Boggs und schaute auf seine Uhr. »Ich sollte mir langsam 'n Zimmer für heut Nacht suchen«, sagte er.

Zu ihrer eigenen Überraschung antwortete sie: »Wenn Sie wollen, können Sie im Wohnzimmer schlafen. Courtney liegt auf dem Futon, aber wir könnten irgendwas arrangieren.«

Aber er schüttelte den Kopf. »Nein, es ist komisch, ich kann's nicht erklären, aber mir wäre echt danach, die Nacht alleine zu verbringen, wissen Sie?«

»Klar.« Sie verstand überhaupt nichts, war aber erleichtert, dass er es so haben wollte. »Ich pack Ihnen noch die restlichen Biere ein. Und ich gebe Ihnen noch 'n Stück Pizza zum Frühstück mit.«

»Äh, nein danke. Ich steh mehr auf Haferbrei.«

»Ich hab ein paar Päckchen Instantzeug da«, sagte sie. »Wollen Sie zwei?«

Eine Frage, die niemals beantwortet werden sollte.

Mit einem lauten Krachen wurde die Eingangstür aufgestoßen, so dass sie an den Tisch knallte und einen Stapel von Runes Büchern umstieß.

Sie blickte zu dem fetten Mann, der in das Hausboot gestürmt kam, sah die große Knarre in seiner Hand und sprang instinktiv vor den Lagerraum, in dem Courtney schlief. Sie erwiderte den Blick des Mannes, von dem sie ohne den geringsten Zweifel wusste, dass er Lance Hopper und Bennett Frost ermordet hatte.

Dies war Jimmy.

Boggs sprang auf und stieß das Bier um, das zu Boden kullerte.

Der massige Mann blieb stehen und schloss langsam die Tür, ganz ruhig, so als sei er hereingebeten worden.

Die Arme ungelenk an den Seiten herunterhängend, stand er da. Vorsichtig, aber selbstbewusst, blinzelnd, den Raum und seine Insassen musternd. Nichts, was er sah, machte ihm Angst.

Randy Boggs schaute den Mann mit schreckgeweiteten Augen an. So wie Boggs stand, wirkte er wie ein Soldat. Nein, eher wie ein Boxer – einen Fuß vor, zur Seite gedreht. Was verrückt war, denn sogar ohne Pistole hätte er es niemals mit diesem fetten Kerl aufnehmen können, der vierzig Kilo schwerer war als er und aussah wie ein Eiertreter und Augenausstecher. Ein hundsgemeiner Kämpfer.

»Was wollen Sie?«, flüsterte Rune.

Er beachtete sie nicht und ging geradewegs auf Boggs los. Fünf Sekunden völliger Stille verstrichen, während die Männer einen Kampf mit Blicken auszufechten schienen.

Keiner von beiden rührte sich.

Es war Randy Boggs, der als Erster grinste. »Nestor, du alter Mistkerl! Ich hatte noch nicht mit dir gerechnet.«

Der fette Mann lachte und stieß ein Geheul aus. Er steckte die Pistole in den Gürtel, und die beiden Männer umarmten sich wie lange getrennte Kosakenbrüder, die sich unversehens gefunden hatten.

25

Rune konnte nur einen einzigen Gedanken fassen: Konnte Courtney schwimmen?

Rune konnte schwimmen – etwa so gut wie jedes Mädel aus dem Mittleren Westen, das nie ein Gewässer mit Wellen gesehen hatte, bis sie zehn war.

Verdammt, sie konnte Courtney auch einfach an sich pressen – jetzt stellte sie sich vor, wie sie schrie und voller Panik in ihren Armen wand – und Wasser treten bis zum Pier gegenüber. Wie weit war das? Dreißig, vierzig Meter vielleicht?

Und, Gott, der Hudson war rau und tückisch ...

Aber das spielte keine Rolle. Wenn sie jetzt nicht hier herauskamen, dann würden sie in drei Minuten tot sein.

Sie riss die Tür zu dem Lagerraum auf und sprang, wobei sie sich vage einer jähen hektischen Aktivität im Wohnzimmer bewusst wurde. Schritte, Stimmen. Sie knallte die Tür zu und drehte das Steckschloss um. »Court, wach auf!«

Das kleine Mädchen regte sich nicht.

Rune presste sich mit dem Rücken gegen das dicke Holz und fing an, die Stiefel aufzuschnüren, die durch Dutzende von Ösen festgezurrt waren. Sie wusste, wenn es ihr nicht gelang, sie auszuziehen, würde sie ertrinken. »Courtney!«, rief sie.

»Saft«, sagte eine leise Stimme.

»Wach auf!«

Vielleicht würden einige Spielzeuge schwimmen. Sie sah einen anämischen Luftballon, der an der Wand festgebunden war. Rune packte ihn und wickelte ihn um die Hüfte des Mädchens. »Ich bin müde«, sagte Courtney.

Rune hatte einen Stiefel herunter. Sie machte sich an den zweiten.

Mit einem lauten Krachen brach die Tür nach innen und traf Rune an der Schulter. Sie flog gegen die gegenüberliegende Wand und blieb reglos liegen. Jack Nestor trat in den Raum und kniff gegen die Dunkelheit die Augen zu. Er schaute sich um und kam auf Rune zu.

Als er sie erreicht hatte, sprang sie los. Das einzig Dumme: Mit der Schulter traf sie ihn an der Wange, und er prallte zurück. Er blinzelte verblüfft, als sich ihm ein Zahn in die Zunge oder das Zahnfleisch bohrte. »Kleines Mistvieh!«, murmelte er. Sie schlug ihn mit ihren zu kleinen Fäusten geballten Händen. Er war jedoch unnachgiebig wie Hartgummi. Und stark dazu. Er hob sie einfach hoch, steckte sie sich unter den Arm und trug sie ins Wohnzimmer hinaus.

Sie schrie und zappelte und trat um sich.

Nestor lachte roh. »Wow, das ist ja 'ne richtige Wildkatze.« Er ließ sie auf einen gusseisernen Stuhl mit Schmetterlingslehne fallen. Sie trat ihm gegen den Oberschenkel. Er zuckte zusammen. »Komm runter!«, sagte er ärgerlich.

»Du Schwein!« Sie sprang vom Stuhl auf und stürzte sich auf Boggs. »Komm runter!«, brüllte Nestor. Er packte sie wie ein Fänger, der sich eine Sechzig-Meter-Bombe angelt, und schleuderte sie wieder auf den Stuhl. Sie wischte sich die Tränen aus den Augen. »Du Dreckskerl.« Sie schaute Randy Boggs an, der ihrem Blick auswich.

»Hast du dir 'n Fahrzeug besorgt?«, sagte Boggs zu Nestor.

»Na klar. Irgend so 'n Scheißding von Hertz. Aber das reicht schon. Verdammt, du siehst gut aus für einen, der drei Jahre lang die Sonne nur durch Gitter gesehen hat.«

»Und du bist so hässlich wie immer«, sagte Boggs.

Nestor lachte, und die beiden Männer lieferten sich einen gut gelaunten Boxkampf. Boggs landete einen linken Haken auf Nestors Brust. »Du Wichser, schnell warst du immer schon«, sagte der Fette. »Du schlägst wie 'ne Muschi, aber schnell bist du.«

»Morgen hast du da 'nen blauen Fleck, der aussieht wie meine Knöchel.«

Nestor schaute sich um. »Wir müssen uns aus dem Staub machen.«

»Wär ich auch für.«

»Haben Sie's getan? Haben Sie's wirklich getan?«

Nestor sprach mit Boggs. »Kümmern wir uns ums Geschäft, und dann machen wir uns auf den Weg.« Er zog die Pistole aus dem Hosenbund und drehte sich zu Rune um.

Das Lächeln wich aus Boggs' Gesicht. »Was hast'n du vor?«

Nestor zuckte die Achseln. »Ist doch klar, meinste nicht? Ich finde, wir haben keine große Wahl.«

Boggs schaute zu Boden, um ihrer beider Blicke auszuweichen. »Na ja, Jack, weißt du, ich fänd's nicht so toll, wenn du das machen würdest.«

Rune starrte auf die Pistole aus Furcht, Nestor anzublicken. Er schien zu der Sorte derer zu gehören, die einen noch eher umbringen, wenn man ihnen in die Augen schaut.

»Randy, es geht nicht anders. Sie weiß alles.«

»Ich weiß, aber, verflucht, ich fänd das überhaupt nicht gut. Es wär einfach nicht richtig, weißt du?«

»›Richtig‹?«

Ihr zitterten die Hände. Auf ihrer Stirn brach der Schweiß aus, und sie spürte, wie er ihr von den Armen aus an der Seite herunterrann.

»Es ist so, dass sie ein Kind hat. Ein kleines Mädchen.«

Nestors Gesicht verdüsterte sich. »Ein Baby?«

»So 'n kleines Kind.«

»Da drin?« Nestor wandte sich zu dem Lagerraum. »Hab ich gar nicht gesehen.«

»Du kannst die Kleine nicht umlegen, Jack. Das lass ich nicht zu.«

Soll das heißen, wenn er mich abknallt, ist's *okay*? Rune fing an, heftiger zu weinen. »'n Kind würd ich sowieso nicht umlegen«, sagte Nestor gerade. »Du kennst mich doch, Randy. Hoff ich doch, nach allem, was wir hinter uns haben.«

»Und was soll die Kleine ohne Mutter machen? Die wird doch verhungern oder so was.«

»Sie ist noch ziemlich jung für 'ne Mutter.«

Irgendwie fand Rune zu ihrer Stimme zurück. »Bitte, tut ihr nicht weh. Wenn ihr … mir was antut, ruft bitte die Polizei an oder sonst jemanden, und sagt, dass sie hier ist. Bitte.«

Nestor schwankte.

»Das muss ich echt von dir verlangen, Jack. Ich muss dich wirklich bitten, sie leben zu lassen.«

Nestor seufzte. Er nickte und steckte die Pistole wieder in den Gürtel. »Scheiße, es ist nun mal, wie's ist. Okay. Ich tu's für dich, Randy. Ich halt's nicht für 'ne gute Idee, das will ich nur mal sagen, aber ich tu's. Aber ...« Er ging zu dem Stuhl und packte Runes Gesicht mit seinen nach Zwiebeln stinkenden Fingern. »Hör gut zu. Ich weiß, wer du bist und wo du wohnst. Wenn du irgendwem irgendwas über uns sagst, dann komm ich zurück. Ich komme ständig nach New York. Ich komm zurück und mach dich kalt.«

Rune nickte. Sie weinte – aus Angst, vor Erleichterung.

Und vor dem schlimmsten Gefühl von allen – Verrat.

Sie *glauben* ihm?, hatte Piper Sutton Rune vor einer Ewigkeit gefragt, als spräche sie mit einem Kind. Sie *glauben* ihm, wenn er sagt, er sei unschuldig?

»Hast du gehört?«, fragte Nestor brutal.

Sie konnte nicht sprechen. Sie nickte mit dem Kopf.

Sie benutzten Lampenschnüre, um sie an den Stuhl zu fesseln, und knebelten sie mit einem alten Wollschal.

Boggs kniete nieder und prüfte die Schnüre. Er lächelte schüchtern. »Ich schätze, Sie sind echt sauer, und ich kann's Ihnen nicht vorwerfen. Sie haben mir rausgeholfen, und ich zahl's Ihnen so zurück. Aber manchmal im Leben muss man einfach nur an sich selber denken. Sie wissen schon, zum Überleben. Tut mir Leid, dass es so gekommen ist, aber Sie haben mir das Leben gerettet. Dafür werd ich Ihnen immer dankbar sein.«

Verpiss dich! oder *Scher dich zum Teufel!* oder *Du Judas!*, hätte sie am liebsten gesagt. Und noch tausend andere Dinge. Aber der Knebel saß fest, und außerdem konnten keine Worte den namenlosen Zorn ausdrücken, den sie auf diesen Mann empfand. Daher blickte sie ihm nur in die Augen, ohne mit der Wimper zu zucken, ohne auch nur einen Millimeter zurückzuweichen, und zwang ihn zu sehen, wie viel Hass zwischen ihnen aufwallte und überkochte. Wie sehr sie sich wünschte, Prometheus wäre noch an den Felsen gekettet und würde von Vögeln aufgefressen.

Boggs blinzelte kurz. Er schluckte und wandte sich schließlich ab.

»Nix wie weg, Junge«, rief Nestor. »Wir haben 'n Date mit der Autobahn.«

Dann waren sie verschwunden.

Mann, Mann, Mann, es gibt doch nichts Schöneres als Fahren, dachte Randy Boggs.

Es gab auf der ganzen Welt nichts Vergleichbares. Das Rauschen der Reifen auf dem Asphalt. Das Schlingern des Wagens auf abgefahrenem Pflaster. Das Wissen, dass die Straße immer da sein würde und dass man ewig weiterfahren konnte und nie auch nur einmal über den gleichen Fleck fahren würde, wenn man nicht wollte.

Der Ford Tempo, den Nestor steuerte, hatte Jersey und Pennsylvania schon hinter sich gelassen und fuhr nun über die Autobahn durch Maryland. Richtung Süden.

Bewegung ist wie weicher Whisky. Bewegung, wie eine Droge. Randy Boggs meditierte weiter.

Und das Beste von allem – wenn man fährt, ist man ein bewegliches Ziel. Man ist so sicher wie nur möglich. Nichts kann einen verletzen. Keine unglückliche Liebe, kein Job, die eigenen Leute nicht, nicht mal der Teufel selbst …

»Krabben«, sagte Nestor. »Halt mal Ausschau nach 'nem Krabbenschuppen.«

Sie fanden keinen und holten sich stattdessen Cheeseburger bei McDonald's, die Boggs ohnehin lieber aß als Krabben, und Nestor meinte, sie seien besser für ihn, weil er auf Diät sei.

Sie tranken Bier aus großen, gewachsten Bechern mit Doppelbögen, aus denen sie die Limonade ausgekippt hatten. Sie fuhren gerade noch mit der erlaubten Geschwindigkeit, hatten aber auf Boggs' Bitte hin alle Fenster heruntergekurbelt; es wirkte, als würden sie mit hundert Meilen pro Stunde dahinrasen.

Randy Boggs ließ die Rückenlehne nach hinten kippen und legte sich zurück, saugte das Bier durch einen Strohhalm und aß einen doppelten Cheeseburger und dachte über die Freiheit nach und übers Fahren und stellte fest, dass deshalb das Gefängnis so hart für ihn gewesen war. Dass es Leute gab, die an einem Ort bleiben müssen, und Leute, die sich bewegen müssen; und er brauchte Bewegung.

Das waren seine Gedanken, und er hielt sie für auf eine universelle Weise wahr. Es waren jedoch Gedanken, die er nicht mit Jack Nestor teilte. Nicht, dass Jack ein dummer Mensch gewesen wäre. Nein, wahrscheinlich hätte er es verstanden, aber er war jemand, mit dem Boggs nicht sehr viel teilen mochte.

»Na«, fragte Jack Nestor, »wie fühlt sich's an?«

»Gut fühlt sich's an. Echt gut fühlt sich's an.«

»Was war eigentlich mit der Kleinen da? Die ist ja 'n Feger. Was gehabt mit ihr?«

»Nee, so war das nicht.«

»Schien keine nennenswerten Titten zu haben.«

»Sie war mehr wie 'ne Freundin, weißt du. Ich wollte, ich hätt mich bei ihr revanchieren können.«

»Du hast gemacht, was nötig war.«

»Ist mir klar. Ich hätt nicht viel länger Drinnen bleiben können, Jack. Ich hab mein Bestes versucht. Aber ich musste da raus. Irgendjemand hatte's auf mich abgesehen.«

»Nigger?«

»Nee. Irgend so 'n Arschloch aus, was weiß ich, Kolumbien oder so. Venezuela. Hatte mich aus irgend 'nem Grund auf'm Kicker. Hat mich abgestochen.«

»Abgestochen?«

»Vor zwei Wochen. Tut aber kaum noch weh.«

»Ja, ist mir auch mal passiert. War nicht schön. Besser angeschossen werden. Tut irgendwie weniger weh.«

»Am liebsten weder noch.«

»Das ist die richtige Einstellung«, stimmte Nestor zu. Er war guter Laune. Er plauderte über Restaurants drunten in Florida und Schwertfischangeln und die Qualität des Shits, den sie da drunten hatten, und die Kubanerin mit den dicken Titten und dem Tattoo, das ihr einer mit den Zähnen und einem Parker-Kugelschreiber verpasst hatte. Sprach über die Hitze. Über das Haus, das er sich kaufen wollte, und dass er in einem beschissenen Hotel wohnen musste, bis das Ding fertig war.

»Wann sind wir in Atlanta?«, fragte Boggs.

»Morgen. Dann fahr ich weiter nach Florida. Wenn du Lust hast mitzukommen, bist du herzlich eingeladen. Magst du Latinoweiber?«

»Hatte noch nie was mit einer.«

»Weißt nicht, was dir entgangen ist.«

»Echt?«

»Und ob. Hab ich dir mal von der einen erzählt? Mann, die hätt's wahrscheinlich uns beiden gleichzeitig besorgt.«

Boggs beschloss, dies zu übergehen. »Ich weiß nicht.«

»Na schön, denk einfach mal drüber nach. Du hast also vor, das Geld abzuholen?«

»Jawoll.«

»Hast du das Sparbuch dabei?«

»Aber sicher.«

»Schon komisch, wie so was funktioniert«, sagte Nestor. »Man bringt einfach Geld auf die Bank, und da liegt's dann und wirft jeden Tag Zinsen ab. Die werfen einfach 'n paar Dollars dazu. Und man braucht gar nichts zu machen.«

»Tja.«

»Ich wette, du kriegst noch zehntausend Dollar mehr raus.«

»Meinst du? Ohne Scheiß?«

»Aber sicher. Ich denke, auf das Konto gibt's vielleicht fünf, sechs Prozent.«

Boggs wurde ganz warm ums Herz. An die Zinsen hatte er gar nicht mehr gedacht. Er hatte noch nie ein nennenswertes Sparkonto besessen.

»Weißt du, an eins solltest du denken. Du hast doch schon von den ganzen Bankpleiten gehört, oder?«

»Was 'n das?«

»Da sind 'ne ganze Menge Ersparnisse und Anleihen bei draufgegangen. Die Leute haben ihr ganzes Geld verloren.«

»Mann, sag bloß.«

»Passiert ständig. In den letzten Jahren. Hast du Drinnen keine Nachrichten gesehen?«

»Meistens haben wir Zeichentrickfilme und die Spiele angeguckt.« Boggs war müde. Er schob den Sitz ganz zurück. Das letzte Auto, das er besessen hatte, war ein 76er Pontiac gewesen, mit einer Bank, die sich nicht verstellen ließ. Dieses Auto hier gefiel ihm. Er dachte daran, sich einen Wagen zu kaufen, einen neuen. Er legte sich zurück und versuchte, nicht an Rune zu denken.

»Also«, sagte Nestor. »Vielleicht hast du ja Lust, das Geld anzulegen.«

»Das mach ich.«

»Weißt du schon, wie?«

»Nee. Noch nicht. Ich denke, ich halt die Augen nach dem Richtigen auf. Wenn man Geld hat, hören die Leute auf einen.«

»Geld regiert die Welt«, sagte Nestor.

»Das stimmt«, sagte Randy Boggs.

Drei Stunden später wachte Courtney auf und wollte Saft.

Das kleine Mädchen setzte sich langsam auf und befreite sich aus dem Kokon einer Decke, die sich beim Schlafen um sie gewickelt hatte. Sie kroch vorwärts und kletterte über die

Kante des zusammengerollten Futons wie Edmund Hillary beim letzten Schritt vom Mount Everest, um sich dann auf den Fußboden zu setzen und die Schuhe anzuziehen. Die Schnürsenkel überforderten sie, aber mit den herumbaumelnden weißen Schnüren sahen die Schuhe nicht richtig aus, so dass sie sich, nachdem sie sie fünf Minuten lang angestarrt hatte, bückte und die Plastikenden in die Schuhe stopfte.

Sie kletterte vorsichtig die Stufen nach unten, seitwärts wie eine Krabbe, dann ging sie zu Rune, die an den Stuhl mit der Schmetterlingslehne gefesselt war. Sie musterte die Kabel, Runes rotes Gesicht. Sie hörte heisere, unartikulierte Laute hinter dem Schal hervordringen.

»Du bist komisch, Rune«, sagte Courtney und ging in die Kombüse.

Der Kühlschrank ließ sich ganz leicht öffnen, und sie entdeckte im zweiten Fach einen Pappkarton mit Apfelsaft. Das Problem war, dass sie nicht herausfand, wie man ihn öffnete. Sie schaute sich nach Rune um, die in Richtung Kombüse starrte und immer noch diese komischen Geräusche machte. Sie hielt den Karton mit beiden Händen hoch und drehte ihn um, um zu sehen, wo der Ausguss war.

Der Karton, der, wie sich herausstellte, offen gewesen war, entleerte sich in einer klebrigen Pfütze auf den Fußboden. »Oh, oh.« Schuldbewusst schaute sie Rune an, stellte den leeren Behälter auf den Herd und ging wieder zum Kühlschrank.

Kein Saft mehr da. Ein ganzer Haufen kalter Pizza, die sie satt hatte, aber auch noch Dutzende von Twinkie-Keksen, die sie gerne aß. Sie steckte sich einen in den Mund und spazierte in der kleinen Küche herum, um zu sehen, was sie zum Spielen finden könnte.

Da war nicht viel. Allerdings lag da auf der Anrichte ein großes Filetiermesser, das ihr Interesse weckte. Sie nahm es und tat, als sei es ein Schwert, so eines wie in Runes Büchern, und führte ein paar Ausfälle gegen den Kühlschrank.

Als Rune dies sah, machte sie noch mehr Geräusche und fing an, herumzuzappeln und vor und zurück zu schwanken.

Dann schaute das Mädchen in die Schubladen und schlug ein paar so gut wie unbenutzte Kochbücher auf, in denen sie nach Bildern von Enten, Drachen und Prinzessinen suchte. Da die Bücher nur Fotos von Suppen und Töpfen und Kuchen enthielten, ließ sie sie nach fünf Minuten liegen und fing an, mit den Knöpfen am Herd zu spielen. Sie waren alt und schwer, aus glitzerndem Chrom und mit roter Farbe verziert. Courtney streckte die Hand aus und drehte einen bis ganz nach rechts. Hoch über ihrem Kopf machte es *puff*. Sie konnte die Oberseite des Herdes nicht sehen und wusste daher nicht, woher das Geräusch kam, aber es gefiel ihr. *Plopp*.

Sie drehte den zweiten Knopf. *Puff*.

Runes Stimme war inzwischen lauter geworden, trotzdem verstand das kleine Mädchen immer noch kein Wort.

Beim dritten *Puff* wurde sie das Herdspiel leid. Und zwar weil etwas anderes passiert war. Über ihrem Kopf erschien plötzlich ein rotes Leuchten, ein zischendes Brodeln, dann Flammen.

Courtney trat zurück und schaute zu, wie der Saftkarton brannte. Das brennende Wachs schoss an den Seiten des Kartons heraus wie ein Mini-Feuerwerk. Ein Stück brennender Pappe fiel auf den Tisch und setzte eine wochenalte *New York Post* in Flammen. Ein Kochbuch (*hundert tolle Jell-O-Rezepte)* folgte.

Courtney fand die Flammen toll und schaute zu, wie sie langsam über den Tisch krochen. Sie erinnerten sie an etwas ... An einen Film mit einem Tierbaby? Ein Reh? Einen großen Waldbrand? Sie blinzelte und versuchte sich zu erinnern, kam aber bald von dem Gedanken ab und trat zurück, um zuzuschauen.

Sie fand es toll, als die Flammen die Folie mit den Hündchen abschälte, die Rune gewissenhaft mit Zementkleber an die Wände geklebt hatte.

Dann verbreiteten sie sich über die Decke und die Rückwand des Hausbootes.

Als das Feuer zu heiß wurde, wich Courtney ein Stück zurück, hatte es aber nicht eilig hinauszukommen. Das hier war wunderschön. Sie erinnerte sich an einen anderen Film. Nach einer Weile fiel er ihr ein. Klar, es war wie in der Szene, wo der Zauberer Oz Dorothy und ihren kleinen Hund anbrüllte. Der ganze Rauch und die Flammen ... Wie alles zu Boden fiel, während das große Gesicht schnaubte und schrie ... Aber das hier war noch besser. Das war noch besser als Peter Rabbit. Es war sogar noch besser als Fernsehen am Samstagmorgen.

26

Rein zufällig kamen die Touristen aus Ohio, Runes Heimatstaat.

Es handelte sich um ein Ehepaar in den mittleren Jahren, das in einem Winnebago von Cleveland nach Maine fuhr, weil die Frau die Küste dort sehen wollte und weil beide Hummer liebten. Die Reiseroute sollte sie durch New York führen, hinauf nach Newport, weiter nach Boston, Salem und schließlich nach Kennebunkport, das vor einem Jahr in *Parade* vorgestellt worden war.

Aber sie machten einen ungeplanten Zwischenstopp in Manhattan, und zwar um einen Großbrand auf dem Hudson River zu melden.

Als sie aus dem Holland Tunnel auftauchten, sahen sie zu ihrer Linken eine schwarze Rauchsäule, die, wie es schien, direkt aus dem Fluss stieg. Sie fuhren langsamer, so wie fast alle, und sahen ein altes Hausboot, das lichterloh brannte. Der Verkehr schleppte sich dahin, und sie krochen voran und lauschten auf die Sirenen. Der Mann schaute sich nach einer Stelle zum Ausscheren um, um den Feuerwehrautos auszuweichen, wenn sie ankamen.

Aber es kam keines.

Sie warteten vier, fünf Minuten. Sechs.

»Man sollte meinen, sie hätten schon jemanden gerufen, findest du nicht, Liebling?«, fragte sie.

»Sollte man meinen.«

Sie waren erstaunt, denn inzwischen waren leicht hundert Autos vorbeigefahren, aber es schien, als hätte sich niemand die Mühe gemacht, anzuhalten und die 911 zu wählen. Vielleicht im Glauben, jemand anderes hätte es schon getan. Oder sie hatten sich überhaupt nichts gedacht, sondern nur dem Hausboot beim Brennen zugeschaut.

Der Mann, ein Ex-Marine und Vorsitzender der örtlichen Handelskammer, ein Mann, dem es nichts ausmachte, sich einzumischen, fuhr den Winnebago über den Straßenrand auf den Gehsteig. Mit scharfem Bremsen machte er vor dem Pier halt, wo die Flammen tobten. Er nahm den großen JCPenney-Klasse-3-Feuerlöscher aus dem Gestell hinter seinem Sitz und stürzte nach draußen.

Die Frau rannte zu einem Münztelefon, während er die Eingangstür des Hausbootes eintrat. Der Rauch im Innern war nicht allzu schlimm; das Loch hinten in der Bootsdecke wirkte wie ein Schornstein und ließ den größten Teil ab. Er blieb wie angewurzelt in der Tür stehen und blinzelte verdattert bei dem Anblick, der sich ihm bot: zwei Mädchen. Eine, ein kleines Kind, lachte wie Nero, während sie zusah, wie sich die hintere Hälfte des Hausbootes in Holzkohle verwandelte. Die andere, ein Mädchen in gelbem Minirock, zwei ärmellosen Männer-T-Shirts und Halbstiefeln mit Chromnieten, war an einen Stuhl gefesselt! Wer machte so etwas? Er hatte über Greenwich Village gelesen, aber das erschien ihm selbst für ein solches Sodom zu krank.

Er zog den Sicherungsstift des Feuerlöschers und entleerte den Inhalt auf die vordringenden Flammen, was jedoch keine Wirkung auf das Feuer hatte. Er brachte das kleine Mädchen nach draußen zu seiner Frau und kehrte dann in das Inferno zurück, wobei er im Laufen sein Taschenmesser öffnete. Er zerschnitt die Kabel, mit denen das ältere Mädchen gefesselt war. Er half ihr hinauszugehen; ihr waren die Beine eingeschlafen.

Im Winnebago des Ehepaares sah das kleine Mädchen die Tränen der Älteren und kam zu dem Schluss, es sei nun an der Zeit, selbst mit Weinen anzufangen. Drei Minuten später traf die Feuerwehr ein. Binnen zwanzig hatten sie das Feuer gelöscht. Die Polizei und die Ermittler der Feuerwehr klopften an die Tür des Wohnmobils. Das Mädchen stand auf und ging, gefolgt von dem Ehepaar, nach draußen.

Über dem Pier hing eine riesige schwarze Wolke. Es roch nach saurem Holz und verbranntem Gummi – von den Reifen, die an der Seite des Bootes gehangen hatten, um es gegen den Pier abzupolstern. Das Schiff war nicht gesunken, aber der größte Teil der Aufbauten auf Deck war zerstört.

»Würden Sie mir sagen, was passiert ist?«, fragte einer der Beamten das ältere Mädchen.

Sie stapfte in einem kleinen Kreis herum. »Dieser gottverdammte Mistkerl hat mich verarscht hat mich angelogen den werd ich finden und dann lass ich seinen Arsch so gottverdammt schnell wieder in den Knast verfrachten ... Scheiße. Verfluchte Scheiße!«

»Scheiße«, sagte Courtney und der Mann und die Frau schauten sich an.

Die Polizei stellte fast eine halbe Stunde lang Fragen. Das Mädchen erzählte eine Geschichte über einen Mann, der fälschlich wegen Mordes verurteilt worden und dann entlassen worden war, nur dass jetzt klar war, dass er es doch getan hatte, und dass es einen großen, fetten Mann namens Jack

Nestor gab, der eine Pistole hatte und sie umbringen wollte und der mit der ersten Schießerei zu tun gehabt hatte. Den Eheleuten entgingen viele Einzelheiten – genau wie vermutlich den Cops –, aber sie brauchten auch nicht mehr zu hören. Sie hatten genügend Tatsachen für eine gute Reisegeschichte mitbekommen, die sie ihren Freunden und sich selbst und jedem, den sie auf ihrem Weg nach Maine zufällig treffen sollten, erzählen konnten und die sie, anders als viele Geschichten, die sie erzählten, kaum ausschmücken mussten. Schließlich traf noch ein großer Mann mit schütterem Haar in einem karierten Hemd und Bluejeans und mit einer Dienstmarke am Gürtel ein, dem das Mädchen in die Arme fiel, obwohl sie jetzt nicht mehr schluchzte oder hysterisch herumschrie. Dann stieß sie ihn von sich und brach erneut in eine ihrer Tiraden aus.

»Du meine Güte«, sagte die Frau.

Als das Mädchen sich beruhigte, erzählte sie dem Cop, das Ehepaar habe ihr das Leben gerettet, und er stellte sich vor und bedankte sich bei ihnen. Ein paar Minuten lang plauderten sie über Ohio. Dann sagte der große Cop, die Mädchen könnten zum Bombenkommando gehen und dort bleiben, bis er dienstfrei hatte, und das kleine Mädchen sagte: »Können wir noch eine Handgranate haben? Bitte?«

Und da beschloss das Ehepaar, doch nicht auszuführen, was ihnen durch die mittelwestlichen Köpfe gegangen war – nämlich die Mädchen zu fragen, ob sie nicht heute Nacht bei ihnen im Wohnmobil bleiben wollten –, und dachte sich, dass es wahrscheinlich das Beste wäre, wenn sie doch bis nach Mystic, Connecticut, durchfahren würden, ihrem alternativen Ziel, das in ihrem Reiseführer so dringend empfohlen wurde.

Um elf Uhr am gleichen Abend sagte Jack Nestor, er brauche einen richtigen Drink, und fuhr bei einem Motel irgendwo in Virginia vom Highway ab.

»Was Gescheites zu *essen* könnt ich auch gebrauchen«, sagte Randy Boggs. Er wünschte sich ein Steak, außen knusprig und innen rot. Er hatte Drinnen am Anfang viel Zeit damit verbracht, an Steaks zu denken. Dann vergaß er gutes Fleisch – wie das meiste, was ihm Spaß machte. Oder es war vielmehr so, dass diese Dinge sich verflüchtigten. Wie die Fakten aus einem Geschichtsbuch. Er kannte sie, er erinnerte sich an sie, aber sie bedeuteten ihm nichts mehr.

Jetzt allerdings war er draußen, und er wollte ein Steak. Und so wie Nestor *richtiger Drink* gesagt hatte, dachte Boggs nun, dass er Lust auf seinen ersten Schluck Whisky seit drei Jahren hatte.

Sie parkten das Auto und betraten die Rezeption. Nestor gab einen falschen Namen an, legte einen falschen Führerschein vor und bat um ein Zimmer nach hinten hinaus, was er dem jungen Portier damit begründete, dass er schlecht schlafe; der Lärm vom Highway störe ihn. Der junge Mann nickte gleichgültig, nahm das Geld und gab ihm den Schlüssel. Boggs war beeindruckt, wie reibungslos Nestor die Sache geregelt hatte. Boggs selbst wäre unvorsichtiger gewesen, hätte das Auto vorne stehen lassen. Aber Nestor hatte Recht. Das Mädchen war inzwischen sicher freigekommen und hatte sie wahrscheinlich verpfiffen. Oder möglicherweise hatte jemand in New York das Nummernschild gesehen. Er war froh, mit jemandem wie Jack Nestor zusammen zu sein, mit jemandem, der ihm beibringen konnte, wieder Draußen zu denken.

Nestor schleppte seinen Duffelbag ins Zimmer, und Boggs folgte ihm mit der Papiertüte, die seinen Koffer bildete. Er war erleichtert, als er sah, dass es zwei breite Betten gab. Er hatte keine Lust, die erste Nacht in Freiheit in einem Bett mit einem anderen Mann zu verbringen. Ohne einen Kommentar zu dem Zimmer ließ Nestor sein Gepäck auf das der Tür nächste Bett fallen. »Essen«, sagte er.

»Moment«, sagte Boggs. »Ich will mich waschen.« Er verschwand im Bad, entzückt und vor Freude nahezu tief gerührt darüber, wie sauber es war. Über all die herrlichen Düfte. Über die Seife und die eingeschweißten Gläser und ein Klo hinter einer Tür, die sich schließen und verriegeln ließ. Er ließ kaltes Wasser laufen, dann heißes, dann wieder kaltes, dann heißes und wusch sich Gesicht und Hände, während der Dampf aufstieg und den Raum füllte.

»Ich hab Hunger«, bellte Nestor über das Rauschen des fließenden Wassers hinweg.

»Sofort«, rief Boggs zurück und trocknete sich mit luxuriösen Badetüchern ab, die so dick zu sein schienen wie Deckbetten.

Das Bar-Restaurant in der Nähe des Motels war ein allgemein beliebter Treffpunkt in altmodischem Tudorstil – dunkle Balken, Plastikfenster, die Buntglasscheiben nachahmten, beigefarbene Stuckwände. Es war zur Hälfte mit Vertretern und Klempnern und Lastwagenfahrern und ihren Freundinnen besetzt – vor allem an der Bar. Die Männer trugen Jeans und Karohemden. Viele Bärte. Die Frauen trugen Hosen, hochhackige Schuhe und einfache Blusen. Fast alle rauchten. In einem schräg geneigten Fernseher über dem einen Ende der Bar lief gerade *The Honeymooners*.

Nestor und Boggs setzten sich an einen wackligen Tisch. Boggs starrte auf sein Tischset, das mit Rätseln und Wortspielen bedruckt war. Die visuellen Rätsel konnte er lösen – ›Was ist an diesem Bild verkehrt?‹ –, aber die Buchstaben zu entwirren, um Worte zu bilden, machte ihm Mühe. Er drehte das Set um und schaute sich die Frauen an der Bar an.

Die Kellnerin kam vorbei und sagte ihnen, die Küche schließe in zehn Minuten. Sie bestellten vier Black Jacks, pur, dazu Bud und Steaks mit Fritten.

»Das Mädchen«, sagte Nestor. »Zu blöd, dass du nicht mit ihr gefickt hast.«

»Mit wem?«

»Mit der, die dich freigekriegt hat.«

»Nee, ich hab dir doch gesagt, wir waren eher Freunde.«

»Na und?«, fragte Nestor.

»Na ja, ich war erst seit ’n paar Stunden draußen, als du aufgetaucht bist.«

»Wenn ich an deiner Stelle gewesen wär, dann hätt ich mir als Allererstes ’ne Muschi besorgt.«

Boggs spürte, dass seine Ehre auf dem Spiel stand. »Na ja«, sagte er. »Sie hatte ja das Baby da.«

Die Getränke kamen, und sie stürzten ihren Whisky hinunter, ohne etwas zu sagen, da keinem ein Trinkspruch einfiel. Boggs schnappte nach Luft, und Nestor lachte. Der Dicke goss seinen zweiten Whisky gleich hinterher.

»So was habt ihr Drinnen nicht gekriegt, was?«, meinte Nestor.

»Da gab’s so ’n Zeug, das man kriegen konnte, je nachdem, was einer bereit war zu machen oder wie viel Geld einer hatte. Das war allerdings Scheiße. Ich, ich hab ja keine Carepakete gekriegt, da musst ich mich damit zufrieden geben. Manchmal hab ich mir ’nen verwässerten Wodka besorgt oder ’nen Joint oder zwei. Meistens hab ich gar nichts gekriegt.«

»Als ich Drinnen war, hatten wir’s leicht. Verfluchter Country-Club. Jede Menge Dealer aus L.A. Da gab’s Shit ohne Ende.«

»Du hast gesessen?«, fragte Boggs, schon ganz benommen von dem Alkohol.

»Scheiße, und ob ich gesessen hab. Achtzehn Monate in Obispo. War kackscheißphantastisch. Wenn du kiffen wolltest, dann haste gekifft. Wenn du Sex wolltest, dann haste Sex gemacht. Wenn du ’n scheiß Wein wolltest, dann haste ’ne gute Flasche Wein kriegen können …«

Boggs spürte, dass der Alkohol auf seinen Lippen brannte. Er musste sich auf der Fahrt einen Sonnenbrand geholt haben. »Wann warst du denn in Obispo?«

»Vor vier, fünf Jahren oder so.«

»Ich wusste gar nicht, dass du gesessen hast.«

Nestor schaute ihn verblüfft an. »Hey, wahrscheinlich gibt's schon das eine oder andere, das wir nicht voneinander wissen. Ich weiß zum Beispiel nicht, wie lang dein Schwanz ist.«

»Lang genug, damit *die* ein, zwei Stunden lang am Grinsen ist.« Sein Blick schweifte zur Bar, wo eine rundgesichtige junge Frau mit zweifarbig getöntem Haar – blond, wieder in Schwarz übergehend – saß, den Ellbogen auf dem Tresen, die Hand erhoben, so dass ihre Zigarette zur Decke zeigte wie ein sechster Finger. Vor ihr stand ein beinharter Martini. So wie sie mit leerem Blick auf den Bildschirm starrte, dachte er sich, dass der Drink das letzte Glied einer langen Kette war.

»Die kannst du haben. Die hat keine Titten«, sagte Nestor.

»Klar hat sie welche. Die sitzt nur so zusammengekauert da.«

Das Essen kam und beanspruchte die Aufmerksamkeit der beiden Männer. Boggs aß, stellte aber fest, dass ihm der Appetit vergangen war. Vielleicht war das Steak zu fett. Vielleicht hatten die Burger ihn gesättigt, oder der Alkohol hatte ihm die Geschmacksknospen verbrannt. Er dachte an Rune, an das kleine Mädchen. Er aß ganz mechanisch. Er schaute zu der Frau hinüber, die seinen Blick auffing und ihn eine Weile erwiderte, bevor sie sich wieder dem Fernseher zuwandte. Er grübelte noch ein bisschen, bevor er sich entschloss weiterzuessen. Das Essen würde ihn vielleicht nüchtern machen.

Boggs aß auf, während Nestor den Teller noch halb voll hatte.

»Mann«, sagte Boggs. »Das war ein Essen.«

Nestor warf einen Blick auf Boggs' dünnen Bauch. »Wenn du so frisst, wieso wirst du dann nicht fett?«

»Keine Ahnung. Hab noch nie zugenommen. Kann nichts dafür.« Boggs verstummte, als er wieder zu dem Mädchen an der Bar blickte. Diesmal schenkte sie ihm ein flüchtiges Lächeln.

Nestor sah es auch. »Oh-oh.« Er lächelte. »Der Knastbruder wird flachgelegt.«

Boggs trank sein Bier aus. »Was dagegen, wenn ich für circa 'ne Stunde das Zimmer in Beschlag nehme?«

»Scheiße, Kleiner, wenn du dir im Knast nicht jede Nacht einen runtergeholt hast, dann brauchst du grade mal fünf Minuten.«

»Na ja, gib mir trotzdem 'ne Stunde. Vielleicht wollen wir's ja zweimal machen.«

»Okeydokey«, sagte Nestor. »Aber sieh zu, dass sie um eins den Arsch rausschiebt. Ich bin müde und brauch Schlaf.«

Boggs stand auf und ging langsam auf die Bar zu, wobei er versuchte sich zu erinnern, wie man sich cool und lässig bewegte, versuchte sich zu erinnern, wie man Frauen ansprach, versuchte sich an eine ganze Menge zu erinnern.

27

Boggs und das Mädchen waren seit einer halben Stunde gegangen, als Jack Nestor den erbärmlichen Apfelkuchen aufaß und die Eiscreme von seiner Gabel leckte. Er nahm den letzten Schluck Kaffee und bat um die Rechnung.

Die Bar hatte sich inzwischen ziemlich geleert, und von der Kellnerin abgesehen, gab es niemanden, der sah, wie er aufstand und nach draußen auf den Parkplatz ging. Er schaute hoch und sah, dass in ihrem Zimmer das Licht brannte. Er öffnete den Kofferraum des Autos und holte seine Pistole heraus. Er verbarg die Waffe unter seiner Jacke und stieg die Stufen zum ersten Stock hoch, um dann langsam über die offene Galerie zum Zimmer zu gehen. Er hatte daran gedacht, den anderen Schlüssel aus dem Büro zu holen, aber dann hätte der

Portier ihn noch einmal gesehen. Er hatte beschlossen, einfach an die Tür zu klopfen und, wenn Boggs öffnete, ihn in den Wanst zu schießen – in seinen – Keine-Ahnung-ich-ess-nur-und-werd-nicht-fett-Wanst. Und dann das Mädchen abzumurksen, wenn sie noch da war.

Er blieb stehen. Was war das für ein Geräusch? Der Fernseher? Die fickten, und der Fernseher war an? Vielleicht war sie eine Sirene, und Boggs ließ den Ton laufen, damit die anderen Gäste nichts hörten. Das war gut. Vielleicht war es eine Polizeiserie, und da würden Schüsse fallen, und das würde helfen, den Knall der Steyr zu überspielen.

Nestor ging näher an die Tür heran. Er zog den Schlitten der Pistole zurück. Er sah etwas aufblitzen.

Dieser blöde Wichser ...

Boggs war so geil, dass er den Schlüssel in der Tür hatte stecken lassen, die nicht einmal richtig geschlossen war. Nestor musste sie nur aufdrücken. Er vergewisserte sich, dass die Pistole entsichert war, legte den Finger an den Abzug und schlüpfte ins Zimmer.

Leer.

Die Betttücher waren nicht einmal zurückgezogen.

Im Bad war es dunkel, aber er ging trotzdem hinein, weil er dachte, sie könnten es vielleicht in der Wanne treiben. Aber nein, die war auch leer. Die einzige Bewegung im Zimmer war das Flimmern des Bildschirms, auf dem mehrere Hill-Street-Blues-Cops feierlich dreinschauten. Nestor schaltete das Gerät aus.

Dann merkte er, dass Boggs' Tüte weg war. Scheiße.

Er nahm den Zettel, der auf dem Kopfkissen lag. Scheiße.

Jack: Lynda – so heißt sie – und ich sind zu ihr nach Hause gegangen. Sieht so aus, als würde sie morgen nach Atlanta fahren, so 'n Zufall, was, und da wollen wir ein Weilchen zusammen fahren, sie und ich, meine ich. Wir treffen uns dann in ein paar Tagen bei dir zu Hause in Florida. Tut mir Leid, aber du hast halt keine Beine wie sie.

Mistkerl.

Wichser!

Nestor trat wütend gegen das Bett. Die Matratze hüpfte auf den Federn und kam schief zur Ruhe. Er knallte heftig die Tür zu, was mit einem ärgerlichen Klopfen aus dem Nebenzimmer quittiert wurde. Nestor hoffte, der Gast würde herüberkommen, denn er hatte das unglaubliche Bedürfnis, jemandem die Seele aus dem Leib zu prügeln.

Er setzte sich auf das Bett und stellte sich vor, wie Boggs die dürre Ziege bumste, während wahrscheinlich anderthalb Meter von ihnen entfernt in der verkrumpelten Papiertüte das Sparbuch lag. Der Zorn verebbte allmählich, als er zu einem Entschluss kam, was zu tun sei.

Na ja, es war nicht das Ende der Welt. Es war lediglich eine Änderung seiner Pläne. Das Mädchen musste er ohnehin umbringen – die auf dem Hausboot. Das konnte er ebenso gut gleich erledigen und dann nach Atlanta oder Florida fahren, um sich um Boggs zu kümmern. Es spielte wirklich keine Rolle, wen er zuerst kaltmachte.

Piper Sutton kam durch die Schlagzeile der *Post* dahinter: ›TV-Knüller wird zum großen Fehler‹. Der sie keinerlei Beachtung geschenkt hätte, wäre da nicht auf der Titelseite ein Foto von Rune gewesen, die sich gerade mit zwei Männern in Anzügen unterhielt. Sie machten keinen glücklichen Eindruck. Rune auch nicht, und jetzt kam noch Piper Sutton dazu.

Sie stand an der Straßenecke in der Nähe ihrer Wohnung und starrte auf den Artikel. Sie hatte sich die *Post* gekauft, dann eine *Daily News* und eine *Times*, die sie alle wütend aufriss. Kostüm und Frisur vom Wind gezaust, las sie die verschmierten Lettern. Gott sei dank gab es in Mittelamerika einen großen Überfall, der den Artikel auf die Innenseiten der *Daily News* verbannte. Die *Times* berichtete lediglich ›Hausboot auf dem Hudson abgebrannt‹, unter Erwähnung der Möglichkeit der Flucht eines Sträflings.

Allerdings würde die *Times* die Geschichte heute bringen. Dieses Analphabetenblatt liebte es, die Konkurrenz herunterzuputzen, besonders die vom Fernsehen.

Sutton verzichtete auf ihren üblichen Spaziergang von einer Meile zum Büro und winkte ein Taxi herbei. Mit der Zeitung im Schoß starrte sie aus dem Fenster nach den Menschen auf dem Weg zur Arbeit, ohne nur einen von ihnen zu sehen.

Im Büro kämpfte gerade ihre Sekretärin mit zwei Anrufen.

»Oh, Miss Sutton, Mr. Semple hat schon mehrmals angerufen, es sind Anrufe von allen lokalen Fernsehsendern gekommen, und jemand von *Village Voice* hat angerufen.«

Die scheiß *Voice*?

»Und ein gewisser Mr. Miller vom Büro des Generalstaatsanwalts, dann …«

»Wimmeln Sie alle Anrufer ab«, zischte Sutton. »Bitten Sie Lee Maisel zu mir. Rufen Sie die Rechtsabteilung an. Ich will in einer Viertelstunde Tim Krueger bei mir sehen. Wenn irgendwelche anderen Reporter anrufen, sagen Sie ihnen, dass wir heute Mittag eine Stellungnahme abgeben. Wenn einer sagt, er hätte früher Redaktionsschluss, dann lassen Sie sich den Namen geben, und sagen mir sofort Bescheid.« Sutton zog ihren Mantel aus. »Und ich will *sie*. Und zwar sofort.«

»Wen, Miss Sutton?«

»Sie wissen, wen«, antwortete Sutton flüsternd. »Sofort.«

Rune war schon schlimmer gefeuert worden, aber das Traurige war, dass es ihr bei den anderen Gelegenheiten nicht viel ausgemacht hatte.

Sie hatte in der Vergangenheit schon oft Scheiße gebaut, aber es war ein großer Unterschied, ob man aus einem Videoladen oder einem Restaurant flog oder aus einem echten Job, der einem etwas bedeutete.

Normalerweise sagte sie: »He, kann passieren. Ihr Problem«.

Dies hier war etwas anderes.

Sie hatte diese Story wirklich machen wollen. Unbedingt. Sie hatte für diese Story *gelebt.* Und jetzt wurde sie nicht nur abserviert, sondern sie wurde gefeuert, weil die ganze Sache eine komplette Lüge gewesen war. Vom innersten Kern her, von Grund auf falsch. Das war das Schlimmste. Als ob man ein Märchen läse, und am Ende sagt einem der Autor: *Ach, übrigens, ich hab nur Spaß gemacht. So was wie Dämonen gibt's gar nicht.*

Obwohl sie den Beweis dafür hatte, dass es so etwas gab. Und sein Name lautete Randy Boggs.

Jetzt stand Rune vor Piper Suttons Schreibtisch. Ebenfalls im Raum befand sich ein großer, dünner Mann mittleren Alters in grauem Anzug und weißem Hemd. Sein Name war Krueger. Lee Maisel lehnte hinter Sutton an der Wand und las den Artikel in der *Post.* »Um Himmels willen«, brummte er. Er schaute Rune mit düsterem, undurchdringlichem Blick an und wandte sich wieder der Zeitung zu.

»Erzählen Sie mir genau, was passiert ist«, sagte Sutton. »Blähen Sie nichts auf, untertreiben Sie nichts, schmücken Sie nichts aus.«

Rune erzählte von dem Fetten und von Boggs und was auf dem Hausboot geschehen war. Sie fügte hinzu, was Sam Healy herausgefunden hatte – dass die Polizei keine Spuren hatte, die zu einem Jack Nestor führten.

»Also hat Boggs es letztlich doch getan«, sagte Maisel. »Es gab noch einen anderen Killer, aber sie waren Partner. Herrgott.«

»Sieht irgendwie so aus.« Rune zählte ihre ›*alsos*‹, ›*irgendwies*‹ und ›*sozusagens*‹ nicht. »Als ich sie da gesehen habe, wie sie sich irgendwie umarmt haben, da bin ich total ausgeflippt. Ich meine ...« Sie verstummte.

Sutton schloss die Augen und schüttelte langsam den Kopf. »Wie schätzen Sie die rechtliche Lage ein, Tim?«, fragte sie den Mann im grauen Anzug.

»Ich glaube nicht, dass wir in irgendeiner Weise haftbar zu machen sind. Wir haben keine Beweise konstruiert, und der gerichtliche Beschluss war rechtmäßig. Ich wünschte, sie« – er blickte nicht zu Rune – »hätte ihn nicht befreit, ohne es jemandem hier zu sagen. Dadurch kommt noch eine Dimension hinzu.«

Zum ersten Mal, seit sie ihn kannte, warf Maisel ihr einen zornigen Blick zu. »Wieso haben Sie mir nicht gesagt, dass Sie Boggs auf freien Fuß setzen lassen wollten?«

»Ich hab mir Sorgen um ihn gemacht. Ich ...«

Sutton konnte sich nicht länger beherrschen. »Ich habe Ihnen von Anfang an gesagt, dass es nicht Ihr Job ist, Leute aus dem Gefängnis zu befreien, sondern die Wahrheit zu berichten! Das ist die *einzige* Aufgabe.«

»Ich hab einfach nicht nachgedacht. Ich dachte, das spielt keine Rolle.«

»Nicht ... nachgedacht.« Sutton dehnte die Worte über eine lange Sekunde.

»Es tut mir wirklich ...«

Sutton wandte sich an Maisel. »Also, was ist der nächste Schritt?«

»*Nighttime News.*«

Der Jurist wimmerte auf. »Das ist eine New Yorker Geschichte. Können wir das nicht einfach auf lokaler Ebene halten?«

»Unmöglich«, sagte Maisel. »*Time* und *Newsweek* werden darüber berichten. Sie wissen, was die anderen Sender machen werden, und vergessen Sie die *Times*. Die wird uns kreuzigen. Es wird unspektakulär werden, aber eine Kreuzigung wird es trotzdem sein.«

»Wir müssen ihnen zuvorkommen«, sagte Sutton. »Bringen Sie es in den Mittagsnachrichten, dann machen Sie eine Meldung um fünf und lassen Eustice um sieben darüber berichten. Wir sagen alles. Wir beichten. Kein einziges Wort der Entschuldigung, kein Rückzieher.«

»Gott, das wird wehtun«, sagte Krueger.

Maisel seufzte.

»Haben Sie eine Ahnung, wo Boggs jetzt ist?«, fragte der Jurist Rune.

»Alles, was ich weiß, ist irgendwie, dass er aus dem Süden stammt. In Atlanta ist er geboren worden, und gewohnt hat er in Florida und North Carolina, aber sonst …« Sie brach mit einem Achselzucken ab.

»Ich gehe rüber zu unserer Kanzlei und informiere für alle Fälle die Anwälte«, sagte der Jurist. Mit einem kurzen, neugierigen Blick auf Rune verließ er das Büro. Sutton blickte starr auf die *Daily News*. Lee Maisel spielte mit seiner Pfeife und saß zusammengesunken da. Ihm war unbehaglich zumute. Rune schaute ihm in die Augen, obwohl er den Blick rasch abwandte. Die Enttäuschung, die sie sah, verletzte sie stärker als der Hass, den sie von Sutton über sich hereinbrechen fühlte.

Oh, wie hab ich das nur machen können?

Er hat an mich geglaubt, und ich hab ihn enttäuscht.

Sutton schaute Rune an. »Sprechen Sie nicht mit der Presse über das, was passiert ist. Wie ich sehe, haben Sie sich den Mund schon in Fransen geplappert.« Sie wedelte mit dem Arm in Richtung Zeitung.

»Ich hab gar nichts gesagt«, sagte Rune. »Das muss die Polizei den Reportern erzählt haben.«

»Nun gut, ich sage nur, dass der Sender deswegen tief in der Scheiße sitzt und dass wahrscheinlich Köpfe rollen werden. Wenn Sie das für alle noch schwerer machen, weil Sie den Mund nicht halten können, dann können Sie sich auf eine dicke, fette Klage gefasst machen. Haben Sie mich verstanden?«

Rune nickte.

Es folgte eine lange Pause, die schließlich von Sutton beendet wurde. »Gut, ich denke, das war's. Sie sind hier raus.«

Rune starrte sie fassungslos an. »Einfach so? Heute?«

»Tut mir Leid, Rune«, sagte Maisel. »Ja, heute. Auf der Stelle.«

»Und nehmen Sie bloß keine Akten oder Kassetten mit«, fügte Sutton hinzu. »Die sind unser Eigentum.«

»Sie meinen, ich soll zurück zu meiner Arbeit bei O&O gehen?«

Sutton schaute sie mit ungläubigem Lächeln an.

»Sie meinen, ich bin, irgendwie, total gefeuert.«

»Irgendwie total«, sagte Sutton.

Sam Healy wachte um acht Uhr am nächsten Morgen auf, als Courtney eine Schachtel Raisin-Bran-Flocken in ihr gemeinsames Bett entleerte.

Die Geräuschkaskade weckte Rune nicht auf.

»Herrje«, murmelte Healy und schüttelte ihren Arm. Er drehte sich um. Rune schlug die Augen auf. »Was'n das für'n Geräusch? Das Knirschen?«

Courtney stand vor dem Bett und schaute mit gerunzelter Stirn auf die Flocken nieder.

Rune schwang die Füße über die Bettkante. Ihre Beine waren mit Körnern übersät. »Courtney, was hast du gemacht?«

»Tut mir Leid«, sagte das kleine Mädchen. »Verschüttet.«

»Ich geh in Adams Zimmer«, sagte Healy, der zwei Stunden zuvor von der Bereitschaft nach Hause gekommen war, und verschwand.

Rune schöpfte das Müsli auf und wischte es sich von den Beinen, um es wieder in die Schachtel zu schütten. »Das kannst du doch besser. Komm schon.«

»Das kann ich besser.«

»Sieh nicht so verflucht goldig aus, wenn ich mit dir schimpfe.«

»Verflucht goldig«, sagte Courtney.

»Jetzt komm.« Rune stapfte in die Küche. Sie goss Saft ein und bereitete Schalen mit Müsli und Kaffee zu. »Gehen wir in den Zoo?«, fragte Courtney.

»Morgen. Ich muss vorher noch was erledigen. Kommst du mit?«

»Ja, ich komm mit.« Sie hielt die Hand hoch. »Fünf.«

Rune seufzte, dann hob sie die Hand. Das kleine Mädchen schlug ein.

28

Eine halbe Stunde später stiegen Rune und Courtney an der West 4th aus einem Zug der E-Linie und machten sich auf den Weg durch die Christopher Street zum Ufer. Am West Side Highway blieb Rune stehen, holte tief Atem, um Mut zu schöpfen, dann bog sie kurz entschlossen um die Ecke, um den Schaden an ihrem verflossenen Zuhause zu inspizieren.

Das Hausboot schwamm noch, aber es sah aus, als sei eine Ladung verbrannten Holzes auf Deck abgeladen worden; zersplitterte, glänzende Scheite wassergetränkter Holzkohle ragten in die Luft. Noch immer hing ein Rauchschleier über dem Pier und ließ alles – das Hausboot, die Trümmer, die Mülltonnen, den Maschendraht – verschwommen erscheinen. Das Ende des Piers war fünfzehn Meter vor der Stelle, wo das Boot wie ein Kriegsschiff, das eine Seeschlacht verloren hatte, auf dem Wasser dümpelte, mit gelbem Band abgesperrt. Rune erinnerte sich, wie aufgeregt sie gewesen war, als sie das Hausboot fünfzig Meilen nördlich von hier zum ersten Mal auf dem Hudson hatte schwimmen sehen.

Und nun ein Wikingerbegräbnis.

Sie seufzte und winkte dem Verkehrspolizisten auf dem Fahrersitz eines Streifenwagens. Er war ein Freund von Healy vom sechsten Revier, dem Sitz des Bombenkommandos.

»Schau dir das an«, rief sie.

»Tut mir Leid, Süße. Ein paar von uns fahren ab und zu zum Aufpassen vorbei, bis du dein Zeug rausgeholt hast.«

»Tja, falls noch was übrig ist.«

Es war noch etwas übrig, aber der Gestank und der Rauch waren so übel, dass sie nicht das Herz hatte, die Sachen durchzusehen. Außerdem war Courtney unruhig und kletterte ständig auf den Pfählen herum.

Rune nahm sie bei der Hand und führte sie wieder zur Christopher Street.

»Was ist das?«, fragte Courtney und deutete auf ein Schild in einem Schaufenster, das für Safer Sex warb. Es zeigte ein Kondom.

»Ein Ballon«, sagte Rune.

»Ich will einen.«

»Wenn du älter bist«, antwortete Rune. Die Worte kamen automatisch, und sie erkannte, dass sie echt auf diese Kindergeschichte abfuhr. Sie gingen auf der Christopher Street weiter, dann am äußersten Zipfel von Greenwich entlang und schließlich auf die 8th Street. Sie war im letzten Jahr beachtlich heruntergekommen. Noch mehr Graffiti, noch mehr Müll, noch mehr unausstehliche Gören. Aber, mein Gott, die Schuhläden – mehr Gelegenheiten, billige Schuhe zu kaufen, als irgendwo sonst auf der Welt.

Sie gingen in Richtung University Place, vorbei an Dutzenden schicker, schwarz gekleideter Studenten der New York University. Rune machte einen Umweg. Sie blieb vor einem leeren Schaufenster stehen. Über der Tür hing ein Schild: *Washington Square Video.*

»Da hab ich mal gearbeitet«, erzählte sie Courtney. Das kleine Mädchen spähte durch die Scheibe.

Im Fenster stand noch ein anderes Schild, ein gelber Karton: *Zu vermieten, alles inklusive.*

Genau wie mein Leben, dachte sie. Zu vermieten, alles inklusive.

Sie gingen zum Washington Square Park, wo sie sich Hot Dogs kauften, und dann weiter durch SoHo bis nach Chinatown.

»Hey«, sagte Rune mit einem Mal, »willst du mal was Hübsches sehen?«

»Ja, hübsch.«

»Komm, wir schauen uns ein paar Tintenfische an.«

»Ja!«

Rune führte sie über die Straße zu einem riesigen Fischmarkt unter freiem Himmel auf der Canal Street. »Das ist wie ein Zoo, nur dass die Tiere sich nicht so viel bewegen.«

Darauf fiel Courtney allerdings nicht herein. »Eklig«, sagte sie über den Tintenfisch und wurde dann vom Standbesitzer angebrüllt, als sie einen Zackenbarsch anstupste.

Rune schaute sich um. »Oh, he«, sagte sie, »ich weiß, wo wir sind. Komm mit – ich zeig dir was total Tolles. Ich bring dir was über Geschichte bei, und wenn du mit der Schule anfängst, dann kippen alle aus den Latschen, wie viel du schon weißt.«

»Ja. Geschichte mag ich.«

Sie gingen durch die Centre Street, vorbei an dem schwarzen Family Court Building. (Rune schaute über den Platz zu dem Strafgerichtsgebäude und dachte an Boggs. Sie spürte, wie die Wut sie übermannte, und wandte rasch den Blick ab.) Kurz darauf standen sie vor dem Verfassungsgericht von New York in der Centre Street Nr. 60.

»Das ist es«, verkündete Rune.

»Ja.« Courtney schaute sich um.

»Das hier hieß früher Five Points. Vor hundert Jahren war das die schlimmste Gegend in ganz Manhattan. Hier haben die Whyos rumgehangen.«

»Was ist ein Whyo?«

»Eine Gang, die schlimmste Gang, die es je gab. Irgendwann les ich dir abends mal was als Gutenachtgeschichte vor.«

»Ja!«

Dann fiel Rune jedoch wieder ein, dass ihr Exemplar von *New York Gangs* jetzt Asche war, und fragte sich, woher sie ein neues bekommen sollte. »Die Whyos waren echt hart«, sagte sie. »Man konnte ihnen nur beitreten, wenn man ein Mörder war. Die haben sogar eine Preisliste aufgestellt – du weißt schon, wie eine Speisekarte, wie viel es kostet, jemanden abzustechen oder ihn ins Bein zu schießen oder umzubringen.«

»Igitt«, sagte Courtney.

»Du hast doch schon alles über Al Capone und Dutch Schultz gehört, stimmt's?«

»Hm-mh«, sagte Courtney zustimmend.

»Aber die waren gar nichts im Vergleich zu den Whyos. Danny Driscoll war der Anführer. Über den gibt's eine tolle Geschichte. Er war in ein Mädchen namens Beezy Garrity verliebt – ist das nicht ein toller Name? Ich würde mich gern Beezy nennen lassen.«

»Beezy.«

»Und so ein Gangrivale, Johnny Soundso, der hat sich auch in sie verliebt. Danny und er hatten ein Duell in dem Tanzschuppen oben an der Straße. Sie zogen ihre Knarren und ballerten los.« Rune feuerte ein paar Schüsse mit ihrem Finger ab. »Peng, peng! Und rat mal, wer erschossen wurde.«

»Beezy?«

Rune war beeindruckt. »Du hast's erfasst.« Dann runzelte sie die Stirn. »Danny war ziemlich fertig deswegen, schätze ich, aber es kam noch schlimmer, weil sie nämlich *ihn* für den Mord an seiner Freundin aufgehängt haben. Gleich da drüben«, zeigte Rune. »Dort drüben waren ›The Tombs‹. Das alte Gefängnis. Haben ihn glatt aufgehängt.«

Na, jetzt hatte sie jede Menge Zeit, um ihre Dokumentation über die alten Gangs zu machen. Sie wünschte, das hätte sie gleich gemacht. *Die* hätten sie nicht belogen. Nee, Slops Connolly hätte sie im Leben nicht verraten. Sie waren Ganoven und Abschaum, darauf wettete sie, aber damals hatten Gauner noch Ehre im Leib gehabt.

»Komm, Schätzchen«, sagte Rune und ging los in Richtung Mulberry Street. »Ich zeig dir, wo English Charley den letzten großen Kampf angefangen hat, in den die Whyos je verwickelt waren. Willst du's sehen?«

»Au ja.«

Unvermittelt blieb Rune stehen, beugte sich hinunter und umarmte das Mädchen. Courtney erwiderte die Umarmung, wobei sie mit genau der richtigen Kraft zudrückte, die Rune gerade brauchte. Die Kleine riss sich los und rannte zur Ecke. Eine Frau in Geschäftskostüm, vielleicht eine Anwältin, die gerade eine Pause machte, bückte sich. »Na, was sind wir denn für eine Hübsche?«, sagte sie zu Courtney. Rune gesellte sich zu ihnen. Die Frau schaute hoch. »Ist das Ihre?«

Und gerade als Rune ansetzte zu sagen, sie passe nur auf Courtney auf, sagte diese: »Hm-mh, das ist meine Mami.«

Randy Boggs lachte laut auf. Der Mann, der in dem Greyhound-Bus Richtung Atlanta neben ihm saß, schaute zu ihm herüber, musste aber wohl ein erfahrener Reisender sein, denn er redete nicht. Wahrscheinlich wusste er, dass es besser war, sich mit Leuten, die vor sich hin lachten, nicht auf ein Gespräch einzulassen. Nicht im Bus, nicht in Nord-Georgia.

Boggs musste lachen, weil er sich an Lyndas verdattertes Gesicht erinnerte, als sie aus dem Restaurant gekommen waren und er ihr fünfzig Dollar in die Hand gedrückt und gesagt hatte, sie solle auf keinen Fall in die Bar zurückgehen, auch wenn Tom Cruise höchstpersönlich ankäme und ihr anböte, sie auf die Bermudas mitzunehmen. »Hm-mh«, hatte sie misstrauisch gesagt. »Warum?«

»Darum«, hatte Boggs geantwortet und sie auf die Stirn geküsst.

»Du meinst, du hast keine Lust?« Sie nickte in Richtung des Zimmers.

»Große Lust sogar, vor allem mit so 'nem hübschen Ding wie dir, aber ich muss woanders hin.«

Er holte seine Tüte, und sie nahm ihn mit nach Charlottesville zum Busbahnhof, was eine ganz schöne Strecke war, aber auch wieder nicht so weit, dass fünfzig Dollar nicht gereicht hätten. Er bedankte sich und ging, um an der Station auf den Bus zu warten, der ihn irgendwann nach Atlanta bringen würde.

Was ihn stutzig gemacht hatte, war die Bemerkung über die Männerstrafanstalt – die Männerstrafanstalt des Staates Kalifornien in San Luis Obispo.

Es erschien ihm ziemlich merkwürdig, dass Jack Nestor – der wusste, dass Boggs Drinnen saß und der genauestens wusste, *warum* Boggs Drinnen saß – nie zuvor erwähnt hatte, dass er selbst schon gesessen hatte. Es wäre doch ganz natürlich gewesen, Boggs zu erklären, wie es dort war. Vielleicht ein bisschen anzugeben. Das machten Exsträflinge doch immer.

Was aber noch seltsamer war, war, dass Nestor im gleichen Gefängnis gesessen hatte, und zwar zur gleichen Zeit wie Juan Ascipio.

Okay, das konnte Zufall sein. Aber wenn Nestor wollte, dass Boggs in Harrison etwas zustieße, dann wäre Ascipio gerade recht gekommen, um diesen Unfall in die Wege zu leiten.

Den Unfall, dem Severn Washington zum Opfer gefallen war und dem um ein Haar Boggs zum Opfer gefallen wäre.

Eine Menge seltsamer Dinge. Das mit Obispo. Und die Art und Weise, wie der Zeuge, Bennett Frost, umgekommen war. Und dann das Verschwinden des Bandes mit Runes Story.

Unter seinem trägen Lächeln und seiner Gelassenheit war Randy Boggs stinksauer. Da hatte er nun Nestor nicht reingeritten, nie auch nur ein gottverdammtes Wort beim Prozess gesagt oder die ganze Zeit über, wo er Drinnen saß. Auf Boggs konnte man sich verlassen. Und siehe da, was passierte: reingelegt.

Der Bus bog schnell um eine Ecke, und sein Zorn verrauchte. Boggs lächelte. Das war nicht so gut wie ein Auto, aber trotzdem war es Bewegung. Eine Bewegung, die ihn weg von Harrison und hin zu einem Haufen Geld führte.

Er lachte erneut auf. »Ich liebe Busse«, sagte er zu dem Mann neben sich. »Sie nicht auch?«

»Sind okay, würd ich sagen.«

»Sind *verdammt* okay«, sagte Boggs.

Boah, ein Feuer.

Jack Nestor, zurück auf der Christopher Street, begutachtete das verkohlte Wrack des Hausbootes. Er lehnte sich an ein steinernes Gebäude am Rand des Highways und fragte sich, was das zu bedeuten hatte. Er dachte eine Weile darüber nach. Okay, wenn sie da drin gewesen war, immer noch gefesselt, als es passierte, dann war sie tot, und scheiß drauf, dann konnte er verschwinden. Es war jedoch auch nicht unwahrscheinlich, dass jemand das Feuer gesehen hatte und gekommen war, um ihr zu helfen, bevor sie geröstet wurde.

Oder vielleicht war sie umgezogen, und irgendein Arschloch hatte das Ding einfach abgeflammt.

Eine Menge Fragen, keine Antwort.

Boggs, der Wichser, war also weg. Und jetzt war das Mädchen ebenfalls weg.

Verdammt. Jack Nestor zündete sich eine Zigarette an und dachte, an die Backsteinwand gelehnt, nach, was er jetzt tun sollte.

Die Antwort, entschied er, war, abzuwarten.

In der Nacht zuvor hatte er nicht gut geschlafen. Die lange Fahrerei. Und wieder die Bilder. Sie hatten ihn geweckt, und er hatte im Bett gelegen und daran gedacht, dass er jetzt, wo er Randy Boggs umbringen wollte, etwas finden musste, was ihn gegen diesen aufbrachte. Da gab es nicht viel. Er war kein Nigger, keine Schwuchtel, kein Chicano. Er beleidigte einen nicht. Er wollte einem nicht die Frau ausspannen.

Nestors Hand wanderte zu seinem Bauch, und er quetschte die glänzende Narbe. Das imaginäre Jucken kroch irgendwo in seinem Bauch herum. Dann entschied er, dass Boggs' Sünde darin bestand, dass er ein Loser war, mit einem ganz großen L. Nestor lächelte. Das reichte als Grund völlig aus, um den Scheißkerl zu jagen und alle zu machen.

Gut. Das war erledigt.

Es war eine milde Aprilnacht, und der Himmel war von einem seltsamen Leuchten erhellt, von dem man nicht sagen konnte, woher es kam. Von den ganzen Straßenlaternen wahrscheinlich. Und von den Lichtern der Autos und Taxis und Bürogebäude und Läden ... Das ließ ihn an all die Gebäude in der Stadt denken, in denen es natürlich auch Restaurants gab. Und das erinnerte ihn daran, dass er einen Mordshunger hatte.

Und dann, als er gerade gehen wollte, um sich einen Burger zu holen, war da das Mädchen! Sie wanderte langsam über das Dock auf das Hausboot zu und betrachtete die schwelenden Trümmer. Sie hatte wieder solche verrückten Klamotten an – schwarzer Minirock, Boots, zwei T-Shirts, eines knallrot, das andere gelb. Über der Schulter hing eine große Tasche, aber sie war so nett, sie abzusetzen und sich mit den Händen in den Hüften hinzustellen und zum Boot zu schauen. Sie ging weiter nach vorn, um etwas in dem verbrannten Müll in Augenschein zu nehmen, dem sie gedankenlos einen Tritt versetzte. Dann ging sie zu dem gelben Absperrband, umfasste es mit den Händen und stand mit gesenktem Blick da, als würde sie beten.

Nestor zog die Pistole aus der Jackentasche und schaute sich um. Autos brausten vorbei, und am Ufer spazierten ein paar Menschen, aber niemand war in seiner Nähe. Die Sonne, ein riesiger Batzen orangefarbenen Feuers, ging rasch direkt vor ihm unter. Er konnte sehen, wie sie hinter dem verkohlten Gerippe des Hausbootes Stück für Stück hinter Hoboken verschwand.

Nestor zielte. Er behielt beide Augen offen; er wollte nicht blinzeln. Es war ein Schuss über fünfundsiebzig Meter, und er wünschte, er hätte ein Schulterstück gehabt. Da dies aber nicht der Fall war, stützte er sich fest an der Backsteinwand ab, beugte den Arm und setzte die Pistole in dem V zwischen Bizeps und Unterarm an. Er stellte das Visier ein und ging noch einen Millimeter höher, um die Entfernung auszugleichen. Es war windstill.

Er hielt den Atem an.

Absolute Stille.

Dann: Der letzte Sonnenstrahl versank hinter dem Horizont.

Ein Auto raste vorbei und hupte.

Das Mädchen drehte sich um.

Jack Nestor feuerte zwei schnelle Schüsse ab, deren scharfer Knall sich über das Wasser ausbreitete, kurz widerhallte und dann verklang.

Er hatte zuerst auf ihren Rücken, dann auf ihren Kopf gezielt. Beide Kugeln trafen sie. Die erste schlug hoch in ihrer Schulter ein. Die zweite erwischte sie in der Bewegung, als sie sich umdrehte. Auf ihrer Wange sah er eine blutige Wolke, wie Rauch.

Sie stürzte zu Boden wie ein Marionette, deren Fäden man durchgeschnitten hatte.

Nestor ging rasch zurück zum Wagen. Unterwegs überlegte er es sich anders. Ein Burger würde jetzt nicht mehr reichen. Er beschloss, nach dem dicksten Steak zu suchen, das er in dieser verfluchten Stadt auftreiben konnte.

29

Zuerst dachte Randy Boggs, er sei von der Bank betrogen worden.

Mit Geldinstituten hatte er noch nie gut gekonnt. Obwohl er noch nie eine überfallen hatte, hatten verschiedene Sparkassen und Banken (mit nichts weniger als dem Wort ›Trust‹ im Namen) in Georgia und Florida die Hypotheken auf Häuser seiner Familie gekündigt, nachdem sein Vater verschiedene Hypothekenzahlungen versäumt hatte.

Er verfügte daher über eine gewisse Neigung zum Misstrauen.

Und als das schöne Mädchen hinter dem Schalter ihm elf winzige Häufchen Bargeld überreichte, die so dünn waren, dass sie aussahen wie Kinderbauklötzchen, dachte er in einem Anfall von Panik, die Bank hätte den Großteil des Geldes als Gebühr einfach einbehalten.

»Ist alles in Ordnung?«, fragte sie, als sie sein Gesicht sah

»Das sind hundertzehntausend?«

»Ja, Sir. Sie sehen nur so klein aus, weil es ganz neue Geldscheine sind. Ich habe sie gezählt, und unsere Maschine hier hat sie zweimal gezählt – möchten Sie, dass ich es noch einmal zähle?«

»Nein, Ma'am.« Er blickte direkt auf Ben Franklin, der mit

seinem schiefen Lächeln zurückglotzte, als sei es ganz natürlich, dass Boggs gerade so wie jeder andere ein Vermögen in Händen hielt. Hundertzehntausend und ein paar Zerquetschte – der Mehrbetrag kam von den Zinsen, die Jack Nestor erwähnt hatte.

»Hab irgendwie gedacht, hunderttausend gäben 'nen größeren Haufen.«

»Wenn Sie ihn in Fünfer- und Zehnermünzen bekämen, dann wäre das 'ne ziemliche Menge.«

»Ja, Ma'am.«

»Möchten Sie Begleitschutz? Einen Wächter oder so etwas?«

»Nein, Ma'am.«

Boggs verstaute das Geld in seiner Papiertüte und ging. Danach schlenderte er eine Stunde lang in der Innenstadt von Atlanta herum. Er staunte, wie sehr sie sich verändert hatte. Sie war sauber und gepflegt. Er lachte über die vielen Straßen mit ›Peachtree‹ im Namen – lachte, weil er sich daran erinnerte, dass sein Daddy gesagt hatte, die meisten Leute würden denken, das käme von ›peach‹ wie Pfirsich, während der Name in Wirklichkeit von ›pitch‹ wie Teer komme. Er überquerte die Straße namens Boulevard und lachte noch einmal.

Das hier war eine Stadt, in der man, so schien es, über so etwas lachen konnte, ohne dass jemand einen für verrückt hielt – sofern man irgendwann zu lachen aufhörte und sich um seine Angelegenheiten kümmerte. Boggs ging in ein Koffergeschäft und kaufte einen teuren schwarzen Nylonrucksack, denn so einen hatte er sich schon immer gewünscht, einen, der für das Tragen über lange Strecken gemacht war. Er steckte das Geld und das frische Hemd in den Rucksack, was ihn an Kleider erinnerte.

Er kam an einer schicken Herrenboutique vorüber, fühlte sich aber durch die schrägen, kopflosen Schaufensterpuppen eingeschüchtert. Er ging weiter, bis er einen altmodischen Laden fand, wo die Kleidungsstücke meist aus Polyester waren und die Farben überwiegend braun und beige. Er kaufte einen braunen Anzug von der Stange und ein gelbes Hemd, zwei Paar schwarz-rot karierte Socken und einen gestreiften Schlips. Da er dachte, dies könne an vielen Orten zu formell sein, kaufte er noch eine braune Freizeithose aus Wolle und zwei blaue kurzärmelige Sporthemden. Er dachte daran, die neuen Klamotten gleich anzuziehen und den Verkäufer die Jeans und das Arbeitshemd einpacken zu lassen. Aber das würden sie merkwürdig finden und sich vielleicht an ihn erinnern.

Was wahrscheinlich überhaupt keine Rolle spielte. Na wenn schon, wenn man sich an ihn erinnerte? Er hatte hier nichts Ungesetzliches getan. Vielleicht mochten sie ihn merkwürdig finden. Wenn er ein reicher, großkotziger Geschäftsmann gewesen wäre, der aus einer Laune heraus beschlossen hatte, sich ein paar Klamotten zu kaufen und sie auf dem Heimweg zu tragen, hätte niemand einen zweiten Gedanken daran verschwendet.

Aber er war kein Geschäftsmann. Er war ein ehemaliger Sträfling. Er hätte New York nicht verlassen dürfen. Und daher zahlte er schnell und ging.

Er betrat das Hyatt Hotel und schlenderte an den Springbrunnen vorbei. Boggs hatte Hotels schon immer gemocht. Sie waren Orte des Abenteuers, an denen nie etwas gleich blieb, wo man jederzeit kommen und auch wieder gehen konnte, wenn es einem nicht gefiel. Er mochte die Konferenzräume, in denen täglich eine neue Gruppe von Menschen saß, die sich in ihrem Beruf weiterbildeten oder vielleicht eine neue Tätigkeit erlernten, wie Immobilienverwaltung zum Beispiel oder wie man Avon-Beraterin wird.

Jeder Gast in einem Hotel war nur da, weil er auf Reisen war.

Und ein Mensch auf Reisen, das wusste Randy Boggs, war ein glücklicher Mensch.

Er betrat die Toilette auf einer der Bankettsaaletagen und zog sich in einer blitzblanken Kabine seinen Anzug an. Er stellte fest, dass er noch immer seine abgetragenen Halbschuhe mit dem stählernen Penny von 1943 im Schlitz an der Oberseite trug. Heute Nachmittag würde er sich neue Schuhe besorgen. Was Schickes. Aus Krokodil- oder Schlangenleder vielleicht. Er betrachtete sich im Spiegel und fand, er brauche mehr Farbe; er war ziemlich blass. Und auch seine Frisur gefiel ihm nicht – heutzutage trugen nur noch sehr wenige Männer die Haare nach hinten geklatscht. Sie trugen sie lockerer und trockener. Also nach dem Mittagessen: noch zum Friseur.

Er verließ die Toilette und ging ins Café. Ein Platz wurde ihm zugewiesen, und die Kellnerin brachte ihm, ohne ein Wort zu sagen, einen Eistee. Diese Südstaatensitte hatte er ganz vergessen. Er bestellte sein zweites Steak, seit er Draußen war – und das hier, zusammen mit dem Michelob, mit dem er es hinunterspülte, war viel besser als das erste. Boggs sah es als seine erste richtige Mahlzeit in Freiheit an.

Um drei Uhr nachmittags hatte er neue Schuhe und eine neue Frisur und dachte daran, den MARTA-Zug zum Flughafen zu nehmen. Aber das Hotel gefiel ihm so gut, dass er beschloss, die Nacht über zu bleiben.

Er checkte ein und bat um ein in Bodennähe gelegenes Zimmer.

»Jassir. Kein Problem, Sir.«

Er probierte das Zimmer und das Bett aus und fühlte sich in dem schmalen Raum zwischen den Wänden wohl. Erst da merkte er, dass ihm die Weitläufigkeit Atlantas Unbehagen bereitete. In den Straßen von New York mit ihren hohen, düsteren Häuserschluchten hatte er sich weniger verletzlich gefühlt. In Atlanta kam er sich schutzlos vor. Nachdem er in dem abgedunkelten Zimmer ein Nickerchen gemacht hatte, ging er aus zum Abendessen. Er sah ein Flugreisebüro und betrat es.

Er ging zum Schalter der United. Er fragte die hübsche Verkäuferin, was es Nettes gebe.

»Nettes?«

»Wohin man fliegen kann.«

»Äh …«

»Im Ausland.«

»Paris wäre sehr schön. Sie wissen schon, April in Paris.«

Randy Boggs schüttelte den Kopf. »Ich kann die Sprache nicht. Könnte ein Problem werden.«

»Möchten Sie Urlaub machen? Wir haben einen Urlaubsservice. Eine Menge guter Pauschalpakete.«

»Eigentlich hab ich daran gedacht umzuziehen.« Er sah ein Poster. Silberner Sand, von wunderbarem blauem Wasser umspült. »Wie sieht's mit der Karibik aus?«

»Die liebe ich. Ich war letztes Jahr mit meinen Freundinnen in St. Martin. Wir hatten einen Riesenspaß.«

Mann, der Sand sah schön aus. Der Gedanke gefiel ihm. Aber dann runzelte er die Stirn. »Wissen Sie, mein Pass ist abgelaufen. Braucht man einen Pass, um da überall hinzukommen?«

»Für manche Länder brauchen Sie einen. Für manche braucht man nichts weiter als eine Geburtsurkunde.«

»Und woher weiß ich das?«

»Sie könnten sich vielleicht einen Reiseführer kaufen. Oben auf der Straße ist ein Buchladen. An der Ecke gehen Sie rechts, und da ist er schon.«

»Na, das wäre eine Idee.«

»Vielleicht ziehen Sie auch einmal Hawaii in Erwägung. Da gibt es Strände, die sind genau schön wie die auf den karibischen Inseln.«

»Hawaii.« Boggs nickte. Das war ein guter Gedanke. Er konnte sich einfach ein Ticket kaufen und hinfliegen und so lange am Strand sitzen, wie er wollte.

»Schauen Sie doch mal nach, was so 'n Ticket kostet, ja?«

Er zögerte kurz, während sie die Angaben in ihren Computer tippte. »Hätten Sie Lust, mit mir essen zu gehen?«, fragte er dann schnell.

Sie errötete und widmete sich ihrem Computerterminal. Sofort hätte er die Frage am liebsten zurückgezogen. Er hatte eine Linie übertreten, etwas getan, wovon die Leute Draußen – Leute, die in Hyatt-Hotels wohnen und Flugtickets kaufen – instinktiv wussten, dass man es nicht tat.

Sie blickte verlegen auf. »Es ist so, ich habe schon irgendwie einen Freund.«

»Na klar, sicher.« Er lief krebsrot an. »Entschuldigen Sie.«

Seine Entschuldigung schien ihr peinlich zu sein. Dann lächelte sie. »Hey, ist doch kein Beinbruch. Vom Eingeladenwerden ist doch noch niemand gestorben.« Das Draußensein in der richtigen Welt ... das wird noch ’n bisschen dauern, bis ich mich dran gewöhnt habe, dachte Randy Boggs, während sie sich wieder dem Bildschirm zuwandte.

Sam Healy saß auf der Couch und schaute über seinen Rasen, nachdem er am Telefon die schrecklichen Neuigkeiten erfahren hatte. Er befahl sich aufzustehen, aber seine Beine wollten ihm nicht gehorchen. Er blieb, wo er war, und schaute Courtney zu, die mit Plastikbausteinen spielte. Er holte tief Atem. In Healys Kindheit waren Bauklötze aus lackiertem Hartholz gewesen, und man bekam sie in schweren Kartons aus Wellpappe. Diejenigen, mit denen die Kleine gerade ein Schloss baute, bestanden aus einer Art Schaumstoff. Und man bekam sie in einem großen, durchsichtigen Plastikeimer.

Schlösser. Was sonst sollte Runes Kind wohl bauen?

Zauberschlösser.

Sam Healy starrte auf die bunten Vierecke und Kreise und Säulen, wobei er weniger an das Spielzeug seiner Kindertage dachte als an die menschliche Fähigkeit zur Gewalt.

Die Leute dachten, als Mitglied eines Bombenkommandos

hätte man eine ziemlich dicke Haut, wenn es um Sachen wie Schießereien ging. Und besonders, zum Teufel, bei der New Yorker Polizei, in einer Stadt mit annähernd zweitausend Mordfällen pro Jahr. Dem war, wie Healy sie schnell belehrt hätte, jedoch nicht so. Erstens bei Bomben: Man hatte mit Apparaten zu tun, nicht mit Menschen. Der größte Teil der Arbeit bestand aus Absicherungsmaßnahmen oder Ermittlungen nach Explosionen, und wenn man gerufen wurde, waren die Opfer längst weg, und die Angehörigen wurden von jemand anderem benachrichtigt.

Aber jetzt war er nicht im Dienst, und daher ließ sich nicht länger vermeiden, was er tun musste.

Er stand auf und hörte ein Knacken in der Schulter – ein vertrautes Souvenir an eine mit Schwarzpulver gefüllte Rohrbombe, mit der er ein paar Jahre zuvor eine etwas zu enge Bekanntschaft gemacht hatte. Mit einem erneuten Blick auf das kleine Mädchen hielt er inne und ging zum Fernseher. Es lief gerade irgendein alter Western. Schlechte Farben, schlechte Schauspieler. Er schaltete das Gerät aus.

»Hey, der Typ wollte grade gegen drei böse Jungs ziehen. Sam, du bist doch ein Cop. *Du* müsstest dir so 'n Zeug reinziehen. Das ist praktisch Fortbildung für dich.«

Er setzte sich auf die abgewetzte grüne Couch und nahm Runes Hand.

»Oh-oh, was kommt jetzt?«, sagte sie. »Der Frau-kehrt-ins-traute-Heim-zurück-Vortrag? Ich werd damit fertig, Sam.«

Er warf einen Blick ins Wohnzimmer nach Courtney und sah, dass sie zufrieden spielte. »Ich hab einen Anruf vom Einsatzleiter beim Sechsten Revier gekriegt«, sagte er, ohne Rune anzuschauen. »Es sieht so aus, als hätte es an dem Pier, wo dein Boot liegt, eine Schießerei gegeben.«

»Eine Schießerei?«

»Ein Mädchen in deinem Alter. Zweimal angeschossen. Ihr Name war Claire Weisman.«

»Claire ist wieder da?«, fragte Rune flüsternd. »Mein Gott, nein. Ist sie tot?« Rune schaute zu Courtney.

»Ihr Zustand ist kritisch. St. Vincent's.«

»Mein Gott.« Rune weinte leise. »Jemand hat gedacht, ich wäre es, stimmt's?«, sagte sie mit ersterbender Stimme.

»Es gibt keine Verdächtigen.«

»Du weißt, wer's getan hat, oder?«, sagte sie.

»Boggs und der andere Typ, der Fette. Jack Nestor.«

»Sie müssen es gewesen sein. Sie sind zurückgekommen, um mich umzubringen.« Ihre Augen waren gerötet und elend. »Ich ...« Sie schlug die Hand vor den Mund. »Ich hätte nie gedacht, dass Claire zurückkommt.« Runes Blick ruhte auf Courtney.

Healy umarmte sie. »Ich werd's den Beamten melden. Das mit Boggs und Nestor. Bei einer Schießerei dehnen sie die Suche auf die ganze Stadt aus.«

»Bitte«, flüsterte sie, »bitte, bitte ...«

»Claires Mutter ist auf dem Weg hierher. Sie kommt von Boston geflogen.«

»Ich muss sie besuchen.«

»Komm mit. Ich fahr dich hin.«

»Es tut mir ja so Leid«, sagte Rune.

Die Frau musste Anfang fünfzig sein. Sie wusste nicht, wie sie mit dem Kummer umgehen sollte, und tat das Einzige, was ihr einfiel – sie legte Rune den Arm um die Schultern und sagte, sie alle müssten jetzt tapfer sein.

Claires Mutter war kräftig und trug ein blaues Satinkleid, das ihre Formen verhüllte. Ihre Haare waren eine Mischung aus rein schwarzen und rein weißen Strähnen, was ihnen ein wirres Aussehen verlieh, obwohl sie perfekt in Form gesprayt waren. Sie hatte etwas in der Hand, was Rune für ein zerknautschtes Sträußchen hielt, was sich jedoch als ein dünnes weißes Taschentuch entpuppte.

Rune schaute zum Bett. Claire ließ sich nur schwer ausmachen. Das Licht war stark gedämpft, als fürchteten die Ärzte, zu viel Helligkeit könne ihrem Leben Gelegenheit geben zu entwischen. Rune beugte sich vor. Claires linke Schulter und ihr Arm steckten in einem riesigen Gipsverband, und die linke Seite ihres Gesichts war eine einzige Masse aus Mullbinden. In ihrer Nase steckten Schläuche, und weitere Schläuche führten von einem Verband an ihrem Hals in Becher, die auf der Erde standen. Ein Monitor über ihrem Kopf zeigte seine beunruhigenden Daten über Herz- oder Pulsschläge oder Atemzüge oder wer weiß was an. Die Linien waren rätselhaft. Rune wünschte, der Monitor hätte in eine andere Richtung gezeigt.

Mrs. Weisman hielt den Blick auf ihre Tochter gerichtet. »Wo ist Courtney?«, fragte sie. »Claire hat gesagt, sie sei bei Ihnen geblieben.«

»Ich hab sie draußen bei der Schwester gelassen. Ich dachte, es sei keine so gute Idee, dass sie Claire in diesem Zustand sieht.«

Eine schwere Stille legte sich über die beiden Menschen, die nichts gemein hatten als ihren Kummer.

»Wissen Sie schon, wo Sie wohnen?«, fragte Rune nach ein paar Minuten.

Die Frau hörte nicht zu. Sie blickte unverwandt auf Claire. »Haben Sie Kinder?«, fragte sie kurz darauf.

»Außer Courtney keine.«

Mrs. Weisman wandte sich bei dieser Antwort zu Rune um. »Haben Sie ihr irgendwas gesagt? Courtney, meine ich. Über das, was passiert ist.«

»Ich hab ihr gesagt, ihre Mami sei krank und gleich sei ihre Großmutter bei ihr. Ihr geht es gut. Aber sie sollte ziemlich bald schlafen gehen.«

»Ich behalte sie bei mir«, sagte Mrs. Weisman.

Rune zögerte. »Sind Sie sicher?«

»Hat sie ihre Sachen dabei?«

Sie hat die Kleider, die *ich* ihr gekauft habe. Sie hat die Spielsachen, die *ich* ihr geschenkt habe. »Claire hat ihr nicht viel dagelassen«, sagte Rune.

Mrs. Weisman antwortete nicht.

»Ich hab noch einiges zu erledigen«, sagte Rune. »Könnten sie mich anrufen, wenn sie aufwacht?« Sie schrieb Sam Healys Namen, Adresse und Telefonnummer auf die Rückseite einer Restaurantrechnung, die sie in ihrer Handtasche fand. »Ich bleib noch eine Weile da.«

Sie nickte, und Rune fragte sich, ob sie die Worte gehört hatte.

»Wer tut nur so etwas?«, fragte Mrs. Weisman geistesabwesend. »Ein Räuber? Claire hat nicht wie ein Mädchen ausgesehen, das viel Geld hat. Meinen Sie, das war so etwas wie das, was man immer aus Kalifornien hört? Sie wissen schon, wo sie die Leute einfach aus Spaß auf der Autobahn erschießen?« Sie schüttelte den Kopf, als würde die Antwort nicht viel ändern.

»Ich weiß nicht«, sagte Rune. Claires Mutter würde früh genug erfahren, was passiert war. Jetzt war nicht die Zeit für lange Erklärungen.

Eines jedoch gab es, was Rune noch hinzufügen wollte. Wie gern hätte sie sich an diese arme Frau gewandt und ihr genau gesagt, was sie gerade dachte. Und zwar dass der Nachrichtenbeitrag ihr inzwischen scheißegal war, dass ihr der Mord an Lance Hopper scheißegal war. Dass sie nur eines und nur das wollte: die beiden finden – Randy Boggs und seinen fetten Freund Jack.

Irgendwie würde sie in den Sender kommen – Bradford würde ihr helfen – und ihre Bänder und Notizen stehlen, sich alle Angaben darüber verschaffen, wo Randy in den letzten zehn Jahren gewohnt hatte, wo er sich gerne aufhielt, was er sich von der Zukunft erhoffte. Irgendwo in diesem Material würde sich wahrscheinlich ein Hinweis darauf finden, wohin er gerade flüchtete. Sie würde ihn finden und Jack auch und sicherstellen, dass sie *beide* in den Knast nach Harrison wanderten.

Dann aber, als ihr einfiel, dass Claire sterben könnte und ihre Mutter Courtney mit nach Boston zurücknehmen würde, dachte sie, dass sie sie vielleicht doch nicht an die Polizei ausliefern würde.

Sie würde sie eigenhändig umbringen.

30

Bradford Simpson fühlte sich nicht wohl in seiner Haut.

»Es heißt, Piper wollte dich strecken und *achtteilen* lassen. Vierteilen würde nicht reichen.«

»Schau, ich muss einfach nur in die Nachrichtenredaktion kommen.«

»Wenn ich du wäre, würde ich nicht mal in der gleichen *Stadt* sein wollen wie Piper«, sagte der junge Praktikant. »Das gleiche Gebäude ist eine ganz, ganz schlechte Idee. Ganz schlecht.«

Sie saßen im Kelly's, einer Bar am südlichen Ende der Columbus Avenue, gleich um die Ecke vom Sender. Der billige Schuppen konnte sich nicht entscheiden, ob er Heimat für Yuppies sein wollte, die mit Insiderinformationen handelten, oder für IRA-Sympathisanten, die über Politik diskutierten.

Rune bestellte Bradford noch einen Martini, den Drink der Reporter. Und einen, der ihn geneigter machen sollte. Sie bat ihn noch einmal, sie in den Sender einzuschleusen, und hängte ein aus tiefstem Herzen kommendes ›Bitte‹ an.

»Wozu? Sag mir, wozu.«

»Das kann ich nicht. Es ist einfach nur unheimlich wichtig.«

»Gib mir ’nen Tipp.« Fachmännisch spießte er die Olive auf. Leute aus Connecticut sind gut bei Martinis.

»Du weißt, dass das nicht grade die gescheiteste Frage ist. Ich glaub nicht, dass du’s wirklich wissen willst.«

»Also, das ist mal ’ne ehrliche Antwort. Sie gefällt mir nicht, aber es ist eine ehrliche Antwort.«

»Was ist das Schlimmste, was passieren könnte?«, fragte sie.

»Ich könnte rausfliegen, verhaftet werden und ins Gefängnis auf Rikers Island gesteckt werden.«

»Wenn jemand fragt, sag ich, ich hätte mich reingeschlichen. Versprochen. Ich würde nie deine Karriere gefährden. Ich weiß doch, was sie dir bedeutet. Nur dieses eine Mal.«

»Du bist sehr überzeugend«, sagte er.

»Ich hab noch nicht mal richtig angefangen.«

Er schaute auf die Uhr. »Was soll ich machen?«

»Nichts Schlimmes.«

»Nur den Wächter ablenken, während du reinschlüpfst?«

»Nein, viel einfacher. Du musst nur den Alarm unten an der Feuertür ausschalten, die Tür aufmachen und mich reinlassen. Ein Klacks.«

»O Mann!« Der junge Mann schien bei diesem Auftrag krank vor Sorge zu werden. Er stürzte den letzten Schluck Martini hinunter. »Und sieh’s doch mal so«, sagte Rune. »Wenn du tatsächlich verhaftet und auf Rikers Island eingeliefert wirst, kannst du doch ’nen tollen Bericht über das Leben im Gefängnis machen. Was für eine Chance.«

Es lief nicht ganz so, wie sie es geplant hatte.

Okay, sie kam hinein, dank Bradford. Sie schaffte es sogar, ungesehen bis zu ihrem Schreibtisch zu kommen.

Das Problem war, dass ihr dort schon jemand zuvorgekommen war.

Alles über Boggs war weg.

Rune durchsuchte jede Schublade, jedes Regalbrett, jede zusammengeknüllte Tüte von Lamston's und Macy's unter dem Schreibtisch. Aber über Randy Boggs war nicht das Geringste zu finden. Alle Akten, Hintergrundbänder, Notizen – verschwunden.

Wer hatte das getan?, fragte sie sich.

Rune saß bis sechs Uhr abends an ihrem Schreibtisch, als die erste Live-Nachrichtensendung des Senders begann. Die Aufmerksamkeit aller konzentrierte sich auf das andere Ende der Studios, und kein Mensch merkte, dass Rune auf einen Beleuchter zuging, einen gewichtigen Mann in Jeans und gestreiftem weißem Hemd. Er trug eine Mets-Mütze. Er trank Kaffee aus einem Pappbecher und beobachtete die attraktive asiatische Moderatorin, die einen Bericht über die Pressekonferenz des Bürgermeisters ansagte.

»Hey, Rune«, sagte er und schaute dann wieder zum Set. »Willkommen zurück.«

»Danny, ich brauch deine Hilfe«, sagte sie.

»Hilfe?«, fragte er.

»Du bist doch jeden Tag hier am Set, stimmt's?«

»Jau. Ich mach Überstunden, um mein Boot zu bezahlen.«

»Irgendjemand hat kürzlich meinen Schreibtisch durchsucht. Hast du zufällig gesehen, wer das war?«

Er trank einen weiteren Schluck, wobei er ihrem Blick auswich. »Ich hab Feierabend.«

»Danny.«

»Ich dachte, du bist geflogen.«

»Bin ich auch. Aber ich brauch deine Hilfe. Bitte.«

Er starrte zu der Nachrichtensprecherin hin, deren kurz geschnittene Haare unter den Scheinwerfern glänzten wie ein blauschwarzer Edelstein. Er seufzte. »Ich hab's gesehen.«

»Wer war's?«

»Oh, Junge ...«

Randy Boggs hatte seit Jahren in keinem Flugzeug mehr gesessen, aber er stellte erstaunt fest, dass sie sich kaum verändert hatten. Es schien mehr Männer als Flugbegleiter zu geben, und das Essen schien besser geworden zu sein (aber das lag vielleicht nur daran, dass er in den letzten dreiunddreißig Monaten und fünfzehn Tagen von Metalltellern gegessen hatte).

Er erinnerte sich an die Worte der Angestellten von United Airlines, die ihm das Ticket verkauft hatte, dass noch niemand daran gestorben sei, dass man ihn eingeladen hatte. Das ließ er sich während des Fluges gesagt sein und übte das Flirten mit dem weiblichen Flugpersonal.

Er hatte gedöst und einen Traum geträumt, an den er sich nicht mehr erinnern konnte, und dann war das Wetter stürmisch geworden, und das Zeichen zum Anschnallen hatte aufgeleuchtet. Das Fliegen machte ihm nichts aus, aber er hasste das Innere von Flugzeugen. Zum einen störte ihn die trockene, stickige Luft. Aber außerdem wurde man beschissen. Da bewegte man sich mit fünfhundert Meilen pro Stunde! Aber die Fluglinien taten nichts anderes, als möglichst zu versuchen, einem vorzugaukeln, man säße in einem Restaurant oder in einem Kino. Randy Boggs wünschte sich, die Flugzeuge hätten Panoramafenster. Mann, das wäre ein Kick: die Wolken vorbeizischen zu sehen, als wären sie Bäume auf der Autobahn!

Er dachte an seine hundertzehntausend Dollar. Seinen Notgroschen. Das, was sein Vater Kapital genannt hatte. Und nun besaß er selbst welches und hatte vor, etwas damit anzufangen. Etwas echt Schlaues.

Boggs fragte sich, ob er das Geld in ein Klamottengeschäft auf Hawaii investieren sollte. Den Kauf in dem Laden in Atlanta hatte er echt genossen. Er mochte den Geruch – er glaubte, es war Aftershave –, und er mochte sogar die Reihen von Kleidungsstücken auf den Chromstangen. Es gefiel ihm, wie die Männer, die dort arbeiteten, mit verschränkten Armen vor den blitzenden Tresen standen. Wenn nicht viel los war, konnte man sich draußen in dem immer warmen Wetter die Beine vertreten und eine Zigarette rauchen, während man unter Palmen auf dem Gehsteig spazieren ging. Er fragte sich, was es wohl kostete, auf Hawaii einen Klamottenladen zu eröffnen.

Einen Laden kaufen. Das war eine Investition, auf die er stolz gewesen wäre. Nicht so eine von den anderen schwachsinnigen Ideen: wie Hummerzucht und den Verkauf von Wunder-Wasserfiltern und Immobilien ohne Anzahlung und computerisierte Schildermalerei, was er alles schon ausprobiert hatte.

Aber andererseits sollte er sein Geld vielleicht in Aktien investieren anstatt in einen Laden. Er wurde ganz aufgeregt, wenn er sich vorstellte, in seinem braunen Anzug mit den Krokodillederschuhen zur Arbeit chauffiert zu werden und im Aufzug bis hinauf zu irgendeinem Penthousebüro auf der Wall Street zu fahren.

Der Pilot sagte an, dass sie gleich landen würden, und er schaute wieder aus dem Fenster.

Hörte die Worte seines Vaters:

Hör mir zu, junger Mann, gibst du auch Acht? Wenn nicht, dann versohl ich dir deine vier Buchstaben. Komm her, mein Sohn, komm her. Denk immer dran: Arbeite nicht für andere. Nimm keine Hypothek aufs Haus auf. Lass dich mit Bargeld bezahlen, nicht mit Versprechungen …

Obwohl sich der eigentliche Rat seines Vaters auch sehr viel schlichter zusammenfassen ließ. Er lautete: Werd nicht wie ich.

Genau in diesem Augenblick machte das Flugzeug eine scharfe Kehre, und die Motoren wurden auf ein dumpfes Grollen gedrosselt. Randy Boggs schaltete die Leselampe aus und blickte, das Gesicht an die Scheibe gedrückt, hinaus in die Nacht. In der Ferne glaubte er einen Küstenstreifen zu erkennen, glaubte Wasser zu sehen. Eindeutig sah er die Landebahn, die sich ihm entgegenhob, als mache das Land einen

Sprung, um ihn wie einen Liebhaber zu begrüßen und ihn in seinem neuen Leben willkommen zu heißen.

Der Bruch war in fünf Minuten erledigt.

Die Personalabteilung des Senders war menschenleer. Rune benutzte einen Brieföffner und die Spritze eines Feuerwehrschlauchs, um die Schlösser zweier Aktenschränke zu sprengen. Darin fand sie den prall gefüllten Ordner, nach dem sie gesucht hatte, überprüfte ihn kurz und spazierte mit ihm unter dem Arm wieder hinaus.

In einem rund um die Uhr geöffneten Café weiter oben auf der Straße bestellte sie ein Abendessen: Griechischer Salat – extra Sardellen – und einen großen Apfelsaft. (Worauf sie sich an Courtney erinnerte und sich einsam fühlte. Sie bestellte den Saft wieder ab und bekam Kaffee – der, fand sie, wegen des Koffeins sowieso besser war.) Sie setzte sich an den Tresen, öffnete den gestohlenen Ordner und fing an zu lesen. Als sie den Salat zur Hälfte aufgegessen hatte, war ihr Appetit gestillt. Aber sie trank den ganzen Kaffee. Dann blickte sie blinzelnd auf, ging zum Telefon und ließ sich von der Auskunft Lee Maisels Nummer geben. Erst als sie die Ziffern eintippte, fiel ihr auf, dass es bereits nach Mitternacht war.

Sie fragte sich, ob sie ihn wohl aus dem Schlaf wecken würde.

So war es.

Die Stimme des Produzenten krächzte. »Ja, hallo?«

»Lee, hier ist Rune. Ich muss mit Ihnen reden. Es ist ein Notfall.«

»Notfall? Was meinen Sie damit? Wie spät ist es?«

»Ich muss mit Ihnen reden.«

»Alles okay bei Ihnen?«

»Mir geht's gut. Ich hab was über den Mord an Lance Hopper rausgefunden. Es war kein Zufall. Randy und Jack waren engagiert worden, um ihn umzubringen.«

»Was reden Sie denn da?« Die Stimme klang jetzt schärfer; sein Verstand war angesprungen. Er war ein Journalist, der nach Fakten bohrte.

»Es war ein Auftragsmord.«

»Aber wer konnte den Tod von Lance wollen?«

»Es war ...« Jetzt krächzte auch Rune, und der Grund dafür war nicht, dass sie müde war. Sie wiederholte es flüsternd. »Es war Piper.«

31

»Was?« Maisel räusperte sich.

Rune hörte das Rascheln von Stoff. Sie stellte sich vor, wie der Produzent sich aufsetzte, die Füße auf den Boden stellte und nach Pantoffeln tastete.

»Piper hat sie engagiert, um Lance umzubringen.«

Wieder Pause. Er wartete. Sie hörte, wie er sich erneut räusperte, dann hustete. »Das ist nicht komisch.«

»Es stimmt, Lee.«

»Ach kommen Sie, Rune. Wieso sollte sie seinen Tod wünschen?«

»Jemand hat alle Unterlagen und Bänder über Randy Boggs aus meinem Schreibtisch genommen. Alles war weg.«

»Wer?«

»Danny Turner, der leitende Elektriker am Set, hat mir gesagt, es sei Piper gewesen.«

Maisel gab keine Antwort.

»Und wissen Sie noch«, sagte Rune, »dass sie von Anfang an nicht wollte, dass ich die Story mache, dass sie versucht hat, mich daran zu hindern? Dass sie mich nach London schicken wollte? Das hat sie gemacht, um mich loszuwerden.«

»Ich habe gefragt, *wieso* sie den Tod von Lance Hopper hätte wünschen sollen?«, blaffte Maisel.

»Weil er sie rauswerfen wollte. Ich hab mir ihre Personalakte angesehen …«

»Sie haben was? Wie?«

»Ich hab einfach … Egal, wissen Sie, was ich entdeckt habe? Dass Hopper ein Jahr vor seinem Tod versuchte hat, sie rauszuschmeißen. Piper hat zwei Beschwerden wegen Diskriminierung gegen ihn losgelassen. Sie sind beide niedergeschlagen worden, aber es hat 'ne Menge Memos gegeben – das war ein regelrechter Krieg.«

»Rune, für einen Job bringt keiner einen Menschen um.«

»Normalerweise vielleicht nicht – aber Sie kennen doch Piper und ihr Temperament. Sie haben mir erzählt, die Arbeit sei ihr ganzes Leben. Und wie viel verdient sie? Eine Million im Jahr? Das reicht, um jemanden umzubringen.«

»Aber woher sollte sie denn Profikiller bekommen? Das ist einfach zu …«

»Wo war sie überall eingesetzt?«, fuhr sie fort. »In Afrika, in Nicaragua, im Mittleren Osten. Dort könnte sie Söldner kennen gelernt haben. Der Fettsack – Jack –, der sah doch genau aus wie ein Soldat. Und der hat wahrscheinlich Randy angeheuert, um ihm zu helfen.«

Maisel dachte darüber nach. Er war jetzt weniger skeptisch als noch kurz zuvor. »Reden Sie weiter«, sagte er.

Rune kam sich vor wie ein Jongleur. Es war schwer, alle Teile der Story gleichzeitig in der Luft zu halten. »Wissen Sie noch, als Mr. Frost, der neue Zeuge, gestorben ist? Das war alles andere als ein Unfall. Piper kannte seinen Namen. Aus meiner Story. Sie hat den Fettsack beauftragt, ihn umzubringen. Und was passiert dann? Alle Kassetten verschwinden. Und sie hat gewusst, wo ich die Kopie der Kassette von Frost hatte. Und sie hat gewusst, wie man in den Computer kommt und das Masterband klaut.«

Sie konnte das Schweigen am anderen Ende der Leitung spüren – seine Konzentration beim Abwägen ihrer Worte, sein Entsetzen. Aber vielleicht auch die Erregung, die ein Reporter empfinden musste, wenn er die erste Spur zu einer heißen Story riecht. Als er sprach, war es wie zu sich selbst. »Und sie war ganz schön kaltblütig, als sie die Sendung improvisieren musste.«

»Als ob sie die ganze Zeit schon gewusst hätte, dass sie es machen müsste«, sagte Rune.

Lange Pause. »Das ist eine Atombombe, mit der wir da spielen, Rune. Sie haben da eine Menge zusammenspekuliert. Es gibt keinen direkten Beweis, der sie mit dem Mord in Verbindung bringt.«

»Ich *weiß*, dass sie es war, Lee.«

»So, wie Sie *wussten*, dass Boggs unschuldig ist?«

Darauf fiel ihr nichts ein. Der Produzent fuhr fort. »Lassen Sie mich Ihnen nur eine Frage stellen. Sie sind verbittert, weil Piper Sie gefeuert und Ihnen die Story vermasselt hat. Wenn das nicht geschehen wäre, wenn Sie eine objektive Reporterin wären, würden Sie dann auch auf Piper setzen?«

»Ja, das würd ich. Es gibt vielleicht keine Augenzeugen, aber es gibt jede Menge Indizien.«

Maisel schwieg einen Augenblick. »Ich muss Dan Semple anrufen. Ich ...« Er verstummte. »Semple ...«

»Was denken Sie gerade, Lee?«, fragte Rune. Ihr fiel ein, dass Semple Piper in seiner Limousine abgeholt hatte, nachdem sie und Rune in dem französischen Restaurant zu Abend gegessen hatten. »O nein, denken Sie, er ist auch darin verwickelt?«

»Sie hatten eine Affäre, wissen Sie. Piper und er. Etwa zu der Zeit, als Hopper umgebracht wurde.«

»Und nachdem Hopper tot war«, sagte Rune, »hat Semple seine Stelle bekommen ...! Was sollen wir machen, Lee?«

»Okay«, sagte Maisel. »Bleiben Sie dran. Ich mache ein paar Anrufe.« Sie hörte, wie er sein Handy benutzte, um mit

Jim Eustice zu Hause zu sprechen und ihm von Runes Verdacht zu erzählen. Dann rief er Timothy Krueger an, den Juristen des Senders, der bei Runes Entlassung das Wort geführt hatte. Dann hörte sie eine Konferenzschaltung, bei der Maisel mit Krueger und offenbar mit der Polizei sprach. Sie schloss daraus, dass sie sich alle in einer halben Stunde im Sender treffen sollten – in Studio E, einem alten, unbenutzten Raum im Erdgeschoss des Gebäudes, wo sie ungestört zusammenkommen konnten.

Maisel schaltete sein Handy aus und kam wieder ans andere Telefon. »Rune, sind Sie noch da?«

»Hier bin ich.«

»Ich habe mit Jim und unserer Rechtsabteilung gesprochen.«

»Ich hab's gehört.«

Maisel bestätigte, dass sie sich mit zwei Beamten der Mordkommission in Studio E treffen würden.

»Ich werde da sein«, sagte Rune.

»Halten Sie sich zurück, bis die Cops da sind. Wir wollen doch nicht, dass Piper Sie sieht.«

»Klar.«

»Mann, ist das übel«, jammerte er. Das war die einzige Gefühlsregung, die er erkennen ließ. Sofort war er wieder der Nachrichtenprofi. »Sie haben gute Arbeit geleistet, Rune«, sagte er zu ihr. »Was auch immer dabei herauskommt, Sie haben Ihre Sache gut gemacht. Wir sehen uns in einer halben Stunde.«

Es waren die längsten Minuten ihres Lebens.

Es war spät, aber ein Fernsehsender schläft nie, und sie fürchtete, dass, wenn sie vor Maisel oder Krueger oder der Polizei in Studio E eintraf, ein Wächter sie sehen könnte und Piper oder Dan Semple es erfahren würde.

Sie saß daher in ihrer Nische in dem griechischen Diner,

trommelte mit den Zehen auf das Linoleum und verspürte den schrecklichen Stich des Verrats.

Und Angst. Wenn sie an die ganze Zeit dachte, die sie allein mit Piper verbracht hatte, nur Zentimeter neben ihr, einer Mörderin, deren Herz so kalt war wie ihr Journalistenblick.

Nach einer Viertelstunde hielt Rune es nicht länger aus und verließ das Deli, um sich wieder auf den Weg zum Sender zu machen. Sie schlüpfte durch die Tür, die Bradford präpariert hatte, um sie hereinzulassen, dann ging sie durch den Korridor in einen Teil des Studios, in dem weniger Menschen waren.

Ein Geräusch ganz in der Nähe. Rune erstarrte.

Es war Bradford.

»Was ist los?«, fragte er, als er ihr angstvolles Gesicht sah.

Sie schaute sich um. »Nur unter uns, okay?«

»Top secret«, flüsterte er.

»Piper Sutton hat Lance Hopper umbringen lassen.«

»Ist das dein Ernst?«

»Absolut«, antwortete sie. »Er wollte sie rausschmeißen. Sie hat's rausgefunden und Boggs und seinen Freund engagiert, um ihn umzubringen.«

»Um Himmels willen.«

»Ich treff mich gleich mit Lee in Studio E.« Auf ihr Gesicht trat ein Lächeln. »Und wenn sie im Knast ist, dann werd ich Lee dazu überreden, dass er mich den Bericht für den Sender machen lässt.«

»Dich?«

»Na klar. Wieso nicht?«

Bradford fiel offensichtlich kein Grund ein, wieso nicht, und so nickte er nur. »Junge«, sagte er schließlich, »über umgekippte Ammoniaklaster bist du echt raus«, sagte er schließlich. »Sag mal, wie steht's nach deinem Treffen mit unserem Bier?«

»Wie wär's mit *Champagner*?«, fragte Rune.

»Der geht dann auf mich«, sagte er.

Das Sendergebäude glich einem Labyrinth – es war so kompliziert und groß wie eine riesige Highschool.

Rune verirrte sich mehrmals auf dem Weg zu Studio E, das am Ende eines Dutzends düsterer Korridore lag. Wenigstens brauchte sie sich keine Sorgen mehr zu machen, gesehen zu werden. Das Studio lag in einem völlig abgeschiedenen Teil des Sendergebäudes.

Sie drückte die Tür auf und winkte Lee Maisel zu, der in einem verkratzten Drehstuhl saß und in ein ernstes Gespräch mit jemandem vertieft war, der mit dem Rücken zu Rune saß. Das musste entweder Jim Eustice oder Tim Krueger sein. Die Cops waren noch nicht da.

»Rune, kommen Sie rein«, sagte Maisel. Er nickte in Richtung ihrer Hand. »Haben Sie die Akten dabei, die Sie in der Personalabteilung gefunden haben?«

»Hier sind sie«, sagte sie.

»Gut.« Maisel kam auf sie zu und nahm die Akten entgegen.

Rune nahm an dem Tisch Platz und wandte sich zu dem anderen Mann, um ihn zu fragen, wann die Polizei eintreffen würde. Sie erstarrte.

Der Mann war Jack Nestor.

Er musterte sie von oben bis unten. »Da haben wir's, Lee«, sagte er. »Ich hab's dir doch *gesagt*, dass sich die Mädels ähnlich sehen. Kein Wunder, dass ich die falsche abgeknallt hab.«

32

Es fühlte sich an wie damals, als sie drei Frozen Margaritas getrunken hatte – im Kopf schwindelig und körperlich hundeelend.

Sie spannte sich, um aufzuspringen. Aber Jack schüttelte

den Kopf. »Nee, nee, gib dir keine Mühe.« Er zeigte ihr den Knauf einer Pistole in seinem Hosenbund.

Sie entspannte sich. Er hatte Recht. Sie konnte nirgendwohin, selbst wenn sie die Kraft aufgebracht hätte, an Maisel vorbeizukommen. Maisel schloss die Tür und lehnte sich dagegen.

Ihr Verstand raste und versuchte, die Vermutungen auf den Punkt zu bringen. »Sie waren es?«, flüsterte sie.

Maisel seufzte und nickte.

»Als ich Sie zu Hause angerufen hab«, sagte Rune, »da haben Sie nur so getan, als würden Sie Eustice und Krueger und die Cops anrufen, stimmt's?«

»Das stimmt, Rune. Es kommen keine Cops.«

»Das haben Sie nur gemacht, um mich hierher zu kriegen. Damit Sie mich umbringen können.«

Maisel gab keine Antwort.

»Sie Schwein«, zischte Rune.

Jack trug ein gestreiftes Hemd mit kurzen Ärmeln über seinem riesigen Bierbauch, eine graue, sackartige Hose und eine Art runder, abgetretener brauner Arbeitsschuhe. Er musterte sie von oben bis unten, dann griff er nach einer Tasse Kaffee und trank geräuschvoll daraus.

»Tut mir Leid, Rune, tut mir wirklich Leid.« Maisel schenkte ihr ein grimmiges Lächeln, aber die Enttäuschung und der Ekel in seinem Gesicht überlagerten es. Langsam stieß er die Luft aus seinen runden Backen aus. Rune konnte sehen, dass er litt.

Gut, dachte sie.

Maisel stürzte seinen Drink in einem Schluck hinunter. »Ich weiß nicht, was ich Ihnen sagen soll. Ich habe versucht, das alles aufzuhalten, ohne Ihnen wehzutun.«

»Ja«, sagte Jack. »Er hat Recht. Wir haben versucht, Boggs im Knast umzubringen. Das hätte alles ...«

»*Sie* haben versucht ...« Rune schaute Maisel an; er wich ihrem Blick aus.

»Wir haben gezahlt, damit ’n Kumpel von mir Boggs in Harrison kaltmacht. Und als du ihn dann rausgekriegt hast, hab ich’s selber versucht. Aber der Mann wollte einfach nicht abkratzen.«

»Es war gar nicht Piper? Aber sie hat doch alles getan, um die Story zu verhindern.«

»Ja, klar«, sagte Maisel. »Die Story wäre schlecht für ihr Image gewesen – sie wollte nicht, dass die Klagen wegen Diskriminierung ans Licht kommen. Sie wollte nicht, dass die Gerichte ihre Schlachten für sie ausfechten sollten. Aber nur weil sie nicht wollte, dass die Story gesendet wird, hätte sie sie nicht auf diese Weise verhindert.«

»Sie haben mich ermuntert weiterzumachen.«

»Es waren Gerüchte aufgekommen, an dem Mord an Hopper sei mehr dran, als dass Randy Boggs auf eigene Faust gehandelt hätte. Wir brauchten Sie, um die Beweise zu finden, die Zeugen. Wir wussten, dass wir Sie unter Kontrolle hatten.«

»Wieso haben Sie’s gemacht?«, wollte Rune von Maisel wissen.

»Was spielt das für eine Rolle?«

»Für mich spielt’s eine Rolle, verflucht noch mal!«, fauchte sie.

»Beirut« sagte Nestor.

»Halt’s Maul!«, blaffte Maisel.

»Die Story, bei der diese Leute umgekommen sind?«

»Genau.«

»Das braucht sie nicht zu wissen«, murmelte Maisel.

»Wieso nicht?«, meinte Nestor. »Du hast’s vermasselt, Lee. Das kannst du ruhig zugeben.« Zu Rune sagte er: »Weißt du, Lees großer Coup vor ein paar Jahren? Sein beschissener großer Preis?«

Sie erinnerte sich an seinen Pulitzerpreis. Sie nickte.

»Na ja, das war alles Schwindel. Er hat die Interviews erfunden, und er hat die Namen der Einheimischen erfunden. Wer versteht schon diese ganzen Kameltreibernamen? Er hat gesagt, die hätten Maschinengewehre und Handgranaten und Raketen. Er hat alle übers Ohr gehauen.«

»Jack ...«, sagte Maisel wütend.

Aber Nestor sprach weiter. »Das einzige Problem war, dass die US-Army die Story geglaubt hat, und als sie in das Dorf kamen, waren sie bis an die Zähne bewaffnet. Irgend so 'n Araberjunge hat dann 'ne Salve auf 'nen Hund oder 'n Kaninchen oder was weiß ich, was die da drüben so haben, abgefeuert, und die ganze Kompanie mit ihren zittrigen Fingern am Abzug hat losgeballert. Als der Rauch dann verflogen war, lagen da 'n Haufen toter Kameltreiber und 'n paar von unseren eigenen Jungs. Alles eigener Beschuss. Und alles mit freundlicher Genehmigung unseres Mr. Nachrichtenhelden hier.«

»Sie haben die ganze Story erfunden?«, fragte sie.

»Das war keine große Sache«, sagte Maisel verbittert. »*Eigentlich* nicht, meine ich. Ich dachte nicht mal daran, dass sie irgendjemandem auffällt. Sie müssen verstehen – man steht unter einem riesengroßen Druck, Berichte zu bringen. Es gibt so viel Zeit auszufüllen und so wenig handfeste Nachrichten. Und ständig sitzt einem die beschissene Konkurrenz im Nacken. Ich habe damit angefangen, einfach ein paar Zitate zusammenzustellen, und ehe ich mich versah, war es außer Kontrolle geraten. Ich hätte nie damit gerechnet, dass das irgendwelche Konsequenzen hätte.«

»Hat's aber«, sagte Jack Nestor mit einem grausamen Lachen. »Und eine davon war, dass Lance Hopper vorhatte zu untersuchen, was da passiert war.«

»Und da haben Sie *ihn* engagiert.« Rune nickte in Richtung Nestor.

»In Kampfgebieten hängen Söldner und Journalisten 'ne Menge miteinander rum. Ist eigentlich kein großer Unterschied zwischen den beiden Gruppen, wenn man's recht überlegt. Lee und ich, wir haben da drüben einige Zeit miteinander verbracht, nach illegalen Bars gesucht – die beschissenen Kameltreiber dürfen nicht mal saufen – und zusammen rumgehangen. Ich geh dann nach Sri Lanka und komm zurück nach Kalifornien, wo ich 'n paar krumme Sachen gemacht hab, für die ich 'ne Weile in Obispo gelandet bin. Als ich rauskam, hat Lee mich angerufen und zu 'nem Gespräch in die Stadt einfliegen lassen. Der Rest ist Geschichte ...«

Maisel schaute gar nicht gut aus. Er war blass und schwitzte. Unter seinem grau melierten Bart konnte man seine aufeinander gepressten Lippen sehen. Sie fragte sich, was ihn am meisten störte: dass er fast dabei erwischt worden war, dass er gegen die journalistische Ethik verstoßen hatte, oder dass er mehrere Menschen hatte ermorden lassen müssen, um es zu vertuschen.

»Und was ist mit Randy?«, fragte Rune.

»Boggs?« Nestor schnaubte. »Dieser Loser? Den haben wir vorgeschoben. Der wusste überhaupt nichts von dem Auftrag. Der könnte nicht mal einen umbringen, wenn's ihm selber ans Leder ginge. Er hatte seinen Job in Maine verloren und mich angerufen, weil er nach Arbeit auf 'nem Fischerboot in Florida suchte. Ich hab mich in New York mit ihm verabredet. Ich hab irgend 'nen Scheiß mit 'nem Kreditkartendeal erfunden. Lee und ich wollten es so arrangieren, dass es aussah, als hätte er Hopper gekillt, und dann wollte ich ihn alle machen und die Knarre liegen lassen. Dann wären zwar ein paar Fragen offen geblieben, aber im Grunde hätte es 'nen Täter gegeben und 'n Opfer, und damit wären die Cops zufrieden gewesen. Aber der Wichser rennt prompt in 'nen Streifenwagen. Na ja, er hat ja nicht gewusst, dass wir vorhatten, Hopper umzubringen, und da hat er den Aufrechten gespielt und mich nicht reingerissen.«

Nestor fuhr fort. »Alles ging glatt, aber dann les ich in der Zeitung, dass du vorhast, ihn rauszukriegen. Also komm ich in die Stadt und red mit Lee. Wir versuchen, die Story abzuwürgen, und in der Zwischenzeit sorg ich dafür, dass mein Chicanokumpel, der zufällig grade in Harrison einsitzt, versucht, Boggs kaltzumachen, aber das klappt nicht. Dann kriegst du ihn frei, und alles geht drunter und drüber. Er hat sein Geld geholt und ist abgehauen.«

Eine Schockwelle überkam sie wie ein Fieberschauer. Randy war also unschuldig – so unschuldig, wie er eben sein konnte, nachdem er sich mit Leuten wie diesen eingelassen hatte. Sie schluckte. »Bitte lassen Sie mich gehen. Ich sag kein Wort. Hopper ist mir egal. Nur lassen Sie mich gehen, bitte. Ich werd alles für mich behalten.«

Maisel schaute zu Nestor, der auf eine belustigt verzweifelte Weise verneinend den Kopf schüttelte. »Unmöglich, Lee. Wir können ihr nicht trauen.«

»Rune, Rune ...«, sagte Maisel.

Sie presste die Zähne aufeinander und empfand eine stürmische, sengende Wut. Oh, was hätte sie ihm nicht gerne gesagt ... Aber die Worte wollten nicht heraus, und sie wusste, selbst wenn sie die Kraft und die Ruhe gefunden hätte, sie zu ordnen, hätte er sie nicht verstanden.

Nestor rührte sich. Sie verstand. Das hier war seine Show. Er hatte gesehen, dass Lee schwach wurde, und wusste, dass es an der Zeit war, dass ein Profi das Kommando übernahm, bevor Fehler gemacht wurden.

»Jack«, sagte Maisel, »ich glaube nicht ...«

Der Killer hob die Hand wie ein geduldiger Schullehrer. »Schon gut, Lee. Ich erledige das.«

»Nein, bitte«, sagte Rune, »ich verspreche, ich sag kein Wort.« Ihre Augen bohrten sich in die von Maisel. Er öffnete den Mund, um etwas zu sagen, dann schaute er weg und setzte sich auf seinen Stuhl.

Nestor stand auf. Zog eine Pistole aus der Tasche.

»Die Räume sind doch schalldicht, oder?«

Maisel, den Blick von Rune abgewandt, nickte.

Der Mörder schaute sich um und sah eine dicke, verstaubte Rolle: drei Meter breites Papier, das als Hintergrund benutzt wurde. Er zerrte Rune hin und drückte sie nieder. Vermutlich um das Blut aufzunehmen.

Dann senkte er den Blick auf die Pistole und zog den Schlitten zurück, bevor er ungerührt auf ihren Kopf zielte. Er zögerte. »Hast du schon mal Bilder gesehen?«, fragte er. »Bilder in deinem Kopf?«

»Was meinen Sie damit?«, fragte Rune weinend.

Nestor schüttelte den Kopf. »Ach, gar nichts.« Er fing an, den Abzug durchzudrücken.

»Keine Bewegung!«, ertönte eine Männerstimme.

Bradford Simpson kam in den Raum und zielte mit einer Pistole auf Jack Nestor. »Fallen lassen!«, brüllte er.

Nestor warf einen angewiderten Blick über die Schulter, und warf, als er die Panik in den Augen des jungen Mannes sah, die Pistole auf einen Tisch neben sich. »Wer bist du denn, verfluchte Scheiße?«

»Bradford!«, schrie Rune und rannte auf ihn zu.

Die Aufmerksamkeit des Jungen war nun ganz auf Maisel gerichtet; er achtete nicht auf Nestor, der den jungen Mann mit einer gewissen Belustigung beobachtete.

»Du Schwein!«, schrie dieser. »Du hast ihn umgebracht! Du warst das!«

Maisel starrte auf die Pistole, die in einer Entfernung von wenigen Fuß auf seine Brust zielte.

»Was machst du hier?«, fragte Rune.

»Ich bringe ihn um«, sagte Bradford.

»Wieso?«

»Weil Lance Hopper mein Vater war.«

33

»Vater?«, fragte Maisel stirnrunzend.

»Meine Mutter«, sagte Bradford, der den Reporter wütend anstarrte, »war Sekretärin bei einem Sender, wo mein Dad vor zweiundzwanzig Jahren Nachrichtensprecher war. Ich war eines von Lance Hoppers unehelichen Kindern, über die die Klatschblätter so gerne Gerüchte in die Welt setzten. Nur dass es in meinem Fall kein Gerücht war. Vor vier Jahren hat mir meine Mutter gesagt, wer mein richtiger Vater war. Ich kam her, um ihn aufzusuchen. Zuerst dachte er, ich wollte Geld oder so. Aber dann hat er erkannt, dass ich ihn nur kennen lernen wollte. Wir verbrachten einige Zeit miteinander. Ich habe ihn gemocht. In der Tiefe seines Herzens war er ein guter Mensch. Er hatte Laster und Schwächen ...« Bradford lachte. »Ich schätze, ich war das Ergebnis so eines Lasters. Aber er war jemand, den ich zu bewundern anfing. Ich beschloss, Journalist zu werden, und wechselte meine Hauptfächer. Er wollte mir einen Job hier beim Sender besorgen, aber das habe ich abgelehnt. Ich wollte es auf eigene Faust schaffen. Ich habe mich um ein Praktikum beworben und wurde genommen, und das verschaffte uns einen Vorwand, Zeit miteinander zu verbringen. Da wir unterschiedliche Familiennamen hatten, hat niemand gewusst, wer ich war. Aber dann ist er umgebracht worden ... Daran bin ich fast kaputtgegangen. Ich hielt die Berichte, wie es passiert sei, für wahr und habe es auf sich beruhen lassen. Aber vor ein paar Wochen hatte ich Postdienst und bin die nicht abgeholte Post durchgegangen, und da habe ich Boggs' Brief gefunden. Ich habe ihn ein Dutzend Mal gelesen. Und ich fing an zu glauben, dass hinter dem Tod meines Vaters mehr steckte als das, was vor Gericht herausgekommen war.«

»Dann hast du also den Brief auf meinen Schreibtisch gelegt«, sagte Rune.

Bradford lächelte. »Du bist eine Kreuzritterin, Rune. Niemand sonst hier hätte sich einen Scheiß drum gekümmert, den wirklichen Mörder zu finden. Aber ich hatte das Gefühl, du schon.«

»Dann hast du mich auch benutzt!«

»Sagen wir, ich hab dir über die Schulter geschaut. Je mehr du gefunden hast, desto größer wurde bei mir der Verdacht, Piper Sutton oder Dan Semple hätten ihn umgebracht. Lee, an Sie habe ich auch gedacht – an diesem Vorfall in Beirut war mir immer etwas faul vorgekommen.« Er nickte Rune zu. »Als sie mir erzählt hat, dass sie sich hier unten mit Ihnen treffen würde – in einem abgelegenen Studio –, da dachte ich mir, dass Sie es gewesen sein könnten, und habe mich dort oben versteckt.« Er blickte in Richtung der leeren Regiekabine.

»Hör zu, Kleiner«, sagte Nestor ungeduldig. »Wieso lässt du uns nicht einfach hier rausgehen? Und wir vergessen alles. Du gehst deinen Weg und wir unseren.«

Aber Bradford achtete nicht auf ihn. Er nickte in Richtung der Regiekabine. »Ich hab alles, was Sie gesagt haben, auf Band, Lee«, sagte er zu Maisel.

Maisel schloss die Augen. Er sackte in seinem Stuhl zusammen.

Nestor seufzte und schüttelte den Kopf. »Ich glaub, da musst du alleine durch, Lee. War nett, mit dir Geschäfte zu machen.« Der Killer packte Rune an den Haaren und zog sie auf die Füße.

»Nein!«, schrie sie.

Bradford richtete die Pistole auf Nestor, aber der fette Mann scherte sich nicht darum. Er ging zu dem Tisch, wo seine Waffe lag, und nahm sie.

»Nicht!«, sagte Bradford.

»Na klar«, murmelte Nestor.

»Erschieß ihn!«, rief Rune Bradford zu. »Sofort!«

Aber der junge Mann erstarrte. Mit vor Angst aufgerissenen

Augen und offenem Mund stand er da, als Nestor die Pistole hob und so beiläufig auf ihn schoss, als werfe er Münzen in einen Brunnen. Rune wusste nicht, ob Bradford getroffen war oder nicht. Er fiel oder warf sich zu Boden. Maisel rutschte von seinem Stuhl und rollte ab, um Deckung unter dem Tisch zu suchen.

»Gehen wir, Süße«, rief Nestor, Rune hinter sich herschleifend. »Ich brauch 'ne Lebensversicherung, falls der Kleine die Bullen gerufen hat.«

»Nein! Gottverdammt!«, wütete sie und versuchte, seine Hand aus ihren Haaren zu lösen. Er griff einfach noch fester zu und zerrte sie noch schneller hinter sich her.

»Halt die Schnauze«, flüsterte er.

Vielleicht *hatte* Bradford die Polizei gerufen. Vielleicht stand da draußen jetzt Sam Healy mit hundert anderen Cops, die mit ihren Waffen auf die Tür zielten. Nestor würde es sehen und aufgeben.

Er zog sie vor sich und öffnete die Tür, die zum Parkplatz führte.

Bitte, dachte sie, lass da draußen tausend Ritter sein, die drauf warten, den Drachen zu erschlagen …

Sie traten ins Freie. Niemand. Sie suchte den Weg und den Parkplatz ab. Leer.

O nein …

Nestor blinzelte, während er sich orientierte.

»Das Auto ist auf der anderen Seite des Gebäudes. Hier lang.« Er deutete in die Richtung.

»Lassen Sie mich los!«

Er gab ihre Haare frei, packte sie aber fest am Arm und führte sie weiter. Sie erinnerte sich, dass er gesagt hatte, er sei ein *Söldner*. »Wenn Sie mich loslassen, geb ich Ihnen achttausend Dollar«, sagte sie.

»Nein.«

»Ich kann sie sofort für Sie besorgen.«

Jetzt lief Nestor ein wenig langsamer. Er schien über ihre Worte nachzudenken. Schließlich schüttelte er den Kopf. »Zu wenig.«

»Vielleicht kann ich auch ein bisschen mehr kriegen.« Verzweifelt grübelte sie nach, wo sie Geld auftreiben könnte.

»Wie wär's mit fünfzig?«, sagte Nestor.

»Ich hab keine fünfzig.«

»Fünfundvierzig.«

Ihr traten Tränen in die Augen. »So viel *hab* ich nicht. Ich kann vielleicht ... zwanzig bekommen. Ich weiß nicht. Von Freunden vielleicht ...«

»Dreiundvierzigtausend«, sagte Nestor.

»Ich ...« Sie schüttelte den Kopf.

»Ich sag dir was«, sagte er. »Du gibst mir neununddreißigtausendfünfhundert, und ich lass dich leben. Ich lass dich gehen.«

Mehr Tränen. »Aber so viel kann ich nicht besorgen.«

»Achtunddreißigzwei.«

Als sie sein Gesicht sah, auf dem ein irres Lächeln spielte, erkannte sie, dass er nur grausam war. Er spielte mit ihr, sagte schräge Zahlen daher. Und ob sie nun fünfzigtausend hatte oder hunderttausend, er würde sie nicht freilassen. Das hier war Geschäft, und den Deal hatte er mit Lee Maisel abgeschlossen. Jack Nestors Aufgabe war es, sie umzubringen.

Sie waren jetzt auf dem Gehsteig, der bis auf einen Obdachlosen in der Mitte des Blocks menschenleer war. Die Straße schimmerte von einem leichten Regen, der weniger fiel als in der Luft hing.

»Hier entlang«, sagte Nestor und zerrte sie weiter. Vor ihnen, auf dem Broadway, fuhren ein paar Autos stadtein- und stadtauswärts. Vielleicht würde sie sich losreißen und den halben Block bis zur Ecke rennen können. Sie würde sich einfach in den Verkehr stürzen und hoffen, nicht angefahren zu werden. Vielleicht hätte sie ja Glück, so wie Randy Boggs

Pech gehabt hatte, und ein Streifenwagen würde gerade vorbeifahren.

Nestors Griff aber war stählern, und außerdem hatte er in der anderen Hand immer noch die Pistole, versteckt unter der Jacke.

Er blieb an einem Auto stehen. Er steckte die Pistole in die Tasche und griff in die andere Tasche, um die Schlüssel herauszuholen.

»Hey«, rief der Säufer und schwankte auf sie zu. Sein Kopf hing schlaff nach unten. Seine Kleider waren vom Regen durchnässt, und er wirkte wie ein zottiger Köter. »Kleingeld? Für was zum Essen. Ham Sie 'n bisschen Kleingeld?«

»Scheiße. Scheißvolk in dieser Stadt«, fluchte Nestor und zog die Schlüssel aus der Tasche. Er beugte sich hinunter. »Ich weiß, was du denkst, Süße«, sagte er zu Rune. »Du denkst, der Typ kommt her und lenkt mich ab, und dann kannst du abhauen. Meinst du, ich bin blöd?« Er schubste sie in den Wagen. »Meinst du, damit würd ich nicht rechnen?«

»Kleingeld, bitte?«, rief der Obdachlose ganz in der Nähe.

»Fick dich, Freundchen«, sagte Jack Nestor, den Blick auf Rune gerichtet, zu ihm.

Mir einem Mal richtete der Säufer sich auf und wurde völlig nüchtern. »Fick dich selber, Jack«, sagte Randy Boggs, wobei er sich nach vorn warf und Nestor die Faust ins Gesicht rammte.

»Randy!«, schrie Rune.

»Lauf!«, rief Boggs, während er Nestor um dic Hüftc packte und versuchte, ihn auf den Gehsteig zu zerren.

Rune schoss aus dem Wagen heraus. Sie zögerte, als sie die beiden raufen sah. Es war kein Kampf – sie rangen. Boggs packte die Schultern des Killers und hielt ihm die Arme fest, damit er nicht an seine Waffe gelangte. Nestor, dem das Blut aus der Nase strömte, versuchte, Boggs das Knie zwischen die

Beine zu rammen, konnte aber das Bein nicht heben, ohne umzufallen.

»Lauf, verflucht noch mal!«, rief Boggs noch einmal.

Sie gehorchte. Zur nächsten Ecke, zu einer Telefonzelle. Wählte 911, während sie die Männer beobachtete, die sich nun in einer dunklen Masse bald auf der Straße, bald auf dem Gehsteig auf der Erde wälzten. Sie erzählte dem Einsatzleiter mit der ruhigen Stimme von dem Kampf, von der Pistole. Sie hatte kaum aufgelegt, als sie Sirenen hörte. Entfernt, aber näher kommend. Sie dachte, dass sie zurückgehen, Nestor ablenken, Randy helfen sollte. Aber sie rührte sich nicht. Aus irgendeinem Grund kam ihr das Bild von Courtney in den Sinn, und sie dachte: Nein, selbst wenn Claire zurück ist, spiele ich doch eine gewisse Rolle im Leben des Mädchens, und es wäre nicht fair, mich in Gefahr zu bringen. Das war jetzt deren Kampf.

Dann sah Rune, dass Nestor sich losriss und wegkroch. Er hatte die Waffe in der Hand. Randy sprang auf die Straße zurück und kroch unter ein Auto, um Schutz zu suchen. Nestor feuerte zwei rasche Schüsse auf ihn ab, dann drehte er sich um, um zu flüchten, als gerade drei blau-weiße Streifenwagen mit quietschenden Reifen um die Ecke bogen. Die Beamten strömten heraus und riefen Nestor wie irre zu, stehen zu bleiben und die Pistole fallen zu lassen. Er schoss zweimal auf die Autos und wandte sich zur Flucht, rutschte aber aus und landete auf einem Knie.

»Lassen Sie die Waffe fallen«, ertönte eine Stimme über Lautsprecher.

Nestor sprang zur Seite und hob die Waffe erneut.

Die große, Funken sprühende Explosion eines Gewehrs hallte wie ein Donnerschlag. Der Killer taumelte zurück. Er versuchte aufzustehen, und knurrte ein paar unverständliche Worte. Etwas über ›Bilder‹, wie es Rune schien. Der fette Mann fiel zurück. Sein Leib zuckte ein einziges Mal. Dann lag er still.

Zehn Streifenwagen mit blinkenden Blaulichtern parkten vor dem Sendergebäude. Mehrere Notarztwagen waren ebenfalls da, und aus irgendeinem Grund auch zwei Löschzüge der Feuerwehr. Die Menge der Schaulustigen war bereits groß. Rune stellte mit einem Lachen fest, dass die drei Nachrichtenteams vor Ort, die die Geschichte aufnahmen, alle von der Konkurrenz waren; niemand beim Sender schien von dem Vorfall gehört zu haben.

Rune stand neben Randy Boggs, der an einem Streifenwagen lehnte. Seine Hand und das Kinn waren bandagiert. Nestor hatte ihn verfehlt, als er zweimal auf ihn geschossen hatte, aber er hatte sich bei dem Kampf an mehreren Stellen verletzt. (Am meisten schien er sich darüber aufzuregen, dass der hässliche braune Anzug, den er trug, zerrissen und verschmutzt war.)

Bradford Simpson *war* von Nestors Kugel getroffen worden, aber nur ins Bein. Er würde wieder gesund werden.

Lee Maisel befand sich in Gewahrsam.

»Wie sind Sie hergekommen?«, fragte Rune Boggs und schüttelte verwirrt den Kopf.

»Ich bin an Ihrem Hausboot gewesen – hab gesehen, was da passiert ist. Tut mir mächtig Leid. War das auch Jack?«

»Indirekt.« Sie erwähnte nicht, dass der eigentliche Brandstifter drei Jahre alt war.

»Ich bin einfach zu dem Sender hier gegangen, weil ich sehen wollte, ob der Wächter oder sonst jemand mir sagen könnte, wo Sie sind. Dann hab ich gesehen, wie Sie und Jack aus dem Hintereingang gekommen sind. Ich hab nicht gewusst, was da abging, hab mir aber gedacht, dass es nichts Gutes ist. Und dass ich besser was dagegen tun sollte. Und da hab ich so getan, als sei ich so 'n, Sie wissen schon, Obdachloser, damit ich nahe rankam.«

Ein Kriminalbeamter kam auf sie zu. »Könnten Sie uns noch ein paar nähere Angaben machen, Miss?«

»Könnten Sie uns ein paar Minuten lang allein lassen? Nur ihn und mich? Dann sag ich Ihnen alles.«

Der Beamte nickte. Er ging zu den Arzthelfern, die gerade Nestors Leiche auf eine Trage wuchteten.

»Ich hab gedacht, Sie seien abgehauen«, sagte Rune zornig zu Boggs.

Unfähig, ihren Blick zu erwidern, starrte er zu Boden. »Ich bin nur für ein, zwei Tage runter nach Atlanta gefahren, um mein Geld abzuholen, und dann zurückgekommen. Das wollte ich die ganze Zeit – ich hab hier was Geschäftliches zu erledigen.«

»Geschäftliches?«, fragte sie skeptisch.

»Ich will 'nen Teil von meinem Geld der Familie von meinem Freund aus Harrison schenken. Er ist umgebracht worden, weil er mein Freund war. Außerdem hätt ich gar nicht abhauen *können* – Sie wissen doch, Mr. Megler hat gesagt, ich müsste in New York bleiben, bis der Fall abgeschlossen ist.«

»Seit wann hätte es Ihnen je was bedeutet, sich ans Gesetz zu halten?«, war Rune ehrlich überrascht. »Wieso haben Sie mir nichts von Ihnen und Jack gesagt?«

»Das war 'n neuer Anzug«, sagte er, seinen zerrissenen Ärmel musternd. Dann hob er den Kopf und starrte in die blitzenden Lichter auf den Streifenwagen. »Das war der Deal, den ich mit ihm gemacht hatte.«

»Mit ihm?«, fragte Rune ungläubig. »Mit diesem Schwein?«

»Ich bin so erzogen worden, dass man keinen verpetzt.«

»Er hat Sie benutzt!«

»Das weiß ich jetzt auch. Damals wusste ich das nicht. Nicht bis vor ein paar Tagen.«

»Ist es Ihnen nicht irgendwie komisch vorgekommen, dass er Sie für diese Kreditkartensache mitgeschleppt hat, und dann wird zufällig jemand umgebracht?«

»Damals hab ich mir nichts dabei gedacht. Und als ich dann

angefangen hab, es 'n bisschen eigenartig zu finden, hat er mir das ganze Geld gegeben, damit ich die Schnauze halte. Ich brauchte 'nen Notgroschen. Hunderttausend Dollar – wo hätt ich sonst je so 'nen Haufen Geld herkriegen sollen? Nirgends, wo ich wüsste.«

Rune schwirrte der Kopf von schmerzlichen Empfindungen. Sie hätte ihn am liebsten geohrfeigt, angeschrien, ihn am Kragen gepackt und durchgeschüttelt.

»Tut mir Leid«, sagte Randy Boggs.

Sie antwortete nicht.

»Ich hätt einfach abhauen können. Ich hab dran gedacht, nach Hawaii zu gehen, wenn alles mit dem Gericht geregelt ist, wissen Sie. Ich hätt einfach mein Geld nehmen und dort hingehen können.«

»Hawaii?«, fragte sie, als hätte er ›Mars‹ gesagt.

Er nickte. »Mir irgend 'nen Laden kaufen. Am Wochenende könnt ich am Strand sitzen und so Drinks trinken, die aussehen wie Ananas. Mit Schirmchen drin. Mögen Sie solche Drinks?«

Sie antwortete nicht.

»Ich wollte Ihnen was von dem Geld geben.«

»Mir?«, sagte Rune. »Wieso?«

»Ich bin dran schuld, dass Ihr Haus abgebrannt ist. Wie wär's mit zehntausend?«

»Ich will Ihr Geld nicht.«

»Fünfzehn vielleicht?«

»Nein, vergessen Sie's.«

»Ihr kleines Töchterchen vielleicht ...«

»Sie ist nicht mein kleines Töchterchen«, fauchte Rune.

Einen Moment lang schwiegen beide. »Ich versuch nur, Ihnen zu sagen, dass es mir Leid tut«, sagte Boggs dann.

»Ich wollte Ihnen helfen«, sagte Rune. »In erster Linie hab ich deshalb die Story gemacht. Alle haben mir gesagt, ich soll's lassen. Alle haben mir gesagt, dass ich Sie vergessen soll, dass

Sie einen Mann ermordet hätten und dass Sie verdient hätten, im Gefängnis zu sitzen.«

»Ich würde mich wirklich freuen, wenn Sie das Geld nehmen würden«, sagte Boggs.

»Geben Sie es Courtneys Mutter, Claire. Die braucht es nötiger als ich.«

»Ich geb ihr was, klar. Aber Ihnen werd ich auch was geben. Wie wär das?«

Rune schlug auf das Dach des Streifenwagens. Sie schüttelte den Kopf und lachte dann. Boggs schaute sich um und lächelte auch, obwohl er nicht wusste, was da so komisch war. »Verdammt, Randy«, sagte sie, »kein Wunder, dass Sie nie zu Geld gekommen sind – Sie verschenken alles.«

»Also, sehr gut zusammengehalten hab ich's nie. Das ist wahr.«

Sie wandte sich ihm zu. »Ich muss meine Story noch machen«, sagte sie. »Ich muss Sie interviewen. Werden Sie mit mir reden? Und mir diesmal die *ganze* Geschichte erzählen?«

»Wenn ich's mache, verzeihen Sie mir dann?«

»Das weiß ich wirklich noch nicht«, sagte sie.

»Könnten wir irgendwann mal 'n Bier trinken gehen?«

»Ich gehe nicht mit Schwerverbrechern aus.«

»Ich hab 'n paar Sachen gemacht, die *kriminell* waren, das geb ich zu, aber ich bin mir nicht sicher, ob ich wirklich 'n Schwerverbrecher bin.«

Der Kriminalbeamte kam zurück. »Ich brauche jetzt ein paar Angaben von Ihnen beiden«, sagte er zu Rune. Er war ziemlich höflich.

»Klar«, antwortete sie.

Er nahm zuerst Boggs beiseite, und für einen Augenblick war Rune allein, inmitten einer Pfütze düsterer Farben auf der nassen Straße – Spiegelungen von Straßenlaternen, von Wohnungsfenstern, von Notarztwagen. Sie verspürte den riesigen Wunsch, nach Hause zu kommen, nach Hause zu ihrem Hausboot und zu Courtney. Aber das Boot gab es natürlich nicht mehr. Und das kleine Mädchen war bei seiner Großmutter.

Rune betrachtete sie Szene vor sich.

Die Nachrichtenteams – endlich ergänzt um eines des Senders – nahmen eifrig ihre Dreiminutenberichte über die Schießerei auf Band auf. Sie waren jedoch praktisch die Einzigen, die auf der Straße übrig geblieben waren. Wie die Explosion des Gewehrs, mit dem Jack Nestor erschossen worden war, war der Zwischenfall schnell ausgebrochen und dann sofort wieder verweht, in dem riesigen Getriebe der Stadt aufgegangen und zu nichts zermahlen worden. Für das Fernsehpublikum im gesamten Stadtbereich jedoch würden die Ereignisse in künftigen Nachrichtensendungen weiterleben, bis sie von anderen Stories verdrängt wurden, die ihrerseits von wieder anderen ersetzt werden würden.

Rune setzte sich auf eine Türschwelle, um auf den Beamten zu warten und den jungen Reportern zuzuschauen, die ihre Mikrofone festhielten und ihren treuen Zuschauern ernst ins Auge blickten, während sie noch einmal versuchten, das Unerklärliche zu erklären.

34

Wehr dich, kämpf dagegen an.

In einem weißen ärmellosen T-Shirt und schwarzem Minirock stand Rune vor Claires Krankenhausbett. Neben ihr war Courtney – die nicht mehr nach New-Wave-Kindergarten aussah. Kein Schwarz mehr und keine Neonfarben und Nieten. Sie trug ihr neues kornblumenblaues Kleidchen von Laura Ashley und hatte Schleifen im Haar (Rune hatte zehn Minuten gebraucht, um den roten Samt in einen Bogen zu zwingen).

In der Luft hing ein scharfer, süßlicher Geruch. Rune wusste nicht, ob es ein Desinfektionsmittel war oder Medizin oder der Geruch von Krankheit und Tod. Er missfiel ihr – sie hasste Krankenhäuser.

»Wo ist deine Mama?«, fragte Rune Claire.

»In ihrem Hotel«, sagte das Mädchen. »Sie war die ganze Nacht bei mir. Ist schon so 'ne Sache mit Müttern, hm? Du kannst sie ausnutzen, wie du willst, sie kommen immer wieder und wollen noch mehr.«

Courtney legte umständlich eine Papiertüte auf das Bett. »Das hab ich dir mitgebracht.«

Mit einer Hand öffnete Claire die Tüte. Ein Stoffsaurier fiel heraus. Courtney ließ ihn über das Bett wandern. »Rune hat mir beim Kaufen geholfen«, erklärte Claires Tochter.

»Wär ich nie drauf gekommen.« Claire musterte das Plüschgesicht mit gewissenhaftem Ernst. »Er ist irgendwie sensibel und wild zugleich. Du kennst dich echt aus.«

Rune nickte gedankenverloren. »Das ist ein Talent.«

Kämpfe. Kämpf dagegen an ...

Claire sah nicht gut aus. Aufrecht sitzen konnte sie ganz gut, mit etwas Hilfe, aber ansonsten war sie ziemlich bewegungsunfähig. Ihre Haut war bleicher, als Rune sie je gesehen hatte (und dabei war Claire im Jahr zuvor an Halloween als Vampir gegangen, ohne sich mit Make-up oder einem Kostüm aufzuhalten).

»Auf dem linken Auge sehe ich nichts mehr«, verkündete sie sachlich. »Nie mehr.«

Rune blickte ihr direkt ins gesunde Auge und wollte schon etwas Mitfühlendes sagen, als Claire das Thema wechselte. »Ich hab 'nen Job gefunden. In 'nem Kaufhaus. Ist irgendwie Mist. Ich hab 'ne Menge Chefs, und die kommen irgendwie an: ›Fein, wir probieren's mit Ihnen‹, und ich sag irgendwie: ›Was gibt's da zu probieren?‹ Es ist, also, nicht gerade das Tollste auf der Welt, aber es klappt ganz gut. Hör dir das an –

ich hab 'ne Krankenversicherung! Ich hab sie grade noch gekriegt, ehe ich hier runtergekommen bin. Mann, die werden 'ne Mordsrechnung kriegen.«

Das Zimmer war besser als die Intensivstation, auf der sie ein paar Tage lang gelegen hatte. Von hier aus hatte Claire Aussicht auf sanfte Hügel in Jersey und den Hudson und, näher an ihrem Zuhause, auf eine von Runes Lieblingskneipen, der White Horse Tavern, der Stammkneipe von Dylan Thomas, wo Rune schon viele Nachmittage und Abende im Kreise von Literaten und Künstlern zugebracht hatte.

Krankenhäuser waren meistens ziemlich ätzend, aber in diesem hier gab es wenigstens eine Aussicht und Sonne und Geschichte.

Claire erzählte vom Haus ihrer Mutter in Boston und wie komisch es war, dass niemand in der Gegend schwarzes Leder trug oder den Kopf kahl rasiert hatte und dass sie keinen einzigen Musiker oder Kurzgeschichtenautor kennen gelernt hatte, sondern dass der einzige Typ, den sie mochte, Verkäufer war. War das nicht das Verrückteste, was man je gehört hatte?

»Wahnsinn.«

Rune nickte und versuchte zuzuhören. Ihre Bauchmuskeln verkrampften sich gegen das kribbelnde Gefühl, als sei sie von einem Wesen aus dem All befallen, das gleich aus ihr herausbrechen würde. Kämpf dagegen an … Kämpfe!

Dann hielt Claire Rune und Courtney einen regelrechten Vortrag über Boston – Faneuil Hall und Cambridge und Chinatown und die Lofts und Antiquitätenläden rund um die South Street Station. »Und da gibt's so 'nen echt, echt süßen Laden. Die verkaufen alte Badewannen, die sind mindestens einen Meter tief.«

Rune nickte höflich und warf ein paar Mal ein desinteressiertes ›Wow, ist ja interessant‹, ein, was Claire als Aufforderung aufzufassen schien weiterzuschwadronieren. Rune ertappte sich, dass sie Courtneys Hand zu fest drückte. Das kleine Mädchen wand sich.

Kämpf dagegen an …

Rune sagte nicht viel über Boggs oder Maisel oder die Story für *Current Events*. Nur das Notwendige. Claire wusste sicher, dass sie Runes wegen angeschossen worden war, und Rune wollte in dieser Hinsicht klar Schiff machen. Nicht, dass sie von Schuldgefühlen gepeinigt worden wäre – man hätte auch sagen können, Claire sei angeschossen worden, weil sie ihre Tochter im Stich gelassen hatte. Aber das liefe dann darauf hinaus, wie die Götter oder das Schicksal oder die Natur funktionierten, und wenn man zu viel über Ursache und Wirkung nachdachte, wurde man verrückt, wie Rune wusste.

Eine Weile herrschte Schweigen. »Ich hab Court 'n neues Kleid gekauft«, sagte Rune dann und nickte dem kleinen Mädchen zu.

»Mami, schau.«

Claire verdrehte ihren Körper, soweit sie konnte, damit sie mit dem nicht verbundenen Auge das Kleid begutachten konnte, und die Weise, in der das zerschundene Gesicht der jungen Frau vor Liebe aufblühte, als sie ihr kleines Töchterchen sah, beantwortete die einzige brennende Frage, die an Rune seit der Rückkehr Claires gezehrt hatte, ganz eindeutig.

Wenn sie es jetzt bedachte, erkannte sie natürlich, dass niemals eine reelle Chance dafür bestanden hatte, dass Courtney bei ihr hätte bleiben können, und sie wurde wütend auf sich selbst, weil sie gehofft hatte, die Dinge könnten sich anders entwickeln. Schließlich hatte sie *Die Schneeprinzessin* gelesen. Sie wusste, wie so etwas endete. Dieses Gerücht, dass Märchen glücklich enden – das war Unfug. Manchmal schmelzen Menschen. Menschen gehen weg. Menschen sterben. Und wir bleiben zurück mit den Geschichten und den Erinnerungen, aus denen, wenn wir Glück haben, gute Geschichten und gute Erinnerungen werden, und dann leben wir unser Leben weiter.

Claire streckte mühsam den gesunden Arm über das Bett aus. »Hast du mich vermisst, mein Schatz?«, fragte sie.

»Hm-mh.« Courtney ließ Runes Hand los und versuchte, auf das Bett zu klettern. Rune gab ihr einen Schubs.

»Dann geht ihr also wieder nach Boston? Ihr beide?«, sagte Rune.

»Klar«, sagt Claire, »also, wir wohnen bei meiner Mama, bis ich ein bisschen Geld gespart hab, aber Wohnungen sind billig da. Dürfte nicht allzu lange dauern.«

Kämpf dagegen an ... Rune schluckte. »Wenn du willst, kann Courtney bei mir bleiben, bis du dich eingerichtet hast. Wir sind ziemlich gute Kumpels, oder?«

Das kleine Mädchen spielte mit dem Dinosaurier und hörte nicht, was Rune sagte. Oder wollte es nicht hören. Jedenfalls gab sie keine Antwort. Claire schüttelte den Kopf. »Ich will sie irgendwie bei mir haben. Du weißt ja, wie's ist.«

»Klar.«

»Schau, Rune, ich hab's nie gesagt, aber ich find's ganz, ganz toll, was du getan hast. War ja 'ne ziemlich üble Geschichte, einfach so abzuhauen. Viele Leute hätten nicht getan, was du getan hast.«

»Stimmt, viele nicht«, sagte Rune.

»Du hast was gut bei mir.«

»Klar, stimmt. Ich hab was gut.«

»Die Ärzte sagen, ich kann in ein paar Tagen nach Boston verlegt werden. Und rat mal was.«

Runes Gesicht brannte. »In ein paar Tagen?«

»Ich werd, also, im Krankenwagen gefahren, den ganzen Weg. Ist doch cool, oder? Meine Mama bezahlt's.«

Und da war Rune klar, dass es keinen Sinn hatte, weiter dagegen anzukämpfen. Sie hatte verloren. Sie holte tief Luft und sagte: »Na dann, ciao, ihr beiden.«

»Och, komm schon«, sagte Claire. »Bleib doch noch 'ne Weile. Schau dir die Ärzte an. Da ist ein hübscher dabei. Mit Locken, du glaubst's nicht.«

Rune schüttelte den Kopf und ging in Richtung Tür.

»Rune«, sagte Courtney, »können wir in den Zoo gehen?«

Sie blieb stehen, um das Mädchen kurz zu umarmen, und schaffte es irgendwie, mit fester Stimme zu sprechen und die Tränen noch zurückzuhalten. »Ehe du gehst, mein Schatz, gehen wir in den Zoo. Ich versprech's dir.«

Rune blieb noch die wenigen Sekunden, die sie brauchte, um dies zu sagen und durch die Tür zu gehen, ruhig und gefasst.

Aber keine Sekunde länger. Und als sie durch den Flur auf den Ausgang zuging, strömten die Tränen, und ihr stummes Schluchzen nahm ihr den Atem, als werde sie, ertrinkend und überall taub, von einem Sturzbach geschmolzenen Schnees hinweggeschwemmt.

»Schauen Sie. Als ob mich so ein verfluchter Drache abgefackelt hätte.«

Piper Sutton schaute sie an. »Sie mit Ihren Drachen.«

Sie standen an dem Pier, wo im öligen Wasser des Hudson der glitzernde, verkohlte Rumpf des Hausbootes dümpelte.

Rune bückte sich und hob ein durchnässtes Kleid auf. Sie musterte den Stoff. Der Kragen war ein wenig angesengt, aber das ließe sich vielleicht mit Farbe überdecken. Sie dachte an den Anwalt, Fred Megler, einen Experten, wenn es darum ging, Kleidungsstücke mit Kugelschreiber instand zu setzen.

Aber sie schnüffelte an dem Kleid, zuckte die Achseln und warf es auf den Haufen, der aussah wie ein kleiner Müllvulkan. Das Feuer und das Wasser der New Yorker Feuerwehr hatten ihren Tribut gefordert. Auf dem Oberdeck lag ein Berg aus Büchern, Töpfen und Pfannen, einigen halb geschmolzenen Laufschuhen, Trinkgläsern. Nichts wirklich Wertvolles hatte überlebt, nur der Motorola-Fernseher und die gusseisernen Rahmen der Sessel mit der Schmetterlingslehne.

»Die fünfziger Jahre waren unverwüstlich«, sagte Rune mit einem Nicken in Richtung der Rahmen. »Das muss ein Wahnsinnsjahrzent gewesen sein.«

Es war ein unglaublich herrlicher Sonntag. Der Himmel war eine wolkenlose Kuppel dreidimensionalen Blaus, und die Sonne fühlte sich heiß wie eine Glühbirne an. Piper Sutton saß auf einem Pfahl, den sie mit einem blauen Fetzen – einem ehemaligen Arbeitshemd von Rune – abgedeckt hatte, bevor sie ihre in schwarzes Wildleder gekleideten Oberschenkel auf das splittrige Holz senkte.

»Sind Sie versichert?«, fragte die Moderatorin.

»Irgendwie verrückt, aber ja, bin ich. Das war so 'ne Erwachsenenkiste, wissen Sie, wo ich gewöhnlich sonst nicht so drauf stehe. Aber mein Freund hat damals dafür gesorgt, dass ich's mache.« Sie ging zum Wasser und schaute hinab auf das verkohlte Holz. »Die Police ist irgendwo da drinnen. Brauch ich die, um zu kassieren?«

»Ich glaube nicht.«

»Da kommt richtig was an Geld zusammen. Ich hab echt 'n paar super tolle Sachen verloren. Neonposter, Kristalle, meine gesamte Elvis-Sammlung …«

»Sie hören Elvis Presley?«

»Elvis Costello«, erklärte Rune. Dann besann sie sich auf ihre weiteren Verluste. »Meinen Zauberstab, tonnenweise Räucherstäbchen … O Gott, meine Lavalampe.«

»Sie haben eine Lavalampe?«

»Hatte«, berichtigte Rune bekümmert.

»Wo wohnen Sie jetzt?«

»Fürs erste bei Sam. Dann such ich mir 'ne neue Wohnung. Irgendwas anderes. Ich war sowieso reif zum Umziehen. Ich hab über ein Jahr hier gewohnt. Das ist zu lange für eine Wohnung.«

Ein Schlepper fuhr vorbei. Ein Horn tutete. Rune winkte. »Die kenne ich«, erklärte sie Sutton, die sich drehte, um zu beobachten, wie sich das tief liegende Schiff flussaufwärts kämpfte.

»Wissen Sie«, sagte Rune, »das muss ich Ihnen sagen. Irgendwie dachte ich, Sie würden hinter den Morden stecken.«

»Ich?« Sutton lachte nicht. »Das ist der dümmste Quatsch, den ich je gehört habe.«

»Ich glaub nicht, dass das so dumm ist. Sie haben versucht, mir die Story auszureden, und dann haben Sie mir den Job in England angeboten ...«

»Den es wirklich gab«, fauchte Sutton. »Und der mit jemand anderem besetzt wurde.«

»Und an dem Sendetag«, fuhr Rune unbeirrt fort, »als Sie improvisiert haben, waren die Bänder verschwunden. Sogar das Backup in meinem Regal. Sie waren die Einzige, die wusste, dass es dort war.«

Sutton winkte ungeduldig mit der Hand ab, als wolle sie gerade ein Pfund Bonbons kaufen und verlange von Rune, sie solle noch etwas zulegen. »Ach was, nachdenken, nachdenken, nachdenken. Ich sagte Ihnen, ich sei auf dem Weg zu Lee. *Er* fragte mich, ob Sie eine Kopie gemacht haben. Ich sagte ihm, sie hätten eine gemacht und in ihr Regal gelegt. *Er* ist derjenige, der sie gestohlen hat.«

»Außerdem haben Sie meinen Schreibtisch durchsucht, nachdem Boggs abgehauen war. Danny hat Sie gesehen – der Elektriker.«

»Ich wollte nicht, dass irgendetwas von dem Material herumliegt. Sie waren übrigens sehr unvorsichtig. Sie vertrauen zu vielen Menschen. Sie ...« Ihr wurde klar, dass sie eine Standpauke hielt, und riss sich zusammen.

Ein paar Minuten lang schauten sie dem Schlepper nach, bis er verschwunden war. »Wenn Sie Ihren Job wiederhaben wollen, können Sie ihn haben«, sagte Sutton dann unvermittelt.

»Ich weiß nicht«, sagte Rune. »Ich glaub nicht, dass ich für so ein Unternehmen geeignet bin.«

Ein kurzes Lachen. »Natürlich sind Sie das nicht. Sie werden wieder rausfliegen. Aber bis dahin wäre es ein lockerer Job.«

»Beim Lokalfernsehen oder beim Sender?«

»Ich hatte an *Current Events* gedacht.«

»Und als was? Als Scriptgirl irgendwie?«

»Produktionsassistentin.«

Rune verstummte und ließ dann ein Paar versengter Jeans auf den Müllhaufen fallen. »Ich würde die Story gerne machen. Die ganze Sache. Über den Mord an Hopper. Und diesmal müsste ich Lee mit einbeziehen.«

Sutton wandte sich wieder vom Wasser ab, stand auf und blickte über das Riesenpanorama der Stadt. »Das ist ein Problem.«

»Wie meinen Sie das?«

»*Current Events* wird keinerlei Berichte über den Mord an Hopper bringen. Oder über Boggs.«

Rune schaute sie an.

»Darüber hat schon *Network News* berichtet«, sagte die Frau.

»Oh, stimmt ja«, sagte Rune trocken. »Den Bericht hab ich gesehen. Er war ungefähr sechzig Sekunden lang, stimmt's? Und er kam gleich nach dem Bericht über den neugeborenen Panda im Nationalzoo.«

»Die derzeitigen Mächtigen – die der Muttergesellschaft – haben entschieden, dass die Story verschwinden soll.«

»Das ist doch Blödsinn!«

»Können Sie es ihnen verdenken?«

»Ja«, sagte Rune.

»Das hatte nicht ich zu entscheiden«, fauchte Piper Sutton in ihrer prototypischen Piper-Sutton-Stimme.

»Wirklich nicht?«

Sutton holte Luft, um zu sprechen, tat es aber nicht. Sie schüttelte langsam den Kopf, wobei sie Runes Blick auswich.

»Wirklich nicht?«, wiederholte Rune. Und hörte erneut überrascht, wie ruhig sie sich anhörte, wie unerschütterlich sie jetzt in Gegenwart dieser Frau war – einer Frau, die Wildleder und Seide und leuchtend rote Kleider trug, einer Frau, die reicher und klüger war, als sie es je sein würde. Einer berühmten Kommentatorin, der gerade die Worte zu fehlen schienen. »Wäre es Ihnen lieber, wenn die Konkurrenz die Story bringt? *Prime Time Tonight* oder *Pulse of the Nation*?«, fragte Rune.

Sutton trat auf eine mit Kreosot behandelte Eisenbahnschwelle, die als Autobarriere in den Pier eingelassen war. Sie blickte ins Wasser; ihr Ausdruck verriet, dass ihr nicht gefiel, was sie sah. Rune fragte sich, ob es ihr Spiegelbild war.

»Die Story wird nicht bei *Current Events* laufen«, sagte sie schlicht.

»Was würde passieren, wenn doch?«

»Wenn Sie's genau wissen wollen, ich habe exakt die gleiche Frage gestellt. Und die Antwort lautete, dass die Muttergesellschaft dann das ganze Programm absetzen würde.« Dann fügte sie hinzu: »Und ich wäre arbeitslos. Brauchen Sie eine bessere Begründung?«

»Ich glaub nicht, dass ich meinen Job zurückhaben will, nein«, sagte Rune. Sie hatte ein paar ihrer alten Comicbücher gefunden; wunderbarerweise hatten sie sowohl das Feuer als auch das Wasser überlebt. Sie betrachtete den Einband eines Klassikers von 1953 – ›Sheena, Königin des Dschungels‹, die sich aus einem Baum einem verdatterten Löwen entgegenschwang. Die Katze starrte auf ihren Speer, die strahlend blonden Haare und die in Leopardenfell gekleidete, sanduhrförmige Gestalt – ein Körperbau, der einzig in der ausschweifenden Phantasie von Illustratoren existierte. »Das bin ich.« Rune hielt das Buch hoch. »Die Königin des Dschungels.«

Sutton schaute auf das Bild.

Rune legte die Bücher auf den kleinen Ist-noch-zu-retten-Haufen. »Haben Sie jetzt Gewissensbisse?«

»Ich habe noch nie schlecht geschlafen. In den ganzen dreiundvierzig Jahren nicht.«

»Wollen Sie meine Meinung hören?«

»Eigentlich nicht.«

»Sie kriechen zu Kreuz, weil Sie weiter Ihre Kohle kriegen wollen.«

Rune war auf eine Strafpredigt gefasst, wurde jedoch überrascht – von einer leisen, verletzten Stimme. »Ich glaube, Sie wissen, dass es das nicht ist.«

Und kurz darauf nickte Rune, weil sie begriff, dass Sutton Recht hatte. Klar, sie beugte sich den Wünschen der Geschäftsleitung. Die Gründe dafür waren jedoch verwickelt. Zum Teil gab sie nach, weil sie süchtig nach dem Prestige und dem Rausch war, die mit dem Beruf als Hauptnachrichtenmoderatorin verbunden war. Zum Teil, weil sie einen Job behalten wollte, um den sie hart gekämpft hatte.

Und zum Teil – zum größten –, weil Piper Sutton das Gefühl hatte, dass die Welt des Journalismus und ihre zehn Millionen Zuschauer auf sie angewiesen waren.

Was natürlich richtig war. Sie waren darauf angewiesen, dass ihnen die Nachrichten von Menschen wie ihr vermittelt wurden, von Menschen, die sie kannten, denen sie vertrauten, die sie bewunderten. Ein alter Freund hatte einmal jemanden zitiert – einen Dichter, glaubte sie –, der gesagt hatte, die Menschheit könne zu viel Realität nicht ertragen. Es waren die Piper Suttons dieser Welt, die die Realität in mundgerechte kleine Stücke zerteilten, die sie hübsch arrangiert vor dem Publikum ausbreiteten.

»Ich stelle es in den Kontext.« Sutton zuckte die Achseln. »Boggs war unschuldig, und Sie haben ihn rausgeholt. Das ist eine gute Tat. Aber trotzdem eine kleine Story. Es gibt eine

Menge Nachrichten da draußen, eine Menge größerer Nachrichten. Niemand verlangt, dass ich über alles zu berichten habe.«

»Ich werde die Geschichte selber produzieren.« Rune hörte sich bedrohlicher an, als sie es gewollt hatte.

Sutton lachte. »Viel Glück, Kleine, und noch mehr Power. Ich sage nichts weiter, als dass die Story nicht beim Sender laufen wird. Nicht in meiner Sendung.«

Rune drehte sich zu Sutton um. »Und wenn ich es tue, dann erwähne ich auch den Teil, dass Sie die Story nicht in *Current Events* bringen wollten.«

Sutton lächelte. »Ich schicke Ihnen die Akten und das Hintergrundmaterial, das Zeug, das ich aus Ihrem Schreibtisch gerettet habe. Verpassen Sie uns richtig eine. Wir können's vertragen.«

Rune wandte sich wieder ihrem Haufen mit den geretteten Sachen zu. »Das wird ein Riesenstress, wenn ich das selber machen will.«

»Auf jeden Fall«, stimmte Sutton ihr zu.

»Wissen Sie, ich könnte einen Geschäftspartner brauchen. Jemanden, der helle ist und die Branche kennt. Und sich irgendwie durchsetzen kann.«

»Sich *irgendwie* durchsetzen kann.«

»Sie wären nicht zufällig interessiert, oder?«

»Moment mal – Sie meinen, ich soll meinen Job schmeißen und mit Ihnen zusammenarbeiten?« Sutton lachte, ehrlich belustigt.

»Klar! Wir würden 'n tolles Team abgeben.«

»Um keinen Preis der Welt.« Die Moderatorin stieg über den Dreckhaufen und begann, Rune beim Suchen zu helfen. Wenn sie etwas gefunden hatte, hielt sie es in die Höhe, und Rune gab ihr Weisung: »Aufheben.« – »Wegschmeißen.« – »Wegschmeißen.« – »Wegschmeißen.« – »Auf den Haufen mit den unidentifizierten Objekten.« – »Aufheben.« – »Aufheben.«

Sie hatten eine halbe Stunde gearbeitet, als Sutton sich aufrichtete und mit einer Grimasse ihre schmutzigen Hände musterte. Sie fand einen Lappen und fing an, sie daran abzuwischen. »Wie spät ist es?«

Rune warf einen Blick auf ihre funktionierende Uhr. »Mittag.«

»Hätten Sie Lust auf einen Brunch?«, fragte Sutton.

»Ich kann heute nicht. Ich geh mit jemandem in den Zoo.«

»Eine Verabredung, hm?«

»Eher nicht«, sagte Rune. »Hey, wollen Sie nicht mitkommen?«

Sutton schüttelte den Kopf, was, wie Rune sich dachte, wahrscheinlich ihre automatische Reaktion auf Einladungen dieser Art war. »Ich war seit Jahren nicht mehr im Zoo«, sagte sie lachend.

»Das ist wie Fahrrad fahren«, sagte Rune. »Das hat man sofort wieder drauf.«

»Ich weiß nicht.«

»Kommen Sie schon.«

»Lassen Sie mich drüber nachdenken.« Sutton hörte auf, den Kopf zu schütteln.

»Ach, kommen Sie.«

»Ich sagte, ich denke darüber nach«, blaffte Sutton. »Mehr können Sie nicht verlangen«.

»Klar kann ich«, sagte Rune.

Die Moderatorin achtete nicht auf sie, und gemeinsam kauerten sie vor dem Haufen mysteriöser Gegenstände nieder und durchwühlten ihn weiter auf der Suche nach Runes vernichteten Schätzen.